Victoria Kovalev

À celle qui m'a permis de réaliser mon rêve.
À celle qui me ramène vers la lumière quand je m'égare dans l'obscurité.
À Jennifer, avec tout mon amour.

Comme le chantent les Rolling Stones :
My sweet Lady Jane
When I see you again
Your servant am I
And will humbly remain

« Les vraies passions sont égoïstes »
Stendhal, *Le rouge et le noir*

« *Ale te ipsam* »
Victor Hugo, *Notre-Dame de Paris*

Chapitre 1

De tous les dons de la nature, la beauté est de loin le plus insidieux. Innés et immérités, les avantages physiques sont à l'image du soleil ; au zénith son éclat illumine un petit monde et, comme rien ne perdure à l'apogée, sa trajectoire décline, sa chaude lumière se ternit, ses rayons disparaissent un à un derrière la ligne d'horizon. La splendeur décroit, inéluctablement ! Les battements d'ailes noires du temps érodent les pierres, en témoigne la Vénus de Milo.

À trente-six ans, Victoria Kovalev constate amèrement cette vérité. Le roulement des saisons éteint à petit feu son incandescence. Pour autant, elle ne baisse pas les bras. Sa détermination à rester jeune lutte contre cet ennemi impitoyable. Même si elle le vaut bien, la pratique intensive de sport et un badigeonnage quotidien à base de crème d'acide hyaluronique ne font que ralentir l'inévitable. Ses chances dans ce combat n'existent pas. Les armes sont inégales. Sa petite aiguille n'effraie pas la grande de son adversaire.

D'ailleurs, l'heure tourne. Avant de sortir de la maison, Victoria analyse minutieusement, de bas en haut, son image dans le miroir de l'entrée. Une paire de Tropéziennes exhibe la pédicure réalisée la veille chez son esthéticienne. Ses jambes, l'un de ses plus beaux atouts à son avis, déploient un fuselage athlétique. Le charme réside dans l'art de ne pas trop en dévoiler alors, un peu au-dessus du genou, sa cuisse s'efface sous sa robe ; légère, noire avec des motifs à fleurs, l'étoffe épouse la délicatesse de sa hanche. La coupe, à peine entaillée au décolleté, respecte son dicton : *ni austère, ni vulgaire.* Autour de son cou, des colliers Aparanjan en or embellissent sa peau dorée. Un chignon dégage ses oreilles ornées de boucles créoles. Sa coiffure, aussi simple puisse-t-elle paraître, demande technicité et patience. Des mèches rebelles s'entortillent et virevoltent à l'écart des agréments de son visage. Son maquillage est subtil. Les artifices doivent embellir et rester discrets.

Victoria se satisfait de son apparence. Le résultat colle parfaitement à ce qu'elle désire renvoyer, une femme apprêtée de son époque.

Sac à main sur l'épaule, elle emporte son téléphone et la boîte à goûter Minnie des enfants. Elle songe à son manque de publications sur son compte Instagram les derniers jours. Elle se trouve assez présentable pour se partager sur sa page. Son pouce zigzague sur l'écran et affiche le mode appareil photo. Objectif surélevé, décalé, incliné, elle met en avant l'encas de ses filles. Sa paupière agrandit sa prunelle. Un sourire pince le coin de ses lèvres. Le bruit fictif d'un déclencheur retentit et fige l'instant. Victoria contemple le cliché dans sa globalité puis scrute les détails. Sa bouteille d'eau en plastique posée sur le buffet dans son dos s'est incrustée. Mauvaise image écologique. L'environnement est réorganisé. Elle réajuste sa coiffure par tic plus que par nécessité. Deuxième prise. Sa bretelle de soutien-gorge dépasse. L'horloge du salon la presse. Si elle traîne trop, plus de place de stationnement devant l'école. Troisième essai. Sa pose ne lui convient pas. Son genou gauche pivote vers son entrejambe. Une grimace maîtrisée déforme ses traits. Elle hésite. Cette photo est loin de l'idée qu'elle s'en faisait. Le côté rigolo lui plaît bien. L'hashtag *#pretepourlasortiedesclasses* est oublié. Le non moins exotique *#sortiedesclassespar40degrés* commente la scène. Son doigt balaie les filtres. Son choix s'arrête sur le coloré *Rio de Janeiro*. Publication.

À la volée, Victoria attrape sa clé de voiture et ouvre la porte. La canicule s'abat sur sa nuque. L'air brûlant lui procure la désagréable sensation de suffoquer. Le soleil agressif l'oblige à baisser les yeux. Elle ne sort pas ses lunettes. Les gestes superflus sont une dépense d'énergie proscrite. Sous l'abri, son véhicule démarre. La climatisation s'enclenche. La fraîcheur se répand dans l'habitacle. Sur la route, Victoria redoute la fermeture de l'école. Dimanche, Météo France a passé la majeure partie du pays en vigilance caniculaire. Les prévisions annoncent un état critique jusqu'à vendredi ou samedi. Le ministre de l'Éducation devait s'exprimer dans l'après-midi à propos de l'interruption momentanée des cours. Trop occupée dans sa journée, elle n'a pas pris le temps de suivre l'actualité. Rester enfermée avec les filles, sans possibilité de les laisser jouer dehors, serait une punition injuste.

Si ce confinement se confirmait, elle serait accompagnée dans l'occupation des enfants. Ludovic, son mari, rentre en fin de journée ou dans la soirée, après une semaine d'absence. Il l'épaulera dans cette épreuve. Elle se réjouit déjà de briser son quotidien répétitif : les levers de Romie et Célie, sept et cinq ans, les petits-déjeuners, les transports, les goûters, les devoirs, les bains, les dîners, les courses, les corvées, les cris, les bagarres, les refus etc. Au milieu de ce remue-ménage, sa propre existence s'oublie parfois… souvent… trop souvent.

Victoria chasse ces pensées polluantes. Il n'y a pas lieu d'y songer. Ludovic sera bientôt présent physiquement et pas seulement une poignée de minutes lors d'un Facetime. Elle relâchera la pression, profitera du tintement de leur verre de vin, d'un zeste de tendresse, d'un câlin et d'une bonne nuit de sommeil. Dans la nuit, une des filles aura besoin d'être tranquillisée d'un vilain cauchemar. Elle épargnera à Ludovic la froideur du carrelage à la sortie du lit. En contrepartie, à l'aurore, son adorable mari s'occupera de la vivacité enfantine pendant qu'elle s'enroulera dans la douceur des draps, draps changés spécialement pour l'occasion.

Dans la partie des places de parking musicales, Victoria sort victorieuse malgré l'élaboration de la *story* Instagram. La température élevée ralentit le rythme de tout le monde. Le moindre mouvement requiert un effort surhumain. Les parents léthargiques, mines molasses, langues pendues, progressent à la vitesse des paresseux dans *Zootopie*, film préféré de ses filles. Les mentons opinent devant un visage familier. L'abus de parole est déconseillé. Les salutations ressemblent à de sincères condoléances.

Dans la foule agglutinée, un bras s'agite. Lislalia l'attend au point de ralliement. Les parents angoissés par l'arrêt des cours se bousculent devant le tableau d'informations. La cacophonie ne laisse rien présager de bon. Victoria se fraie un passage entre les corps moites.

— Alors ? lance-t-elle désespérée à son amie.

— Ils ferment l'école jusqu'à la fin de la semaine. Ils ne reprennent que lundi, répond-elle abattue de son accent allemand.

— Non, ce n'est pas possible !

— Si, malheureusement, j'avais tellement de choses de prévues.

— Et moi donc ! On ne pourra même pas sortir avec ce temps. C'est l'enfer qui nous attend.

— Tu viendras avec les filles à la maison demain soir, j'ouvrirai une bonne bouteille pour faire passer la pilule.

— J'en ramènerai une aussi. On n'en aura pas assez de deux pour encaisser.

— Il fait incroyablement chaud, poursuit Lislalia en

posant le revers de ses doigts sur sa joue.

— Insupportable, répond Victoria. Il fait si lourd qu'on a envie de ne rien faire. Je me sens molle.

— Il ne faut pas rester inactive et subir. Tu aurais dû venir avec moi au sport.

— J'avais trop de choses à préparer pour le retour de Ludo, ment-elle en se remémorant son déjeuner et son après-midi. Je suis tellement contente qu'il revienne aujourd'hui... encore plus avec les enfants coincées à la maison. Ah... je suis passée acheter les chocolats préférés de Ludo à l'épicerie russe de Montpellier.

— Ah oui ! On n'a pas encore eu l'occasion d'y aller ensemble. La prochaine fois que tu es toute seule, je t'accompagnerai. Les filles doivent être heureuses de voir leur papa.

— Tu as bien vu samedi ! Elles ont passé tout le week-end à demander quand il allait rentrer. J'ai cru que j'allais devenir folle à les entendre répéter la même question toute la journée.

— Bonjour, lance Julie, la maman d'une camarade des filles. Quelle chaleur ! Vu les cris et les larmes de tout le monde, je conclus qu'ils ferment l'école.

— Tu as vu juste.

La discussion se concentre sur les occupations à donner aux enfants durant le congé forcé. Les propositions s'abrègent quand la maîtresse des filles, seule et unique enseignante ponctuelle de l'établissement, avance devant son cortège d'écoliers. Les enfants atteignent la grille et se dispersent. Les trajectoires varient. Certains cherchent son parent dans la forêt de jambes. Des prénoms sont scandés au-dessus des têtes. Victoria croit revivre la scène du naufrage dans le film *Titanic*. Romie est la seule du groupe à enlacer sa maman, visage enfoui dans son ventre. Victoria, fière de cet élan spontané de tendresse, s'en va chercher Célie en maternelle. Elle guide sa fille par l'anse de son sac à dos au travers des parents entassés et des émanations de transpiration. Les collisions avec des adultes irritent Victoria. Des gouttes perlent sur son front et Romie tire sur sa robe en exprimant ses priorités : j'ai faim, j'ai chaud, j'ai soif. Un quatrième écho et un coup d'épaule d'un inconnu pressé ont raison de son stoïcisme. Elle pousse sa fille entre les buissons qui bordent l'allée, l'agrippe par les bras, se met à sa hauteur et assombrit le fond de sa rétine.

— Moi aussi, j'ai chaud et j'ai soif, murmure-t-elle les dents serrées de manière à ne pas être remarquée. Est-ce que je me plains ? On va chercher ta sœur et vous pourrez goûter. Tu as compris ?

Romie acquiesce, regard baissé vers ses sandales qui poussent un morceau de terre. Leur lente marche reprend. Devant la classe de maternelle, Victoria échange des politesses formelles avec l'institutrice sur la journée et récupère Célie. Sous le préau, elle distribue le goûter, prenant soin d'hydrater d'abord ses petits êtres fragiles avant de les nourrir. Un sac sur chaque épaule, une fille par main, la famille rentre. Les fleurs de sa robe scintillent à la vive luminosité de cette fin d'après-midi. Ayant nettoyé l'intérieur la veille, elle ordonne d'engloutir les gâteaux avant de grimper dans sa voiture. De son téléphone portable part un SMS à Ludovic : *tu penses arriver vers quelle heure ? (savoir si je t'attends pour la douche des filles).* La veille, il n'avait pas décidé entre un retour en train, en avion ou en voiture.

Ce midi, il l'a appelée. Occupée, elle n'a pas pu décrocher. Dans un message vocal, il lui demandait des papiers rangés dans son bureau. Après son rendez-vous, Victoria n'est pas parvenue à le joindre, en plus de lui fournir les informations souhaitées, l'organisation familiale dépend de son arrivée.

Sur les sièges arrière, les filles languissent de sauter au cou de leur papa. La maman anticipe leur frustration en les informant qu'il n'est pas encore là.

— J'aimerais bien qu'il fasse « surprise » quand on arrive comme l'autre jour, s'enchante Célie.

— N'y compte pas trop, ma chérie.

Victoria s'intéresse de savoir si Romie est heureuse de ne pas avoir école jusqu'à lundi. Une moue boudeuse appuie sa déception. D'après la petite, une présence en classe lui apprendrait un tas de choses et elle jouerait avec ses copines.

— Tu vas pouvoir profiter pleinement de papa et en plus, tu n'as pas de devoir à faire avant le week-end, feint-elle de se réjouir.

— On pourra quand même réviser le concours de lecture.

— Papa aura sûrement le plaisir de t'aider.

— J'espère que je vais gagner.

— Comme disait... je ne sais plus qui ma chérie, l'important c'est de participer.

— Qu'est-ce que ça veut dire ?

— Que si tu perds, ce n'est pas grave.

— Moi, je veux gagner.

Victoria n'insiste pas. C'est peine perdue. Ludovic leur a déjà insufflé le goût de la victoire. Avec lui, un jeu basique se transforme en championnat du monde. Il est capable de mettre en place une stratégie de maître d'échecs dans l'objectif de gagner une partie de 7 familles, même contre un enfant, même contre son enfant. Sa soif de victoires cache des névroses.

La brièveté du trajet entre l'école et la maison n'empêche pas les filles de solliciter sans cesse leur mère. *Maman ? Oui ! Maman ? Oui !* Ces invocations l'agacent, un *Maman ?* de plus et elle les abandonne au bord de la route pour aller siroter un mojito à la terrasse d'un café.

— Maman ?

Tirage du frein à main. Dérapage. Immobilisation du véhicule. « Sortez de ma caisse » hurle la mère. Les gamines se plantent sur le bas-côté. Démarrage en trombe. Direction une paillotte en bord de plage. Réflexion faite, je prendrai un Caïpirinha.

— Maman ? insiste-t-elle en sortant Victoria de son rêve.

— Oui !

— On peut plonger dans la piscine ? propose Romie.

— Oh oui, quelle bonne idée, adhère Célie.

— Non. Il faut préparer le dîner. Je n'ai pas le temps de vous surveiller.

— On y va toutes les deux, on mettra les brassards. On va faire attention, promis.

Les filles frappent des mains et scandent : « Piscine ! Piscine ! ». Ce boucan infernal accentue son irascibilité. Victoria inspire, expire, s'approprie les exercices prodigués à ses followers sur Instagram. Elle s'encourage. Ludovic ne va plus tarder, il absorbera leur énergie.

Aucune des voitures de son mari n'est garée dans l'allée. La porte d'entrée franchie, Victoria les envoie s'amuser dans leur chambre. La farandole des chamailleries démarre. Les querelles grimpent dans les décibels. Les cris stridents hérissent le duvet de ses avant-bras. Une intervention est vivement conseillée avant d'atteindre les inévitables sanglots de l'après bagarre. Sa voix grave et autoritaire gronde. Les enfants se séparent. L'accalmie sera de courte durée. Elle en profite pour déboucher une bonne bouteille qu'elle verse dans une carafe à vin. Le liquide s'écoule sur la paroi, le chant liquoreux promet une belle soirée. Il est trop tôt pour sortir du frigo la magnifique côte de bœuf achetée spécialement pour Ludovic. Victoria prépare l'accompagnement : salade, tomates, carottes, melon et quelques légumes de saison. Les mains couvertes de jus, le couteau dans la chair d'un fruit, les filles déboulent. Dans un vacarme digne d'une colonie de vacances en route pour une sortie piscine, Romie bringuebale un collier, surnommé *cœur de Te Fiti*, au-dessus de Célie. Bras tendus, bonds de puce, la petite désespère de ne pas choper le pompon brandi par sa foraine de sœur.

— Donne-moi le cœur, hurle la benjamine.

— Non, c'est moi la reine.

— Si. Donne.

— Non. Non. Non.

Leur manège les amène dans les jambes de Victoria. Les coudes appuyés sur l'évier, son bassin tape contre le placard au rythme entraînant d'une chanson populaire. Les fillettes lui font tourner la tête, une maman n'est pas toujours à la fête.

— Les filles, c'est bon maintenant ! Romie prête ce jouet à ta sœur ! Et toi, arrête de chouiner ! Tu ne vois pas qu'elle fait ça pour t'énerver.

— Il est à moi ce collier, rétorque l'aînée qui ignore la médiation de sa mère.

— C'est à moi d'être la princesse.

— Faites chacune votre tour !

— Mais c'est pas juste…

— Stop. Tu me poses ce truc tout de suite et vous filez dans vos chambres. Chacune dans la vôtre. Si vous ne savez pas jouer ensemble sans vous battre, vous vous séparez jusqu'à ce que je vous donne le bain.

— On va prendre un bain ? s'émerveille Célie.

— Non, je voulais dire une douche.

— Si maman, on prend un bain quand papa rentre, enchérit sa sœur.

— On verra. Pour l'instant, je vous ai demandé de déguerpir dans vos chambres. Je voudrais terminer d'éplucher ces légumes avant que minuit ne sonne.

— Je peux avoir un bout de melon.

— Moi aussi.

— Je n'ai pas entendu.

— S'il te plaît maman, entonnent les sœurs en chœur.

— Je vous en donne un morceau et vous me laissez finir, d'accord ?

— Oui.

— Il ne sert à rien de revenir. Vous n'en aurez pas plus. Sinon vous n'allez encore rien manger ce soir, abrège-t-elle en lâchant le fruit dans la gueule de ses lionceaux. Vivement que Ludo rentre, soupire-t-elle.

La loupiote de son portable clignote, synonyme d'une notification. Elle délaisse la découpe, essuie ses mains et se jette sur la lueur d'espoir. Deux messages reçus, un de Lislalia, *même pas deux heures que Krysta est rentrée et elle a déjà provoqué une tornade dans sa chambre. Cette fin de semaine sera longue. J'ouvre une bouteille tout de suite*. Une photo appuie ses lamentations, un verre de vin au premier plan et au second, floutée, une myriade de cadavres de poupées Barbie. Victoria répond : *j'ai déjà perdu tout le bénéfice du spa de ce matin. Courage, l'école reprend lundi.* Elle ponctue sa phrase d'un smiley contrarié avec une goutte sur le front. Le deuxième SMS provient de Xavier : *Je sais que je ne dois pas t'écrire mais je tenais à te remercier pour l'agréable moment partagé en ta compagnie ce midi.* Elle répond : *Moi aussi, je t'embrasse et pense fort à toi*, avant de supprimer la conversation. Elle lui avait pourtant ordonné de ne pas communiquer ce soir. Le cadran digital du four lui indique l'heure tardive. L'absence de Ludovic commence à lui peser. Son portable est encore sur sa messagerie.

Déçue, elle compte tout de même lui faire plaisir et lui offrir le plus de temps possible avec les enfants avant le coucher. Victoria s'élance vers la salle d'eau, un bain ou une douche l'attend. Bonde fermée, robinets ouverts, l'envie de leur faire plaisir pulvérise sa flemme titanesque. Son sixième sens maternel prévoit les éclaboussures, les tsunamis par-dessus les parois, le nettoyage du sol. À peine le jet s'écrase-t-il au fond de la baignoire que Romie apparaît, imitée par sa sœur. Leur bonheur exulte. Elles lui entourent chacune une jambe en la remerciant. Ce câlin allège la charge supplémentaire.

Ses pouvoirs divinatoires ne la trompent jamais. Romie et Célie entrent en compétition : la première à sauter dans la baignoire gagne. La petite a l'avantage. L'aînée retient sa sœur en arrière. Leur bousculade éclabousse. Des vaguelettes se répandent et trempe le tapis.

— Vous avez gagné. Je vous lave et vous sortez. On ne peut pas vous faire plaisir. Vous n'êtes pas encore mouillées que c'est déjà le bordel.

— C'est rien maman, c'est juste des gouttes.

— Juste des gouttes ? je vous lave et vous sortez, point. Vous êtes contentes ? Au lieu de jouer calmement comme deux enfants normales, vous venez de battre le record du monde du bain le plus court.

L'épreuve de l'eau terminée, les filles se plantent devant YouTube Kids sur la tablette numérique. Victoria n'est pas fière d'acheter la paix à ce prix. Par la baie vitrée, elle observe l'atterrissage d'une pie. Le devin qui sommeille en elle déchiffre ce présage ; dans les prochaines secondes, Romie s'autoproclamera « patronne de l'écran ». Sa force physique aura l'ascendant. Célie n'acceptera pas de ne pouvoir choisir le contenu des vidéos. Cette mésentente déterrera la hache de guerre. En attendant la réalisation de l'oracle, Victoria consulte son téléphone. Pas de clignotement. Pas de réponse. Ludovic reste sur répondeur. 20h00, si d'ici trente minutes, il ne montre pas le bout de son nez, le dîner sera servi sans lui. Ce mutisme inhabituel l'exaspère. Victoria pousse des jurons fleuris quand la dispute éclate. La tablette leur est enlevée et l'ordre de passer à table s'applique dès à présent.

L'abondance de légumes génère des jérémiades. Victoria feint de ne pas les entendre. Délaissée de tous, elle se sert un verre de vin rouge qu'elle déguste au fil des récits journaliers de Romie et Célie. Le repas terminé partiellement, les couverts débarrassés et rangés dans le lave-vaisselle, la digestion entamée, la matriarche supervise le brossage de dents. Elle leur rabâche l'importance de les faire briller.

— Maintenant, vous allez choisir une histoire et vous m'attendez dans le tipi de Célie. J'arrive.

— On voulait lire l'histoire avec papa, geint Romie.

— Je sais ma chérie, moi aussi. S'il arrive avant la fin, il terminera sinon vous le verrez demain.

— Ah non, moi je veux l'attendre, impose la petite.

— Et s'il rentre à minuit ?

— Je l'attends quand même.

— Ouais, c'est ça ! Allez choisir l'histoire avant d'être punies.

Victoria vérifie une énième fois ses messages. Elle fulmine de l'intérieur, bientôt 21h, aucune nouvelle. Les filles patientent dans la cabane. Romie a commencé la lecture. Sa diction bute sur plusieurs mots. Elles ont opté pour *Pile-Poil* de Laure Sireix et Chiara Arsego. Ce beau livre raconte les aventures d'un chat, mal dans son pelage qui se glisse dans la peau d'autres animaux. Victoria comprend les difficultés rencontrées par l'aînée. Le vocabulaire riche et les multiples assonances donneraient du fil à retordre à un lecteur aguerri.

— Vous êtes malignes ! Vous n'avez pas pris le plus court, annonce la mère en s'allongeant près d'elles.

Elle débute le conte. Son rythme s'automatise. Son oreille

se focalise sur le couloir, à l'affût d'une entrée fracassante de l'homme de la famille. La durée de l'histoire ne suffit pas à leur offrir l'arrivée tant espérée. Tristes, les filles se couchent. Victoria les embrasse et leur promet que leur papa viendra leur faire un bisou.

Face à la carafe, elle comble sa messagerie vide par le remplissage de son verre. Depuis le comptoir de la cuisine, elle allume la télévision et téléphone à Ludovic. Elle tombe directement sur son répondeur. Sa colère s'étale dans ses entrailles.

Ce comportement est en contradiction avec ses valeurs. Il aime la ponctualité et déteste les surprises. Dernièrement, Victoria a remarqué un changement d'attitude chez son mari. Un air distrait lors des repas en famille. Enfermé des heures dans son bureau. Des déplacements de plus en plus longs. Ludovic coche toutes les cases d'un homme épris d'une maîtresse bien que ses absences soient justifiées. Depuis le déménagement, presqu'un an plus tôt, son entreprise le contraint à multiplier les allers-retours de l'Île-de-France vers l'Hérault. Elle se demande si le prétexte du travail ne cache pas une deuxième vie.

— Maman, l'appelle une des filles.

Une gorgée de courage et elle se rend au chevet. Romie a soif. Une autre gorgée récompense la patience de Victoria. Sa soirée n'a rien à voir avec l'idée qu'elle s'en faisait. Une nouvelle fois, elle est seule, et en plus elle se saoule. Je suis pathétique pense-t-elle.

— Maman ?

Gorgée désabusée. Elle retourne vers les chambres. C'est au tour de Célie qui a envie de faire pipi. Gorgée d'abandon. Ludovic aurait pu l'informer de son retard, ça lui aurait évité d'attendre comme une cruche et les filles ne repousseraient pas l'endormissement.

— Maman ?

— Stop, maintenant ! Dodo ! Je ne veux plus rien entendre.

— Mais je veux juste savoir papa y rentre quand ?

— Je suis comme vous. J'en sais rien. Dormez et il sera là demain matin. Plus un mot. Bonne nuit.

Fatiguée de cette journée, elle emporte la carafe vers le canapé. La diminution du niveau du Châteauneuf-du-pape attirera Ludovic. Elle lui envoie un point d'interrogation dans un SMS. Elle s'aventure à une publication Instagram, une photo de son verre taguée de deux commentaires : *#enfantscouchés* et *#winedétente.* Victoria navigue sur ses applications : Insta, Facebook, Snapchat, Vinted, Météo. La télévision diffuse un programme culinaire, son appétit se réveille. L'alcool la ramollit. Le courage lui manque et il ne poussera pas des jambes au frigo pour qu'il se déplace au salon.

Pour la quatrième ou cinquième fois, Victoria verse de l'alcool dans son ventre vide. Mauvaise idée ! L'ivresse l'embrouille et l'emporte lentement dans un sommeil lourd et artificiel. Si elle avait sondé le tourbillon de la robe vermeille de la vallée du Rhône, ses talents de prophète l'auraient avertie de ne pas abuser des vapeurs spiritueuses. En effet, elle se réveillera dans la brume d'un lendemain de cuite, au matin de la plus horrible semaine de son existence, en l'absence de Ludovic.

Chapitre 2

Des murmures et des secousses la tirent d'un sommeil de plomb. Les filles se tiennent devant la maman. Les lèvres de Romie se déforment, aucun son ne lui parvient. Célie est immobile, tétine dans le bec, doudou enlacé. Victoria émerge. Les résidus alcoolisés épaississent l'environnement et compressent sa boîte crânienne.

— Tu es réveillée ? tu as dormi sur le canapé ? habillée ? papa n'est pas rentré ? il arrive quand ? on peut regarder Peter Pan sur Netflix ?

— Oh non, pas Peter Pan, râle Célie, la sucette en plastique avale un mot sur deux.

— Retire-moi ça, exige Victoria d'une voix éteinte. Tu sais bien que la tétine, ce n'est que pour dormir. Oui. Mettez-la télé.

Son corps ankylosé peine à la redresser. Ses muscles se déroulent à la vitesse d'un escargot qui sort la tête un lendemain d'orage. Deux ou trois craquements au niveau de son bassin sonnent le clairon. 8h30 s'affiche sur son téléphone portable. Elle a des notifications Instagram et d'autres réseaux, pas de SMS ou d'appel de Ludovic. Une clarté matinale inonde le salon. Dehors, le thermomètre entame son ascension vertigineuse. Sur la table basse, les taches rougeâtres de son verre la renvoient à l'excès de la veille. D'un geste instinctif, elle porte ses doigts sur ses tempes. Ce bref massage ne lui sera d'aucune utilité. Sa gueule de bois est taillée dans le marbre. Son ventre réclame une tartine et une tasse de chocolat chaud consistant. Elle retire les cadavres avinés. Effacer les preuves l'aidera à atténuer la honte.

— Je vais préparer le petit-déjeuner, qu'est-ce que vous voulez ?

— Lait-céréales, annonce Romie, la télécommande pointée vers l'écran sans regarder sa mère.

— Pareil, ajoute Célie.

— Très bien. Ma puce, je ne le redirai pas, va mettre cette tétine sur ta table de chevet.

— D'accord.

— Et mets tes chaussons, rouspète-t-elle à la petite qui a disparu dans le couloir.

— Papa n'est pas rentré ? redemande la grande.

— Non ma chérie.

Victoria se déplace jusqu'à la cuisine. Le froid du carrelage lui confirme qu'elle a quitté le pays ouaté des rêves alcoolisés. Les bols de lait chauffent sur la plaque tournante du micro-ondes. Le mouvement circulaire l'hypnotise. C'est toujours pareil, pense-t-elle, il faut attendre le lendemain pour regretter le verre de trop… les deux verres de trop… cette satanée cuite ne serait pas arrivée si… Le silence prolongé de son mari refait surface. Oublier de souhaiter la bonne nuit à cause d'une soirée arrosée au travail ou d'un dîner important s'est déjà produit. Fautif, il présente d'interminables excuses le lendemain. Cette absence prolongée l'inquiète. De toutes les hypothèses émises, la relation intime avec une maîtresse est la plus probante. L'officialisation d'une vie extra-conjugale éclairerait de nombreux questionnements. Victoria étouffe sa jalousie. Ludovic lui donnera une explication logique. Elle recherche dans ses souvenirs ce qu'il avait de prévu lundi. Son emploi du temps lui revient : *non, je ne peux pas rentrer ce week-end, on a un gros contrat à signer avec Guillaume lundi après-midi. Je rentrerai le mardi et resterai à la maison jusqu'au dimanche.* Guillaume, le frère de Victoria doit être au courant du départ de Ludovic. Elle veut le contacter quand le micro-ondes lui rappelle qu'elle a des enfants à nourrir.

Les filles veulent manger sur le canapé devant la télé. La négociation coupe court, pas de surplus de nettoyage inutile. Son téléphone sonne. Elle se rue dessus. C'est un appel de Bogdan, le chef de chantier de leurs trois villas. Elle décroche.

— Bonjour Madame, débute l'homme à l'accent des pays de l'Est, je suis désolé de vous déranger. J'ai voulu appeler Ludovic mais il ne décroche pas et comme vous m'avez dit que je pouvais vous appeler vous s'il y avait un problème.

— Vous avez bien fait. Qu'est-ce que je peux faire pour vous ?

— Voilà, je vous explique, s'applique à articuler le chef. Hier, un des ouvriers a fait un malaise à cause de la chaleur. Les autres gars ont parlé entre eux le soir. Ils ne veulent pas travailler tant qu'il fait aussi chaud.

— Ce n'est pas possible Bogdan. Vous savez bien que l'on a déjà du retard. On ne peut pas se permettre d'en accumuler encore, annonce Victoria qui pèse son phrasé dans l'intention de se positionner face à son interlocuteur.

— Je sais Madame, c'est bien pour ça que je vous appelle. J'aurais préféré ne pas vous déranger.

— Vous êtes où là ?

— Sur le chantier avec l'équipe, sauf Egor qui n'est pas là. On l'a laissé se reposer. Les autres disent qu'ils vont rentrer à la maison se mettre au frais.

— Faites-les patienter ! Qu'ils commencent à travailler doucement. Je vais faire en sorte de joindre mon mari. Nous allons trouver une solution sans qu'il n'y ait d'arrêt dans les travaux.

— Je vais faire de mon mieux.

— Je n'en doute pas. J'arrive le plus vite possible.

Victoria compose le numéro de Ludovic. Elle imagine qu'à cause de ce problème, une force mystique va le pousser à répondre. Pas de tonalité. Messagerie. Elle demande à Lislalia, par SMS, si elle peut garder les filles une partie de la matinée. Avant qu'elle n'ait pu joindre son frère, son amie lui répond : *Avec plaisir, vous resterez déjeuner avec nous. C'est Hans qui cuisinera* (smiley qui tire la langue). Hans, son mari, est consultant culinaire pour de grands restaurants. Cette invitation lui retire une corvée et lui assure de bien déjeuner. Une épine en moins dans le pied, un poil en plus dans la main, Guillaume décroche.

— J'ai un problème, j'ai besoin de ton aide, commence la sœur.

— Ce n'est pas la première fois mais je vais bien merci et toi ?

— Oui. Je suis désolée. Je suis un peu stressée.

— J'entends ça.

— Je dois faire vite ! Je dois me rendre sur le chantier des trois villas. Les ouvriers ne veulent pas travailler au prétexte qu'il fait trop chaud, ils ont le droit ?

— Toi, tu voudrais porter des parpaings par cette chaleur ?

— Guillaume, j'ai vraiment besoin de ton aide.

— Tu ne peux pas demander à Ludo ? C'est votre chantier perso, pas celui de l'entreprise ?

— Ah, justement ! Je voulais te téléphoner avant l'appel de Bogdan. Ludo n'est pas rentré hier et je n'arrive pas à le joindre. Je tombe instantanément sur sa messagerie. Tu sais quand il a quitté Melun et par quel moyen ?

— Qu... Quoi ? Comment ça ? bafouille son frère.

— Il n'est pas rentré. Il m'avait dit qu'il devait être à la maison hier soir et rester jusqu'à dimanche. Je n'ai pas eu de nouvelle de lui depuis hier midi. Il m'a laissé un message durant le déjeuner. Il voulait des papiers de son bureau. J'ai essayé de le rappeler mais depuis il est injoignable. Il ne m'a même pas dit qu'il rentrerait plus tard.

— Et tu ne t'inquiètes que maintenant ?

— Et je ne m'inquiète que maintenant ? singe-t-elle son frère. On voit que tu n'as pas les impératifs d'une mère de famille. En plus, ce n'est pas la première fois qu'il ne souhaite pas bonne nuit aux filles. C'est même très fréquent dernièrement.

— Et tu ne sais pas où il est ?

— Non. C'est pour ça que je voulais te parler. Il m'a dit qu'il devait signer un gros contrat avec toi avant-hier avant de nous rejoindre. Tu dois être le dernier à l'avoir vu. Tu ne sais pas où il est ?

— Euh… non. On s'est séparé après la signature. Il est allé sur un chantier et moi sur un autre. Il m'avait dit ne revenir que lundi prochain au bureau.

— Je vais essayer de le rappeler. Tu as une solution pour mon problème ? C'est assez urgent. On doit livrer les villas pour septembre et on est déjà limite sur le timing.

— Je me renseigne. Si j'arrive à avoir Ludo de mon côté, je lui dis de t'appeler.

— Pense à moi pour le chantier, s'il te plaît.

— Oui. Oui.

Avant d'aller se préparer, la mère donne ses directives aux filles : les bols iront dans le lave-vaisselle, leurs vêtements seront préparés dans leur chambre et, quand elles seront habillées, elles la rejoindront faire leur toilette. Victoria choisit une robe longue, sombre, col rond, sans manche et saute sous la douche. L'eau atténue son état comateux. Elle appréhende son passage sur la zone de travaux. Ses savons relaxants n'ôtent pas son angoisse. Elle déteste se confronter à des situations inconfortables.

Les ennuis du chantier la concernent doublement. Les contrats ont été signés sous la coupe de l'entreprise à son nom. L'opprobre d'une livraison tardive éclabousserait sa notoriété. Dépasser la date convenue signifie aussi devoir payer des pénalités. L'amende serait dérisoire. Ils possèdent largement de quoi l'acquitter. Elle craint surtout une mauvaise publicité sur ce premier projet dans le sud. Leur renommée n'existe pas dans cette région et le bouche-à-oreille est une des clés fondamentales du succès dans le bâtiment.

L'implantation de leur business autour de leur lieu de vie est une priorité absolue pour Victoria. De cette réussite dépendent le confort de sa famille et son bien-être. Un nombre accru de clients en Occitanie nécessiterait une présence obligatoire de Ludovic dans les parages. Il serait à leur villa tous les soirs de la semaine et il la soulagerait de sa pression journalière.

Victoria rêve éperdument de retrouver une vie similaire à celle de Brie-Comte-Robert, à tel point qu'elle a manigancé un plan retors. Elle a usé de ses deux armes fétiches auprès de quelques commerçants : ses charmes et son argent. « J'adore cette région, ce village est un bijou. Le bail de notre location ne dure qu'un an, j'espère que l'on dénichera vite une propriété » a été entendu chez le boulanger, le poissonnier, la coiffeuse, l'esthéticienne, le fromager... Le boucher a mordu à l'hameçon : « J'ai l'ami d'un cousin qui travaille chez un vigneron du coin. Il paraîtrait qu'il souhaiterait vendre des parcelles de terrain pour pas grand-chose ». Victoria a glissé cette information à l'oreille de son mari juste avant de s'endormir, après un orgasme. Elle choisit cet instant de plénitude chaque fois qu'elle convoite ardemment un cadeau. Ludovic a ensuite mené son enquête. L'opportunité rimait avec rentabilité et plus-value. Quatre semaines plus tard, ils ont sabré le champagne chez le notaire. L'euphorie de l'acquisition leur fit commettre une erreur de débutant, mettre en vente trop tôt les futures constructions.

Madame Kovalev en subit les conséquences. Les ouvriers ne veulent plus travailler sous la canicule. Ludovic n'est pas là. Elle doit gérer. Seule.

Victoria dépose les filles chez Lislalia en coup de vent, prenant juste le temps de la gratifier de sa reconnaissance. Hans répond simplement : « c'est tout naturel. On t'attend pour déjeuner ». Une liaison téléphonique avec Ludovic est lancée par le biais du kit main-libre de son véhicule. Cet appel du désespoir meurt dans le néant. À l'approche du chantier, le stress monte. La paume de ses mains s'humidifie. L'indécision la fait hésiter quant à la posture à tenir devant les employés masculins : fermeté, écoute, compréhension ou intransigeance. Ludovic a suffisamment insisté, s'ils veulent gagner de l'argent dans cette affaire, les travaux doivent impérativement se terminer dans les délais. Les frais de personnel étant épongés par leurs sociétés, l'équipe d'ouvriers expatriée de Melun ne leur coûte presque rien. Les engins de chantier, trop compliqués à transférer de leur entrepôt en Seine-et-Marne, sont loués sur place. Cette location journalière gonfle la note dispendieuse. Victoria se remémore les quelquefois où, en tant que spectatrice, elle a pu admirer Ludovic, chef d'entreprise, proclamer des discours directifs et galvanisants à ses « gars », comme il se plaît à les surnommer. La technique du mimétisme faciliterait sa prise de parole. Malheureusement, l'aisance et le charisme lui font défaut. Ne panique pas, se réconforte-t-elle, tout ira bien, je dois gagner un peu de temps et trouver les mots pour les encourager à reprendre le travail. Déterminée à ne pas décevoir son mari et à se prouver son aptitude à gérer ce problème, elle sort de sa voiture.

Au-delà des murs bruts et des monticules de terre, des appareils pétaradent, le tintamarre l'oppresse et chamboule sa confiance. Bogdan s'approche la main tendue. Cette salutation masculine fragilise sa confiance. Néanmoins, louper cette introduction de force amoindrirait sa crédibilité, déjà quasi-inexistante dans l'œil du responsable. L'immense paluche rugueuse du bonhomme broie ses doigts diaphanes. Victoria étouffe la douleur, dents serrées et affiche une solide fermeté dans son expression. Cet homme va comprendre qu'elle est Madame Kovalev.

— Bonjour madame, je suis désolé de vous obliger à venir.

— Bonjour. Ne le soyez pas. Nous sommes là pour ça, affirme-t-elle d'un ton résolu. C'est important pour vous et ça l'est encore plus pour nous. Je constate qu'ils travaillent en ce moment.

— Oui. Ils ont accepté de continuer quelques heures mais ils ont décidé de s'arrêter pour midi. Ils avaient choisi 11h et j'ai réussi à gagner une heure.

— Je vous félicite ! C'est pour cela que mon mari vous voulait sur ce projet. Il m'a si souvent vendu vos mérites.

— Je vous remercie madame, répond Bogdan, reconnaissant de cette flatterie.

— Je passe tous les deux-trois jours constater les avancées mais j'ai du mal à me projeter. Vous pouvez me dire où nous en sommes ? Nous avions un léger retard, c'est toujours le cas ?

— Non, nous l'avons rattrapé. Quand Ludovic a proposé aux gars de travailler les samedis en plus, ça a été beaucoup plus vite. Je ne peux pas dire que nous avons pris de l'avance… on peut garder l'espoir de finir en septembre.

— C'est une excellente nouvelle. Et s'ils arrêtent de travailler maintenant ou qu'ils ne travaillent qu'une demi-journée, ça aura des conséquences ?

— Ce n'est pas bon du tout. Et j'ai regardé la météo. Y disent que la chaleur va continuer jusqu'à vendredi ou samedi, argumente l'homme avec son accent de l'Est.

— Oui, c'est ce qui est prévu.

— En plus, il est possible qu'on ait encore des chaleurs comme ça en juillet et en août.

— C'est possible. Mais je ne comprends pas, ils ont décidé ensemble de s'arrêter d'un commun accord ?

— Je crois qu'il y a un penseur parmi eux mais je ne sais pas lequel. Le soir à la maison, ils discutent. Je ne suis pas là pour les surveiller. Vous savez, ils ne voient pas leur famille. Ils ont vu l'un d'eux faire un malaise, un autre a tourné de l'œil. Je peux les comprendre.

— Ils sont très courageux mais nous sommes engagés sur une date, nous nous devons de la respecter.

— C'est pour ça que je vous ai appelée. Je leur ai parlé et ils n'écoutent pas. Ils veulent s'arrêter. Ils sont prêts à ne pas être payés.

— D'accord. Là, tout de suite, je n'ai pas de solution. J'attends que mon mari me rappelle ou bien qu'il rentre. Je pense qu'il viendra les voir. Pour le moment, j'ai demandé conseil à Guillaume. Même s'il n'est pas impliqué sur ce chantier, il cherche une solution. Vous pensez qu'ils accepteraient de travailler au moins les matins jusqu'à midi ?

— Il faut voir, je pense que oui.

— Ça sera un moindre mal, vous ne croyez pas ?

— Plus ils travaillent, plus ça avance.

— Je viens de me rendre compte que j'ai laissé mon téléphone dans la voiture. Je vais vérifier s'il n'a pas essayé de me joindre et je reviens vers vous, prétexte-t-elle, son besoin de fuir étant plus important que la nécessité de terminer la discussion.

La température continue de grimper. Des perles de sueurs pigmentent l'arête de son nez. Un mouchoir les efface. Ma proposition de les faire travailler uniquement à la fraîche est honnête, pense-t-elle. Le chantier ne prendra pas trop de retard et cette décision prouve aux gars mon humanité. Il est impensable d'avoir des enfants interdits d'école et de laisser ces pauvres travailleurs carboniser en plein cagnard.

Son mari, quand il daignera décrocher, sera certainement très fier de son initiative. Victoria a trois appels en absence et un SMS de Guillaume. Il la somme de le rappeler au plus vite. Elle s'exécute, soulagée.

— Je suis content de t'avoir, débute son frère. Tu as des nouvelles de Ludo ?

— Non et toi ?

— Non plus, on arrive directement sur sa messagerie. Je me renseigne par d'autres intermédiaires. Je devrais vite en savoir plus. Il ne t'a pas rappelée ? ou envoyé un SMS ?

— Je te dis que non. Tu as une idée pour moi ?

— Une idée pour quoi ?

— Je t'ai dit que les ouvriers refusaient de travailler.

— Ah, désolé, j'avais zappé. Non. Je n'y ai pas pensé. Il y a peut-être plus important à s'occuper.

— Guillaume, bien sûr que Ludo est plus important. Tu vas voir, il va rentrer ou téléphoner bientôt avec une excuse bidon dont il a le secret. Et il fera comme si rien ne s'était passé. C'est comme ça qu'il procède depuis quelques temps, crois-moi, je vis avec lui. En attendant, il s'est lancé dans la construction de ces trois villas et on risque d'avoir des problèmes s'il ne les livre pas à temps.

— Ne t'énerve pas.

— Je ne m'énerve pas, je t'explique.

— Si, tu t'énerves et ça ne sert à rien, insiste-t-il.

— Tu sais que tu vas réussir à m'énerver à me dire de ne pas m'énerver. Laisse tomber, c'est bon, le chef de chantier me fait de grands signes. Je vais voir ce qu'il me veut. Si tu as une idée, appelle-moi.

Bogdan accourt. Une ombre menaçante obscurcit son front. Ne le connaissant pas, Victoria ne saurait dire si c'est de la colère ou de l'effroi.

— Madame, venez vite, on a un autre problème.

Chapitre 3

Sur leur terrain constructible de plusieurs hectares verdoie une flore variée et fruitée : vignes, abricotiers et figuiers en sont un échantillon. Ce verger naturel et agricole est cerné par deux routes. Le problème annoncé par Bogdan survient de l'autre côté. La traversée représente une courte balade. Un jeu d'enfant avec des chaussures adéquates ; tongs aux pieds, le sol graveleux, cahoteux et pierreux devient un parcours du combattant qui oblige Victoria à soulever sa longue robe pour éviter le roulé-boulé. La galanterie de Bogdan emprunte la voie la moins escarpée. Les ouvriers épongent leur visage à l'aide de la pilosité de leurs avant-bras et la saluent. Victoria les imite et prend garde à ne pas dévoiler son mollet saillant.

Plus loin, planté au centre d'un amas de terre retournée, elle aperçoit un arbre mort dans la réverbération solaire. En s'approchant, elle réalise que c'est un homme grand et rachitique, aux membres anormalement allongés. Les reflets lumineux sur son crâne dégarni l'auréolent d'une sainte aura qui contrebalance son austérité. Des bras tentaculaires s'échappent d'une chemise à manches courtes au bout desquels une sacoche et un porte-bloc pendouillent. L'épouvantail humain flotte dans un pantalon à pinces noir inapproprié en la saison. La douceur de sa poigne contraste avec sa peau sèche et tachetée.

— Vous êtes la responsable de ce chantier ?

— Oui, c'est moi. Je suis Victoria Kovalev. L'entreprise appartient à mon mari et à moi, se défend-elle.

— Enchanté, je suis Roland Piémont, inspecteur du travail.

— Enchantée ! Si vous venez à cause de la canicule, sachez qu'il était prévu que les employés s'arrêtent à midi pour une durée indéterminée... du moins jusqu'à la fin des fortes chaleurs, se justifie Victoria, énervée contre elle-même en se remémorant le dicton de Ludo : « en affaire, ne tire jamais la première ».

— Oui, c'est une excellente initiative mais je ne suis pas là pour ça, tranche-t-il intransigeant et impartial.

— Ah bon ? s'interloque Victoria.

— Non, reprend l'homme en cherchant un endroit pas trop sale où poser son attaché-case. En fin de semaine dernière, nous avons reçu, une lettre dont voici une copie, dit-il en tapotant sur son porte-bloc. C'est une lettre anonyme mais nous ne traitons aucune information à la légère. Celle-ci nous informe que les salariés présents sur ce chantier sont des étrangers en situation irrégulière. Ne vous y méprenez pas, j'entends par là qu'ils sont rémunérés avec des fiches de paie qui ne sont pas aux normes et des liquidités en supplément. De plus, l'auteur de la lettre affirme dans ses révélations que ces mêmes salariés dépassent le nombre d'heures légal en France et qu'ils vivent ensemble dans un logement insalubre. Tous ces faits sont-ils avérés, madame Kovalev ?

— Je ne sais pas, répond abasourdie Victoria. Vous êtes au courant Bogdan ? demande-t-elle en direction du chef de chantier.

— Non.

— C'est ennuyeux, reprend l'inspecteur en prenant note sans qu'elle ne puisse déchiffrer. Vous êtes la cheffe de cette entreprise et vous ignorez ce qu'il s'y passe ?

— Comme je vous l'ai dit, cette entreprise appartient à mon mari et à moi. Je ne suis pas au courant de tout.

— Vous vous doutez bien, madame, que je me suis renseigné avant de venir. Cette société est uniquement à votre nom.

— Oui, c'est vrai, avoue Victoria qui est obligée d'être honnête. Cette entreprise m'appartient mais c'est mon mari qui la gère. Je ne fais que signer des papiers.

— C'est intéressant, poursuit-il en noircissant sa page. Et en avez-vous des papiers sur vous ?

— Bien sûr, j'ai ma carte d'identité et mon per...

— Madame, ce n'est pas un contrôle de police, la coupe-t-il dans la fouille de son sac. Je vous parle de contrats de travail du personnel, fiches de paie et ce n'est qu'un début car je pense contacter un contrôleur fiscal pour mieux comprendre ce qu'il se passe ici.

— Qu'avons-nous fait ?

— Je ne sais pas madame, ce serait plutôt à vous de me le dire. Avez-vous ces papiers ?

— Non. Je n'ai rien ici. Le siège social... les locaux... l'expert-comptable... tout est à Melun. Mon mari est absent, c'est compliqué, vous comprenez...

— C'est fâcheux. Comment se fait-il qu'une société dans le bâtiment située en région parisienne exerce dans l'Hérault ?

— Nous avons acheté ce terrain avec mon mari et nous y construisons trois villas.

— Hum, murmure l'inspecteur d'une onomatopée familière à Victoria qui signifie : « encore des parisiens qui viennent nous destituer des terres pour du profit ». Et quand pourrez-vous me remettre ces documents ?

— Je vais faire en sorte de vous les fournir au plus vite, affirme-t-elle les joues cramoisies à cause de la chaleur et de la panique.

— Je n'en attendais pas mieux de votre part, scande-t-il d'un ton solennel. Je vous laisse passer vos coups de fil et vous me les remettez demain ?

— Tout est en Île-de-France, il me faut plus de temps, supplie Victoria.

— À l'ère du numérique, vous devriez pouvoir tout me fournir ce soir ou demain par mail.

— L'expert-comptable n'est peut-être pas disponible.

— Je ne peux me permettre d'attendre trop longtemps. Il y a des lois, il faut les respecter. Vous êtes responsable de ce qu'il se passe ici. Voici la liste complète des documents. Je vous laisse jusqu'à lundi prochain pour m'envoyer tout ce que je vous ai demandé. Je vous laisse ma carte. Je vais prendre vos coordonnées si je juge avoir besoin d'autres informations, cela vous convient ?

Victoria cogite entre ce qu'elle peut ou ne pas dire. Elle se tourne vers Bogdan, impuissante. « Aide-moi » implore son regard. Le chef d'équipe baisse la tête et fixe une brouette vide.

— Oui, accepte-t-elle dans l'incapacité d'obtenir une meilleure finalité. J'ai le droit de savoir qui a envoyé cette lettre ?

— Cette lettre est anonyme et dans l'hypothèse où je serais au courant, vous n'êtes pas tenue d'en être informée, seulement de respecter le droit du travail. J'ajoute à cela que, comme tout ceci n'est pas en règle, poursuit-il en balayant de son index squelettique le chantier, j'interdis la poursuite des travaux jusqu'à nouvel ordre.

— Vous ne pouvez pas…

— Si je peux, la coupe-t-il.

— Vous ne comprenez pas, nous avons des délais à respecter. Si nous arrêtons maintenant, nous ne rattraperons jamais notre retard.

— Madame, c'est vous qui ne prenez pas conscience de la situation critique dans laquelle vous êtes. Si vous êtes hors-la-loi comme cette lettre le laisse entendre, ce n'est pas un banal retard que vous allez avoir, menace-t-il d'un ton glacial. Si vous n'avez pas d'autres questions ou requêtes, nous allons voir quelques détails. J'aimerais que...

Victoria tente de conserver toute son attention sur les derniers impératifs de Roland Piémont. Des divagations l'angoissent. Elle se voit déjà les menottes aux poignets. Ses solutions envisagées aboutissent dans des voies sans issue. Ses frêles épaules ne résisteront pas à l'inspection du travail. Ludovic doit venir à sa rescousse. Elle pressent que le zèle du contrôleur dénichera des vices de procédure susceptibles de leur causer du tort, beaucoup de tort.

Chapitre 4

Victoria remonte dans sa voiture. Ses muscles se raidissent. Ses doigts étranglent le volant si fort que ses phalanges blanchissent. La route est peu fréquentée, personne sur les pistes cyclables, pas d'automobiliste dans le rétroviseur. Les vignes l'entourent. Certaine qu'aucun spectateur n'assistera à sa désolante furie, son diaphragme contracté expulse un débordement d'émotions. La frustration s'échappe en un hurlement perçant et continu. L'asphyxie rougit ses pommettes et gonfle ses globes oculaires. L'air lui manque. Ses poumons se remplissent d'une salve d'oxygène pur et un sang neuf colore son teint cramoisi.

Victoria se félicite d'avoir eu la présence d'esprit de se faire raccompagner par Bogdan et de le missionner sur l'expéditeur de la lettre anonyme. Il se cache peut-être au sein des ouvriers. Brutus a bien poignardé César. Une dernière tonalité retentit et la sort de son raisonnement. Ludovic reste sur messagerie et Guillaume ne répond pas.

Romie et Célie l'attendent. Elle opère un crochet par la maison et cherche dans ses mails et courriers le numéro de téléphone de l'expert-comptable. À l'heure du déjeuner, il doit être absent. Victoria tente sa chance. Un message automatique l'informe de son repos et d'un retour au cabinet le lendemain. Sans être superstitieuse, elle s'inquiète de savoir quel acte abominable elle a commis pour mériter cet acharnement de la malchance. Esseulée, incapable de réfléchir, elle rappelle son mari et son frère, nouvel échec. Habituée à laver son linge sale en famille, la confidence n'a jamais été dans son tempérament, elle espère trouver conseil chez ses amis.

Hans remue le plat d'une spatule en bois. Il ne perd pas une miette du récit. Lislalia, appuyée sur le comptoir de la cuisine face à Victoria, écoute attentivement. L'allemande se renfrogne. Sa main se pose sur la sienne. Victoria a déjà eu l'occasion de bénéficier de la gentillesse de sa copine. L'empathie de Lislalia se déploie sur sa figure au travers d'expressions distinctes. D'un pli de front, elle absorbe la tristesse. Ses yeux en amande font valser la joie. La contrariété embrase ses joues. D'un ressenti rapide, elle possède le don de juger s'il est préférable de servir un café, un thé ou un verre de vin. Son souffle bienveillant diffuse un climat rassurant et dissipe un peu, l'effarement de Victoria.

— Il s'en est passé des choses depuis que je t'ai laissée hier, conclut-elle. Comment tu te sens ?

— C'est difficile à dire. J'ai l'impression de sombrer, tout en maintenant la tête hors de l'eau pour gérer au mieux cette situation catastrophique. Je suis au bord de la rupture.

— Ne la définis pas de catastrophique, intervient Hans de son accent allemand. Elle n'est pas très confortable, ça pourrait être pire. Il ne faut pas que tu sois négative. Le positif appelle le positif.

— Hans a raison. Nous sommes là, ajoute Lislalia. Si on peut t'aider, on le fera.

— Vous êtes si gentils, remercie Victoria.

— C'est toi et Ludo qui avez été gentils avec nous à notre arrivée.

— N'importe qui aurait fait pareil. Puis, on était un peu dans le même cas que vous, à peine débarqués du nord.

— Nous vous en sommes reconnaissants et redevables, insiste Hans. Nous avons suffisamment voyagé pour te dire que nous n'avons pas été accueillis partout comme vous l'avez fait..

— Je suis complètement perdue, murmure Victoria au bord des larmes. Qu'est-ce que je dois faire ?

— Réfléchis, étape par étape, conseille Lislalia.

— Oui, enchérit son mari. D'abord, je suis certain que Ludovic doit avoir une bonne raison pour ne pas répondre et que...

— Une bonne raison ? le coupe Victoria. Quelle bonne raison peut-il avoir ?

Un silence embarrassant s'installe.

— Que va-t-il m'apprendre ? qu'il était avec une autre femme ? se surprend-elle à sortir avec encore plus d'émotions.

— Ne pense pas à cela, il est peut-être coincé quelque part. Quoi qu'il en soit, en attendant de le voir réapparaître, tu dois t'occuper du problème de ton entreprise, enchaîne Hans pour ne pas lui offrir la possibilité de cogiter. Ton frère ne répond pas pour l'instant et ton expert-comptable sera disponible demain. Déjà, es-tu sûre que ton comptable possède les papiers dont tu as besoin ?

— Je pense, oui. Enfin, je crois, hésite-t-elle.

— Ton frère peut les avoir ?

— Lui, non... j'en sais rien. Ils doivent être conservés au siège de la société, à Melun. Mais je ne crois pas que mon frère puisse y avoir accès. Ce chantier est géré par une entreprise à mon nom. C'est un peu compliqué et je ne maîtrise pas tout. Je me suis tenue à l'écart des montages financiers de Ludo. Ils partagent l'activité principale à eux deux. Pour le reste, je ne suis au courant de rien. Je me contente de signer des papiers à la demande de Ludo.

— Et toi ? Tu peux avoir accès à ces papiers ? demande Lislalia.

— Si j'étais sur place, la secrétaire me laisserait les prendre.

— Alors pourquoi ne pas y aller ?

— C'est compliqué. J'ai les filles. Demain, j'ai deux cours. Ça me fait penser que je n'ai pas posté ma vidéo méditation mère-fille sur Instagram.

— Tu peux décaler les cours ?

— Je dois pouvoir mais je ne veux pas faire faire un aller-retour aux filles. Je vais les épuiser et elles m'épuiseront. Je suis déjà à bout de nerfs.

— On peut te les garder, propose Lislalia.

— Oui, appuie Hans.

— Vous êtes adorables mais ça me gêne. Vous auriez trop d'enfants à gérer.

— On t'a dit que nous voulions t'aider. Nous avons déjà eu plusieurs fois les filles à dormir pour une soirée pyjama. Et tu as déjà gardé Krista pour nous laisser décompresser.

— Non… je ne peux pas, tergiverse Victoria, coincée entre scrupules et obligations.

— On ne te laisse pas le choix. Tu t'organises, tu pars aujourd'hui et tu reviens demain… ou plus tard, selon le temps dont tu as besoin. C'est décidé.

— Mais je ne sais même pas s'il y a un train ou un avion de disponible.

— C'est un détail. On va t'allumer l'ordinateur portable et tu réserves ton billet. Nous mangeons un morceau ensemble. Comme Hans ne travaille pas aujourd'hui, il te déposera là où tu le souhaites, n'est-ce pas Hans ? lance-t-elle dans sa direction.

— Je n'avais rien de prévu cet après-midi, confirme-t-il en hochant les épaules, spatule pointée vers le plafond.

— Voilà ! Comme ça, tu pourras régler ton problème et tu auras une bonne nuit de sommeil, sans un gosse qui te réveille. Je t'envie presque, ajoute Lislalia dans l'espoir de détendre son amie.

Victoria esquisse un sourire pincé, reconnaissante de la

tentative humoristique. Dois-je accepter cette proposition, se demande-t-elle. Laisser ses filles ne l'enchante pas malgré sa confiance en son amie. Romie et Célie prendront cette décision comme une agréable soirée à passer entre copines. Dans le pire des scénarios, si son frère ne répond plus comme son mari et si l'expert-comptable, pour une obscure raison, ne peut lui fournir les documents, elle aura la possibilité de chercher seule dans les locaux de l'entreprise. Les menaces d'une condamnation judiciaire la tourmentent. L'aspect sinistre et sévère de Roland Piémont l'angoisse. Ce genre d'individu provoque des cataclysmes, de ceux qui fragilisent ou anéantissent un foyer. Se rendre à Melun assurera le coup et la tranquillisera.

— Vous êtes certains que ça ne vous dérange pas de garder Romie et Célie cette nuit ? vérifie Victoria.

— Le seul point qui m'embête, c'est cette chaleur. Elles vont être obligées de se défouler à l'intérieur, se lamente son amie qui rayonne de jovialité.

Le plat inconnu régale les papilles de Victoria. La texture du goulasch, recette à base de bœuf, paprika et concentré de tomates importé de Hongrie, est peu ragoûtant. Depuis sa reconversion professionnelle, la professeure de yoga a modifié ses habitudes alimentaires. Elle a fortement diminué la consommation de viande, sans toutefois l'avoir arrêtée définitivement. Elle en mange en de rares occasions quand elle est certaine de la qualité des produits. La première bouchée a ôté son a priori. Et à la fin, l'intégralité de l'assiette est saucée.

— Ça fait plaisir de voir un tel appétit, lance le cuistot au rictus carnassier à l'attention de ses invitées.

— Maman ne nous fait pas des choses si bonnes, le complimente Romie.

Grâce à Hans, Victoria a découvert une ribambelle de plats exotiques. Son voisin cuisinier-trotter comme elle s'amuse à le surnommer, a rapporté de ses expatriations aux quatre coins du globe des spécialités locales. Son expérience lui permet d'exercer le métier de consultant culinaire. Au gré des missions, il emménage dans un pays et vend ses services à des établissements réputés. Son talent reconnu bénéficie d'un excellent bouche-à-oreille. Il lui faut sauter plusieurs pages de son agenda pour proposer une disponibilité. Son statut d'auto-entrepreneur lui évite les horaires des services en restaurant et lui dégage un temps à investir dans l'éducation de Krysta. Dans une autre vie, Victoria aurait aimé épouser un homme comme lui, ayant les critères fondamentaux du mari idéal : un charme indéniable, un calme olympien, une âme d'aventurier et un don précieux de cuisinier.

Lislalia, quant à elle, s'occupe de la communication de son mari. Elle gère ses réseaux sociaux, Facebook, Instagram et YouTube. Une dizaine de milliers de personnes suit les recettes vidéoludiques d'Hans le polyglotte qui distrait ses followers en sautant d'une langue à l'autre. En parallèle, elle organise des showrooms gastronomiques dans le but d'alpaguer des clients privés afin d'organiser des réceptions mondaines et luxueuses.

Le couple a instauré un rituel familial. Ses amis choisissent un de leurs voyages passés et déjeunent, dînent, soupent aux couleurs de la nation pendant une période de trois à dix jours. Cette semaine, leurs valises et casseroles ont atterri en Hongrie. Au dépaysement gustatif sont ajoutées des photos souvenirs de leur voyage sur le buffet de leur salon. Sur l'une, les amoureux barbotent dans les bains thermaux de Széchenyi à Budapest. Sur d'autres clichés, Hans lève un pouce devant le parlement hongrois et Lislalia porte un chapeau folklorique surmonté d'un poivron rouge. Victoria jalouse ce détail anodin. Elle adorerait raconter des anecdotes palpitantes d'incroyables pérégrinations. Aujourd'hui, pressée par le décollage de son avion dans moins de deux heures, elle abrège l'examen de leur album de voyage.

De passage dans sa villa, Victoria prépare les affaires des filles et les siennes. Sur Internet, elle réserve un véhicule de location. Dans le bureau de Ludovic, un poster en noir et blanc représente deux pigeons qui se becquent langoureusement sur les pavés de la place Saint-Marc de Venise. Son mari, amateur de photographie à ses heures perdues, avait immortalisé la scène lors de leur premier séjour en amoureux dans la cité des masques. D'un maladroit ton solennel, il avait roucoulé : « cette accolade nous ressemble, elle est sensuelle et passionnée ». Au début de leur relation, le garçon s'essayait à l'ode alambiquée du romantisme qui ne chante juste qu'à l'oreille d'une jeune énamourée. Derrière le cadre se cache un coffre-fort. Ludovic affectionne ces boîtes d'acier sécurisées qui recèlent mystères et secrets. Cette lubie est probablement l'héritage d'une enfance parsemée de jeux de rôles liés à la piraterie ou à l'espionnage. Dans sa vie d'adulte, il y enferme son argent liquide et ses papiers sensibles. Victoria sort une liasse épaisse, elle note la somme dans le carnet de compte. Le monticule de pognon n'est pas sans lui rappeler les bandes dessinées de l'Oncle Picsou lues par son frère.

Un deuxième inventaire des valises la rassure : changes, produits de toilette, crèmes, liquidités... Sur son ordinateur, Victoria télécharge la vidéo réalisée le week-end dernier avec Romie et Célie, dans laquelle on peut la voir prodiguer des conseils de méditation lors d'une séance de yoga mère-fille. De nombreuses jeunes mamans qui la suivent sur Instagram, rencontrent des difficultés à canaliser l'énergie de leur enfant. Elle a eu l'idée récente d'incorporer une partie *children* qu'elle compte bien développer. Depuis une semaine, elle *tease* la mise en ligne de son tutoriel familial. Un report est inenvisageable. L'accompagnement de la publication ne sera pas à la hauteur du temps investi à la réalisation. Pendant le chargement, Victoria téléphone à ses deux clients pour décaler les cours du lendemain. Agnès Fard la recontacte à son retour de vacances. Philippe Martin accepte de repousser au vendredi matin. Sa mère répond favorablement par SMS à sa demande d'hébergement pour la nuit. Satisfaite de son organisation rapide et efficace, elle compose le numéro de son mari et de son frère par acquis de conscience. Un juron de consternation s'égare dans la maison mise sous alarme.

Avant le décollage, Victoria photographie la moitié de son visage et le hublot en arrière-plan, elle ajoute : *#deretouràParis* et la partage en *story*. Téléphone éteint et rangé, ses épaules se calent au creux du siège. Une heure et vingt minutes de vol et je serai déjà là-bas, le temps et les distances se raccourcissent, pense-t-elle. Le souvenir du trajet interminable en direction du bassin méditerranéen, entassés à quatre avec Guillaume et ses parents dans la Renault 25 familiale la rend nostalgique. Un regret la titille. Le câlin d'au revoir à Romie et Célie manquait d'entrain. Ses deux petites l'énervent souvent, la poussent à bout mais, dès qu'elle s'éloigne, un manque pernicieux la chagrine. Elle espère que ses consignes écoutées d'une oreille inattentive, seront respectées et appliquées. Leur comportement est le reflet de son éducation, il doit être irréprochable.

L'avion décolle, ses tracas sentimentaux se désagrègent à la propulsion des réacteurs. Leur place ne reste pas vide longtemps, d'autres soucis viennent la tourmenter. Le silence de Ludovic vient de dépasser les vingt-quatre heures. Victoria s'inquiète. Cette conduite inconséquente ne lui ressemble pas. Son mari, trop occupé lors d'un dîner d'affaires, a déjà eu l'audace ou la bêtise, de l'ignorer le temps d'une soirée, d'une nuit tout au plus. Il connaît son aversion à ces retraites nocturnes hors des radars de contrôle. Les hypothèses d'une batterie déchargée, d'une perte, d'une casse ou d'un vol ne sont plus valables. Ludovic aurait déjà remédié à cet aléa. À moins qu'il n'ait éteint son smartphone volontairement, suppose-t-elle. Pour quelle raison le ferait-il aussi longtemps ? Pour être tranquille ? Avec qui ? Dans leur contexte conjugal, cette question est légitime.

Victoria avait d'abord mis le renfermement de son mari sur le dos du déménagement. Il ne s'enthousiasmait pas à l'idée d'un nouveau départ. Leur quotidien en Seine-et-Marne lui convenait, que ce soit leurs proches, amis, loisirs, habitudes et les clients de leur entreprise. Ludovic insistait sur les avantages et la facilité à prospecter d'autres marchés sur la zone géographique foisonnante de l'Île-de-France. Victoria s'entêtait à vouloir tout quitter, ignorant l'argumentaire de son époux. Elle évoquait la douceur de la province, un meilleur climat, un cadre de vie en osmose avec ses énergies, les vertus de l'air marin et de la vitamine D qui renforceraient le système immunitaire de la famille. Le *timing* était propice à changer de décor, l'année scolaire se finissait. Romie et Célié, à peine en âge de broder des attaches amicales propres à l'école primaire, n'en seraient pas trop affectées. Le père pointait l'absurdité des propos. La mère n'en démordait pas.

La riche énumération des bénéfices d'une migration vers le sud n'était qu'une excuse. La vérité était ailleurs. Victoria fuyait une faute impardonnable. Elle avait déconné, vraiment déconné. Son erreur l'obligeait à partir. Cette échappée à l'autre bout de la France lui éviterait la honte et protégerait ses filles des futurs adjectifs abjects proférés à son encontre. Son mari ne devait jamais entendre parler de son infamie.

Ce que voulait Victoria… Ludovic l'accepta… avec conditions : tant qu'il n'y aurait pas une pérennité pour ses sociétés dans le sud, il continuerait ses affaires dans le nord. Victoria s'y plia.

Arrivés au début de l'été à Montferrier-sur-Lez, les enfants et la maman ne connurent pas l'ennui. Une nouvelle maison signifiait des meubles à racheter, des repères à se créer, une ambiance à accaparer. Elles barbotaient dans la piscine, profitaient de la mer à proximité, pique-niquaient au bord du Lez. Le papa montait dans un avion le lundi, descendait d'un train le jeudi sans qu'elles ne réalisent qu'il était parti travailler. Pendant ses congés, Ludovic s'occupait du barbecue, sa femme des salades, Romie et Célie se balançaient à tour de rôle sous l'olivier du jardin. La définition du bonheur familial, vague concept auparavant, prenait une forme limpide dans le cœur de Victoria ; une image de carte postale aussi claire que l'eau chlorée de la piscine sur laquelle les filles chevauchaient une licorne gonflable.

Puis, vint la rentrée scolaire. Les enfants retournèrent à l'école. Ludovic, avec la reprise de l'activité, reçut pléthore de demandes de devis et de signatures de contrats. Sa présence à Montferrier n'excéda pas deux jours par semaine. Victoria se retrouva seule à gérer la maison, la partie administrative de l'emménagement, les filles, les inscriptions aux activités extra-scolaires, son affaire florissante sur Instagram. La fatigue accumulée mâchouillait lentement sa joie et son enthousiasme. La rencontre de Lislalia, Hans et Krista, la soulagea. Elle se sentait moins esseulée. Leur amitié ne suffit pas à compenser les longues désertions de Ludovic. Elle alerta son mari sur son épuisement. Il écouta avec attention. Lui d'habitude si réactif ne lui proposa pas de solution. Le désarroi de sa femme le laissait indifférent. Son absence de réaction sous-entendait : « je t'avais dit qu'il ne fallait pas quitter Brie ». Pire, Ludovic amorça un éloignement. Il partait parfois une dizaine de jours et, à son retour, il était ailleurs. Victoria n'aurait su dater ses rêvasseries pour la simple raison que la métamorphose ne fut pas brutale.

Une dispute inoubliable avait tout de même marqué ce changement. Ludovic était présent à la sortie des classes, événement assez rare pour qu'elle s'en souvienne. C'était un vendredi soir du mois de mars, un soleil de début de printemps dardait une tiédeur agréable. Victoria proposa de prendre le goûter à la source du Lez, un endroit idyllique. L'eau scintillait en des nuances de bleu. La famille pouvait y observer grenouilles, poissons, écrevisses et autres faunes aquatiques. Au bord de la rivière, les filles s'amusaient à jeter des cailloux d'une main et de l'autre grignotaient un gâteau. Ludovic les surveillait et Victoria à l'écart sur une table publique, profitait d'un instant à elle pour poster une ou deux photos de ces splendides décors sur Instagram.

À sautiller d'un rocher à l'autre, Célie ripa. Elle se retrouva les quatre fers en l'air dans l'eau. La fraîcheur la saisit, elle cria. Victoria sortit de son isolement virtuel et réalisa que Ludovic n'était plus là. Romie hurla à sa mère de lui venir en aide. Célie se releva. Ses chaussures de ville glissèrent sur les galets vaseux. Elle replongea. Victoria se précipita à son secours. De toutes ses forces, elle la serra contre sa poitrine. Cette étreinte la réchauffait. La maman, tout en prenant soin de ne pas se prendre les pieds dans une racine, emprunta le chemin de la voiture et héla son mari qui avait les clés. Elle attendit, adossée au véhicule. Ses bras tétanisèrent sous le poids et les spasmes de la petite. Ludovic fit son apparition après une minute, peut être deux, courte durée qui lui parut une éternité.

— Tu étais où bordel ? l'incendia Victoria.
— Je m'étais éloigné pas loin passer un coup de fil. Que s'est-il passé ?
— D'après toi ? Ça ne se voit pas ? Avec qui tu étais ?
— C'était un client pour le boulot.
— Tu passes toute la semaine à ton putain de boulot. Tu ne peux pas couper un peu quand tu es avec nous ? Dis-le si on te fait chier.

Ludovic présenta ses excuses à Victoria quand elle eut recouvré son calme. Usée par la situation, elle les accepta. Le soir, quand les filles furent couchées, ils discutèrent, elle s'exprima avec gravité et lassitude. Ludovic promit des efforts. Quand il repartit pour Paris, le lundi matin, Victoria était pleine d'espoirs. Elle déchanta. Les promesses s'évaporèrent. Les semaines passèrent, elle ne le voyait presque plus. Il s'isolait dans son bureau ou au golf. Elle n'abordait plus le sujet de crainte de découvrir un autre motif que la suractivité professionnelle. Son instinct de femme orienta sa réflexion vers un adultère.

Certaines de ses anciennes amies lui avaient rapporté des pathologies similaires chez leur époux. Quand les premiers symptômes apparaissaient, la phase terminale ne tarde pas à survenir ; l'annonce, la rupture pour une autre femme, plus jeune, plus belle ou plus dévergondée.

L'ego blessé de Victoria voulait savoir. Des fouilles dans les affaires personnelles de Ludovic n'avaient rien donné. Absolument rien. Si elle mettait de côté ses absences répétées, elle n'avait rien à lui reprocher. Pas de trace d'une quelconque maîtresse. S'il en avait une, il ne semait pas de preuve de sa liaison.

Aujourd'hui, son silence confirme ses doutes. Victoria l'imagine, touché, caressé, cajolé, embrassé, aimé par une autre femme. L'avion s'arrête. La conscience poisseuse à cause de cette vision obscène, elle se lève. Son téléphone se rallume. Des notifications se bousculent à l'écran, plusieurs appels en absence de Guillaume et un message vocal. La cohue des passagers pressés de sortir l'empêche d'entendre son répondeur. Son index bouche son oreille gauche. Elle plisse les sourcils comme si ça allait l'aider à distinguer les paroles.

— Rappelle-moi, c'est urgent. J'ai une mauvaise nouvelle, s'affole son frère.

Chapitre 5

— Ah ! Tu me rappelles ! débute Guillaume au téléphone.

— C'est l'hôpital qui se fout de la charité ! Tu ne réponds plus à mes appels depuis des heures, répond Victoria.

— Je suis désolé. J'étais très pris. Je cherchais à retrouver Ludo.

— Moi aussi figure-toi ! Ce n'est pas pour autant que je ne décrochais plus.

— Je suis vraiment désolé, je n'avais pas le choix. J'en sais un peu plus.

— Où est-il ? demande-t-elle.

— Je ne sais pas. Je peine à suivre ses déplacements. Dans ses voitures, celle chez vous et ici, il a des badges de télépéage au nom de la société pour les autoroutes et les parkings. J'ai vérifié s'il s'en est servi.

— Et ?

— Il s'est garé dans le sous-sol de la gare de Marne-la-Vallée. Je suppose qu'il a pris un train puisque son autre badge a bipé plus tard dans le parking de la gare de Montpellier Sud de France.

— Il est rentré ?

— Oui.

— Où est-il ?

— Je t'ai dit sur ta messagerie que j'avais une mauvaise nouvelle. D'après ses badges, il a bien quitté Melun et est arrivé à Montpellier hier vers treize heures mais manifestement, il n'est pas passé par chez toi. Il est dans la nature...

Guillaume continue de parler, Victoria ne l'écoute plus.

Cette information sème le désordre. La présence de Ludovic dans le sud, en ce moment, redistribue les cartes. Où est-il maintenant ? s'interroge-t-elle, est-il passé à la maison ? M'a-t-il vue avec Xavier ? Est-il venu nous espionner ? C'est impossible, poursuit-elle, il ne connaissait pas notre lieu de rendez-vous. Fou de jalousie, il a peut-être préféré une retraite solitaire plutôt qu'un meurtre.

Victoria retrace les étapes de cet échange volé en compagnie de Xavier et vérifie ne pas y avoir aperçu son mari.

Ludovic avait prévenu jeudi dernier qu'il ne rentrerait pas ce week-end. La signature d'un contrat juteux exigeait sa présence aux côtés de Guillaume lundi. Il profiterait de cette obligation pour faire le tour des chantiers en cours le samedi et poserait ses valises à la villa mardi. Il promettait de rester jusqu'au dimanche. Incomprise, Victoria avait rouspété, simple formalité en manque de conviction. Sa protestation avait l'effet d'un coup d'épée dans l'eau. Deux jours de plus, deux jours de moins, se consolait-elle, ça n'aggravera plus mon état. Elle en arrivait à regretter son changement de vie. Cette solitude lui pesait. Les soirs, à l'heure d'éteindre les lumières, épuisée de sa routine, elle se couchait dans un grand lit vide. Une épaule lui manquait. À Brie, quand les tâches quotidiennes devenaient insoutenables, des amis, des proches, des voisins ou son mari la soulageaient.

Quand elle prit connaissance des impératifs professionnels de Ludovic, Romie et Célie étaient à l'école. Seule à la villa, elle ne put retenir ses larmes et reçut en cet instant de faiblesse, un autre SMS de Xavier. Il s'entêtait à fixer une rencontre rapidement. Sans la moindre hésitation, elle proposa un déjeuner le mardi puisque son mari ne rentrerait que dans l'après-midi, comme toujours. Il répondit simplement : *j'annule tous mes engagements. Je serai là.* Cette envie incontrôlable de la revoir lui provoqua un demi-sourire, un demi-sourire comparable à un croissant de lune prisonnier d'un ciel nuageux. Qu'un homme de la trempe de Xavier se libère un créneau dans un agenda surchargé la flattait et redorait sa confiance fanée par le délaissement de son époux. Un autre prompt message arriva : *J'ai annulé des entretiens, nous avons le déjeuner et l'après-midi.* La jeune femme lut entre les mots.

Ce déjeuner serait leur troisième entrevue. S'il me consacre autant de temps, c'est qu'il a d'autres projets que celui d'enfiler des perles, pensa Victoria. La métaphore salace mettait en avant les motivations de son amant. Les contradictions frictionnaient ses valeurs. L'envie de plaire, d'être désirée, de ne pas être qu'une maman, luttait face à la prudence et le respect. Son cœur ne cicatrisait pas de vieilles plaies silencieuses. Le temps s'évertuait à les soigner, doucement. Succomber aux charmes d'un autre homme n'était certainement pas la solution à son deuil sentimental. Discuter autour d'un repas n'engageait à rien. Si elle ne voulait pas poursuivre l'après-midi avec Xavier, elle partirait. Tant pis si elle le froissait. Tout le monde a le droit de refuser des avances et l'interlocuteur doit respecter un « non », se convainquit-elle.

Le jour du tête-à-tête, elle s'était préparée, juste au cas où... rendez-vous chez l'esthéticienne : manucure, pédicure, épilation des jambes et du maillot, passage chez le coiffeur et nettoyage intégral de la voiture. Xavier avait réservé une table dans un restaurant éloigné de chez elle, trente minutes de route. Il garantissait la discrétion de l'établissement.

Arrivée la première, un peu en avance, le responsable de salle l'accompagna jusqu'à sa table, trop exposée aux curieux. Elle demanda à être déplacée, un coin à l'abri des regards des autres clients, le plus loin possible des fenêtres, serait préférable. Son mari à l'autre bout de la France, son périmètre quotidien à plusieurs kilomètres, il n'y avait que la malchance pour lui faire croiser un visage familier. En franchissant la limite morale, sa peur avait besoin de contrôle.

Xavier fut ponctuel. Des apparitions télévisées régulières ont figé son image de personnage public à l'œil des téléspectateurs ; sa haute fonction politique l'oblige à ne porter que des costumes-cravates, sans fantaisie. Le voir habillé d'un pantalon élégant et d'une simple chemise blanche aux manches retroussées surprit Victoria. Elle se demanda comment il trouvait le temps d'entretenir sa carrure vigoureuse et tonique. Ses cheveux poivre et sel bien coiffés marquaient sa sagesse, tout l'inverse de ses yeux bleus enfantins. Les joues de Victoria s'empourprèrent quand il s'assit.

Xavier dirigea le déjeuner du doigté délicat d'un chef d'orchestre. Il maniait l'autorité sans abuser d'ordre direct. Victoria avait remarqué ce talent lors de leurs précédents rendez-vous. Il jonglait entre les choix du service et l'orientation de la discussion. Un intérêt et une empathie convaincante suivaient les questions qu'il posait. Il détournait les sujets inconvenants d'une pirouette, manière habile d'éviter l'impolitesse d'un refus de réponse. Il affichait ses ambitions sans en révéler les plans d'exécution. Le timbre posé de sa voix captait l'attention de son auditoire. Victoria n'arrivait pas à définir s'il était dans le calcul ou si son éloquence résultait de son expérience.

Ce qu'il racontait la passionnait. Une mise en scène insufflait un vent épique à ses anecdotes anodines. La prestance de Xavier l'intimidait. Elle s'ordonna d'éteindre son regard pétillant et de remonter sa mâchoire pendue. Ce n'était qu'un homme, intelligent et puissant certes, mais, juste un homme. Victoria ne parvenait pas à lui tenir la dragée haute. Les mimiques érotiques lancées à tort et à travers la déstabilisaient. Un regard rieur, une expiration rauque à peine audible, une phrase sèche et d'autres diableries prouvaient le talent émérite de ce séducteur.

— Tu es toujours avec moi ? la sortit Xavier de ses pensées.

— Oui, bien entendu.

Victoria maudissait sa rêvasserie. Elle avait le sentiment d'être manipulée par un gourou. Convaincue, et ce depuis leur premier rencard, que Xavier voulait l'ajouter à sa collection de conquêtes, elle décida de lui résister. Elle s'enferma dans une bulle psychique anti-volupté. Victoria est une femme désirable et désirée. Les hommes la convoitent, les œillades insistantes ne la trompent pas. Elle s'est accommodée aux comportements ambigus, aux sous-entendus déplacés. Pour autant, elle ne veut plus se cacher parce qu'on n'avait pas inculqué le respect et la bienséance à des goujats, des pervers adeptes du harcèlement. C'était hors de question après tout ce qu'elle avait enduré. Victoria utilisait allégrement les ornements susceptibles de sublimer sa beauté naturelle. Pendant le déjeuner volé, être jolie aux yeux de Xavier ne lui suffisait pas. Sa vanité aspirait à être plus qu'un cul musclé et une paire de seins. Cet homme devait la conquérir à la sueur de son front, apprécier son élégance et son intellect.

Avec les années, Victoria apprenait à temporiser le désir d'un homme à son égard et son propre consentement ; sans ce délai, le soupirant ne l'appréciait pas à sa juste valeur.

Déterminée à ne poser que son âme sur la table, d'un geste subtil, elle remonta sa robe. Son décolleté, pourtant discret, se referma. Xavier nota l'excès de pudeur malvenu. En contre-attaque, il sourit, posa la main sur la sienne et plissa le coin de ses yeux. Les bonnes résolutions de Victoria se fissurèrent. Son portable sonna. Elle profita de cette échappatoire. Ses doigts se sauvèrent des griffes du chasseur et sortirent le téléphone de son sac. À l'écran, le nom « Amour » s'afficha en lettres écrites à la surbrillance de la culpabilité. Ludovic l'appelait. Xavier s'enquit de son trouble. Victoria coupa l'appel, rangea l'appareil, éluda l'interrogation et posa ses paumes sur ses cuisses.

— C'était ton mari ?

La franche interrogation la désarçonna.

— Euh... oui.

— Et tu n'as pas décroché ?

Il imposa Ludovic comme sujet d'une façon fluide. Elle n'arriva pas à y mettre un terme. Xavier s'intéressait à son entreprise, leur relation, son comportement. Victoria crut réussir à parler d'autre chose mais il revint à la charge et dériva sur sa famille. Il demandait si Ludovic était présent pour ses filles, quel genre de père il était. Ce thème incongru ne lui plaisait pas, les questions dépassaient le cadre de son intimité. Le serveur les coupa.

L'échange reprit une tournure convenue jusqu'à la dernière bouchée du dessert. En gentilhomme, il l'invita. À la sortie du restaurant, ce fut au tour de Xavier de recevoir une communication. Il la pria de l'excuser et s'éloigna pour ne pas être entendu. Tout émoustillée, elle imagina un conseiller l'informer d'un décret ou d'un texte de loi à retravailler. À son retour, sa bonne humeur s'en était allée.

— Victoria, comme tu l'auras compris, je ne suis pas homme à passer par quatre chemins. Tu me plais beaucoup. J'ai réussi à me libérer cet après-midi, j'ai réservé une chambre d'hôtel, veux-tu m'y accompagner ?

Secouée, elle voulait faire preuve de pertinence.

— Je suis désolée, je vais refuser alors que tu me plais aussi, répondit-elle contre l'éveil de sa libido.

— Si je te plais, pourquoi ne pas venir ?

— On ne se connaît pas assez.

— Victoria, voyons ! Nous avons en commun des amis, des gens respectables. Nous avons pris un café et déjeuné deux fois ensemble. Tu ne peux pas prendre comme excuse que nous ne nous connaissons pas suffisamment.

— C'est juste que... je trouve qu'il est trop tôt. C'est la première fois que... que je fréquente quelqu'un. Depuis douze ans, je n'ai jamais eu que mon mari. Tu vas me trouver niaise maintenant.

— Non, pas du tout. Je m'en veux de t'avoir fait cette proposition. Je pensais que tu en avais envie autant que moi.

— J'en ai envie... je ne suis pas prête.

— Ne me crois pas audacieux de la sorte tous les quatre matins. J'ai été très entreprenant avec toi dès notre première rencontre à ce dîner parce que... je ne saurais en expliquer les raisons. Tu dégages quelque chose d'indéfinissable... Tu es tellement affriolante. Je te présente mes plus sincères excuses pour mon assurance. Je fais preuve de prétention.

Victoria l'écoutait la courtiser, le visage écarlate. Xavier déclama des intentions enflammées qui embrasaient son cœur de femme. Les assauts sentimentaux ne parvinrent pas à perforer son armure de chasteté. Il abdiqua et lui proposa une promenade sur un sentier de randonnée qui débutait à proximité du restaurant. Elle jugea cette activité plus convenable et accepta, se félicitant de l'avoir repoussé derrière la patience. Sur le chemin isolé, au bras de Xavier, la fierté la gagna. Son obstination à le faire languir la réjouit. Son mérite revenait...

— Hé ho, tu es toujours là ? lui hurle Guillaume depuis son téléphone.

Dans son souvenir, Victoria n'a pas aperçu Ludovic.

S'il les avait surpris, avec son tempérament de feu, son mari aurait collé son poing dans la gueule à Xavier. Son appel entrant démontre qu'il n'était pas au courant de cette entrevue. Il n'est donc pas parti au fond des Cévennes expier une féroce jalousie.

— Oui, je suis là, répond Victoria. Ludo m'a téléphoné mardi. J'étais occupée et je l'ai raté. Il m'a laissé un message.

— Il t'a dit quoi dans ce message ?

— Il voulait simplement savoir si j'étais disponible pour chercher des papiers. Apparemment, ils étaient dans son bureau et c'était urgent.

— C'était à quelle heure précisément ? Tu as conservé le message ?

— Aux alentours de treize heures, je ne sais plus exactement. Non, je l'ai effacé. Je ne pouvais pas savoir qu'il se passerait tout ça. Puis quel intérêt d'abord ?

— Je n'en sais rien. Je cherche des idées, des pistes, des indices, n'importe quoi qui pourrait nous aider à le retrouver et... redis-moi à quelle heure précisément il t'a téléphoné ? Je veux l'heure exacte.

— 13 heures, je crois. Tu me mets le doute avec ta pression. C'était durant le déjeuner, j'en suis certaine.

— Il est sorti un peu après 13 heures du parking de Montpellier. Pourquoi est-ce qu'il voulait des papiers alors qu'il était arrivé chez vous ?

Victoria réfléchit. Le comportement de son mari n'a aucun sens. Elle n'a rien à répondre à son frère.

— Ça pue, dit-il.

— Quoi ?

— Tout ça...

— Il ne t'a rien dit quand vous vous êtes séparés après la signature du contrat ?

— Euh... Non. Absolument rien.

— Guillaume, tu es en train de me mentir. Tu me mens. Je te connais.

— Non, je te dis la vérité.

— Tu ne me dis pas tout.

— Bon, écoute-moi Victoria. J'ignore vraiment où se trouve Ludo et ça m'inquiète. Ça ne lui resse...

— Pourquoi tu es inquiet ? le coupe sa sœur.

— Inquiet... je m'inquiète parce que c'est bizarre. Ne m'agresse pas, on veut tous les deux savoir où il est. On ne s'énerve pas, d'accord !

— Comment veux-tu que je ne m'énerve pas ? Je suis certaine que tu le couvres de quelque chose.

— N'importe quoi !

— Il a une maîtresse, c'est ça ?

— Quoi ? N'importe quoi ! répondit-il rapidement.

— Ne me prends pas pour une conne. Tu sais des choses que tu ne veux pas me dire.

— ... je sais des choses...

— Il a quelqu'un ?

— Non ! pas à ma connaissance...

— Quoi alors ?

— Je veux bien te parler... pas au téléphone.

— Tu te fous de ma gueule, tempête Victoria, les passagers, surpris par les cris, la dévisagent. Tu t'es cru dans un film ?

— Je suis désolé. C'est préférable. Je prends le premier avion pour le sud.

— Pas la peine, je viens d'atterrir à Orly.

— Qu'est-ce que tu fais là ?

— Je te rappelle que depuis ce matin, je cherche à te joindre. Il s'est passé des choses pendant que tu étais occupé à je-ne-sais-quoi. Un contrôleur de l'inspection du travail a reçu une lettre anonyme. Apparemment, nos ouvriers seraient des étrangers qui travaillent illégalement pour nous. Il veut tous les contrats de travail. L'expert-comptable ne décrochait pas, toi non plus, j'ai pris le premier avion pour venir.

— Qui a envoyé cette lettre ?

— Je ne sais pas. J'ai mis Bogdan sur le coup pour qu'il enquête auprès des ouvriers mais je doute que ça vienne de l'un d'entre eux.

— C'est quoi ce merdier ! D'abord, Ludo… puis… une lettre anonyme !

— C'est pour ça que je t'ai appelé au moins dix fois ! C'était urgent !

— Tu es venue chercher les papiers au bureau ?

— Oui.

— Je préviens Irène. Elle te laissera y avoir accès. Je suis sincèrement désolé que tu te retrouves dans cette situation.

— Tu peux, rétorque Victoria. C'est la merde. J'ai dû faire garder les filles en urgence. C'est de la folie !

— Tu dors où ce soir ?

— Chez maman.

— Très bien ! Je suis en Bretagne sur un chantier. Je ne pourrai pas être là ce soir. Je passe te voir chez maman demain matin vers dix heures et je te dis tout, ça te va ?

— Je préférerais maintenant.

— Je suis désolé, je vais devoir te laisser. Si tu veux, je serai disponible dans la soirée sinon, on se voit demain matin.

— D'accord.

— Ah, Victoria ? Surtout, ne parle de tout ça à personne.

— Comment ça ?

— De la disparition de Ludo, de la lettre, du contrôleur. Tu ne dois en parler à absolument personne et surtout pas à la police. Fais-moi confiance, personne ne doit être au courant à part nous deux.

Chapitre 6

L'application Waze de son téléphone indique la route à Victoria. N'importe quel francilien connaît l'utilité de ce GPS s'il veut éviter des embouteillages impromptus. L'itinéraire lui est familier. Elle a recueilli la quasi-totalité de ses souvenirs dans la région. Les paysages défilent comme le film de sa vie, ils la ramènent à un plan séquence de son existence qui ne mérite pas d'être rembobiné, dépourvu de nostalgie. Son passé d'enfant et d'adulte ne mérite pas le registre de la comédie romantique. Le décor à la sortie de l'aéroport la déprime. Les couleurs ternes, l'odeur étouffante, le bruit assourdissant ne lui manquent pas. Leur déménagement fêtera bientôt son premier anniversaire. Rien au monde ne lui donnerait envie de revenir s'enfermer dans le tourbillon infernal de cette fourmilière.

Quand elle fait le bilan, leur fuite précipitée vers le sud n'est pas le paradis espéré. Des aspirations sentimentales se sont perdues en chemin. Son mi-temps mère au foyer et professeure de yoga à domicile ne l'ont pas aidée à créer de véritables liens d'amitié, si ce n'est avec Lislalia. Et, maintenant, Ludovic se cache. Victoria essaie de mettre de l'ordre dans ses pensées. La complexité à démêler la kyrielle d'informations ressemble à une envie soudaine de tri dans les papiers administratifs entassés dans le tiroir d'un meuble depuis des mois. Sa réflexion se focalise sur son frère et son mari.

Guillaume a toujours endossé sérieusement le rôle d'aîné. Le terrible événement survenu il y a quelques années les unit. Il fait preuve d'une loyauté infaillible. Les secrets qu'il détient à propos de Ludovic ne la concernent pas directement ou ne la feront pas souffrir. Victoria attaquée, Guillaume serait prêt à tuer. Il le lui a déjà prouvé.

L'attitude de son mari est de plus en plus inexplicable. S'il l'avait avisée de son absence, la déception aurait été moins vive. Son inconséquence pourrait impacter les filles émotionnellement, peut-être la vivent-elles comme un abandon. Et ce gros connard égoïste me laisse me démerder avec un contrôle de l'inspection du travail, pense Victoria. Si j'ai accepté de monter cette putain d'entreprise à mon nom, c'était pour l'arranger, pour que l'on paie moins d'impôts.

Jusqu'à aujourd'hui, elle avait une confiance aveugle en lui. Il lui tendait une feuille, elle la signait sans en connaître le contenu.

L'urgence à récupérer les documents réclamés par Roland Piémont l'avait déboussolée. Si bien qu'elle s'était centrée sur une unique possibilité : Ludovic avait coupé son téléphone et se prélassait avec une maîtresse. Il ne pouvait être nulle part ailleurs. Guillaume, en confirmant son arrivée à Montpellier, détruit sa certitude. Il n'aurait pas eu le temps de se dégotter une favorite lors de ces brefs passages en famille.

Ludovic lui avait téléphoné durant le déjeuner avec Xavier. Il voulait des papiers. Lesquels d'ailleurs ? Victoria l'ignore. Avec du recul, elle a l'impression d'avoir entendu la voix affolée de son mari sur le message vocal. Elle regrette de l'avoir effacé. Non… je me fais des films. La faute à Guillaume et ses intrigues de mauvais polars, se rassure-t-elle. *Je ne te dirai rien au téléphone. Ne préviens personne. Pas de police.* L'alarmisme de mon frère va me rendre maboule. Incessamment, il sortira de sa tanière, trouvera une excuse farfelue et, comme il ne me donnera pas plus d'explications, je n'aurai d'autre choix que de l'accepter.

Sur cette conclusion partielle, Victoria se gare devant la société de son frère et de son mari, située en zone industrielle. Tous les bâtiments s'y ressemblent par leur hauteur, leurs couleurs, blanc, noir et gris, leurs formes rectilignes. Le design se veut contemporain, objectif atteint. Cependant, d'ici une dizaine d'années, quand l'architecture aura passé de mode, quand les saisons auront défraîchi les murs, quand les start-up auront déguerpi, cette aire, économique et attractive, ressemblera à un plat de coquilles d'escargots vidées par l'avidité de promoteurs qui se sont moqués de détruire les terres agricoles françaises.

Leurs affaires en plein essor, Guillaume et Ludovic ont choisi cet endroit en raison de sa localisation stratégique, son prix et la possibilité d'y stationner leur parc d'engins de chantier. Victoria déteste cet endroit, impersonnel à son goût. Son portable clignote, ce sont des notifications, beaucoup de réactions à sa *story* chargée dans l'avion. Elle n'a pas le temps de les consulter.

L'agréable confort climatisé s'évapore à l'ouverture de la portière de son véhicule de location. La canicule compresse ses poumons. L'éblouissante lumière ricoche sur les armatures métalliques des bâtiments. Elle a la sensation d'avoir affaire à une chaleur différente, plus lourde, plus poisseuse, plus polluée. À l'interphone, une voix rauque lui autorise l'entrée. Manifestement, la secrétaire n'a pas cessé la consommation excessive de cigarettes. Irène ne fait pas son âge. Sa peau ridée, dégoulinante, la gâte de quinze ans. Ses pommettes saillantes, l'arrête aiguisée de son nez, ses cheveux secs et gris plantés dans ses épaules squelettiques, lui donnent un aspect rebutant. Stricte et intransigeante, elle est un atout précieux dans la gestion de litige client. Sous sa carapace robuste se tapissent l'espièglerie de la jeunesse et une bonté de grand-mère. Jamais avare, elle apporte toujours une gamelle supplémentaire au cas où Guillaume et Ludovic n'aient pas le temps de sortir déjeuner. Plusieurs fois par semaine, elle confectionne des pâtisseries qu'elle offre en libre-service à côté de la machine à café. Elle considère ses employeurs comme ses garçons. Le bon fonctionnement de leur collaboration résulte de sa reconnaissance envers ses patrons qui lui ont offert ce poste après la perte difficile de son précédent emploi. Ils l'avaient préférée à la file interminable de midinettes qui se bousculaient à leur porte. Elle a participé à la réussite de l'entreprise et trinque volontiers avec eux à la signature des contrats lucratifs. Sa proche retraite sera difficile à compenser. Les associés redoutent le futur recrutement et répètent : « On sait ce qu'on perd… ».

Les deux femmes se bisent, l'odeur de tabac froid retrousse les narines de Victoria. Assis dans l'open-space, deux hommes les zieutent derrière l'écran de leur ordinateur. Irène lui présente les deux nouveaux commerciaux et lui propose une boisson rafraîchissante avant de s'intéresser à la vie de la famille Kovalev dans le sud de la France. Elle soliloque sur la croissance des filles et partage son envie de les croiser prochainement.

Victoria acquiesce. Elle ne l'informe pas que Romie et Célie ont peur d'elle. La vieille dame n'a jamais été très à cheval sur l'hygiène. Des pellicules enneigent ses gilets en laine. Des poils de chats parsèment ses vêtements élimés. Victoria ne supporte pas de voir le duvet noirâtre autour des lèvres fripées se coller à la peau pure de ses petites. Les filles la surnomment : la sorcière. Ce pseudonyme a donné lieu à de violentes disputes entre les parents. Ludovic reproche à sa femme d'être une bourgeoise maniérée de quartier résidentiel. Victoria n'en tient pas rigueur aux enfants puisque le visage rugueux de l'employée lui rappelle la terrifiante méchante reine de Blanche-Neige.

Dans le bureau de Ludovic, elle dépose la bouteille d'eau et lui présente un beignet aux pommes préparé le matin. Victoria le refuse, convaincue qu'il est empoisonné. La secrétaire lui a indiqué les rangements, lui a sorti le dossier du personnel et lui a expliqué brièvement le paramétrage de l'imprimante-scanner. La jeune femme lance la copie des contrats de travail. En zieutant, elle constate que les ouvriers sont rémunérés par l'entreprise de Ludovic et Guillaume. La machine avale et recrache les documents à un rythme hypnotique. Elle sort les autres feuilles, celles avec l'en-tête à son nom.

Au total, Victoria épluche cinq chemises. Absolument toute la facturation et la documentation lui sont inconnues. Un deuxième passage en revue lui confirme n'avoir jamais vu, ni tenu ces feuilles alors que sa signature en griffonne une majorité. Quelqu'un a signé en son nom ! Elle se reproche de ne pas être investie dans la partie administrative de leur business. Ce n'est pas possible, se dit-elle, Ludovic me fournit régulièrement des documents à remplir et à renvoyer à la comptabilité, ils doivent bien être quelque part ; et c'est quoi ces montants exorbitants !

Victoria allume l'ordinateur et se connecte à sa boîte mail. Elle affiche les factures transférées à l'expert-comptable et les compare à celles archivées dans l'armoire. Ni les dates, ni les totaux et encore moins les mises en page ne correspondent ; le logo de la société dans l'angle à gauche est l'unique similitude. Néophyte en gestion des entreprises, elle a conscience qu'il y a un problème, un gros problème. Les fichiers réalisés et envoyés depuis mon ordinateur sont rangés à un endroit, Ludovic a dû les mélanger dans un autre dossier, conclut-elle. Persuadée que l'erreur vient de la mauvaise organisation de son homme, elle vide d'autres tiroirs, sans succès. Cette vérité ne la surprend pas. Ludovic est un margoulin, capable d'escroquer de l'argent au fisc ; la profondeur du gouffre de l'arnaque est insondable. La double ou triple comptabilité lui donne le vertige. Roland Piémont lancera un contrôle fiscal qui découvrira la falsification des chiffres. Le cœur de Victoria tambourine dans ses tempes. Elle cherche à joindre Guillaume. Il ne décroche pas.

Victoria cogite, son frère a eu l'idée de regarder les entrées et sorties du télépéage. Cela a permis de localiser Ludovic. Le relevé téléphonique la renseignera sur les dernières communications de son mari. Comme son numéro est enregistré sur les comptes de la société, elle n'a plus qu'à les réclamer à la secrétaire.

– Irène, vous pouvez venir dans le bureau s'il vous plaît ?

– J'arrive tout de suite.

– Quand avez-vous Ludovic pour la dernière fois ?

– Lundi.

– Il ne vous a rien dit de particulier ?

– Qu'entendez-vous par là ?

– Je ne sais pas. Quelque chose qui sortait de l'ordinaire.

– Non rien de tel.

– Vous avez accès aux factures et relevés détaillés des téléphones de l'entreprise ?

– Oui, c'est moi qui les gère et qui les transfère au comptable en début de mois.

– Même celui de mon mari ?

– Oui, votre mari, votre frère, les commerciaux, les chefs de chantier, de tout le monde.

– Pourriez-vous me donner celui de mon mari s'il vous plaît ?

– Je ne sais pas si je peux, hésite Irène après avoir pris une inspiration avant de s'engager.

– C'est délicat pour vous, je le conçois mais j'en ai

vraiment besoin.

— Je dois d'abord lui demander. Ça me met dans une situation délicate, vous comprendrez que…

— Irène, je vous coupe, je suis désolée. Guillaume vous a dit les raisons de ma présence ici ?

— Non.

Geignarde, Victoria lui expose la situation du chantier des trois villas, la visite de l'inspection du travail, la lettre anonyme, le long silence de Ludovic. Elle insiste sur la nécessité de le retrouver et s'engage à ce que la secrétaire ne soit pas sanctionnée de cette initiative.

— C'est que…, se tâte Irène.

— Irène, c'est très important.

— Bon d'accord, accepte-t-elle, mais Ludovic a deux numéros de téléphone, lequel voulez-vous ?

Cette question ressemble à un coup derrière la tête. Les yeux écarquillés, Victoria tente de conserver son sang-froid et feint d'être au courant. Elle préfère éviter l'humiliation de la femme cocue sur la place publique.

— Donnez-moi les deux, soupire-t-elle, bafouée.

Chapitre 7

Enfermée dans le bureau avec les relevés téléphoniques, l'officiel et le secret, Victoria n'a pas réussi à les analyser. Dès que ses yeux se posaient dessus, les larmoiements montaient ; les lignes de chiffres se mettaient à zigzaguer, à bourlinguer en une matrice. Les mensonges binaires étaient insoutenables. Elle l'imaginait, assis sur cette même chaise hors de prix, passer des appels à sa ou ses maîtresses, rire à gorge déployée, la renier. Sa quête de vérité la faisait souffrir, l'épluchage des données attendrait d'avoir encaissé le choc. Les feuilles ont terminé dans son sac. De bonne figure compliquée à maintenir, elle a remercié Irène, salué les commerciaux et a quitté l'entreprise.

Cette découverte l'a cueillie. La colère et l'incompréhension peinent à retenir sa tristesse. Elle se rend à l'endroit où Ludovic est censé être lors de ses déplacements : son studio loué, situé à Melun.

À un feu rouge proche de la piscine, Victoria soupire. De l'autre côté de la rue, une boutique de cigarettes électroniques remplace un petit restaurant. C'était une pizzeria accueillante qui l'a vue porter sa croix et entamer sa résilience. À cette époque, son père vivait encore, il la voyait réussir. Elle ne peut s'empêcher de replonger dans ce souvenir.

***

Le père de Victoria, Patrick avait grandi dans une famille de six enfants, tous inscrits à la natation. Un choix stratégique d'optimisation des trajets qui permettait à la fratrie de pratiquer une activité physique. Très vite, Patrick remporta des courses régionales, ce qui le démarqua de ses frères et sœurs. Son travail acharné ne lui permit pas d'atteindre des compétitions prestigieuses. Le talent lui manquait. Ses échecs ne le dégoutèrent pas de la discipline.

Adulte, il fit de sa passion son métier et devint responsable technique des sports à la mairie de Combs-la-Ville. Marié avec Lauriane qu'il avait rencontrée au lycée et père de Guillaume et Victoria, Patrick avait le secret espoir de voir un de ses enfants devenir un sportif, un champion et si possible, dans les bassins chlorés. Son rêve s'amenuisa quand il découvrit que son fils aîné n'avait aucune prédisposition aquatique. Il s'amusait à dire : « Brasser de l'air et noyer le poisson, voilà bien la seule relation de Guillaume avec la nage ».

Par chance, sa fille démontra une aisance déroutante dans l'eau. Ses performances affolaient les chronomètres. Les années confirmèrent cette tendance, son bébé grimpait la graduation des centimètres et les secondes de ses records reculaient. Ses prouesses faisaient sa fierté de père. La natation tissa un lien solide entre lui et Victoria.

Patrick était persuadé que sa petite participerait un jour aux Jeux olympiques. Cet objectif secret, le duo s'en rapprochait à chaque trophée ajouté sur le buffet du salon. Il vivait ces exploits par procuration et, sans s'en rendre compte, mettait une pression constante sur Victoria. À force de la pousser à aller plus vite et plus loin, la pointe du « v » de victoire grava dans l'esprit de son enfant, l'absolue nécessité de gagner. La défaite n'existait pas.

Les équipements du club de natation de Combs-la-Ville montrèrent vite leurs limites. La jeune prodige poursuivit son aventure dans les infrastructures de Melun. L'intégration sociale dans son nouveau club s'avéra difficile. La timidité et l'isolement la forcèrent à se consacrer entièrement à son sport. Ce changement et son acharnement la tirèrent vers l'excellence. La récolte de médailles augmenta la fréquence des entraînements, trois à quatre soirs par semaine. Le week-end, les compétitions la traînaient sur les routes, parfois à des centaines de kilomètres. Les vacances scolaires rimaient avec stage en métropole et même aux Antilles.

Les enfants de son âge jouaient entre eux après l'école, fêtaient des anniversaires les samedis ou s'amusaient lors de soirées pyjamas. Victoria fut exclue de ces festivités, d'abord indisponible, puis plus invitée. Elle avait une seule copine en classe qu'elle ne recevait jamais à la maison, trop occupée à nager. Cette solitude lui pesait. Quand elle partageait son mal-être à son père, il la remettait sur le droit chemin de la vertu sportive : « ce n'est pas toujours facile mais … les sacrifices en valent la chandelle » ou « rêver plus grand ». Patrick la remotivait à l'aide de carottes, une course remportée égalait un cadeau.

Cette technique maintint l'engagement de Victoria jusqu'à ses treize ans. À cet âge, elle vit le corps des jeunes filles évoluer. C'était un constat amer ! Leurs pantalons et leurs soutiens-gorge se remplissaient alors que ses propres formes copiaient la platitude des champs de la Seine-et-Marne. Les femmes de sa famille possédaient une poitrine protubérante, ses espoirs résistaient. Sa grand-mère lui affirmait que ça pouvait pousser d'un coup, comme ça, en une nuit. Nue, face au miroir, les paires de chaussettes glissées sous sa brassière finiraient par se remplir de chair laiteuse. Assez souvent, elle amena le sujet à l'oreille de sa mère. Lauriane n'eut pas de mal à comprendre ses questionnements et, sans penser à mal, elle lui prodigua :

– Ma chérie, je crains que la pratique excessive de la piscine favorise le développement de ta musculature au détriment de tes seins.

Cette suggestion fissura la détermination de la nageuse. Ce complexe fit naître une légère aversion à l'encontre de son sport. Un soir, une dispute entre ses parents déchira un peu plus ses convictions. Couchée dans sa chambre à l'étage, les vociférations du rez-de-chaussée lui parvenaient très clairement :

– Tu n'en as pas marre d'être hypocrite et égoïste ? demanda Lauriane à Patrick. Franchement, tu as déjà vu une nageuse professionnelle avec des gros seins ?

– Non mais ce n'est vraiment pas important. Elle a les capacités et le talent pour réaliser des prouesses. On ne va pas quand même pas briser ses rêves pour une paire de nichons.

– Ses rêves ou les tiens ?

– Arrête tes conneries ! Je ne fais que l'accompagner dans sa passion. Je ne lui ai jamais forcé la main.

– Tu l'as collée dans une piscine alors qu'elle ne savait pas encore marcher. Si ça ce n'est pas lui forcer la main, je ne sais pas comment ça s'appelle.

– Je pense vraiment que notre fille a d'autres préoccupations que… que d'avoir des seins.

– C'est facile pour toi de dire ça, tu n'es pas une femme.

– Ah oui, pardon ! C'est sûr que pour toi et ta famille d'allumeuses avoir des grosses loches, c'est vraiment utile.

Victoria étouffa les reproches de ses parents sous son oreiller. En cette période de doute, son avenir aquatique se partageait entre la fierté de son père de la voir être une championne et le regard des jeunes gens de son âge.

À l'aube de ses quatorze ans, les moqueries de camarades détériorèrent ses convictions. La natation et la musculation abusive lui dessinèrent une morphologie trapue. Ses seins ne grossissaient pas. Ses épaules s'étaient élargies mais pas suffisamment pour supporter le harcèlement scolaire. Victoria n'aurait su définir le premier élève à la surnommer *la camionneuse, la déménageuse* ou *musclorette.* Cette bouche frondeuse trouva de l'écho et rapidement, une majorité de la classe l'affubla de ces horreurs. Cette méchanceté la terrassa. Elle n'estimait pas mériter un tel acharnement.

La semaine de qualification pour les championnats de France, un lynchage collectif la fit haïr la nage. Durant un cours, le professeur avait demandé à la volée si quelqu'un pouvait l'aider à déplacer le rétroprojecteur dans un coin de la salle. Un garçon s'écria : « Victoria ! C'est elle la plus stokos ». À l'hilarité générale, la salle en chœur scanda : « *la camionneuse... la camionneuse* ». Elle s'effondra à sa table sous la pluie d'injures.

À quelques jours de la compétition la plus importante de sa jeune carrière, cette humiliation la plongea dans un mal-être herculéen. Guillaume était le seul dans la confidence. Il lui conseilla d'en parler à leurs parents. Victoria n'en toucha pas un mot de crainte de déclencher une autre engueulade dans le couple. Elle refusa de s'entraîner jusqu'au week-end. Patrick râla. D'après lui, sa fille devait mettre toutes les chances de son côté. Le mutisme de sa torpille, comme il l'avait baptisée, le fit céder. Il en conclut que ce repos l'aiderait à être plus en forme.

Le sommeil de la compétitrice n'excéda pas des poussières d'heure. Certaine de sa réussite, le stress du top départ ne l'inquiétait pas. Les regards acerbes, les sourires sardoniques et les railleries de ses camarades hantaient ses songes. Le samedi, à l'heure de prendre la voiture pour la course qui se tenait à Melun, Victoria était épuisée comme elle ne l'avait jamais été de sa courte vie.

Son frère et sa mère ne l'accompagnaient pas, une vieille superstition familiale. Patrick était autorisé à la suivre en tant que chauffeur officiel. Sur la route, plus angoissé qu'elle, il ne parla pas. Victoria désirait se rendre n'importe où, dans un endroit exempt de piscine.

Son entraîneur les accueillit. Il sautait de joie, excité de voir sa meilleure élève concourir à une place de championnat national. Première marche vers le sommet.

Dans les vestiaires, enfiler son maillot de bain fut un calvaire. L'échauffement se transforma en un effroyable fardeau. Si elle avait pu se lester et se laisser sombrer, elle l'aurait fait. L'attente jusqu'au départ s'étira en un supplice interminable. Ses jambes s'agitaient de tressaillements. Les pleurs se contenaient dans sa gorge. Une nausée contractait son estomac. Cachée derrière la teinture de ses verres de lunettes aquatiques, elle observait son père dans les tribunes. Patrick la fixait, tendu. La décision à prendre apparaissait limpide à Victoria mais ce choix décevrait celui qui misait tout sur elle. Une course démarra, le public encouragea une nageuse et elle crut comprendre : « la camionneuse ». La scène lui revint brutalement. Ce souvenir fut coupé. Son tour vint de s'élancer.

Les dernières consignes de son entraîneur s'éteignirent dans le brouhaha du bâtiment. Victoria grimpa sur le plot et jeta un dernier coup d'œil en direction des poings serrés de son père dans les gradins. Son buste se pencha. Ses doigts pointèrent la surface ondulée. D'un coup, les cris se turent. Son esprit se vida. Ses mollets et cuisses la propulsèrent. Elle s'élança. Son organisme surentraîné puisa l'énergie nécessaire. Ses pieds battirent avec rythme et ferveur. Ses mains rabattirent avec vigueur. L'air s'échappa dans des floppées de bulles. Le bord se rapprocha. Victoria donna une dernière impulsion. Sa paume frappa le carrelage. À sa gauche et sa droite, elle ne vit personne. Ses concurrentes terminèrent après son arrivée. Elle avait gagné. Tout son travail avait payé. La liesse de Patrick s'éleva au-dessus de la foule.

Un appel micro retentit : « la nageuse de la ligne numéro 4 est disqualifiée pour faux départ ».

La sentence fit un effet étrange à Victoria. Pas de surprise. Ni déception. Ni de rancœur. Simplement soulagée. Son père quitta les tribunes. Son entraîneur se précipita faire annuler la décision auprès des juges. Elle sortit du bassin. Des mois de préparation coulèrent au fond de l'eau. Son coach la rejoignit, il se voulait rassurant. Il lui promettait qu'ils se prépareraient mieux l'année prochaine, qu'ils seraient encore plus forts, qu'il y aurait encore plus de musculation et plus de tonicité. Victoria était hermétique à ce réconfort bienveillant. Accentuer le renfort musculaire signifiait une double ration d'insultes à l'école.

Après chaque compétition, Victoria et Patrick déjeunaient ensemble dans un restaurant du quartier de la piscine, parlaient victoire ou défaite, faisaient des plans sur l'avenir. C'était leur rituel. Ce jour-là, ils poussèrent la porte d'une petite pizzeria. Ils s'assirent, commandèrent et se turent. Le silence perdura. Victoria, rivée sur son assiette trifouilla les ingrédients de sa pizza de la pointe de sa fourchette, picora du bout des lèvres. Son père, affalé sur la banquette, le bras sur le dossier, ne détachait pas son regard de la vitrine. Patrick et sa fille se fuyaient. La frustration et la déception les retranchaient dans de sombres réflexions. Il mourait d'envie de lui poser des questions. Victoria souhaitait se morfondre dans son lit. Les clients entraient et sortaient. Les cuistots s'égosillaient. La radio hurlait. Le vacarme ambiant maintenait le statu quo. La table entre eux dressait une muraille infranchissable. Le moment n'était pas propice à la confidence mais Victoria pressentait que son abandon ne serait jamais bien accueilli par son père.

— Je ne veux plus nager, murmura-t-elle.

Patrick porta son attention sur sa fille. Ce qu'il avait entendu était forcément une illusion.

— Tu as dit quelque chose ? s'assura-t-il.

— Je ne veux plus nager, répéta-t-elle après plusieurs secondes, toujours penchée sur son assiette.

— Ce n'est pas parce que tu as fait une erreur aujourd'hui qu'il faut tout remettre en question. On peut tous rater. Il faut juste remonter en selle. Sinon tu verras que…

Les nerfs de Victoria cédèrent. Elle pleura. Elle pleura sans plus s'arrêter. Pris au dépourvu, Patrick et sa maladresse essayèrent de la consoler. Ses tentatives se soldèrent par un regain de larmes. Il aurait aimé que Lauriane fut présente. Sa femme maîtrisait l'art de la compassion et du réconfort. Personne dans le restaurant ne remarqua la scène. Sa fille avait le chagrin discret. À court de mots doux, il alla s'asseoir à ses côtés et la serra contre lui. Elle plongea son visage sous son aisselle et exprima sa peine. Ses sanglots s'étouffaient dans le tee-shirt. Patrick absorbait ses spasmes.

— Que se passe-t-il ma chérie ? lui susurra-t-il.

— Je ne veux plus nager. Plus jamais, expia-t-elle en dégageant sa bouche.

— Mais pourquoi ? Tu aimes ça depuis que tu es toute petite.

— Je ne veux plus nager. Ne m'oblige pas. Je ne veux plus.

Ses pleurs reprirent de plus belle. Il comprit qu'il n'aurait pas de réponse maintenant. Il mit sa réaction sur le contrecoup de sa disqualification. Il laissa la tristesse se tarir. Victoria se redressa. La tristesse marquait ses pommettes. Patrick jugea qu'il était temps de rentrer. Tant pis s'ils n'avaient pas fini leur repas. Il paya. Elle l'attendait à la sortie, la mine basse. L'abattement de son enfant l'affectait. En refermant la porte du restaurant et en la regardant marcher devant lui, abattue, il se promit d'œuvrer à la rendre heureuse, coûte que coûte. Même si cela impliquait d'arrêter la natation. Après tout, en tant que père, il ne respirait que pour le bonheur et la réussite de sa fille. Il l'aimait sa petite torpille.

Dans la voiture, la musique masquait le malaise. Ni l'un, ni l'autre ne pouvait imaginer que la prochaine nage de Victoria serait dans la mer Adriatique, au large des côtes croates et que cette fois, son combat ne serait plus pour un trophée mais pour sa survie.

***

Victoria referme son passé. Son père s'accroche encore un peu à ses pensées. Elle est proche de sa destination. Avant de déménager, le couple Kovalev a vendu sa maison de Brie-Comte-Robert. N'ayant pas voulu délocaliser son entreprise, Ludovic devait se loger dans les parages, s'il ne voulait pas dépenser une fortune en chambres d'hôtel lors de ses déplacements.

Victoria n'y voyait aucun inconvénient si en retour, son rêve ensoleillé se réalisait. Ils ont décidé de lui louer un studio à côté des locaux de son activité. Un homme seul a moins d'exigence sur les prestations d'une location. Il imposait uniquement un rez-de-jardin à son pied-à-terre, « pour boire l'apéro dehors » aimait-il plaisanter. Au premier disponible, le couple prit rendez-vous. La garçonnière se composait d'une chambre séparée d'un salon, d'une kitchenette, d'une salle de douche, d'une courette et d'une place de parking. Ils convinrent que plus serait trop. Ludovic signa le bail.

Victoria n'y a pas remis les pieds depuis le tour du propriétaire avec l'agent immobilier. La résidence clôturée la contraint à se garer à l'extérieur. Une allée piétonne mène aux bâtiments disposés en carré. Au pied de celui de son mari, un digicode barre l'accès au hall.

Elle appuie sur un bouton lumineux en forme de flèche pointée vers le bas et parcourt la liste des résidents. Le nom de Kovalev n'y figure pas. Elle a dû aller trop vite et sauter son patronyme. Les familles défilent, un ralentissement s'amorce à la bonne lettre. Ludovic n'apparaît pas entre Julliard et Menaud. Une troisième lecture lui confirme l'absence de son mari.

Victoria recule d'un pas, scrute l'immeuble. Un tour panoramique la resitue, en un an, sa mémoire ne peut pas se fourvoyer. Elle repère l'aire de jeux, le studio se trouvait face à la descente du toboggan. Elle est certaine d'être au bon endroit. À l'heure où les travailleurs rentrent de leur journée, un homme lui passe devant et entre. La porte lourde se referme, lentement. Victoria glisse son pied avant la fermeture définitive. Cette effraction lui procure une décharge d'adrénaline. Le locataire s'arrête aux boîtes aux lettres. Elle s'avance vers le bon numéro et se plante devant.

Une intuition la freine dans son élan. Et si son mari lui ouvrait à moitié à poil avec sa maîtresse ? Autant ne pas retarder l'inéluctable, la souffrance prévaut à l'ignorance. Son poing se lève prêt à frapper le montant en bois quand une voix dans son dos l'interpelle :

– Je peux vous aider ? demande l'homme qui lui a permis de forcer le hall.

– Non, ça ira merci. Je viens voir mon mari.

– Vous ne risquez pas de le voir, il n'est pas là !

– Comment le savez-vous ?

– C'est mon appartement et je le saurais si j'étais marié à une aussi jolie femme que vous, s'extasie l'inconnu.

La tentative de séduction pathétique de ce Don Juan qui

pense peut-être réaliser un vieux fantasme à l'aide d'un trait d'humour déjà bien usé, capte l'attention de Victoria. Elle le toise. Sa coupe carrée, son bouc, sa large carrure laissent supposer qu'il est pompier. Sa bedaine suggère plutôt un policier.

— Je ne veux pas vous paraître désobligeante mais je crains que vous fassiez erreur.

— Ah non, je vous assure que je ne me trompe pas. Je vis ici depuis assez longtemps pour être certain de ce que j'avance.

— Depuis quand vous habitez ici ?

— J'ai commencé à louer ce studio en... juillet dernier. Le 14 exactement, je m'en souviens parce que le jour de l'emménagement, les gamins étaient surexcités avec leurs pétards.

— Vous êtes sûr ?

— Reculez, s'il vous plaît, ordonne-t-il. Victoria obéit. La clé tourne dans la serrure, la porte s'écarte. Vous voyez ?

Son énervement soudain la pousse à lui répondre qu'elle n'est pas aveugle. Elle s'abstint d'un excès de méchanceté.

— Je peux vous inviter à boire un verre ?

— Non, c'est gentil, je suis attendue.

— Juste un verre ! Ça n'engage à rien, surtout que votre mari ne semble pas être là où vous le supposiez.

— Bonne soirée, termine-t-elle à défaut de l'insulter.

Elle quitte l'immeuble et se dépêche de retourner à sa voiture. La chaleur l'étouffe et elle veut fuir cet autre mensonge. Car, si Casanova dit vrai, il a obtenu ce studio à la période où ils l'ont visité un an plus tôt. Ludovic n'a donc jamais signé le contrat de location.

Victoria s'interroge : où dormait-il chaque fois qu'il quittait leur villa de Montferrier et qu'il passait la semaine à Melun ?

Chapitre 8

L'enthousiasme de Lauriane a propagé la venue de sa fille dans son bureau, à la machine à café, au réfectoire ; Caroline et Stéphanie, les hôtesses d'accueil, quatre étages en dessous de son service, en ont eu vent. Sa responsable, redevable de services rendus, l'a autorisée à quitter plus tôt. Lauriane démarre en trombe sur le parking. La climatisation tourne à plein régime. Le cuir en feu lui brûle les cuisses. La radio beugle. Rien ne semble pouvoir ébranler sa joie flamboyante. Victoria a donné un horaire vague de son arrivée, fin de journée, début de soirée. Apparemment, elle a des choses urgentes à traiter avant de repartir le lendemain. Ce délai lui permet de préparer le plat préféré de sa petite, tourte aux pommes de terre, salade, rôti de porc caramélisé au citron. Ce repas n'est pas vraiment de saison. Si elle parvient à l'enfourner suffisamment tôt, elles pourront le déguster froid. Deux-trois ingrédients lui manquent, un arrêt au supermarché est nécessaire. Elle profite d'être proche de son caviste et achète une bouteille de blanc Uby, celui dont Victoria se délecte. Lauriane se remémore la première fois qu'elle en a bu lors de la célébration de son passage en première au lycée. Cette anecdote tire sur sa corde sensible. Son mari, fier et heureux, servit un fond de vin à tout le monde ; il ne lui en fallait pas plus pour lever le coude. Victoria avait trempé ses lèvres dans le nectar avant de l'avaler presque cul-sec. Ce geste irréfléchi lui avait causé une ivresse enfantine, de celle où l'excitation se mue en somnolence sur le canapé du salon dans l'hilarité générale. Ce souvenir l'enjoue et lui rappelle l'importance de partager et de profiter des siens. Surtout qu'elle n'a pas vu sa fille et ses petites filles depuis Noël, lorsqu'ils sont tous les quatre remontés du sud pour les fêtes.

Lauriane sort ses casseroles, compartimente les ingrédients et se perd dans ses pensées. Ses petites filles lui manquent. Aller les chercher à l'école, les garder, jouer, lire des histoires, soigner les bobos, râper le chocolat sur les tartines afin de recevoir la haute distinction de meilleur goûter chez mamie, égayaient sa routine hebdomadaire. Lauriane avait désiré ardemment les voir rester dans le coin. De son père, Victoria avait hérité un caractère acharné, impossible de lui déboulonner une idée vissée dans sa jolie caboche. La détresse et les arguments de Lauriane n'avaient pas réussi à raisonner sa fille. Ce départ précipité à des centaines de kilomètres a lacéré sa nature guimauve d'une profonde entaille. La promesse de se réunir souvent se perdait dans les appels téléphoniques de plus en plus espacés. « Loin des yeux, loin du cœur » sanglotait la maman qui avait raccroché. Elle attendait impatiemment l'invitation à les visiter. L'emménagement et les allers-retours de son gendre accaparaient leur temps libre, Lauriane ne s'imposa pas. Parfois, la tribu Kovalev la contacte par vidéoconférence, elle adore ces échanges virtuels. L'espace d'un court instant, son regard se pose sur Romie et Célie. En fond, des bribes de leur villa se dévoilent. Son imagination parcourt le reste des pièces. La communication se coupe et les visages disparaissent. « Ils ont leur propre vie comme j'ai eu la mienne » se console-t-elle.

Lauriane sort les pommes de terre de l'eau bouillante. Leur absence l'attriste. Les mauvaises ondes ne sont pas les bienvenues, elle les dilue dans la fumée du plat. La maman veut faire plaisir à sa fille, rien d'autre.

Victoria pénètre dans Combs-la-Ville. À l'approche de la maison familiale, son ventre se noue. La tragédie refait surface. Ce drame a causé la lente agonie de sa famille. Guillaume en prison. Le divorce de ses parents. L'alcoolisme de son père et sa mort dans un appartement sordide.

Arrivée, les mains agrippées à son volant, bouée de sauvetage contre l'appel du large, elle se donne du courage. Elle veut garder ses récentes humiliations, ne rien laisser paraître. Elle sort son sac de voyage du coffre et y enferme ses problèmes personnels. Elle gravit les marches du perron, inspire une longue bouffée d'air chaud, redresse les épaules, remonte ses sourcils, défronce le front, esquisse un sourire et appuie sur la sonnette. Sa mère ouvre la porte d'une mine joviale, leurs regards se rencontrent. La maman y lit la contrariété. La réjouissance de la revoir s'évanouit. Les femmes s'étreignent.

— Tu es ravissante. Quelle élégance !

Victoria examine la mini-jupe vulgaire. Le style vestimentaire maternel lui faisait déjà honte à l'adolescence. Elle ne veut pas lui mentir, ne lui retourne pas de compliment. Elle préfère se taire. Lauriane ressent la raideur musculaire de sa fille.

— Quelque chose ne va pas ? se préoccupe sa mère.

— Non, tout va bien et toi ?

— Je vois que ça ne va pas.

— Merci de me faire comprendre que j'ai une sale tête, dédramatise Victoria sur le ton de l'humour. Ce voyage m'a épuisée et j'ai terriblement chaud. Si ça ne t'ennuie pas, je vais aller prendre une douche tout de suite.

— Comme tu le sens, je t'ai préparé une serviette dans la salle de bains du haut.

Victoria grimpe l'escalier. Lauriane se retient de la héler. Elle meurt d'envie de la questionner, de la rassurer. La porte claque à l'étage. Résignée, elle retourne en cuisine. Victoria se jette sous la douche. L'eau froide l'électrise. Très vite, la chaleur remplace la fraîcheur. La vapeur panse ses blessures, elle rêve de s'évaporer derrière le rideau de buée. Elle redescend. La mamie prend des nouvelles de Romie et Célie. Puis, les sujets bateau comme le travail, le quotidien, les degrés affichés sur le thermomètre évitent à la jeune femme d'exposer ses problèmes à la perspicacité de sa mère. Lauriane n'est pas dupe des diversions, elle attend les confidences. Victoria s'éclipse dans sa chambre passer des coups de fils. Elle souhaite entendre ses filles avant le coucher et répondre au SMS de Xavier, en toute discrétion. Elle balaie les réactions à sa *story* de ce matin. Une ancienne élève de yoga et une ex-collègue de banque ont appris sa venue dans les parages et lui proposent de dîner. Elle s'en veut de ne pas avoir vérifier sa messagerie Instagram avant, ses copines vont la prendre pour une sauvage. Des piailleries autour d'un verre de vin la détendraient. Son humeur n'est pas à la fête à cause de Ludovic. Elle prie ses amies de l'excuser, son passage dans le nord n'excédera pas vingt-quatre heures et elle est déjà occupée. Les mots s'envolent, elle aurait préféré s'amuser entre filles. En bas, le bouchon de la bouteille de vin saute. La voluptueuse boisson la relaxera peut-être.

Du bout de ses couverts, Victoria déplace les morceaux de rôti. La fourchette racle l'assiette. Le bruit irritant évite un silence total dans la cuisine. Dos voûté, les yeux dans le vague, son regard fuit l'inquisition. De l'autre côté de la table, Lauriane hésite à forcer la parole.

— Tu n'as pas faim ? ose-t-elle.

— Si, si, murmure Victoria qui ne détourne pas son attention de son repas.

— Tu n'as rien touché.

— Ça va venir.

— Tu n'aimes plus la tourte ?

— Si.

— C'est le rôti ? Tu l'aurais préféré chaud ?

— Non.

— Oh quelle sotte ! peste Lauriane. Tu ne manges plus de viande ! J'ai complètement oublié. Je suis désolée.

— Si j'en mange encore, de temps en temps. J'évite autant que possible...

— Tu veux autre chose ?

— Non, c'est gentil merci.

— Je peux te préparer autre chose, ça ne me dérange pas. Tu veux une omelette ? des pâtes ? du riz ? demande-moi.

— Non ça ira, merci.

— C'est le Uby, il ne te plaît pas ?

— Depuis que j'ai goûté aux vins du Pic Saint Loup, j'ai du mal avec les autres...

— Tu es sûre que ça va ?

— Oui.

— Tu fais la tête depuis ton arrivée, j'ai dû te tirer les vers du nez pour avoir des nouvelles des filles. Tu ne parles pas. Je vois que quelque chose ne va pas. Tu peux m'en parler si tu veux.

— Je suis juste un peu dépassée.

— Tu n'arrives pas à te faire à ta nouvelle vie dans le sud ? Je t'avais dit que beaucoup partent avec des rêves idylliques. Le soleil ne fait pas tout. Ils sont nombreux à revenir au bout d'un an. Tu peux me le dire si c'est ton cas. Il n'y a pas de honte à avoir.

— Non, je me plais vraiment là-bas, les filles aussi d'ailleurs.

— C'est Ludo alors ? ça ne va plus entre vous ?

— Non. Je suis un peu dépassée. Je suis seule toute la semaine à m'occuper des filles. Des fois le week-end aussi. Ce voyage imprévu me stresse. Je n'aime pas les laisser loin de moi. C'est un état de fatigue générale. Je suis désolée de t'infliger cette humeur.

Les deux femmes replongent dans le silence de leurs pensées.

— Comment tu as su que papa te trompait ? demande Victoria.

— Une femme sent ces choses-là. J'avais le doute et, si tu commences à fouiller, tu finis par trouver.

— Quand tu l'as su, tu l'as quitté ?

— Non, j'y ai pensé... ça m'a rendue terriblement triste. Je lui ai pardonné. On peut tous faire des erreurs. Lauriane réfléchit et reprend. Pour être honnête, je savais que je ne ferai pas toute ma vie avec lui. Inconsciemment, je voulais peut-être être sûre que vous soyez assez autonomes tous les deux. Et... la fin a été précipitée... tu sais bien...

— Oui, murmure Victoria en pensant aux malheurs de son frère.

— C'est donc de cela qu'il s'agit ? Ludo a quelqu'un ? ose Lauriane.

— Non, je ne crois pas. Je ne sais pas. Je ne veux pas en parler.

— Tu es sûre ?

— Oui. J'ai toujours été droite maman, tu sais ?

— Je m'en doute ma chérie mais ça ne fait pas tout pour un homme. Tu ne veux toujours pas autre chose à manger ? demande-t-elle pour éviter de prolonger le silence de sa fille.

— Non, c'est gentil.

— Maintenant que j'y pense, j'ai de délicieuses tomates que m'a données Véronique.

— Comment va Véronique ?

Véronique est l'unique sœur de Lauriane. Leur entente est excellence, leur réussite sociale opposée. Elle habite avec son mari pharmacien imbu dans le plus beau quartier de Combs-la-Ville. En choisissant sa tante comme sujet de diversion, Victoria ne peut s'empêcher de penser à sa grosse cousine Pétronille. Dénigrer une personne est contradictoire avec sa philosophie de professeur de yoga. Toute la bonté du monde ne suffirait pas à lui arracher de la compassion à l'attention de cette connasse.

Les années écoulées n'ont pas éteint sa vive rancœur d'adolescente. Alors que sa mère raconte les derniers ragots, Victoria replonge dans sa jeunesse quand le soir après les cours, elle s'enfermait dans sa chambre pour pleurer.

***

À son arrêt de la natation, Victoria s'infligea un supplice quotidien. Matin et soir, elle encerclait d'abord ses épaules, puis ses biceps d'un ruban à mesurer volé dans la boîte à couture héritée d'une grand-mère. Un carnet conservait secrètement ses mensurations. Au fil des semaines, les chiffres baissèrent. Des formes harmonieuses arrondirent sa musculature. Ses courbes s'affinèrent. Sa poitrine se libéra mais les moqueries de ses camarades restèrent, ancrées dans l'inconscient collectif. Son prénom avait été effacé, « la camionneuse » le remplaçait. Les insultes causèrent son malheur. Guillaume la rassura, bientôt, elle entrerait au lycée et le mélange des deux collèges de la ville lui offrirait l'opportunité de repartir à zéro.

Dans la théorie, son frère avait raison. La réalité fut tout autre. Le hasard la fit se retrouver avec Pétronille. Une aubaine pour les cousines qui s'inquiétaient du virage en seconde. Elles s'installèrent côte à côte dans tous les cours. Le temps fit naître des affinités, des groupes se formèrent. Fille unique, capricieuse, habituée à tout obtenir de ses parents, Pétronille se positionna en meneuse. Plusieurs élèves gravitèrent autour d'elle. Victoria n'aurait su dire s'ils appréciaient la personnalité de sa cousine ou si les fêtes organisées dans son immense maison achetaient leur amitié. Toute personne qui entrait dans le cercle amical de Pétronille, lui devait dévotion et obéissance. Sa débauche d'énergie dépensée à être aimée porta ses fruits. Seulement, sa popularité ne la contentait pas. À ses côtés, Victoria vampirisait la moelle de sa gloire. Quelques copines la préféraient alors que c'était elle la pièce maîtresse et le porte-monnaie de leur bande. Et, à l'unanimité des garçons, Victoria était l'une des plus belles filles du lycée, si ce n'était la plus belle. Pétronille ne pouvait pas lutter contre cette splendeur universelle. La jalousie déforma les liens du sang en une rivalité haineuse.

Pétronille embrigada le reste de leurs copines. Une à une, les filles tournèrent le dos à Victoria. Elles exhibaient une méchanceté gratuite et de l'ignorance. Esseulée, elle tenta une médiation avec sa cousine qui feignit de ne pas comprendre ses jérémiades. D'un air hautain, elle avait conclu : « Tu devrais mûrir un peu Victoria. On est au lycée maintenant. Les liens se font et se défont. La seule chose que l'on a en commun, ce sont nos mères qui sont sœurs. Ce n'est pas contre toi mais quand tu parles, on a l'impression que tu es restée bloquée au collège ».

Victoria partagea sa peine à son frère. Pétronille contrecarra d'un chantage les menaces de Guillaume. S'il tentait quoi que ce soit pour lui causer du tort, elle dénoncerait ses agissements de petit dealer au proviseur et à ses parents. Cet avertissement suffit à le tenir tranquille. La cousine n'en avait pas terminé, mettre Victoria à l'écart ne lui suffisait pas; elle en fit un bouc émissaire. Deux lynchages marquèrent la lycéenne.

Le premier se produisit en cours d'E.P.S. Au début de l'année, les élèves s'ébahirent devant les aptitudes de

Victoria en sport. Bien qu'elle ait arrêté la pratique en club, elle était la meilleure des filles et n'avait rien à envier aux garçons. Ses capacités physiques ajoutaient du grain de méchanceté à moudre au moulin de Pétronille. Post-dispute familiale, pendant une leçon de football, le professeur désigna deux capitaines missionnés à la formation des équipes. Auparavant, Victoria était un choix prioritaire. Ce jour-là, elle finit dans les derniers, à être départagée avec le malheureux ventripotent de la classe. Le rondouillard lui fut préféré.

— Ils sont onze de chaque côté, constata l'enseignant. Victoria, choisis dans quelle équipe tu veux jouer et on fera des rotations toutes les deux minutes.

— On est obligé de la prendre ? ironisa une petite peste, lieutenant de Pétronille. Elle peut rester sur le banc à nous encourager.

Victoria, humiliée, rejoignit le groupe le moins hostile, en apparence. Ce comportement odieux était coutumier, comme cette autre fois.

Les parents de Victoria avaient des salaires assez faibles. La famille vivait convenablement, sans excès. Leur situation financière les contraignait à acheter les vêtements des enfants dans des grandes enseignes de prêt-à-porter bon marché. Les mauvais goûts de Lauriane ne les aidaient pas. Quand le frère et la sœur eurent l'âge d'affirmer leur style, ils choisirent leur tenue, toujours dans des magasins d'entrée de gamme. Guillaume, très attentif à son apparence, ne supportait pas d'être mal habillé. Sa coquetterie le poussa à revendre de la drogue douce dans l'enceinte scolaire. Son commerce lucratif lui permit de s'offrir des fringues tendance. Lorsque sa sœur se terra sous la pression de Pétronille, il lui proposa un deal dans le but de la sociabiliser : si elle l'accompagnait à des soirées dans lesquelles il était le fournisseur de cannabis officiel, il lui achèterait le haut ou le pantalon de son choix. Victoria essaya une ou deux fois. L'indifférence et les ricanements des invités à son égard la dissuadèrent de persévérer. De temps à autre, Guillaume lui ramenait un jeans ou un pull à la mode. Lauriane, trop occupée à s'évader de la maison, ne remarquait pas l'agrandissement de la garde-robe de ses enfants.

Depuis l'enfance, Véronique donnait à Victoria les affaires que Pétronille ne voulait plus mettre. « Les fins de mois sont difficiles. Au moins, tu es habillée pour l'hiver » l'obligea sa mère. Comme Lauriane s'absentait souvent, que son père refusait les tâches ménagères et que les enfants n'avaient pas le droit de toucher à la machine à laver à cause des heures creuses, il arrivait que les lessives aient du retard. Victoria n'avait d'autre choix que de porter les vêtements de la honte. Pétronille jubilait et lui taillait un costume sur mesure.

– Je suis contente de voir qu'ils te vont bien. Quand je pense qu'ils allaient finir chez Emmaüs ou au Secours populaire, lançait sa cousine. Je suis heureuse qu'ils reviennent à une vraie nécessiteuse. Grâce à moi, tu as la décence de ne pas avoir la dégaine de ta mère.

Cette pique la foudroyait. Elle restait muette de tétanie et s'éclipsait aux toilettes où elle exprimait sa douleur. Son unique amie la rejoignit. Aucun mot ne pouvait la consoler.

Peu de temps avant son seizième anniversaire, Lauriane emmena sa fille faire du shopping. La maman avait économisé, Victoria avait le droit de choisir le cadeau de son choix. Au centre commercial, Véronique et Pétronille les rejoignirent.

– Je croyais que l'on serait que toutes les deux, gémit Victoria entre ses dents.

– Je discutais par message avec ta tante et elle a eu envie de passer l'après-midi avec nous. Je pensais que ça te ferait plaisir d'avoir ta cousine avec toi.

Lauriane n'était pas au courant du harcèlement de sa nièce. Victoria tenta de freiner une montée d'angoisse. Elle toisa la mini-jupe de sa mère. Son ras-la-moule produirait une quantité de venin à expectorer le lundi au lycée. Pourquoi n'écoute-t-elle pas papa, pensa Victoria, il lui répète assez de ne pas sortir avec des tenues provocantes.

— Figure-toi que j'ai dû tirer ma fille par la peau des fesses pour qu'elle accepte de venir, murmura Véronique discrètement à sa sœur. Je vais devoir dépenser pour compenser.

Les adultes piaillèrent ensemble en avant-garde. Les adolescentes marchaient en retrait, chacune d'un côté de l'allée, visage aimanté aux opposés. En se dirigeant vers une boutique réputée, Lauriane se rapprocha de sa fille.

— Tu veux que l'on aille ailleurs toutes les deux ? demanda-t-elle.

— Non, je veux aller ici.

— Tu vas y laisser ton budget et tu ne pourras rien choisir d'autre, dit la maman tout bas.

— Ce n'est pas grave. Les plus beaux vêtements sont ici.

À l'intérieur, les deux familles se séparèrent. Dans un coin, sur une étagère, Victoria remarqua un manteau magnifique sur un mannequin. Avec cette coupe sur le dos, elle serait ravissante. L'objet de sa convoitise n'était sur aucun portant. Elle se rendit au pied du modèle d'exposition et Lauriane alpagua une vendeuse.

— Où se trouve ce manteau, s'il vous plaît ? demanda la mère.

— C'est marrant ! les coupa Véronique. Pétronille aussi l'a repéré. Il est introuvable en rayons.

— Oui, j'allais vous le dire, enchérit l'employée. Il faut que je le descende. C'est notre dernière pièce.

— Vous n'en avez plus en réserve ? s'empressa la tante.

— Malheureusement non. C'est la dernière taille. C'est du S.

— Ça va être juste ma chérie, dit-elle à l'attention de Pétronille.

— Non, je vais l'essayer.

— Peut-être que Victoria veut commencer, reprit Véronique.

— Il est à combien ? s'enquit Lauriane.

— 169 euros.

— Ah quand même, commenta la mère. Tu peux l'essayer la première Pétronille.

Victoria capta la réaction épidermique de sa mère à l'annonce de la somme. Sa cousine allait encore gagner, comme toujours. Cet affront gâchait ses achats d'anniversaire. Pétronille l'enfila. La matière boudina ses bras potelés qui testèrent la souplesse. Elle était étriquée. Victoria pouffa. L'autre lui jeta un regard noir.

— Je te l'avais dit ma chérie que ça allait être juste. Tu mets du M et parfois du L selon les marques. Ça ne sert à rien de te contempler dans le miroir, il ne va pas s'ajuster par magie. Allez, retire-moi ça et laisse Victoria l'essayer.

Pétronille lui jeta presque à la figure. Victoria se glissa dans le tissu qui lui allait à ravir. Dans le reflet, par-dessus son épaule, la moue envieuse et rageuse de sa cousine en disait long sur les horreurs de ses pensées. Victoria lança une expression de supplication à sa mère.

— Tu le veux ? interrogea Lauriane pour la forme. Il est vraiment cher. Si tu le veux, on le prend. Mais tu n'auras que ça pour ton anniversaire.

— Je vais lui prendre, trancha Véronique. Après tout, c'est ma filleule, ça serait ton cadeau d'anniversaire.

— Ah non, ça me gêne, rétorqua Lauriane.

Cette négociation redonna le sourire à Pétronille. Victoria s'en moquait, elle remportait cette bataille. Quand elle le porterait dans les couloirs du lycée, elle se fera un malin plaisir à la narguer.

Sa joie fut de courte durée. Le lundi, en cours, Victoria arborait son cadeau avec fière allure. Elle le positionna sur le dossier de sa chaise, épousseta le tissu, sans un regard à sa cousine. Durant la leçon, les ricanements s'élevèrent de plus en plus fort à chaque fois que le professeur se tournait au tableau. Installée à l'avant, Victoria scrutait l'arrière de la salle. L'élève juste derrière elle simulait l'innocence. Elle ne comprit les rires qu'à la sonnerie. Tout le monde se dirigeait vers la sortie et la fixait en passant. En attrapant son manteau, elle constata des tâches de blanco sur le dos. Quelqu'un l'avait éclaboussée. Son vêtement était foutu. Ce saccage lui monta des larmes qu'elle ne put retenir. Dans l'embrasure de la salle, Pétronille lui lança un rictus sardonique et disparut.

***

— Victoria ? Je t'ai perdue ? demande sa mère.

— Désolée maman, j'étais dans mes pensées. Et comment va la grosse Pétronille alors ?

— Oh, tu sais bien que je n'aime pas quand tu parles comme ça. Mais si tu veux tout savoir, je crois qu'elle a encore grossi.

— Elle vit toujours avec son cassos de mari ?

— Aux dernières nouvelles oui. Véronique me racontait qu'ils passent leur temps à s'engueuler, même devant les enfants.

Le sujet est longuement abordé. Victoria se réjouit d'entendre qu'il y a un juste karma. Heureuse de voir sa fille se détendre, Lauriane la distrait de ses idées noires en accaparant la parole. Elle rebondit sur ses propres anecdotes, comme un joueur de tennis qui s'amuserait à taper la balle contre un mur. Elle passe de Véronique au quartier, du quartier à la ville, de la ville à ses commerces qui mettent la clé sous la porte. Lauriane enchaîne sans relâche, Victoria, par politesse, hoche la tête en signe d'écoute, pose une question pour sembler intéresser. Cet exercice de courtoisie s'avère difficile tant son attention est ailleurs. La culpabilité la gagne. Les deux femmes ne se sont pas vues depuis longtemps et ses préoccupations l'empêchent d'être présente dans l'instant. Je ne mérite pas une mère si extraordinaire, pense-t-elle honteuse. Lauriane, pourtant heureuse d'avoir sa compagnie, lutte vainement à l'amuser. Elle lui propose de se retirer dans sa chambre. Victoria saute sur l'occasion, dépose un baiser sur sa joue et s'enfonce dans le couloir.

À peine passe-t-elle le pas de la porte que son esprit se focalise sur son passage dans les locaux de l'entreprise. Les exigences du contrôleur de l'inspection du travail et les factures inconnues de sa société lui paraissent insignifiants, de lointains problèmes sans conséquences, comparés aux deux numéros de téléphone de son mari et à l'inoccupation du studio de Melun. La phrase d'Irène : « Ludovic a deux numéros de téléphone, lequel voulez-vous ? », déchire encore l'amour-propre de Victoria. Depuis plusieurs semaines, son instinct lui suggérait que son mari avait une double-vie, voire une triple-vie, il était si peu présent qu'il avait tout le loisir de s'étaler dans une multitude de passions. Quand elle était seule, des scènes la tourmentaient. Ludovic avec une femme à la table d'un restaurant. Ludovic en train de séduire. Ludovic dans des positions lascives. N'ayant trouvé de preuve d'un adultère, Victoria se persuadait que la jalousie malmenait son raisonnement.

Aujourd'hui, les relevés téléphoniques dans son sac à main officialisent la tromperie. En effet, sur la liste du numéro secret, il n'y a presque que des appels et SMS émis, à trois numéros différents, toujours les mêmes. Pas de doute, ce téléphone ne sert qu'à des mesquineries en dessous de la ceinture. Cet adultère devient un acte avéré. Ce fardeau est plus lourd à supporter qu'il n'y paraît, il détruit la solidité de leur couple. Le rôle de la femme bafouée ne lui correspond pas. Sa silhouette est entretenue au prix d'efforts quotidiens. Elle se donne à son mari avec ardeur pour que, justement, il n'ait jamais envie de goûter à un autre corps que le sien. Victoria reconnaît son échec. Il est indiscutable. Son orgueil le réfute. Des questions acerbes la tiraillent : Ludovic a-t-il des sentiments pour cette ou ces maîtresse(s) ? Que recherche-t-il que je ne puisse lui donner ? Les embrasse-t-il avec fougue et passion ? Se moque-t-il de moi en leur présence ? Est-ce mieux avec elles qu'avec moi ? Que font-elles que je ne fasse pas ? Savent-elles qu'il est marié et qu'il a deux filles ? Ment-il sur sa situation ?

Sous la pression de tant d'interrogations, Victoria s'effondre sur son lit. Elle pleure. Son oreiller étouffe ses sanglots, sa mère ne doit pas l'entendre. Les dernières semaines lui reviennent à l'esprit. Il m'a laissée seule dans le sud, se lamente-t-elle. Pendant que moi je m'échinais à éduquer ses filles, lui, il s'envoyait en l'air dans des hôtels miteux. Mais non, ce n'est pas le genre de Ludo, vaniteux comme il est et avec tout le fric qu'il ne déclare pas, il doit leur en mettre plein la vue. Il travaille des heures et dépense notre argent en restaurants étoilés et hôtels de luxe pour baiser des putes alors que je me dépatouille de ses conneries de magouille. Cette perspective l'accable. Où l'aurait-il rencontrée ? Est-ce que je la connais ? La fierté de Victoria se réveille. Ludovic a éteint son portable, pense-t-elle, mais la pouffiasse pour laquelle il me délaisse a peut-être encore le sien d'allumé.

La jeune femme se redresse, essuie ses larmes et reprend le relevé. Sur les trois numéros présents, un n'a été composé qu'une fois. Elle ne permet pas à l'embarras de s'immiscer dans sa détermination. Elle compose un au hasard, celui le moins utilisé. Le combiné collé à l'oreille, elle attend sans réfléchir à la confrontation. L'appel tombe sur la messagerie. Elle se demande si cette traînée et son mari jouissent de la tranquillité du mode avion. Résolue à dévoiler son existence à l'une ou l'autre de ses briseuses de ménage, elle joint le deuxième numéro, le dernier composé par son mari. Là aussi, elle tombe sur le répondeur. Elle espère avoir plus de chance avec le troisième. La tonalité révèle un appareil en état de marche. Le rythme cardiaque de Victoria s'accélère. Quelqu'un décroche.

– Allô !

Victoria panique. Sa respiration se coupe de crainte d'être entendue. Le manque d'oxygène ralentit son rythme cardiaque. Son aplomb rapetisse. Elle doit garder son calme, prendre le dessus.

– Allô !

– Allô, se lance Victoria, je...

Fin de la conversation, la personne a raccroché. Elle rappelle. La ligne est coupée. Elle ne s'en veut pas d'avoir manqué de courage, la situation était compliquée et inconfortable. Cet échec lui aura appris une information capitale. La voix qui a prononcé deux fois : « allô », est celle d'une interlocutrice. Son mari a donc contacté une femme. L'arrêt prématuré de la discussion lui prouve que cette inconnue n'est pas innocente de toute faute.

Ludovic a au minimum une double-vie, voire une quadruple, si les deux autres numéros appartiennent aussi à ses maîtresses, conclut Victoria

Chapitre 9

Il va être sept heures trente. Réveillée bien avant la sonnerie de l'alarme, Victoria repousse la sortie du lit. La nuit a été agitée. Son sommeil a été superficiel, en témoigne sa migraine matinale. Elle a cru voir toutes les heures s'afficher, difficile à affirmer. Parfois, des demi-heures sautaient, signe d'un bref assoupissement. En position fœtale, le drap l'emmitoufle à la perfection. Ce cocon la réconforte autant qu'il lui donne chaud. Seulement, elle ne peut dormir sans être couverte au-dessus des épaules. Si elle ne se lève pas dans l'immédiat, elle ne verra pas sa mère qui doit se rendre au travail.

Une douche fraîche la vivifie, l'eau froide n'évince pas son mal de tête. En prévention, serviette autour de la taille, elle prend de l'aspirine. Le cachet éteindra la douleur. Le remède naturel serait de se recoucher. Sa mine est affreuse, des cernes sombres se reposent sur ses pommettes. La fatigue accentue ses rides naissantes. Le maquillage ne camoufle pas sa lassitude. Son compte Instagram est peu alimenté depuis mardi. Son état lamentable ne lui permettra pas d'ajouter du contenu. Je jouerai avec l'angle des photos et les filtres, soupire-t-elle.

Sa volonté de faire bonne figure échoue. Lauriane constate l'épuisement de sa fille et lui fait remarquer. La maman aimerait l'aider, trouver une solution à son problème, ou au moins la réconforter. Sa fille n'est pas de tempérament à soulager sa conscience. L'expérience apprend que la parole allège les angoisses. Lauriane se sent d'aborder les malheurs de Victoria, de les supporter à sa place. Sur le point de partir au bureau, les remords s'insinuent dans ses pensées, ils ne la quitteront pas. L'incertitude de la revoir bientôt l'attriste. Lauriane n'ose pas la forcer à la confidence. Elle se contente de l'embrasser, de donner les consignes à passer à Guillaume au sujet de la fermeture de l'entrée et monte dans sa voiture. Derrière le pare-brise, elle lui envoie des mots doux ainsi qu'un baiser qu'elle lui souffle. Le moteur démarre, son cœur ronronne. Victoria regrette d'avoir été de mauvaise compagnie. Quand la situation pourrie sera terminée, elle invitera sa mère chez eux.

L'expert-comptable n'est joignable qu'à partir de neuf heures. Le créneau libre lui sert à prendre des nouvelles de Romie et Célie auprès de Lislalia, à gérer Instagram, répondre à des messages de ses followers et pour finir à Xavier. Hier soir, elle lui a envoyé des SMS expéditifs. Ce matin, elle a carrément ignoré ses relances. Son manque d'implication dans cette récente relation démontre sa velléité. Victoria ne parvient pas à surmonter ses déboires sentimentaux, le souvenir d'un autre homme réfrène son envie de s'offrir à Xavier. Après trois rendez-vous, ils n'ont échangé qu'un baiser, pas très langoureux de surcroît. Un appât serait de bon augure. Victoria a dérobé son corps à la dévorante appétence de Monsieur le Député Bertin. Elle ne se résout pas à le laisser filer, un carriériste de sa trempe peut avoir des opportunités à lui proposer.

Son téléphone portable renferme des archives cachées de photographies qui révèlent la magnificence de son anatomie, toute son anatomie. Il y en a des jolies, d'autres sont moins à son goût, toutes sont réservées à Ludovic. Leur mission est d'aguicher. Tous les trois-quatre jours, lorsqu'il est en déplacement, une piqûre de rappel vaccine son mari contre l'idée de goûter à un autre corps que le sien. Son homme les surnomme : ses petites douceurs.

Les dates lui indiquent que la dernière prise remonte à quatre mois. L'arrêt de ces fantaisies correspond à son changement d'attitude. Victoria s'interroge : c'est parce que je ne lui en envoie plus qu'il est allé voir ailleurs... je serais donc la responsable de sa faute. Cette conclusion est irrecevable. Ludovic n'a pas réclamé de *nouvelles petites douceurs.* Peut-être en reçoit-il d'autres femmes sur son deuxième numéro de téléphone. En colère, elle fait défiler ses poses sur son écran. Elle hésite entre une « classique » et la préférée de Ludovic. Il doit souffrir à la hauteur de ce qu'il me fait subir, se dit-elle, il en faut une inédite.

Victoria se déshabille. Elle observe son soutien-gorge. Après réflexion, elle l'ôte. En petite culotte devant le miroir sur pied, son avant-bras libre compresse sa poitrine de manière à la valoriser. Sa chute de reins se cambre. L'objectif de son appareil la coupe de telle sorte à ne pas être reconnue. Sa bouche et son menton apparaissent dans un angle. La photo lui convient mais elle tente d'autres poses lascives et excitantes. Son choix s'oriente sur la première, compromis idéal entre sensualité et érotisme. Envoyée à Xavier, ses joues tiédissent. Au cliché, elle ajoute un message : *si tu es sage, tu auras bientôt le droit à plus.* Victoria ne culpabilise pas de son extravagance. Ludovic ne désire plus son corps, d'autres le feront à sa place. La réponse de Xavier fuse : *Tu es sublime, je n'avais jamais reçu une photo comme ça.* Victoria, touchée du compliment, tient à s'assurer de sa discrétion : *c'est la première fois que j'envoie une photo aussi osée. Je suis heureuse qu'elle t'ait plu. Efface-la, s'il te plaît.* Il entre en négociations : *d'accord, si tu me promets d'en envoyer d'autres.* Elle ne se laisse pas faire : *la prochaine fois, tu le verras en vrai.* L'échange numérique s'arrête à neuf heures. Victoria cesse ses enfantillages d'adulte et téléphone à l'expert-comptable.

— Monsieur Jalant ?

— Lui-même.

— Bonjour, Madame Kovalev, je suis l'épouse de Ludovic Kovalev.

— Bonjour, oui, en quoi puis-je vous aider ?

— Je me permets de vous téléphoner car je rencontre un problème. Je sais que, normalement, vous êtes en relation avec mon mari mais il est indisponible et surtout injoignable en ce moment. Je vous explique, nous avons eu un contrôleur de l'inspection du travail qui est passé sur un chantier dans le sud hier matin. Ce contrôleur aurait reçu une lettre anonyme dans laquelle on l'informe que les ouvriers ne sont pas déclarés légalement. Il me demande leurs contrats de travail. C'est la société à mon nom qui s'occupe de ce chantier. En temps normal, c'est mon mari qui gère ce genre de problème mais comme je vous le disais, il est injoignable pour le moment et le contrôleur veut ces papiers lundi matin au plus tard.

— Si je résume, il vous faut les contrats de travail des employés embauchés par l'entreprise à votre nom ?

— Oui.

— Il n'y en a pas.

— Comment ça ? demande Victoria perplexe.

— Cette société est... comment dire... c'est délicat... vous devriez en discuter avec votre mari.

— Il ne peut pas me répondre et j'ai expressément besoin de ces contrats.

— Je veux bien vous les donner mais il n'y en a pas.

— Je ne comprends pas. Je vous envoie régulièrement des mails avec les heures et jours travaillés. Il y a des factures aussi.

— Vous les envoyez à qui ?

— À vous.

— Je ne reçois rien. Je n'ai pas été en contact avec vous depuis les signatures à la création de l'entreprise.

Ensuite, ça a toujours été votre mari qui m'a fait suivre les documents.

— Je ne comprends plus rien. Hier, je suis passée au bureau de mon mari pour chercher ces contrats. En fouillant dans le dossier de ma société, je n'ai reconnu aucun papier. Et maintenant, vous me dites que vous n'avez jamais reçu de mail de ma part.

— Je suis désolé, s'embarrasse l'expert-comptable. Je ne devrais pas vous dire cela car… ça pourrait porter préjudice à ma collaboration avec votre mari… La société créée à votre nom n'embauche personne. Elle sert simplement à générer des factures à l'entreprise principale.

— Pourquoi ferait-il ça ? Et pourquoi me demanderait-il de réaliser des factures ?

— Je ne peux vous donner ces réponses. Il faudra lui demander, on est hors de la légalité. J'ai prévenu votre mari plusieurs fois qu'il jouait avec le feu. Moi-même, je ne suis pas au courant de tout ce qu'il fait et je ne tiens pas à l'être.

— Je suis complètement perdue. C'est incompréhensible…

— J'aimerais vous aider. Si je peux vous renseigner sur autre chose, je le ferai avec plaisir. Sans quoi, je vais devoir vous laisser, j'ai un rendez-vous qui m'attend.

Victoria raccroche. Lundi prochain, elle doit remettre des papiers qui n'existent pas à Roland Piémont. Le contrôleur va forcément découvrir leur multitude d'arnaques. Désespérée, elle téléphone à Ludovic. Messagerie. Les événements lui échappent. Les uns après les autres, les mensonges de son mari sont mis en lumière et engagent la stabilité de leur famille, de leur couple et de leur vie.

Chapitre 10

Victoria déambule dans la maison. Son parcours trace une boucle, couloir, salon, cuisine, là, impatiente, elle tire le rideau de la fenêtre, guette Guillaume qui tarde et recommence. Son frère détient des informations susceptibles d'éclaircir cette purée de pois. La colère lui noue l'estomac. Elle en veut à Ludovic, à Guillaume, à elle-même, à la terre entière. Elle veut lui sauter à la jugulaire. Une attaque frontale serait une grossière erreur, son frère n'aime pas le conflit et pourrait se braquer. Elle se force à se concentrer sur des souvenirs positifs, enfouis sous sa hargne.

Guillaume se gare, il est presque dix heures. Il appréhende la conversation à venir. Sa sœur attend des réponses qu'il ne pourra ou n'aura pas le moyen de lui fournir. Il affiche du mieux qu'il peut la sérénité sur son visage. Il doit lui inspirer confiance. À peine claque-t-il la portière que Victoria le foudroie de sa sévérité tempétueuse, bras croisés, lèvres pincées. Guillaume lance un sourire. Son amabilité n'adoucit en rien la contraction des traits fermés. Le portillon rouillé grince, il se maudit de ne pas avoir pris le temps d'huiler les gonds. Sa mère mérite plus d'attention. Il grimpe les marches du perron. Il avance rendre compte, valet aux pieds de la reine.

— Quelle chaleur, débute-t-il la langue pendue.

— Tu étais au courant que Ludovic avait deux téléphones portables ? entame Victoria sur le ton de la colère.

— De quoi tu me parles ? répond son frère d'une pause à la fois trop longue et trop rapide.

— Menteur.

— Je suis ici pour essayer de t'aider. Je t'ai promis de te dire la vérité. Si tu commences à être agressive et à mettre en doute chacune de mes paroles, je te préviens, je repars.

Guillaume la suit à l'intérieur. La canicule ou la tension palpable trempe son dos de sueur. Ses doigts tirent sa chemise. Le tissu ne se décolle pas de sa peau. Victoria l'emmène dans la cuisine, il s'adosse à un meuble proche de la sortie.

— Tu veux un café ? lui propose sa sœur.

— Volontiers, oui.

Victoria, appuyée contre le plan de travail, fixe la mousse brunâtre de la boisson s'écouler dans la tasse. La machine sophistiquée produit un vacarme insupportable.

— Tu as raison, je vais me calmer et écouter ce que tu as à dire. Je suis désolée. Je perds patience. Tu comprendras facilement qu'avec toutes les mauvaises surprises que j'apprends, il est compliqué de rester zen.

— Ce n'est pas toi la prof de yoga et méditation ?

— Ce n'est pas parce que je te présente mes excuses que tu peux t'autoriser des traits d'humour, rétorque-t-elle d'une grimace détendue. Tu étais au courant que Ludo avait deux téléphones ?

— Non. Je ne l'ai toujours vu qu'avec un seul portable.

— Il a deux numéros pris en charge par la société. Irène me l'a confirmé. C'est pour ça que je te pose la question.

— C'est-à-dire ?

— C'est-à-dire que tu pourrais être au courant des lignes téléphoniques de ton associé et de ce qu'il se passe dans ton entreprise.

— Entre les commerciaux, les chefs de chantier, nous, certains ouvriers, je n'ai pas la moindre idée du nombre de numéros qu'on a.

— Il ne t'en a jamais parlé ?

— Non, je te le dirai sinon.

— Je l'ai appris grâce à toi. J'ai copié ton idée des relevés de télépéages. J'ai voulu voir ceux de son portable et c'est là qu'Irène m'a demandé lequel. J'ai épluché ses appels, trois numéros étaient plus ou moins récurrents. J'ai essayé de les appeler. Un seul a décroché. C'était une voix de femme. Dès que j'ai dit, « allô », elle a raccroché.

— Je n'imagine que trop bien ce à quoi tu penses. Tu as conscience que ça peut être tout et n'importe quoi ?

— Ludo a un numéro secret, il ne contacte que trois numéros et tu sous-entends que je me fais des films ?

Guillaume nie les suppositions. Il campe sur ses positions et affirme ne pas être au courant d'une éventuelle double-vie de son beau-frère. À sa connaissance, il ne fréquente personne. Son comportement avec d'autres femmes ne prête à aucune confusion.

— Admettons même qu'il ait une autre femme, crois-tu qu'il me mette dans la confidence ? moi ! ton frère ! alors qu'il sait combien je tiens à toi ? Je peux t'apporter des pistes qui pourraient expliquer son silence mais elles n'ont aucun lien avec une tromperie. Seulement avec nos affaires.

Victoria délaisse les numéros mystères pour l'instant et écoute les révélations.

— Quand tu m'as demandé de l'aide pour l'inspecteur du travail… je n'ai pas été super à l'écoute. J'avais beaucoup de choses en tête et la disparition… ne me regarde pas avec ses gros yeux, le mot fait peur mais ce n'est qu'un mot. Pour le moment, nous n'avons officiellement plus de nouvelle depuis mardi après-midi, nous sommes jeudi matin, j'appelle ça une disparition.

— Je n'aime vraiment pas le mot.

— Je comprends, je dirai son silence alors. Son silence m'a inquiété mais pas autant que la lettre anonyme. La personne qui l'a envoyée veut vous causer du tort. Son silence et cette lettre sont deux points différents mais la question se pose de savoir s'ils sont liés d'une quelconque façon.

— Où veux-tu en venir ?

Guillaume explique à Victoria que Ludovic a un comportent étrange, ces derniers temps, sans pouvoir le dater. Leur business souffre de son comportement singulier. Il arrive souvent en retard, ne rappelle pas des clients, oublie des rendez-vous, rate des contrats importants, ne suit pas les devis, ne paie pas les fournisseurs. Guillaume n'en a pas parlé à Victoria pour ne pas l'alarmer. Il a menacé Ludovic de l'en avertir s'il ne se reprenait pas en main.

— On a tous des hauts et des bas, je ne l'en blâme pas. J'assumais de réparer ses erreurs auprès des clients et des salariés. Au niveau trésorerie, on avait de quoi voir venir mais tu sais comme les économies peuvent vite fondre. Je ne suis pas son père, je lui ai dit une fois de faire attention, deux fois à la troisième, j'allais appliquer mes menaces. Il s'en moquait. On le voyait de moins en moins. Comme tu le sais, on ne déclare pas tous nos chantiers… on est arrivé à un stade où Ludo ne déclare plus assez pour assumer les charges. Il était tellement en vadrouille et insaisissable que je ne sais pas ce qu'il se passe dans sa tête. Je n'ai pas mis le nez dans les sociétés qui vous appartiennent, j'avais déjà assez à m'occuper des nôtres. Dieu seul sait ce qu'il a fait pour que quelqu'un lui en veuille suffisamment pour envoyer une lettre anonyme à l'inspection du travail.

— Tu as une idée de qui a pu l'envoyer ?

— Non. Dernièrement, il était très… silencieux.

— Hier, j'ai regardé les documents de la société à mon nom au bureau. Je n'en ai reconnu aucun. Ce matin, j'ai réussi à joindre l'expert-comptable. Il m'a affirmé n'avoir jamais reçu aucun mail de ma part alors que je lui en ai envoyé des dizaines. J'ai appris aussi que nous n'avons pas d'employé sur cette structure et que l'entreprise créée à mon nom ne sert qu'à facturer la vôtre. Tu es au courant ?

— Non, absolument pas.

— Je suis perdue. L'expert-comptable m'a dit comme toi, que Ludo jouait avec le feu.

— Je ne suis pas surpris. L'expert nous conseille bien, il n'est pas du genre à sortir du cadre. Ludo le sollicite souvent pour savoir ce qu'il peut faire ou non. Parfois, il n'écoute pas ses recommandations et dépasse les bornes. Il est peut-être allé plus loin que quelques factures falsifiées… Victoria… je n'ai pas voulu en parler par téléphone parce que… parce qu'on ne sait jamais qui peut écouter. Si Ludo plonge, tu plonges et je plonge… on y passe tous. Je connais la prison, je ne veux jamais y retourner. C'est hors de question, tu m'entends ?

— Oui.

— C'est pour ça que j't'ai demandé d'en parler à personne, pas même à la police. Il s'est peut-être mis dans la merde, nous par la même occasion mais on ne va pas le laisser tomber. Tu vas me dire ce dont tu as besoin pour cet inspecteur et je vais m'arranger, d'accord ?

— Oui.

— On va retrouver Ludo, il n'est pas du genre à fuir ses responsabilités.

— À t'écouter parler de police, je viens d'avoir une idée. Elle ne va pas te plaire mais il va falloir que tu me fasses confiance.

— Je te fais confiance. Tout ce que je te demande, c'est d'éviter qu'ils mettent le nez dans nos affaires parce qu'avec mon passé, ils me chercheront des ennuis.

Chapitre 11

Dans une ruelle adjacente au commissariat, dans un renfoncement caché qu'elle a déjà fréquenté, Victoria attend. L'architecture impersonnelle des appartements qui la surplombent ranime son cœur de charges émotionnelles. Malgré la climatisation allumée, l'appréhension souffle sur les cendres froides de leur histoire. Une bouffée de chaleur embrase son cou et y dessine des plaques rouges.

La ligne de ses malheurs ressemble au labyrinthe du film *Shining*. Ludovic, muni d'une hache, figure démentielle, en est l'édificateur. Les mensonges arpentent les sombres couloirs. Les vérités aboutissent à des culs-de-sac. La neige tapisse le dédale. Ce désespoir qui l'emporte la ramène à cet endroit précis, si proche de son policier comme la boisson rattrape Jack Torrance. Ludovic a coupé son fil d'Ariane et Victoria vient solliciter l'aide de son Maxime.

L'initiative n'aboutira certainement à rien. Peut-être n'acceptera-t-il pas de me recevoir... pense Victoria... ou peut-être le fera-t-il en souvenir de ce qu'on a été.

***

Les maisons de Victoria et Maxime se situaient à cinq cents mètres l'une de l'autre. Dans un quartier résidentiel de Brie-Comte-Robert, les probabilités qu'ils se rencontrent régulièrement à la boulangerie, à la superette, à la pharmacie, en balade à vélo le long du chemin vert, en promenade, lors de festivités telles que la fête médiévale ou le 14 juillet, étaient élevées.

Au commencement, ils se jaugèrent, puis se reconnurent, opinèrent du menton avant d'user des amabilités : bonjour, merci, bonne journée. Victoria voyait en lui un bel homme. Maxime la classait parmi les femmes sublimes. À cette époque, leurs cercles d'amis ne se recoupaient pas. Récemment mariés à Cécile et Ludovic, Maxime et Victoria n'élaboraient pas de stratagèmes de rencontre fortuite.

À six mois d'intervalle, à cheval sur deux années, Leïla et Romie agrandirent les familles Sonet et Kovalev. Leïla entra à l'école à ses trois ans, Romie la rejoignit un an plus tard. Durant la petite section, Victoria et Maxime attendaient la fin des cours devant la grille réservée aux maternelles. Leurs salutations étaient banales quand ils se croisaient au coin d'une rue. L'envie d'entamer une conversation les démangeait. La morale le réprouvait. Leurs attitudes engoncées trahissaient leur trépignement ; Maxime, les jambes trop écartées, les bras trop croisés, le menton trop relevé et Victoria, toujours à remettre sa mèche derrière son oreille, à remonter l'anse de son sac sur son épaule, à allumer l'écran de son téléphone, jouaient des rôles inadaptés à leur trouble.

Un jeu innocent s'installa entre eux, intitulé : le chat zieuté. Les règles étaient presque identiques au chat perché ; Victoria ou Maxime, devait toucher le regard de son adversaire, si cela se produisait alors, à son tour, il devenait le chasseur. Leur partie dura des semaines. À l'heure de la sortie des classes, le premier arrivé se retournait de temps à autre et cherchait l'autre joueur dans le gigantesque cache-cache des parents venus récupérer leurs enfants. Sur la pointe des pieds, le cou tendu, il fallait balayer l'ensemble de la foule agglutinée, exercice aussi minutieux que de retrouver Charlie. Quelques fois, l'un ou l'autre tombait sur Cécile ou Ludovic, il ne restait qu'à rentrer à la maison, boîte à goûter des filles sous le coude empli d'une amère déception. Quand, ils venaient accompagnés de leurs époux, la compétition était mise en pause. Pouce levé.

Leur excessive prudence et leur inhibition évitaient le danger. La partie prit fin au changement de planning de Maxime qui bascula des nuits aux horaires de bureau du lundi au vendredi. Les événements impétueux de la vie s'imbriquèrent les uns dans les autres et ne laissèrent pas le temps aux regrets de réinventer les actes manqués d'une amourette platonique. Ils se recroisèrent en ville et presque tous les dimanches au marché, ils se chatouillèrent du regard entre les étals.

Deux ans plus tard, une coïncidence les réunit. Leïla et Romie s'inscrivirent dans la même école de danse. Sans se concerter, Victoria et Maxime arrangèrent leur emploi du temps en fonction des leçons. Ils découvrirent cet heureux hasard au premier cours. Romie et Leïla sympathisèrent, comme si cette amitié poussait les parents à l'abandon de la tentation.

Seulement trois hommes amenaient les danseuses en herbe, Maxime, un grand-père et le dernier, père divorcé, qui venait une semaine sur deux. La douceur de Maxime envers Leïla attendrissait les mamans. Victoria et Maxime installèrent leur fille côte à côte dans le vestiaire. Le chat zieuté délaissé sur le parvis de l'école reprenait à l'habillage et au déshabillage.

Les gamines se taquinaient. Maxime accroupi devant Leïla s'affairait. Victoria, collée à sa fille, s'activait. L'excitation des enfants malmenait le ton mielleux des parents. Au milieu de ce brouhaha, entre un maillot enlevé et une chaussette enfilée, les parents se chahutaient de la prunelle. Un lien se tissait d'un œil à l'autre, autre divertissement puéril à la règle simpliste : *fuis-moi je te suis, suis-moi je te fuis.* De timides sourires agrémentaient les petites victoires, le perdant baissait la tête, intimidé. Le quatuor, Romie, Leïla, Victoria et Maxime, jouait les notes opposées d'une vive et muette partition, les chamailleries enfantines enveloppaient les taquineries adultérines.

Les leçons de danse étaient un rendez-vous immanquable. Victoria et Maxime arrivaient en avance et ne se pressaient pas en fin de séance. Le claquement de la portière déchirait leur liaison pudique. Ils repartaient frustrés d'avoir partagé des banalités coutumières. *Bonjour. Romie, laisse Leïla tranquille. Sois à ce que tu fais Leïla. Tu peux tenir la porte aux gens derrière toi. Dis au revoir à ta copine.* Une camisole vertueuse entravait leur fougue. L'alliance resplendissante à l'annulaire gauche de Victoria l'obligeait à rester dévote. Maxime aussi se réfugiait derrière les valeurs de la fidélité. Marié, père, il n'avait jamais commis d'écart depuis sa promesse éternelle. Son absence de franche initiative ne se cantonnait pas aux contraintes morales. Le temps avait dégradé ses convictions idéalistes. La routine avait élimé le costume répulsif aux relations extraconjugales qu'il avait revêtu à la signature de son contrat de mariage. Il se jugeait ridicule à ne pas l'aborder.

Jusqu'à ce qu'il s'encourageât à franchir le pas. Ils déposèrent leur fille à l'heure habituelle du cours et partirent. À la mi-octobre, la température était agréable, le redoux la surprit. Victoria retira sa veste épaisse.

— Il fait incroyablement bon pour cette saison, lança Maxime.

La technique du preux policier à l'aspect d'un linge essoré à outrance et délavé, à ne porter qu'en cas d'extrême recours ; force est de constater qu'elle a prouvé son efficacité à maintes reprises par le passé. Il ne leur en fallait pas plus. Les soupirants s'engouffrèrent dans la brèche. Le démarrage fut laborieux, la parole saccadée, les phrases articulées, les mots pesés. Le malaise se dissipa. Les langues se délièrent. L'entraînement passa plus vite qu'à l'accoutumée.

Victoria et Maxime décomptaient les jours jusqu'aux soixante minutes du mercredi suivant. Ils passèrent les leçons de danse ensemble, à discuter. Pendant que les filles s'exerçaient, assis à l'opposé dans le vestiaire afin d'éviter toute mauvaise interprétation d'une entrée impromptue, Victoria et Maxime expérimentaient les lois de l'alchimie passionnelle. Une énergie invisible, comparable à de l'électricité statique, établissait un champ magnétique volatile dans l'air. Un arôme, perceptible uniquement au nez des deux âmes, flottait dans l'air ; ils puisaient au plus profond de leur volonté la résistance nécessaire à ne pas céder à ce pouvoir attractif qui les aimantait. Des picotements mystiques se logeaient sous l'épiderme de Victoria et se propageaient dans le reste de son corps via son réseau veineux. Cette force hormonale se traduisait par des mains moites, un rythme cardiaque anormalement élevé, une respiration entrecoupée, un visage couperosé et une pulsation inconnue en son entrejambe.

Les vacances scolaires de Noël pointèrent le bout leur nez, entraînant l'arrêt des cours de danse pour deux semaines et donc, une parenthèse à leurs rencontres secrètes. Victoria n'acceptait pas de ne plus voir Maxime. Ils s'entendaient sur le danger d'utiliser les SMS. Au détour d'une conversation, Maxime partagea sa pratique sportive dans une salle de musculation. Il invita Victoria à s'y inscrire. L'excès des fêtes de fin d'année, l'été à venir, le besoin de décompresser lui servirent d'alibi… Ludovic, occupé à gérer son entreprise, fier de pouvoir se promener au bras d'une déesse dans les allées des marchés nocturnes du sud de la France au mois d'août, l'encouragea.

Presto, Maxime jugea sa proposition peu judicieuse. Lui,

habitué au club, se contentait du tapis de course à pied, du rameur et d'agrès de renforcement musculaire. Victoria, nouvelle, travaillait ses abdos-fessiers sur des machines ou en cours collectifs. L'endroit aux allures de champs de bataille regorgeait de sportifs à l'obsession du corps parfait. Les bodybuilders belligérants comparaient Victoria à des armes de destruction massive : bombe, fusée, avion de chasse, missile, canon ; comme si la séduction avait un rapport à la guerre, une simple envie de mettre une cartouche chargée d'un tir à blanc, dans l'objectif d'être un bon coup. Maxime éprouva de la jalousie quand Victoria, cible vulnérable, crapahutait dans le viseur de ses ennemis, adeptes de la levée de fonte. Il était lucide, ses rivaux, plus jeunes, plus forts, plus beaux lui enlèveraient sa belle. En lui proposant de le rejoindre ici, il l'avait jetée dans la gueule du loup. Il ne leur en tenait pas rigueur. Il comprenait les rictus carnassiers de cette meute en chaleur, lui-même la portait. Victoria repérait les regards d'homo sapiens anatomiser ses mouvements. Obnubilée par son Maxime, elle n'y prêtait aucune attention. Rivée à son policier en plein effort de course, elle remarquait qu'il augmentait la vitesse du tapis pour l'impressionner ; et il la diminuait quand elle retournait à ses exercices.

Avant leur séance, ils s'octroyaient un moment à deux, à l'ombre des curieux. Les discussions s'allégeaient, les plaisanteries dérivaient sur la pente enivrée de l'adoration. Les épaules se heurtaient, les doigts se frôlaient, les silences parlaient. Les yeux murmuraient. La bravoure leur faisait défaut et, sans cet élan téméraire, les baisers torrides n'existaient pas.

Victoria partait avec Ludovic et les filles au ski fêter la nouvelle année. Ce séjour signifiait une semaine sans voir Maxime. Ils organisèrent une rencontre la veille de son départ, devant un supermarché.

Dix-neuf heures passées, la nuit hivernale avait pris ses quartiers, Maxime l'attendait, chauffage à fond. À la seconde exacte prévue, emmitouflée dans un épais manteau, la tête enfoncée dans une écharpe, Victoria apparut derrière son caddie. Il la rejoignit. Entre les deux réveillons, le magasin était bondé. Malins, ils choisirent le côté de parking le moins fréquenté, celui le plus éloigné de l'entrée principale ; l'éclairage y était mauvais. Ainsi, Maxime aida Victoria à ranger les sacs de provisions dans le coffre et l'emmena dans le renfoncement d'une clôture.

Coincés entre deux bâtiments en tôle, leur cachette manquait de poésie. Leurs chaussures s'enlisaient dans le sol boueux. Un bourdonnement spécifique aux zones commerciales diffusait sa nuisance. Les émanations de carburant de la station d'essence empestaient. La ciel jaune, annonciateur de flocons de neige, apportait une petitesse romantique. Cette couleur mélangée à un halo de lampadaire les enveloppait d'une semi-obscurité. Ils parvenaient à lire dans le regard de l'autre grâce aux illuminations de leurs pupilles. Une main s'avança. Celle de Victoria ? Celle de Maxime ? Peut-être, réalisèrent-ils ce geste dans la plus parfaite des synchronisations. À ce contact, les visages se rapprochèrent. Leur attention passa des yeux à la bouche, de la bouche aux yeux. La répétition de ce mouvement les hypnotisait. Ils s'embrassèrent en dehors du sillon linéaire du temps, dans une dimension inconnue où le cœur et l'esprit se confondent, où les mystères de l'existence sont préservés de la souffrance.

Cet instant se consuma de lui-même. Des mots d'amour s'envolèrent, de ceux que l'on murmure dans le noir. Les portières claquèrent. Ils s'éloignèrent le sourire léger avec l'envie de se retrouver. L'année suivante promettait des souvenirs radieux.

Ils ne soupçonnaient pas le piège qu'ils avaient

eux-mêmes installé. Leur amateurisme sentimental leur avait fait commettre une erreur fatale. Amorcer un adultère par des artifices tels qu'un jeu de séduction durant des semaines, des rendez-vous secrets, une tendre embrassade aspire l'ardeur des émois dans le ressac des émotions ; quand les infidèles entrechoquent la passion à l'amour, la foudre s'abat et les carbonise.

***

Les températures insoutenables durèrent jusqu'au weekend, Victoria, asphyxiée, imagine l'arrivée soudaine d'une pluie torrentielle et froide. Chaque pas vers le poste de police lui coûte en énergie. Aussi court soit le trajet, se garer devant le bâtiment aurait été plus judicieux. Une porte close et un interphone barrent l'accès au bâtiment public, Victoria s'annonce, pressée de quitter le cagnard.

Derrière le comptoir de l'accueil, une policière s'enquiert des raisons de sa venue. Victoria bafouille, sans avoir pris de rendez-vous, elle aimerait s'entretenir avec Maxime Sonet. La femme demande motif et identité.

— Victoria Kovalev, c'est… c'est pour une affaire en cours…

La policière la toise d'une mine suspicieuse. « Max, j'ai une visite pour toi… Victoria Kovalev… » débute la femme en uniforme qui poursuit son échange d'onomatopées : « Hum-hum… ah ! oh ? oui… ». Ses yeux ne dévient pas, plantés dans la cible oculaire de la visiteuse. L'attente entraîne le doute. Et si à l'annonce de mon nom, il refusait de me recevoir ? et s'il partait en intervention ? et s'il avait des auditions…s'inquiète Victoria qui meurt d'envie d'arracher le téléphone des mains de la fliquette et de le supplier : « Max… Max… c'est moi… je ne te veux aucun mal… j'ai juste besoin de… ». Elle se ravise, consciente d'être encerclée d'agents des forces de l'ordre.

— Il va venir vous chercher, je vous demande de patienter sur les chaises derrière vous.

Ses talons claquent, les hommes se retournent à ce son et s'attardent sur ses jambes. Ce que la policière a nommé chaises sont des plaques en ferraille jaune et percées, qui rappellent les bancs publics verts, leur usure suppose qu'un nombre important de malfrats et de brigands à l'hygiène douteuse s'y sont installés. Elle hésite une seconde, des regards malsains la zieutent et la poussent à s'asseoir. Elle tire sa robe le plus loin possible vers son genou, baisser de rideau, sa cuisse gauche se pose sur la droite, ainsi, elle ferme boutique, y'a rien à voir, circulez. Maxime ne va pas tarder, avec son écran de téléphone, elle se refait une beauté. L'entrevue sera brève, elle n'en attend aucun débouché. Les arguments pour le convaincre, Victoria ne les a pas et, si elle les possédait, elle ne voudrait pas y recourir. Maxime l'aidera s'il en a envie, en souvenir de leur relation. Il est évident que sa présence entre les murs du commissariat a pour but de localiser Ludovic, sa démarche s'absout de toute franchise. Un mensonge bourdonne à son oreille, celui de contacter Maxime uniquement comme consultant, le revoir signifie s'exposer à un dérapage qui ne serait pas pour lui déplaire.

Sur la mezzanine, Maxime apparaît derrière une balustrade. Il la fixe, sans animosité. Le policier descend. Sa descente souple dans l'escalier en colimaçon produit l'effet d'une lévitation. Un tee-shirt blanc met en valeur sa musculature, Victoria se réjouit qu'il ne porte plus ses horribles chemises à manches courtes. Sa descente hélicoïdale, lui permet d'admirer à loisir son dos. Une virilité sensuelle émane de sa barbe négligée. Ses cheveux bruns ne sont ni trop longs, ni trop courts. Les rides d'expression creusent en profondeur son visage, ces cicatrices de l'âge accentuent son charme plus qu'elles ne le vieillissent. Ses activités sportives lui confèrent une forme resplendissante.

Un gloussement s'échappe de la gorge de Victoria, elle est heureuse qu'il ne l'ait pas entendu. En le voyant, tous les adjectifs superlatifs s'illuminent en néons roses dans ses pensées : splendide, sensationnel, sublime, superbe, somptueux. Que des mots en « s », comme super sexe, ce trait d'humour, lui farde les joues. Sa réaction de midinette énamourée l'afflige. Victoria camouffle sa gêne d'un bond de sa chaise. Tête baissée, elle simule de remettre sa robe en place, le subterfuge lui évite de ne pas savoir où poser ses yeux.

— Tu me suis dans mon bureau, ordonne-t-il, dents serrées.

Maxime emprunte le chemin inverse. Victoria le suit. Elle tournoie, nez vissé sur le fessier bombé de Maxime à cause de l'escalier en spirale. Il l'invite à pénétrer dans son bureau. La pièce, qu'elle a déjà vue, n'a pas changé, cette vétusté la peine, les tâches dangereuses réalisées par ce policier dévoué méritent de meilleures conditions de travail. Maxime ferme la porte et s'enfonce dans son fauteuil. Victoria prend une chaise et pose son sac sur une autre. L'espace d'un instant, ils ne se parlent pas, ils meublent le temps perdu.

Un être imperméable à la beauté, qui passerait devant cette pièce, verrait en la disposition de nos protagonistes, le malaise de la perte de parole de ceux qui n'ont rien à se dire. À l'inverse, une âme sensible à la palette absolue de l'amour remarquerait en un clin d'œil, l'intense passé commun de Victoria et Maxime qui ôte la gêne de ce pesant silence ; afin d'admirer le feu-follet allumé au fond de leur cœur, il faut s'approcher du vif éclat de leurs yeux, plus brillant qu'un phare dans la nuit, cette lumière libère un spectre aux teintes incandescentes d'une passion flamboyante.

— Je ne veux pas te causer de tort, débute Victoria.

— Le fait que tu sois là peut m'en causer, tranche Maxime.

— Je suis désolée. Si tu ne veux pas m'aider, je te promets que tu n'entendras plus parler de moi.

— Je t'écoute.

— Si je suis venue, crois-moi bien, c'est que je n'avais pas d'autre choix. J'ai besoin de savoir à qui appartient un numéro de téléphone portable, tu peux faire ça ?

— Techniquement oui, il suffit de le rentrer dans un logiciel et un opérateur nous envoie toutes les informations sur le propriétaire ainsi que ses relevés. Cette manipulation ne peut être faite que par un OPJ, ce que je suis. Il faut que ce soit fait dans le cadre d'une enquête, si cela s'apprend, je peux perdre mon job.

— Ce type de demande est souvent contrôlée ?

— Non mais c'est très risqué.

— J'ai vraiment besoin de savoir à qui appartient ce numéro de téléphone.

— Je suis désolé, je ne peux pas t'aider.

— Je te le demande comme un service, après ça, je te promets sur ce que j'ai de plus cher de disparaître de ta vie.

— Ça devait déjà être le cas avec ton déménagement dans le sud.

— Je n'ai pas de solution... sans connaître la personne derrière ce numéro, je pourrais tout perdre.

— Tu as toujours été dans l'exagération.

— C'est pourtant la vérité, se lamente Victoria.

— Je ne peux rien faire pour toi.

— Je comprends. Je t'avais noté le numéro. Si tu changes d'avis, tu sais où me joindre, dit-elle en laissant le papier sur le bureau. Je ne t'embête pas plus longtemps. Je te remercie d'avoir eu la décence de me recevoir.

— C'est la moindre des choses.

— Je suis heureuse de t'avoir revu.

— Je suis content aussi. Tes problèmes sont graves ?

— Non... non, soupire-t-elle. Je vais y aller.

— Je te raccompagne, conclut-il.

Victoria connaît le chemin, Maxime ouvre la marche, il grapille du temps en sa présence. Il inspire discrètement son parfum. Son esprit associe cette odeur à un bonheur sans égal, empli de douceur, de liberté, d'osmose des cœurs. Il la contemple partir. Le front bas, perdu dans ses pensées, il retourne à son bureau.

La porte fermée pour ne pas être dérangé, il se saisit du morceau de papier et scrute les chiffres. Son fauteuil pivote et le positionne face à la fenêtre. Son sentiment ressenti l'ennuie, Maxime n'était pas guéri. Il s'en doutait, pas un jour sans qu'il ne pense à Victoria depuis son départ. Une anecdote, un son, un effluve, une musique, un mot, une rue, un détail, un rien, le ramènent à leur histoire. Parfois, Victoria s'invite dans ses rêves, le réveille et le hante jusqu'à l'aube, ange noir dans la nuit. Il la trouve toujours aussi belle, toujours aussi désirable, ce teint bronzé lui allait à ravir.

Il agite la feuille d'une main, le bruit l'aide à se concentrer. Sa requête a piqué sa curiosité. Maxime s'interroge sur ce numéro, il imagine à qui il pourrait appartenir. Les problèmes de Victoria ne l'indiffèrent pas. Il pourrait l'aider malgré le risque, il y a peu de chance que cette infraction ait des retombées négatives sur sa carrière. La promesse faite à Cécile, sa femme, le tient au garde-à-vous. Si elle vient à apprendre le passage de Victoria aujourd'hui, il aura du souci à se faire, cela lui coûterait son mariage et sa famille. Être séparé de ses enfants le détruirait. Maxime en vient à la conclusion de faire comme si cette entrevue n'avait jamais eu lieu. Il jette le numéro dans sa corbeille et retourne à son ordinateur.

Plus tard, alors qu'il tape un rapport mécaniquement, son téléphone portable sonne. Il a reçu un mail sur sa boîte personnelle. Il constate au nom de l'expéditeur que l'adresse est fausse. L'intitulé du message le sidère : Aide Victoria Kovalev. Il lit le corps du texte, *Si tu ne fais pas tout ce que te demande Victoria, on envoie cette vidéo à ta femme.* Maxime lance le film. Stupéfait, il la referme aussitôt. Il a déjà vu ces images, il avait déjà eu peur au premier visionnage, il espérait qu'elles ne réapparaissent jamais. Les mots le terrorisent, la panique le paralyse. Il cherche : où, qui, quand, comment...

De manière inconsciente, il s'apprête à réaliser la seule action de bon sens. Il s'abaisse sous son bureau, tire la poubelle et en ressort le numéro de Victoria.

Chapitre 12

Victoria est assise dans l'avion, côté hublot. Son regard embrasse le vide, la vie miniature grouille en contrebas. Maxime a refusé sa requête. Elle s'y attendait. Il aurait pu lui dire à qui appartient le numéro et la sortir de son pétrin. Elle rentre sans les documents quémandés par le contrôleur et les pensées chargées de mensonges. Comment les événements ont-ils pu se dégrader à ce point ? se demande-t-elle. Sa confiance en Ludovic et Guillaume était aveugle et aujourd'hui, ils l'abandonnent à son sort. Leur passé commun lui saute au visage. Ils se considèrent comme un trépied gagnant, la base d'un socle inébranlable. Ils n'ont pas le droit de lui infliger ces tourments.

Victoria plonge dans deux moments forts vécus avec ses deux hommes de cœur.

***

La souffrance sourde de l'adolescence, Victoria s'en débarrassa au commencement de ses études supérieures, à Paris. La capitale la distanciait des vieux démons de ses années perdues. La dense population, une thérapie, des cours de théâtre et des étudiants qui ne la connaissaient pas lui offrirent l'opportunité de repartir de zéro.

Elle s'adapta bien à l'anonymat et réussit à tisser de véritables amitiés. Ses études se déroulèrent sans embûche, ordinaires. Elle étudia, s'amusa, profita, emmagasina les moments d'insouciance nécessaires à supporter les tracas d'adulte. À l'obtention de sa licence en finance, Guillaume l'obligea à fêter sa réussite en voyage. Avec deux amis de son frère et une copine de la faculté, ils décidèrent de passer dix jours en Croatie.

Les cinq amis partirent le bagage lourd, maillots de bains, tenues de soirées et crème solaire. La somptuosité de l'hôtel les ébahit. La journée, des musiques entraînantes surfaient au-dessus de la clarté des immenses piscines. Les corps se dandinaient autour et dans les bassins. Les plongeons éclaboussaient en des trombes d'eau scintillante. Les peaux se doraient sous un ciel sans nuage. La nuit, mille illuminations enflammaient l'établissement qui se confondait dans l'horizon étoilé. L'atmosphère festive les déphasa de la fréquence du métro parisien.

Au matin de leur troisième journée, allongés sur des transats, les mollets endoloris des danses endiablées de la veille, ils firent la rencontre des enfants du propriétaire de l'hôtel, Ivana et Viktor du même âge qu'eux. Victoria avait tapé dans l'œil du garçon. La réciprocité ne se confirma pas. Ses traits grossiers et un nez proéminent rendaient son visage disgracieux. Son sourire attendrissant sauvait sa mocheté. Habitué à croiser des jeunes femmes, il avait le bagou des fils à papa.

Victoria n'était pas à l'aise avec la langue de Shakespeare, l'accent croate compliquait les échanges. Guillaume, bilingue et opportuniste, sentait qu'une amitié leur donnerait accès à des avantages. Il se proposa de jouer le traducteur-entremetteur. Les garçons de leur bande en avaient assez de se saouler à la piquette du all-inclusive. Si Victoria était gentille avec Viktor, ils auraient le droit de s'hydrater au Jack Daniel's. Son frère ne lui demandait pas de coucher ou d'embrasser son prétendant dévergondé, juste d'être aimable et de le laisser croire en ses chances de la séduire.

— En plus, Ivana me plaît beaucoup. Ça me permettrait

de tenter quelque chose si tu fais un effort, négocia-t-il à l'écart du groupe.

Aphrodite avait doté Ivana de la splendeur stéréotypée des filles slaves, grande, une plastique de rêve, des yeux en amande. La déesse avait conclu son ouvrage d'une finition punitive, un héritage lourd à porter, le même nez crochu que Viktor déformait sa figure de Barbie de l'Est. Le désir de Guillaume était moqué par ses amis poètes : *en 69, si elle te gobe les couilles, tu peux être sûr qu'elle va te mettre son tarin dans le cul.* Victoria haïssait ces blagues salaces et déplacées. Elle accéda à la requête fraternelle pour lui faire plaisir.

Quatre jours qu'ils fréquentaient les héritiers et ils ne se quittaient plus. Les soirées étaient invraisemblables, pas de limite à la débauche. Ce qui n'était pas pour déplaire aux garçons. Les consommations de psychotropes à excès n'enchantaient pas les filles, les balades à bateau beaucoup plus. Victoria subissait les incompréhensibles et inlassables déclarations de Viktor. Dans les parages, Guillaume emballait la plantureuse Ivana en toute occasion : dans un carré VIP, sur le pont d'un navire, à l'arrière d'un taxi… De plus en plus tactile, Viktor faisait tomber subtilement les barrières de l'intimité. Intelligemment, il jouait de la gradation humoristique. Il avait commencé par jeter Victoria à l'eau une fois, deux fois, puis la couler une fois, deux fois, enfin, la plaquer contre lui une fois, deux fois, main sur les fesses une fois, une fois de trop. Victoria pressentait le dérapage. Par précaution, elle surveilla ses verres et évita les gestes ou paroles qui prêtaient à confusion. Guillaume ne prit pas au sérieux l'alerte de sa sœur. D'après lui, le garçon croate et sa morphologie chétive n'avaient pas le comportement d'un pervers.

— Arrête un peu de faire ta sainte-nitouche. Ok, il est proche de toi mais regarde, dit-il en balayant le spa privatisé de l'hôtel et le champagne. Tu crois que sans eux, on aurait tout ça. Encore quatre jours à tenir. Et franchement, mets-toi à sa place, t'es une bombe. Moi-même, si t'étais pas ma sœur, j'aurais envie de te tripoter, blagua-t-il et il siffla sa flûte pour appuyer son propos.

Le surlendemain, Victoria jouissait du calme matinal. Les animations débutaient une heure plus tard. Paupières fermées derrière ses lunettes, elle savourait la quiétude de la piscine déserte. Une ombre la recouvrit, s'immobilisa, lui procura un frisson. Elle maugréa contre les nuages, ouvrit un œil sur deux et trouva Viktor, posté entre elle et le soleil, chemise à moitié sur son torse concave. Il s'assit sur sa serviette sans y être invité. Elle se redressa et se décala au maximum. Il voulait l'emmener se promener en jet-ski. La proposition ne l'intéressait pas, pas sans ses amis. Viktor ajouta qu'ils se rendraient sur un spot de *dolphins*. Elle traduisit le dernier mot avec aisance. Un rêve de gamine pouvait être réalisé, nager ou approcher des dauphins en liberté. Elle temporisa l'excursion à plus tard, quand le reste de l'équipe serait réveillé. Viktor articula détenir l'information d'un employé de son père et que ces animaux ne restaient pas longtemps en place. Ils devaient se décider et très vite.

La tentation était grande. Victoria se voyait narguer ses amis. Que risquait-elle ? Un bref aller-retour pour un souvenir éternel ?

Sur le jet-ski, poitrine écrasée contre le dos huileux de Viktor, accrochée par les pouces à son élastique de short de bain, Victoria se cramponnait en prenant soin de ne pas s'approcher de son intimité. Son équilibre précaire lui fit regretter de ne pas avoir enfilé de gilet de sauvetage. Propulsé à toute allure, l'ivresse de la vitesse fit crier le garçon de joie. La posture déplaisante allongea la perception du trajet dont elle n'estimait pas la durée. Le moteur se coupa. Ils s'immobilisèrent. Derrière eux, la côte avait disparu. Une anecdote surgit dans l'esprit de Victoria : un homme d'un mètre soixante-dix, planté dans l'écume des vagues, observe la ligne d'horizon à moins de cinq kilomètres. Elle en conclut être plus éloignée encore de la plage. Cette sombre élucubration sabota la féérie de la rencontre. Victoria zieuta. Des scintillements pétillaient à la surface azure, aucune nageoire ne scindait les molles ondulations. Elle désespérait de ne pas voir un cétacé.

Viktor pivota. Sa jambe fit une rotation, une envolée ridicule. Victoria recula, un orteil effleura sa lèvre. Le garçon rejeta une mèche de cheveux derrière son oreille et concentra ses affligeants talents de séducteur en un rictus ténébreux qui lui donnait l'air constipé. Cette représentation burlesque jouée à huis clos suggérait qu'il n'avait jamais été question d'admirer des dauphins. Viktor avait abusé de sa crédulité et avait manigancé un rendez-vous en tête-à-tête. Un mauvais pressentiment s'empara d'elle. En cas de pulsion saugrenue du croate, personne ne pourrait lui venir en aide. Son réflexe fut d'agripper les anses de son sac.

Les doigts de Viktor se posèrent sur les genoux de Victoria. Ce contact la rebuta. Il ferma les yeux, tendit ses lèvres en cul-de-poule. Son nez de Cyrano se pinça. Sa tête s'inclina. Sa ressemblance avec un hibou endormi était troublante. Le remous des vaguelettes les ballotait. Ses narines dilatées se rapprochaient. Son cou s'étira étrangement de ses épaules figées. Sur la terre ferme, Victoria aurait pris la fuite. Coincée sur un scooter des mers, elle eut recours à une gifle de gauloise. Arc-bouté sur ses jambes, le garçon perdit l'équilibre, plongea. L'engin tangua. Elle se rattrapa in extremis. Son téléphone dans son sac ne résisterait pas à un baptême de plongée. Embêtée, elle tendit sa main à l'homme à la mer.

Le sauvetage prit une tournure inattendue. Viktor la repoussa et remonta à bord. Il fulminait dans sa langue natale. Victoria se confondait en excuses franglaises. Il la balança par-dessus bord. L'immersion la saisit. Sous la surface, sa préoccupation fut son portable. Elle devait le mettre au sec, vite. La tête hors de l'eau, elle n'eut pas le temps de défaire son sac que Viktor redémarra et s'éloigna. Elle ne le vit plus. Ne l'entendit plus. Crut à une blague puérile. Il allait revenir. Elle en était convaincue. Il ne pouvait pas l'abandonner. Pas là. Pas comme ça. Des secondes… des minutes s'écoulèrent… Victoria se rendit à l'évidence. « À l'aide ! Au secours ! Help ! » s'égosilla-t-elle. La sérénade de la houle fut la seule à répondre à sa détresse. S'époumoner usait ses forces. Elle céda aux larmes. Elle supplia, pria, implora un miracle. Les abysses sous ses pieds l'aspirèrent vers une panique hystérique ; des poissons énormes, des méduses, une pieuvre, le Kraken rôdaient peut-être. Sa peur paralysait ses capacités physiques et psychiques.

Victoria se focalisa sur sa respiration. Son rythme cardiaque ralentit. Elle parvint à sortir son téléphone. Hors service. L'intuition lui fit se badigeonner de crème crâne, visage et épaules. Elle se débattit pour ne pas lâcher ses affaires. Elle remit son sac sur le dos, consciente qu'il la ralentirait. Sa pratique intensive de la natation en bassin durant sa jeunesse permettait de croire en une issue positive. Victoria occulta la complexité à se diriger en ligne droite sans ligne d'eau. Un accès à ses connaissances placarda une carte de la Croatie et une rose des ventes dans son esprit. Elle se fia à la position du soleil et choisit une direction à emprunter. Elle doutait de ses repères cardinaux. Une orientation approximative l'enverrait au large. Si elle se perdait, elle s'épuiserait et se noierait.

Les mouvements de brasse écartèrent ses idées morbides. Victoria se força à ne pas sombrer dans le pessimisme. Il faisait chaud. Elle se contraignit à nager, simplement. Parfois, elle s'arrêtait. Se redressait. Levait la tête à la recherche d'un phare qui la guiderait. Et, à chaque arrêt, il n'y avait que la mer. La mer à perte de vue. Ces pauses lui procuraient des vertiges et des fourmillements engourdirent ses extrémités. Durant ces phases, abdiquer lui paraissait être l'option la plus facile. Après tout, la noyade ne s'éterniserait pas comparée à la souffrance endurée. Quand la fin était proche, la voix de son défunt papa retentissait : « N'abandonne pas… tu es une championne ma torpille… ». Elle reprenait son effort. La notion du temps se délayait dans l'effort. L'eau salée s'engouffrait dans ses poumons. Elle la recrachait. Toussait. Se lamentait. Pleurait. Des goélands piaffaient en ronde. Sa langue avait triplé de volume. Je suis assoiffée, ironisa-t-elle. Aussi bonne nageuse qu'elle fût, ses bras s'alourdirent. Des crampes la tétanisaient. En étoile de mer sur le dos, elle flottait, prise en sandwich entre deux tranches de nature bleutée, avalée dans l'étendue infinie. Son corps à la dérive, elle rebasculait sur le ventre et reprenait son périple de crainte d'être déportée par le courant.

En dents de scie, la ligne d'immeuble touristique déchira le lointain. Un mirage ! Un miracle ! Les bâtiments restèrent longtemps en place, ce n'était pas un escamotage de son imagination. Plus de doute possible, elle avait réussi. Des scènes de film apparurent par flash, Jack Sparrow. 1492. *Terre en vue.* Un pirate noir perché sur sa vigie bégayait : *des gau-gau… des gau-gaulois.* Un délire euphorique la fit hoqueter. Un mental insoupçonné alimenta ses muscles.

Le calvaire avait duré plus de six heures. À bout de forces, son corps échoua sur la plage. Ses membres ne l'autorisèrent pas à se relever. Son visage resta enfoncé dans le sable. Les vagues s'introduisirent dans sa bouche. Parvenue à réaliser un exploit, deux centimètres de fond avait raison de sa vie. Elle suffoquait. S'évanouit.

Victoria se réveilla dans une chambre d'hôpital impersonnelle. Une lumière blanchâtre l'éclairait. Dehors, la nuit avait pris ses quartiers. Meurtrie, la douleur clignotait par intermittence aléatoire de sa tête à ses pieds. Une perfusion s'échappait de son avant-bras. Guillaume était là. Il souriait avec tristesse. Ses doigts caressèrent ses joues. Il parla d'épuisement, de déshydratation, d'insolation, de miracle, de brûlures au premier degré. Le second avait été évité grâce à la protection solaire. Son frère lui posa des questions. Il cherchait à connaître les raisons de sa disparition en mer. Victoria, d'une voix faible, lâcha des bribes de phrases. Guillaume répétait après elle, soucieux de sa compréhension. Elle acquiesçait du menton. Il recolla les morceaux de l'histoire saisie et résuma la situation ainsi : Viktor avait poussé sa sœur et l'avait abandonnée. *C'est pour ça que l'on n'a pas vu ce fils de pute de la journée. Je vais le tuer.* Sur cette conclusion, il déguerpit. Victoria se rendormit.

Le lendemain, à son réveil, deux policiers se tenaient à son chevet. Son amie se recroquevillait dans un coin. Le repos de la nuit fluidifia sa diction, pas son niveau d'anglais. Ils la questionnèrent sur les circonstances de son agression. Ce connard de Viktor allait payer. Mais l'interrogatoire l'accusait plutôt que de la défendre. Elle s'était trompée sur la raison de leur présence. Sa copine servait de traductrice à cet échange surréaliste. L'acte odieux perpétré par le croate n'existait pas. Un témoin, le gérant du parc de jet-skis, avait rapporté avoir installé Victoria seule sur un engin. Elle aurait refusé de porter un gilet de sauvetage malgré les conseils du professionnel. Les policiers n'écoutaient pas la défense de la victime. Ils restaient butés sur la dernière fois qu'elle avait vu Guillaume. Son amie en français expliqua à Victoria que son frère avait tabassé Viktor qui était dans un piteux état. Un agent ordonna de ne parler qu'en anglais.

Un autre témoin avait fomenté les calomnies. Ivana s'était rendue au commissariat porter plainte contre Guillaume. Elle l'accusait de viol. Une preuve irréfutable l'accablait, un préservatif usagé. Viktor, fou de rage d'apprendre l'agression de sa sœur avait voulu lui donner une leçon. La punition s'était retournée contre lui, le français avait été plus fort. Victoria demanda si ses amis avaient contesté cette version aberrante. Les relations du père d'Ivana et Viktor étouffaient la vérité des touristes. De plus, la perquisition dans la chambre d'hôtel de Guillaume avait révélé la détention d'une quantité conséquente de drogues. Victoria se douta que c'était l'œuvre d'un complice. Le cumul des chefs d'accusation le condamnerait à une peine de plusieurs années d'emprisonnement. Victoria nageait encore, cette fois-ci, en plein cauchemar.

Trois jours plus tard, elle sortit de l'hôpital. Ses parents les avaient rejoints. Ils visitèrent Guillaume. Mal rasé, le visage creusé par la fatigue, il était méconnaissable. Victoria s'effondra. Elle ne soupçonnait pas que, la prochaine fois qu'elle reverrait son frère en liberté, ce serait des années plus tard, à la veille de son mariage avec Ludovic.

L'eau lia Victoria-Guillaume-Ludovic. La relation fraternelle avait coulé dans l'Adriatique. La relation passionnelle naquit à Combs-la-Ville au club aquatique.

La beauté universelle chez une femme érige un rempart infranchissable au commun des mortels ; une escouade de balourds parmi la population l'assaille au culot en utilisant des méthodes de séduction foireuse. Les gentilshommes, timides et respectueux, n'ont pas la témérité ni la prétention de les mériter. Le physique de Victoria était le joyau de ses charmes et aussi le fardeau de ses relations sentimentales. Ses traits délicats réveillaient les fantasmes malsains de la gent masculine. Une poignée de prétendants parvint à percer son armure. Ceux-là ne réussirent pas à dompter la femme libre.

Victoria, vingt-quatre ans, n'était pas épanouie à la hauteur de ses espérances. Sa profession en agence bancaire la désintéressait malgré son aptitude à obtenir des promotions fulgurantes. Sa vie amoureuse la déprimait. Ses proches et connaissances de son âge s'installaient en couple, se mariaient, fondaient des familles… Sa mère répétait : « tu es jeune… tu as le temps… ». Sa soudaine envie de compagnon était la conséquence de la perte de deux figures masculines. Son frère croupissait en prison. Son père était mort, un an plus tôt ; le divorce avec Lauriane et l'incarcération de son fils l'avaient fait sombrer dans l'alcoolisme. L'appel des sites de rencontres la tentait. *Matcher* un homme malintentionné lui faisait peur. L'épisode de Viktor avait détérioré sa confiance en les hommes. Elle ne s'essaya pas dans les algorithmes de l'amour numérique.

Victoria, comme c'est souvent le cas, trouva la perle rare là où elle ne cherchait pas. Le prince charmant apparut sous une forme inattendue : le roi triton.

Alors qu'elle s'était jurée de ne jamais plus pratiquer la natation en club, elle se réinscrivit à celui de ses débuts, à Combs-la-Ville. Consciente de son âge, sa motivation n'était plus de participer aux Jeux olympiques, simplement de faire son deuil.

En cours d'année, Ludovic rejoignit l'équipe. De dix ans son aîné, son imposante musculature dégageait une puissante virilité. Victoria nota son port remarquable du maillot de bain, qualité rare chez les hommes dépourvus de protubérance avant ou arrière. Dès les premières séances d'entraînement, leurs regards se cherchaient.

Victoria sentait le bellâtre la reluquer. Sa nature impassible nuisait au discernement de Victoria qui cherchait à savoir si ce comportement taciturne cachait un vice rédhibitoire. Plus les entraînements passaient, plus elle l'observait à la dérobée. Son meilleur stratagème fut d'acheter des lunettes de piscine aux verres fumés. Ainsi, l'Apollon ignorait son admiration incessante. Victoria força le destin et n'emprunta plus que les lignes d'eau où Ludovic s'exerçait. Le rythme y était plus soutenu et l'obligeait à augmenter sa cadence. Ces séances intensives l'épuisaient. En quelques semaines, les performances de la nageuse retrouvèrent une deuxième jeunesse. Satisfaite de son premier pas (ou de sa première brasse dans le contexte), elle attendait un retour réciproque à son appel du pied. La tentation d'entamer une conversation était aussi féroce que pétrifiante. L'humain n'étant pas doté de la communication sous-marine des dauphins, leur sport n'incitait pas à briser la glace.

Ludovic n'était pas *un maestro de la seduccion.* Il avait une finesse d'appréciation et la présence de Victoria dans sa ligne révélait son audace et sa prise d'initiative. Son orgueil le poussa à réagir à la hardiesse de la jeune femme. Les allers-retours d'un bout à l'autre du bassin se succédaient et il jugea ses stratagèmes d'abordage pathétiques. Lorsqu'il dépassait sa sirène, il conservait la tête sous l'eau, l'admirait et mémorisait la fréquence de ses bouffées d'oxygène. Il se synchronisa à ses respirations de façon à croiser son regard. Malheureusement, les verres opaques ne montraient rien de ses prunelles. Cet obstacle le frustra. La fois d'après, d'un geste volontaire, il frôla son bras dans un allongement de crawl.

Tant de dépassements et enfin un signe, cet effleurement

soulagea Victoria. La subtilité de la caresse ne la convainquit pas entièrement. L'effleurement était-il intentionné ? se demanda-t-elle. À la longueur suivante, un autre contact ôta ses doutes. Les mouvements imposés par l'entraîneur étaient automatisés, Victoria suivait le trait bleu foncé au fond du bassin, ses pensées tergiversaient au-delà. Devait-elle rendre cette douceur ? Tarder serait interprété comme une écoutille fermée. À l'inverse, la précipitation renverrait aux mœurs d'une fille facile.

Les contradictions empêchaient la prise de décision. Ludovic la doubla, des bulles s'échappaient de sa bouche, ses mouvements roulaient sur l'eau. Ses questionnements l'obnubilaient. Victoria nageait en apnée. Déjà, il n'allait plus être à sa portée. Un grain de folie lui fit dévier ses doigts vers la plante du pied de Ludovic qu'elle toucha. Victime de chatouillements, un réflexe agita sa jambe violemment. L'air lui manqua, Victoria prit sa respiration. Le spasme du nageur l'éclaboussa et la submergea. Elle but la tasse. Le bord était tout proche. Elle s'y arrêta. Une fois Ludovic reparti, elle expulsa le liquide d'une quinte de toux à en décrocher ses poumons. Elle sortit vite du bassin pour ne pas gêner ses coéquipiers et, rouge écarlate, disparut dans les vestiaires, suffoquer loin des autres.

Cette noyade, inaperçue de la plupart des athlètes, l'empêchait de retourner s'entraîner. Revenir le long de la piscine, scrutée, l'humiliait. Elle réapparut neuf jours plus tard, lors de la fête de fin d'année du club. Ces soirées ne l'enchantaient pas, mauvais souvenirs de l'adolescence ; debout un verre à la main à écouter plus qu'à parler, elle s'y sentait godiche, pas à sa place. Elle avait confirmé sa venue lors de l'organisation, le nombre de places était limité. Elle tenait ses engagements.

Les festivités se déroulaient à l'étage de l'établissement fermé au public. Les invités avaient accès à la piscine.

Arrivée tôt pour ne pas rester tard, Victoria se greffa à un groupe de convives. Elle s'était positionnée de telle sorte à avoir un aperçu sur l'unique escalier menant au buffet. Si Ludovic venait, il grimperait forcément ces marches. Son verre fut vite sifflé, elle s'en servit un autre quand il arriva. Son apparition lui fit renverser la louche sur la nappe crépon. Elle jeta une serviette en papier sur la tache. Jusque-là, elle écoutait les conversations d'une oreille distraite, son attention s'en détourna complétement. Son menton n'opina plus aux vérités absolues. Son rire ne se mêla plus aux bons mots des blagueurs. Dans ses pensées, elle énumérait les points positifs de son beau nageur, belle chemise blanche repassée, coiffé de gel, sourire charmeur, cul bien bombé. Venu en solitaire, il devait être célibataire. Ludovic se posta à côté d'elle au buffet et elle huma les fragrances de son parfum intense. Des papillons s'éveillèrent dans le bas de son ventre. Les papillons dansèrent à la vue de son dos dessiné sous sa chemise bombée, le battement de leurs ailes lui fit monter une pulsion de désir.

Victoria et Ludovic se dévorèrent des yeux. Lui, se retint d'ouvrir le plus haut bouton de son col ; elle, s'imposa de ne pas s'éventer de ses mains. Cette attirance silencieuse était la concrétisation de leur parade aquatique. La chaleur sous les toits, l'alcool et la pulsion érotique vaporisaient une ambiance voluptueuse. Un besoin de fraîcheur devint vital. Elle quitta l'étage, sans briser le lien visuel entre eux. Elle l'aguicha d'un sourire et d'une œillade veillant à ne pas louper une marche.

Le hall d'entrée tangua sous l'effet du rhum. Elle s'assit sur un banc. Son courage fuyait. Elle but le reste de son verre cul-sec et se débarrassa du gobelet en plastique. Ses paumes se plaquèrent sur ses joues brûlantes. Ludovic imita son repli. En bas de l'escalier, un rapide tour d'horizon lui indiqua la position de sa courtisée. Il passa tout proche d'elle et la transperça d'une expression bestiale. Elle crut défaillir. Il s'engouffra dans les vestiaires des hommes. Son passage laissa en suspension dans son sillage des notes de son parfum. L'odeur titilla ses narines. Elle se leva instinctivement et suivit cette fragrance enivrante. Le sol était instable. Le bonhomme du panneau signalétique gardait l'entrée réservée à la gent masculine. La bienséance lui interdisait de franchir cette limite… rien ne pouvait l'arrêter. D'un coup d'œil, elle s'assura que le rez-de-chaussée était inoccupé. Les papillons se faufilèrent entre les mailles du filet. Les portes à double-battant l'avalèrent.

L'émanation de chlore la désinhiba. Ludovic était immobile, à bonne distance. Certain d'être repéré, il disparut dans une rangée de cabines. Les claquements de ses talons sur le carrelage risquaient de compromettre sa présence prohibée. Ses pas, rapides et saccadés, l'emmenèrent à l'endroit où il se tenait. Devant elle, une allée déserte s'étirait sur une longueur interminable. L'excitation de l'acte défendu l'emporta plus en avant. Les vestiaires vides défilaient. Son cœur soulevait sa poitrine. À la fin de la route, Ludovic l'attendait, adossé à une paroi, invitation à le rejoindre. Sa frêle épaule heurta son torse. Les papillons dans son bas-ventre s'envolèrent. Porte close, la promiscuité les rapprochait. Coupés du monde, leur tension était à l'étroit. Leurs respirations haletantes s'enchevêtraient. Des plongeons et des cris leur parvenaient atténués des bassins. Ludovic tira Victoria par les hanches d'un coup sec. Elle gémit et l'enlaça. Sa jupe remonta. Un fugace éclair de lucidité la secoua, elle verrouilla la porte de la cabine et se donna… sans retenue.

Pour des raisons évidentes, nous laisserons nos deux tourtereaux s'offrir l'un à l'autre dans la plus parfaite intimité de ce vestiaire du club de natation de Combs-la-Ville.

Cet ébat passionné les poussa à se fréquenter. Ils firent plus ample connaissance lors de rendez-vous, restaurant, cinéma, promenade. En privé, Ludovic était un véritable moulin à paroles. Subjugué et intimidé par la beauté de la jeune femme, il ne mâchait pas ses mots. Apprenant que, par son métier de mixologue dans un bar réputé parisien, il côtoyait bon nombre de femmes, elle n'en fut que plus flattée. Il lui expliqua que son emploi consistait à fabriquer des cocktails. « Comme Tom Cruise dans son film? » avait-elle répondu spontanément. Cette comparaison réductrice et redondante le gêna.

Victoria émettait des réserves sur leur différence d'âge qui se dissipèrent rapidement. Ses précédents déboires sentimentaux, elle les avait vécus avec des adolescents ou de jeunes adultes. La facilité de se reposer sur les décisions d'une personne mature la comblait. Victoria était plus intelligente et plus maligne que lui. Cette supériorité lui plaisait. Elle ne lui avoua jamais de crainte de le vexer. Ludovic n'était pas bête, il était juste moins vif.

De son côté, Ludovic voyait en Victoria la parfaite poupée à exhiber. Élégante, de bonne éducation, une carrière lucrative en banque, un excellent parti. Un point commun les unifiait plus encore que l'amour, leur soif d'argent. Lui, voulait prendre une revanche sur la pauvreté. Elle, désirait être enviée et posséder une gigantesque garde-robe. Ils se promirent un château en Espagne.

Ludovic fit sa demande en mariage. Victoria accepta et exigea d'attendre le retour de son frère. Quand ils eurent la date de libération, ils organisèrent la cérémonie. Ce fut ce jour précis que Guillaume rencontra son beau-frère la première fois. Une alchimie très forte lia les deux hommes. Ils échangèrent intensément durant la fête, le lendemain et avant leur départ en lune de miel. Leurs discussions s'animèrent. Ils parlaient de monter un projet ensemble. Victoria, heureuse de la réunion fraternelle, fut tout de même agacée d'entendre son prénom revenir aussi souvent durant son voyage de noces. Ludovic désirait entendre toute sa biographie ! L'obsession de son jeune époux l'irrita ; sur leur île paradisiaque, elle voulait être le centre du monde de son mari.

À leur retour, Ludovic et Guillaume se virent quotidiennement. Leur complicité était telle qu'ils planifièrent la réalisation d'un avenir professionnel en commun. Un concours de circonstances les orienta dans le monde du bâtiment. Le bagou de Guillaume, la magouille de Ludovic et la chance leur firent rencontrer un succès timide, à la croissance exponentielle, au point de remplir leur carnet de commandes sur des mois.

***

L'avion descend. Le pilote annonce l'atterrissage à l'aéroport de Montpellier. Victoria n'a pas vu le trajet. Ses souvenirs lui rappellent qu'elle, Guillaume et Ludovic sont liés : fraternité, mariage, amitié… pour le meilleur… et pour le pire… comme aujourd'hui avec la disparition de l'un d'entre eux et ce que cela implique, une chute inexorable.

Chapitre 13

Victoria entre dans la maison des Allemands, Hans a eu la gentillesse de la récupérer à l'aéroport. Des amis comme eux est un privilège. D'ici un an, deux au maximum, leur entreprise de consulting culinaire international les fera partir. Le futur déménagement assaisonne sa pensée d'une pincée d'égoïsme, fini les services rendus. Victoria, qui apprécie être enviée, n'avouera jamais les jalouser ; ils sont jeunes et beaux, une complicité les unit, les voyages les enrichissent et Krista, leur fille parle couramment trois langues. Avant de rencontrer ce couple parfait, Victoria s'enorgueillissait des trois mots usuels en anglais qu'elle avait enseignés à Romie. *Hello. Bird. Blue.* Si un problème survient en pleine nuit dans le sud de la France, où elle n'a ni proche, ni ami de longue date, son réflexe serait de téléphoner à Lislalia qui accourrait. Leur dévotion et leur bonté dissuadent sa rivalité ridicule.

Dans l'immédiat, Victoria a envie de s'installer au comptoir de leur cuisine, boire une boisson fraîche et expier ses malheurs. La politesse l'oblige à rentrer chez elle et ne pas abuser. Ses sincères remerciements s'assortissent d'une boîte de macarons achetée dans les boutiques duty-free de l'aéroport. Lislalia, étonnée de la voir si pressée de partir, lui propose de se détendre entre adultes. Elle s'empresse d'accepter. Les trois filles jouent dans la salle de jeux au sous-sol. Ils sont tranquilles.

Hans leur verse un *michelada*, un cocktail, mélange de bière, de citron vert et d'une mixture qu'il garde sous silence. Ensuite, il poursuit la préparation d'un *mole pablano*, un plat typique mexicain ; il en donne les ingrédients principaux : chocolat, piment doux, fruits secs et épices. À l'origine, le poulet macère dans cette délicieuse marinade, il revisite la recette, la sienne sera à base de bœuf. Il propose à Victoria de dîner avec eux. Tentée par l'invitation, elle la décline. *Vous devez avoir envie d'un moment au calme en famille.* Hans insiste. Sa décision est prise, elle ne reviendra pas dessus. Il exige qu'elle en emporte une portion. *Tu n'auras pas à te soucier de cuisiner en rentrant.* Victoria accepte, déguster un repas de cet excellentissime cuisinier lui titille les papilles. Sucré-salé, avec du chocolat, son palais de gourmande se délecte. Elle léchera l'assiette.

Victoria scrute les cadres sur le buffet. Les photos de Hongrie ont été remplacées depuis hier. Le couple pose au pied d'un temple aztèque, maya, ou inca ; ses lacunes en civilisations anciennes lui rappellent que les Allemands sont plus cultivés qu'elle. Sur une autre, Lislalia croque à pleines dents un taco, une fajitas, ou une enchiladas, là, ses connaissances se cantonnent au kebab du coin. Hans porte fièrement un large chapeau mexicain, similaire à celui du bonhomme rigolo des gâteaux Pepito, sur la dernière.

Un besoin irrépressible la pousse à tout leur raconter. Elle étale son récit de manière déstructurée. Ils l'écoutent attentivement. De nombreux détails ne sont pas révélés pour ne pas compromettre les affaires familiales. Elle n'aborde pas la maîtresse de Ludovic. Lislalia prend la parole et s'intéresse à des points brumeux. Sentant le désarroi de Victoria, elle n'insiste pas. Hans change de sujet, plus joyeux, la soirée de samedi soir.

Ils organisent un barbecue géant pour fêter la fin de l'année scolaire et l'arrivée de l'été. Ils ont convié voisins, parents d'élèves et personnes de leur entourage. Les préparatifs captivent Victoria qui admire le calme avec lequel ils gèrent l'événement pantagruélique. Elle propose son aide, en sachant qu'une voisine dépressive les ralentirait. Elle se sentirait incapable d'organiser une garden party de cette envergure. Elle a déjà du mal à préparer un gigot pour six personnes alors des grillades pour cent… Tout bien considéré, elle est meilleure convive qu'hôte ; bien habillée, souriante, bon public, jolie, elle est l'invitée idéale. Si tout est rentré en ordre dans sa famille, elle se contentera de profiter de l'instant.

Victoria repart avec son dîner dans une boîte Pyrex. Dans la voiture, en cacophonie, les filles la rouent de questions. *Il est où papa ? On peut aller dans la piscine ? Il rentre quand ? Tu l'as vu ? T'étais où ? J'ai faim, on mange quoi ? Il va nous appeler ?* L'énonciation de leur père imbibe sa voix de trémolos. En bonne mère, elle les préserve des aléas du mariage et ravale ses maux.

À peine la porte franchie, Romie implore sa mère de jouer avec elles. Victoria refuse catégoriquement et lui énumère les impératifs de la soirée : ranger les affaires, lancer une machine, mettre la table, les doucher, sortir les poubelles, débarrasser, étendre le linge. L'aînée s'éloigne déçue. Elle compose les deux numéros de Ludovic, ses appels n'aboutissent pas. Les tâches ménagères débutent. Elle culpabilise, deux jours sans voir ses enfants et déjà un rejet. Elle enfile sa cape de super maman aux pouvoirs d'ultra-rapidité. Ses bras tournoient et déclenchent une tornade, linge dans le tambour, vêtements dans le placard, couverts en place. Elle rejoint Romie et Célie. En trente minutes de présence, le coffre à jouets est retourné. Un amas de bric-à-brac jonche le sol. Victoria garde son sang-froid, ne pas crier. Elle leur propose une partie du jeu de leur choix. Les filles sautent comme des puces, excitées d'avoir leur maman dans leurs divertissements.

— Mais avant, on range tout ça ! annonce la mère avec

un très large sourire.

— Oh non, répondent-elles en chœur.

— Et si. Et à quoi on va s'amuser après ?

— Au maquillage, rétorque Romie sur le qui-vive.

— OUI ! appuie sa sœur.

— Tout sauf à ça, coupe Victoria.

— Du on tit qu'on chuait à ce qu'on filait.

— Oui. Je l'ai dit. Mais à tout sauf au maquillage.

— On la bâte on moteler ?

— Non plus.

— zi'te blaît !

— Il est trop tard pour tout sortir.

— On va tans la pizcine onlors !

— Il est trop tard aussi.

— Au papa et à la maman, propose Célie.

— Nein, z'est bir les pépés, tranche l'aînée.

— Si. Moi j'aime bien ça, proteste la petite.

— Du es zourte ou...

— Stop ! si vous n'arrivez pas à vous mettre d'accord, je ne joue pas avec vous.

— Pon t'ccord mais z'est moi la monman, négocie Romie.

— Ok. Mais arrête maintenant de parler comme ça, termine la maman qui se retient de pouffer ; quand Romie revient d'un séjour chez Hans et Lislalia, elle s'amuse à s'exprimer avec l'accent Allemand, ce qui a le don de la faire rire.

— Ok. Dude fazon c'en avais azzez.

Victoria jubile, satisfaite de leur décision. Dans cette simulation de vie enfantine, ses filles lui donnent chaque fois le personnage du bébé, un rôle plus proche du statut de figurant que d'acteur. Maman Kovalev est toujours habitée par sa composition. Allongée dans le tipi, sa scène commence par un profond sommeil. Elle simule l'endormissement et les laisse vaquer à leurs activités.

Romie s'occupe des courses au stand de la marchande et, à son retour, cuisine le repas avec la dînette. Célie, le papa, part travailler. Vive la parité et l'égalité entre femmes et hommes ! pense Victoria, je ne leur inculque rien de bon. Au bout d'un certain temps, Romie et Célie rouspètent de voir leur mère roupiller. Elle se réveille et imite un nourrisson doté de la parole qui chouine.

— J'ai faim. J'ai soif. J'veux aller aux toilettes. Je veux jouer. Je veux aller dehors. Il fait trop chaud dehors, je veux rentrer. Maman, tu ne m'as pas dit bonne nuit. J'aime pas quand il fait trop noir. Là, il y a trop de lumière, geint Victoria dans une litanie en compétition pour l'Oscar du meilleur second rôle.

— Maman, arrête, ce n'est pas drôle, se plaint Célie.

— Je sais mais c'est exactement ce que vous me faites vivre tous les jours.

Seule à rire, Victoria cesse sa blague, pourtant drôle. Elle obéit à leurs ordres anaphoriques : *viens, on disait que là, tu as faim. Viens, on disait que tu te réveilles et que tu cherches ton papa. Viens, on disait qu'un méchant voulait t'emmener et moi, je voulais pas.* Leur scénario reprend les grandes lignes de ses mésaventures actuelles ; la disparition de Ludovic s'insinue dans leur moment de détente. Romie et Célie tentent de la ramener à leur plan séquence encore sous le feu des projecteurs. Il est trop tard, les soucis pugnaces l'obnubilent. Victoria se lève.

— Je vais lancer la douche. Vous rangez et vous me rejoignez dans cinq minutes. Je ne veux pas vous attendre, conclut-elle.

— On veut jouer encore un peu maman.

— Non.

— S'il te plaît, entonnent les sœurs, mains jointes, les bouches en cul-de-poule dans une mise en scène cocasse qui apitoie la mère.

— Pas ce soir, il est déjà tard, je n'ai pas envie de discuter.

Jusqu'à ce qu'elle couche les filles, Victoria s'affaire en mode pilotage automatique. Le micro-ondes réchauffe le plat, elle bénit l'altruisme de Hans. Romie et Célie veillent un peu, l'école étant fermée. D'habitude, elles s'apostrophent d'une chambre à l'autre. Ce soir, c'est silence radio. La journée en compagnie de Krysta a dû les épuiser. Au calme dans le salon, Victoria essaie de joindre Ludovic. Répondeur. La navigation sur Instagram atténue ses tourments. Elle traite des messages non lus. Ses statistiques de publication démontrent un relâchement. Sa vidéo de Yoga a été bien suivie malgré son faible accompagnement. Le résultat n'est pas à la hauteur de ses espérances. Le coût du cameraman professionnel ne sera pas amorti. Encore une conséquence de l'égoïsme de Ludovic, elle lui reprochera. Il s'en moquera, il n'a jamais considéré son activité virtuelle comme sérieuse. Entre les cours de yoga et les placements produits, elle participe pourtant aux revenus du foyer. De l'argent de poche, comparé à l'entreprise de BTP. Ce n'était qu'un début, motivée, elle espère se dégager un salaire un jour.

— À cette allure-là, tu rempliras une caisse de pièces jaunes pour la mère Chirac l'an prochain, se moque-t-il. Tu ferais mieux de t'occuper des filles plutôt que de t'exhiber à moitié à poil sur Internet. On est proche de la prostitution. Je pourrais te donner plus de cash pour moins que ça.

Ludovic l'avait soutenue au commencement de sa passion yogique, peut-être parce qu'il n'imaginait pas qu'elle puisse en faire son activité principale. Il était fier de l'emploi bancaire de sa femme, persuadé qu'elle finirait directrice d'agence ou à une place plus importante.

Et il avait raison, Victoria était douée dans son domaine. Les missions ne lui semblaient pas compliquées, il suffisait de vendre à des clients des contrats, des assurances ou des crédits. Un peu de culot et l'utilisation de techniques de vente bien rodées obtenaient le consentement des plus réticents. À sa prise de poste, elle préférait les appels aux rendez-vous physiques. La présence d'acheteurs dans son bureau la déstabilisait, leurs regards fragilisaient sa confiance en elle ; vieille résurgence de ses années écolières. Les mois renforcèrent son aplomb. Elle comprit que ses mimiques faciales de persuasion l'avantageaient plus que sa simple voix ; une œillade ou un sourire bien placé et son interlocuteur paraphait le bas des contrats.

Elle performait sur tous les indicateurs attendus et voulait remporter les *challenges* hebdomadaires, mensuels ou annuels. Une place hors du *top 5* régional était un échec. Ses supérieurs appréciaient sa détermination, au point de s'arracher ses services dans leur agence. Les promotions se succédaient à des vitesses records : conseillère commerciale, conseillère financière, adjointe sur une énorme agence, en à peine 5 ans. Le bureau de directeur lui reviendrait seulement si elle respectait ses engagements d'entretien annuel : travailler la cohésion d'équipe.

Pour préparer son évolution, les ressources humaines la transférèrent sur un autre site. Sa fulgurante ascension était dépréciée de ses nouveaux collègues. Une réputation d'arriviste prête à écraser n'importe qui la précédait. Elle n'inspirait pas la sympathie. Ludovic l'encourageait à ne pas écouter les médisants. D'après lui, à leur époque, les salariés français voyaient l'ambition comme le pire des défauts.

Victoria était écartelée. Les compliments de ses chefs étaient un moteur. L'avis de ses collègues la fustigeait. Lever le pied était inenvisageable ; la médiocrité ne faisait pas partie de ses gènes. Elle essaya de mettre de l'eau dans son vin, de limer ses dents longues et de transmettre sa fièvre de réussite. Habituée à tout réussir en solitaire, elle se confronta au dilettantisme de ses semblables. Son enthousiasme ne fut pas communicatif et ils n'atteignirent pas les objectifs fixés ; son orgueil s'inclina devant la cruelle réalité de la complexité à fédérer. Elle apprit à ses dépens que pour gouverner, l'autorité ne suffisait pas, il fallait persuader.

Les autres employés la rejetèrent ; elle ne le supporta pas. Une amie, chargée de patrimoine, l'aida à tenir un temps. La naissance de Romie précipita son abandon. Victoria passa à 80% de présence en agence. Sa fille en était le prétexte alors qu'en vérité, elle fuyait le dédain de ses semblables. Malgré les bouffées d'oxygène du mercredi à profiter de son bébé, l'isolement et les messes basses eurent raison de son opiniâtreté. Ses résultats chutèrent. Lors de son entretien annuel, son directeur relégua sa perspective de hautes responsabilités aux calendes grecques. À partir du ralentissement de sa carrière, elle alla travailler à reculons et des arrêts maladies réguliers lui permirent de limiter sa présence.

Un mal de dos chronique déchira ses trapèzes. Victoria supposait que cette douleur était le résultat d'une mauvaise posture sur sa chaise de bureau. L'investissement dans un coussin de soutien lombaire, un repose-pied et un support de clavier n'atténua pas sa souffrance. Son médecin lui prescrivit de la pommade qui n'eut pas plus de succès. Une voisine lui conseilla un ostéopathe. Empressée d'en finir avec le mal qui la rongeait, elle essaya. Le patricien la soulagea et décela une tension ancrée profondément. Il lui suggéra de s'adonner à la méthode Pilates et au yoga.

La première activité renforça son maintien abdominal. Victoria douta quant à l'utilité de la seconde. Dans son esprit étriqué, le yoga était un art divinatoire et sectaire. La pointe entre ses omoplates la força à s'y rendre.

Cette expérience la marqua. Au début, elle crut être observée et jugée par les autres élèves à chaque figure ratée. Elle se rendit compte que personne ne lui prêtait attention. Son professeur l'abordait avec beaucoup de bienveillance lorsque sa frustration pestait contre une chute à la réalisation d'un *trikonâsana*, une pose plutôt simple d'apparence. Victoria avait la sensation de redécouvrir son corps. La souplesse dénouait ses muscles et lui procurait une jouissance indéfinissable. Elle enviait les adeptes capables de maintenir indéfiniment des poses complexes. L'étape d'après, la méditation l'enchanta moins. Le vide ne se répandait pas dans son esprit. Des pensées polluantes gâchaient sa plénitude : chiffre d'affaires, indicateurs, rendez-vous… Le prof, en murmurant, l'invita à fermer les yeux et à contempler son soi intérieur. Paupières closes, elle sentait les yeux braqués dans sa direction. La situation l'intimida, l'entraînement mental la tétanisait.

À la fin de la séance, Victoria ressortit mitigée avec l'envie irrépressible de recommencer. Elle y retourna, apprit à dompter son équilibre et sa respiration. Son plaisir se décuplait au fil des séances. Son intuition lui souffla d'emprunter cette voie, d'en faire son métier. L'inconnu de la réorientation professionnelle brida son envie. Les affaires de Ludovic dans le bâtiment prospéraient, les contrats onéreux n'en finissaient plus de tomber. Il gagnait énormément d'argent ; le salaire hasardeux de prof en free-lance n'était plus un problème. Victoria restait perplexe.

Le monde yogique lui tendait les bras mais elle voulait s'y blottir d'une autre manière qu'en étant enseignante.

Ludovic aussi était perplexe sur ce projet. Il craignait de voir sa jeune entreprise qui embauchait une dizaine d'employés, s'effondrer subitement. *On ne sait jamais de quoi demain sera fait*, répétait-il. Les avantages en banque de sa femme était une roue de secours qui lui permettrait de se retourner si son business capotait. Il constatait impuissant le désarroi de Victoria dans sa fonction. La contraindre à s'accrocher aurait été de l'ingratitude ; lui-même avait plaqué une situation pérenne au détriment d'une ambition nébuleuse. L'ombre du mal-être de sa femme se répandit au sein du foyer. Les excès de tristesse, de colère et de disputes décidèrent à leur place. Romie ne devait pas grandir dans les cris et la détresse.

Victoria temporisa sa démission, elle se renseigna sur les tenants et les aboutissants de sa future activité. En France, le métier de professeur de yoga demandait une formation de 200 heures dans un centre agréé. Une autre alternative plus coûteuse offrait la chance de s'instruire au berceau de la discipline, en Inde.

— C'est ça que tu dois faire ma chérie. Tu n'auras pas meilleur endroit pour apprendre. Tu seras avec les meilleurs, l'encouragea Ludovic.

— C'est certain. C'est quand même très cher.

— On s'en fout. On l'a cet argent. Tu mérites qu'on le dépense dans ce que tu veux. Et quitte à te lancer, autant mettre toutes les chances de ton côté.

— Et Romie ?

— Quoi Romie ? Elle veut devenir prof de yoga elle aussi ?

— Qui va la garder ?

— Moi. Évidemment. Quelle question !

— Ludo, tu n'as pas de temps pour nous avec tout le boulot sur les chantiers et tu veux garder Romie seul durant un mois alors que je serai à l'autre bout du monde ?

— Pour toi je le ferai oui.

— Elle est trop petite. Elle a besoin de moi. Je ne me sentirai pas d'être séparée d'elle aussi longtemps.

— Aussi longtemps, c'est un mois. Elle ne se rendra pas compte que tu n'es plus là.

— Non. Ça ferait de moi une mère indigne.

Son bébé lui servit d'excuse. Un voyage à l'étranger ravivait les stigmates de la Croatie et ébranlait son sentiment de sécurité en dehors des frontières de son pays. Elle opta pour des études classiques, à quelques minutes en RER.

Son apprentissage ne se cantonna pas seulement aux leçons. De son propre chef, elle lut des livres, participa à des conférences à Paris, regarda des vidéos sur YouTube. Les postures, l'anatomie et la philosophie l'intéressèrent particulièrement. Les principes visant à se reconnecter à l'environnement naturel, végétal ou animal, recentrèrent l'essentiel dans son mode de vie. L'unification de son être et de son esprit l'apaisa dans son conscient individuel et universel. Son talon d'Achille resta la méditation. Ses difficultés à se concentrer et l'embarras du jugement d'autrui persistèrent.

En parallèle de la banque, grâce à une voisine, elle proposa ses cours dans une association. Sa première leçon restera inoubliable et pénible. Trois jours avant, la pression la pétrifiait. Le sommeil ne la gagnait pas. Elle s'imaginait ridicule au centre de rires moqueurs. La légitimité lui faisait défaut, ses élèves remettraient forcément en question ses connaissances. Ses révisions intenses et répétitives ne lui apportèrent pas la sérénité. Le jour J, les gens arrivèrent. Victoria les salua, hésitante. Ses mains étaient moites. Devant elle, une dizaine de disciples demeuraient immobiles, à l'affût de ses consignes. Elle s'assit face eux et, quand ses fesses se posèrent sur son tapis, le stress se dissipa instantanément. C'était comme si son être lui faisait comprendre qu'elle était enfin à la place qui lui était prédestinée.

Cette expérience concluante lui confirma ses ressentis. Elle donna des leçons dans différents endroits et gagna en assurance. Toutefois, elle conservait son emploi principal. L'enseignement ne la contentait pas. Démissionner aurait été prématuré, elle attendait quelque chose, sans véritablement savoir ce que c'était.

Cette révélation se manifesta. Sa collègue, chargée de patrimoine, lui présenta Instagram et lui montra la page d'une jeune professeure de yoga très suivie. Victoria se créa un compte et analysa longuement ce profil et bien d'autres. Une obsession naquit : reproduire ce qu'elle admirait. Les clichés et les articles la fascinaient. Au-delà de la beauté du contenu, elle vit en cette application une distance et une proximité extraordinaires avec les gens. Derrière des écrans interposés, ses émotions ne seraient plus exposées aux yeux de tous, elle ne subirait plus les sourires narquois ou les moues dépitées et, paradoxe, son visage s'incrusterait dans l'intimité du public. Un autre élément la motiva, on pouvait toucher des commissions en étant influenceur.

À tâtons, des *posts* alimentèrent sa page. Sa stratégie initiale était dépourvue de clarté. Aucune cible précise n'était visée. Sa technicité se perfectionna à force de passer des heures sur le réseau social. Son identité visuelle s'esquissa. Une harmonie blanche et pastel se dégagea de son fil d'actualité. Les hashtags devinrent son arme redoutable. Quand elle dépassa les 3000 abonnés, une marque de thé matcha lui proposa un partenariat de placements produits. Cette proposition l'incita à se professionnaliser. Sa démission s'officialisa. Elle conjugua son récent statut d'influenceuse à celui de professeur. La fréquence de ses apparitions numériques s'intensifia. Souvent, elle comparait ses photos à celles de ses consœurs ; sa jalousie s'éveillait quand elle estimait réaliser des figures moins jolies. Alors elle s'entraînait, améliorait l'élégance de ses positions, renforçait son gainage, assouplissait son grand écart et reprenait un cliché. Son exigence jugeait ses publications de qualité inférieure aux autres. Pour atteindre un niveau d'excellence, elle collabora avec des photographes experts en mouvements et yoga. Repérer des *spots instagammables* était devenu une lubie chronophage. Au partage d'un *sirsasana* réussi, sa fierté était immense. Sa garde-robe s'étoffa ; sa règle d'or lui imposait de ne jamais porter deux fois la même tenue ou maillot.

Son bonheur s'accompagna d'un désenchantement. Son épanouissement se déployait ; le soutien de Ludovic s'effaçait. Les paroles si stimulantes de son mari à ses débuts se muèrent en mépris. Son comportement obscène et blessant lui échappait, sa méchanceté n'avait pas lieu d'être. Comme les moqueries s'installèrent subrepticement sous le coup d'un humour douteux et de taquineries gentillettes, Victoria les toléra. Il l'avait tant encouragée. Elle avait bien commis une ou deux erreurs mais il n'était pas au courant.

— T'es ce qu'on appelle une girouette qui montre son cul, se moquait Ludovic.

Victoria cessa de l'afficher sur son compte, il ne le méritait pas.

Aujourd'hui, sa disparition ne l'empêche pas de communiquer avec les personnes qui la suivent et la soutiennent n'importe où depuis leur smartphone.

Une notification sonne. C'est un SMS de Xavier. L'horloge de son téléphone l'informe qu'on s'approche des vingt-trois heures. Il veut savoir si tout va bien et si son mari est rentré. Victoria répond. Apprenant son absence prolongée, Xavier propose de passer la voir, il n'est pas très loin et se sent prêt à faire un détour. Victoria lui explique que ses filles dorment et qu'elle ne peut pas prendre le risque. En bon conciliateur, il suggère de s'installer dans le jardin ou le garage.

Elle réfléchit. C'est réalisable. Ce serait une jolie vengeance qu'elle se fasse prendre par un amant sous le toit familial. Il paierait son abandon. Si la situation n'était pas poisseuse, cette fantaisie pourrait l'exciter. Xavier, aussi charmant soit-il, arrive au mauvais moment. Ce midi, elle a recroisé son Maxime. Sa fuite à l'autre bout de la France n'aura pas éteint son amour. Leurs retrouvailles avaient réveillé son cœur prisonnier dans un cercueil de verre. Elle se souvient de tous les détails, du goût de ses lèvres, de la douceur de ses caresses, de son parfum, de ses mimiques, jusqu'à la contraction de son bas ventre à ses pénétrations. Xavier est un homme politique à l'aube d'une carrière resplendissante, il utilisera Victoria à des fins sexuelles. Il n'existe pas de lendemain pour eux. Elle respecte son corps et ne se laissera pas abuser. Sa rage envers Ludovic n'est pas assez destructrice.

Résolue dans sa décision, ses doigts pianotent son message. La rupture s'aligne lettre à lettre. Elle le relit, le réécrit. Pas de regret. Son être entier réclame Maxime, son Maxime. Il n'y a pas de place pour un autre homme. Le SMS part. Xavier va mal le prendre. Il s'en remettra.

Chapitre 14

Le séducteur, le macho, le don juan, le bourreau des cœurs – connu aussi sous le pseudonyme de brise-cœurs – le casanova, l'ensorceleur, le play-boy font tous partie de la même espèce, cousine des reptiles. Race auto-proclamée supérieure, son habitat naturel se situe sur les cinq continents terrestres. Indénombrable dans la fourmilière humaine, cette famille se décline en deux catégories. La plus facile à repérer est reconnaissable à l'égo surdimensionné de ses membres, hautains, sûrs d'eux, éloquents ; les spécimens roulent des mécaniques, parlent fort et utilisent leur arme secrète à des fins machiavéliques : la prudence du serpent. L'autre, plus discrète, plus sournoise, difficile à repérer, use d'un stratagème bien rodé pour se fondre dans la masse : sa peau de caméléon. Bien que différentes, ces deux familles ont un point commun, l'autotomie. Le refus d'une femme coupe la queue de l'animal. La bête amputée s'enfuit, se terre jusqu'à la repousse de son membre. Les plus obstinés reviennent à la charge, les plus faibles changent de proie.

Xavier, individu de la deuxième classe, n'a pas accepté la rupture par SMS. Il a essayé d'avoir une explication de vive voix. Victoria, fatiguée, angoissée, n'a pas décroché, ne se sentant pas de justifier son choix. Ils ont échangé quelques messages. Il a abdiqué. Son abandon rapide prouve à Mme Kovalev le peu d'estime de son amant.

À sept heures trente, le lendemain, ses filles la tirent de sa somnolence. Toujours épuisée, Victoria autorise Romie à allumer la télévision et à préparer le petit-déjeuner. Elle s'emmitoufle à l'intérieur de son drap frais, compressée, avec l'envie de ne pas en sortir. Sa nuit a été hachée.

Quand elle rouvre les yeux, il est presque neuf heures. Son cours de yoga avec Philippe est pour bientôt. Ponctuelle en toutes circonstances, une force la pousse hors du lit. Débardeur et short enfilés, elle rejoint les filles dans le salon, scotchées à l'écran de télévision. Victoria s'assoit entre Romie et Célie et dépose un bisou sur leur chevelure. Le film diffusé est un dessin animé de la saga *Hôtel Transilvania*. Elle est rassurée, livrée à elle-même, Romie a tendance à choisir des programmes qui ne sont pas de leur âge sur Netflix. Victoria s'intéresse à ce qu'elles ont mangé. Les déchets de leur petit-déjeuner gisent sur la table, à nettoyer. Avant, elle met l'eau à chauffer pour un thé et ouvre un pot de flocons d'avoine et de fruits secs. Elle observe ses pieds nus sur le sol froid et décolle ses orteils à la manière des ventouses d'une tentacule. À cet instant précis, elle voudrait être ailleurs, dans une cabane sur pilotis, au ras d'une eau turquoise à photographier sans filtre Instagram, en tout inclus, déjeuner servi au lit. Un rêve si loin de sa réalité.

Ludovic ne décroche pas. Elle reçoit un SMS, Philippe Martin confirme leur rendez-vous.

— Les filles, je vous ai préparé vos affaires dans vos chambres. Je file sous la douche. Éteignez la télé et allez-vous habiller. Comme ça, quand je sors, on fait la toilette en même temps.

— On regarde la fin du film et on y va.

— Non tout de suite.

— S'il te plaît maman.

— Non. Vous l'avez déjà vu cent fois ce film. Si je dois me répéter, il n'y aura plus de télé le matin. À la place, ce sera devoirs pour tout le monde. Ça me coûtera de me lever mais je vous promets que je le ferai.

Romie donne l'exemple, Célie lui emboîte le pas, Victoria ferme la marche. Elle hésite à se laver les cheveux et se résigne, elle n'a qu'un cours à donner. Les filles la rejoignent, se brossent les dents, se lavent le visage, se coiffent. Leurs actions sont rapides, optimisation des gestes, raccourcissement des durées légales pour aller s'amuser plus vite.

— C'est bon, maman, j'ai fini, je peux aller jouer ? demande Célie.

— Non, non, non. Dans cinq minutes, on va dans la dépendance, je dois donner un cours.

— Oh non, on va attendre là-haut ?

— Oui.

— J'ai pas envie, c'est chiant, y'a rien à faire là-haut.

— D'abord, tu ne parles pas comme ça, on ne dit pas, c'est chiant mais ça m'embête… je n'ai pas entendu ?

— Oui. Ça m'embête.

— Et je ne te demande pas ton avis. N'oublie pas que vous devriez être à l'école. Prends un livre et tu verras ça passera vite, propose-t-elle en sachant qu'elle entame une négociation.

— Pas un livre. Je peux prendre un jouet plutôt ?

— Non.

— Pourquoi ?

— Tu le sais très bien.

— Ah. Je peux prendre un jouet s'il te plaît ?

— Oui mais un seul.

— D'accord.

— Moi aussi ? quémande Romie.

— Non.

— S'il te plaît ?

— Oui. Mais je ne veux pas de bagarre.

Les trois filles traversent le jardin vers la dépendance située à l'autre bout. La maisonnette comporte une cuisine ouverte sur un salon et à l'étage, une chambre spacieuse. Parmi leurs critères d'achat, en arrivant dans la région, l'annexe était impérative pour que Victoria puisse y donner ses cours. Même si elle repartait de zéro, ses près de 40k followers empliraient son agenda tôt ou tard.

L'important était de racoler les clients. Leur propriété actuelle avait ce potentiel attractif. Ils avaient signé sans hésiter, Ludovic s'était chargé de la négociation. L'acquisition d'un mas dans le sud chantait à l'oreille de Victoria tel un chœur de cigales un après-midi d'été. La chance les avait guidés dans le village de Montferrier-sur-Lez, calé entre Montpellier, la forêt domaniale du Baillarguet, la Lironde et le Lez. Encerclé par la nature, à deux pas d'une grande agglomération, Montferrier possédait une autre ressource de charme, un centre historique érigé sur un volcan éteint. Postés au point culminant de la butte, le château reconverti en mairie et l'église, dont le clocher est visible à trois kilomètres à la ronde, donnent un cachet supplémentaire. Quand le ciel dégagé le permet, depuis la balustrade des terrasses, il est possible d'apercevoir la mer entre deux collines. Les touristes de passage ont le plaisir de se balader dans les rues étroites et biscornues du vieux village. Par-dessus les murs en pierres restaurées, des roses chatoient de mille teintes et des glycines pleurent d'allégresse sur les passants. Un détour rue des Escanas – à prononcer en étirant la dernière syllabe – s'impose, les habitants y ont planté une végétation luxuriante et ont déposé des galets noircis de citations et d'adages philosophiques. *Ta seule limite, c'est toi-même. Rien dans ce monde n'arrive par hasard. Qui cherche la lune, ne voit pas les étoiles. Les folies sont les seules choses que l'on ne regrette jamais. Tout le bonheur du monde est dans l'inattendu.* Si le visiteur emprunte cette ruelle la nuit, il aura le privilège d'y observer des loupiotes colorées comparables à une envolée de lucioles. À la première visite, Victoria vibra aux bonnes énergies de ce petit bout de France.

Dix heures, Philippe Martin sonne, ponctuel. Les enfants grimpent à l'étage. Son élève se prépare.

Cinq mois après son arrivée, délai nécessaire à l'installation et au réaménagement de de son espace de travail, Victoria avait publié une annonce sur son compte Instagram. Elle promotionnait son programme yoga et bien-être. La réponse empressée de Philippe l'embarrassa. En règle générale, seules des femmes réservaient les cours particuliers. Les hommes s'inscrivaient uniquement aux séances collectives. Cette nouveauté ne réjouit pas Ludovic. Un type dans un endroit confiné avec son épouse ne suggérait rien de bon. Dans l'euphorie de relancer son projet, Victoria accepta de le recevoir trente minutes autour d'un thé, histoire de le jauger. À l'issue de la discussion, elle se fierait à son instinct. Si son sixième sens ne le sentait pas, elle ne donnerait pas suite.

Sa salle dans la dépendance au fond du jardin reflétait son âme de professeur de yoga. Tous les détails se prêtaient à la zénitude. Les ouvriers de Ludovic avaient réalisé un travail d'orfèvre. Les meubles en roseaux et bambous transportaient dans une forêt ancienne. L'évier en roche brute apaisait les émotions tumultueuses. De la verdure exotique recouvrait les murs, des cousins et fauteuils pastel étaient disposés un peu partout. Des cailloux empilés logeaient des bougeoirs flottants, leurs flammes projetaient leur ombre. Une stéréo et un diffuseur d'huiles essentielles étaient le point d'orgue de cette odyssée des sens. Victoria voyait ce lieu comme un aboutissement, comme son bébé ; dans la peau de Rafiki, elle portait Simba à bout de bras et le présentait au monde, fin d'un cycle de sa vie et commencement d'un nouveau. Philippe allait être le premier client potentiel à être aspiré dans son univers.

Victoria avait préparé aux aurores un thé chaï et des biscuits ayurvédiques, appâts de bienvenue. Elle proposait ces friandises à chaque nouvel arrivant, les parfums des boissons et des gâteaux variaient selon ses humeurs. À ces petites gâteries, elle ajoutait en fin de séance un massage de la nuque. Ses deux initiatives obtenaient un taux de transformation très satisfaisant.

Philippe Martin avait le physique de son patronyme, banal. Le genre de personne oubliée aussitôt croisée, pensa Victoria. Le curseur de la moyenne réglait ses mensurations : taille, poids, corpulence. Brun, cheveux courts, barbe de quatre jours. Son regard, ni éteint, ni éclatant, n'inspirait ni gêne, ni intimidation. Monsieur Tout-le-monde. D'un tempérament calme, posé et réfléchi, il n'avait pas l'arrogance de l'extravagant et ne s'entichait pas de l'apathie de l'introverti. Victoria entrevoyait une faille, son apparat de normalité devait dissimuler une blessure profonde.

Elle l'invita à s'asseoir sur un tapis à hauteur de la table. Sa mine ne trahissait aucun sentiment négatif ou positif. Poli et courtois, il tenait la conversation, posait des questions pertinentes. Les motifs de sa venue intriguaient Victoria qui ne tarda pas à orienter la discussion en conséquence.

Il s'avéra que Philippe venait de quitter sa femme quelques semaines plus tôt. Il rectifia, elle l'avait quitté quelques semaines plus tôt. Il raconta sans filtre, les alertes et mises en garde qu'elle avait exprimés durant des mois. Depuis, il ne voyait son fils qu'un week-end sur deux. En abordant la rupture et sa paternité, un trouble ébranla sa sérénité. Victoria compara cette hypersensibilité à la sienne. Résolu à s'en sortir, il consultait un psychologue de son plein gré. Il employa le mot « psy » à mi-voix, gêné. Sur ses conseils, il avait décidé de prendre des cours de yoga en complément des séances hebdomadaires. Philippe en avait parlé au bureau, une collègue avait évoqué le compte Instagram de Victoria et, magnifique hasard, elle postait une annonce.

Son histoire l'émut. La première impression favorable, Victoria offrit un cours d'essai à Philippe. Lors de la rencontre suivante, elle lui présenta les rudiments du yoga : philosophie, posture et méditation. L'équilibre et la souplesse de son élève étaient précaires. Toutes ses tentatives de maintien du *Vrikshasana* se concluaient par un pied posé au sol. Victoria craignait que les échecs découragent Philippe. Elle utilisa sa cuisse comme béquille. En posant ses mains sur ses épaules, la fermeté de sa musculature la surprit. Son tee-shirt ample cachait un corps sec et musculeux. Sa carrure ne payait pas de mine. Ce simple contact la ramena quelques semaines plus tôt, à son Maxime. Déstabilisée par le souvenir de son amant et décontenancée par l'instabilité de Philippe, elle abandonna l'exercice.

Elle orienta la suite de la leçon vers ce que son élève recherchait, la relaxation. La méditation est un art. La maîtrise de cette discipline s'acquiert grâce à de longues heures d'entraînement. Cette activité a toujours été la faiblesse de Victoria. Malgré ses difficultés, elle redoublait d'effort dans la transmission de ses connaissances.

Les enceintes chantaient modérément *Shri Ram Jai Ram* d'Aria. La luminosité était tamisée. Un bâton d'encens brûlait. Les fragrances du Tibet flottaient dans l'atmosphère. Philippe ne s'abandonna à cette ambiance. Son esprit s'éparpillait. Victoria tenta de l'attirer vers la lumière enfouie dans son âme. « Les pensées à l'intérieur de ta tête vont chercher à te détourner du vide absolu. C'est normal. Ne cherche pas à te débattre. Imagine que les idées qui te viennent à longueur de journée représentent un flux de circulation sur une route. Ton objectif n'est pas de stopper ou de détourner cet embouteillage. Tu dois simplement t'asseoir au bord de la route et contempler les voitures passer, sans en suivre une en particulier », murmura la professeure. Ces précieux conseils appris dans la série *Headspace* sur Netflix ne décrispèrent pas l'apprenti.

Victoria douta de sa capacité à enseigner à un homme. Plus d'une centaine de disciples était passée sous son enseignement, la résistance de Philippe était sans pareil. Durant les cinq derniers mois, elle avait donné quelques cours en vidéoconférence à d'anciennes élèves en Seine-et-Marne. Son manque d'exercice encrassait peut-être sa pédagogie. Sa technique n'avait pourtant pas changé. Un examen rapide de son environnement la fit réfléchir. La décoration et le climat sensoriels enrichissaient son instruction. Dans son antre, elle aurait pu convertir le plus nerveux des énervés à la zenitude, aucune remise en question possible de ce point de vue.

Quinze minutes d'efforts vains poussèrent Philippe à l'abandon. Il n'est pas fait pour le yoga, en conclut-elle. Une expiration désespérée marqua la résignation de Victoria.

— Je suis sincèrement désolée. Je ne comprends pas. J'ai bien conscience que tu es novice et que c'est ta première fois mais je n'ai jamais vu quelqu'un d'aussi hermétique... pardon, je ne remets pas la faute sur toi, se radoucit Victoria face à la déception de son élève. Le problème vient certainement de moi. Je ne trouve pas l'approche. Peut-être nous faudra-t-il du temps... ou alors, je ne suis pas le professeur qu'il te faut... ça ne m'était jamais arrivée... je suis désolée...

Philippe s'excusa pour son manque d'attention et tenta de la rassurer. Trop de noirceur le distrayait depuis sa séparation. La moue dépitée de Victoria à son excuse craquela sa carapace de normalité.

— C'est moi qui suis désolé, débuta-t-il Ne te remets pas en question, c'est entièrement ma faute. C'est très compliqué pour moi en ce moment. J'ai envie de remonter la pente. Le yoga n'est peut-être pas ce qu'il faut malgré le conseil de mon psy. Je réfléchis trop. J'ai tendance à interpréter toutes les réactions qui m'entourent et à réagir en fonction des autres. Je n'ai pas été totalement honnête à notre dernière rencontre. Ma rupture ne s'est pas vraiment passée comme je te l'ai laissé entendre. J'ai deux passions ; vendre et voyager. Ça fait bizarre de dire que j'aime vendre. Sans être prétentieux, j'ai un petit talent de commercial et j'en ai fait mon métier. Je me déplace à travers l'Europe, voire plus loin même et je prospecte des usines de textiles. Ne pas savoir où je serai demain, faire des rencontres, découvrir des cultures ... je crois que c'est dans mon ADN. Ce train de vie me convenait tant que je n'avais pas trouvé la perle rare. Lors d'un mariage, j'ai fait la rencontre d'une femme. On ne peut pas dire que ça a été coup de foudre. Je ne pensais pas que notre aventure dépasserait le lendemain. Mais voilà, c'était la sœur de la mariée et elle est tombée enceinte. Je ressentais de la tendresse, de l'affection mais pas d'amour et de passion pour elle… J'ai quelques valeurs morales… je ne pouvais pas abandonner ce bébé qui allait venir au monde. Alors je suis resté. À défaut d'être un bon mari, je voulais être un bon père. Je voulais que ce bébé ait ses chances dans ce monde. Je n'ai pas pu me résoudre à arrêter mon job… il me maintenait en vie… me sortait de ma prison. J'ai ralenti les déplacements, je rentrais plus souvent… pas assez au goût de ma femme. Je pense qu'elle savait…

— Qu'elle savait quoi ? le pressa Victoria captivée.

— Que je ne l'aimais pas. Que notre relation était basée sur… sur cette erreur. C'est horrible de le dire comme ça. Je ne sais pas faire semblant ou mentir… On avait déconné… j'aurais dû me protéger ce soir-là. Elle pouvait me reprocher de ne pas l'aimer mais pas d'assumer mes actes. Elle était dans le déni, elle voyait notre couple comme normal. Comme si nous nous étions mis ensemble d'un commun accord. Comment pouvais-je lui en vouloir ? Les gens normaux fondent des familles de leur plein gré. J'ai essayé de faire bonne figure, de m'impliquer. Je donnais tout pour notre petit Mathéo, pas pour notre couple. C'était un sujet de dispute quotidien. Elle me reprochait mes déplacements, de ne pas m'occuper d'elle, de ne pas l'aimer. Elle avait raison. Je ne me souciais pas d'elle parce que mon cœur était comblé par une autre femme…

— Je… tu n'es pas obligé de tout me dire…

— Ça me fait du bien de parler. Si ça te met mal à l'aise… dis-le moi… je ne veux surtout pas t'embêter avec mes déboires sentimentaux.

— Tu ne m'embêtes pas. Le yoga sert à alléger l'âme alors…

Victoria jugea sa dernière phrase pathétique.

— Je fréquentais quelqu'un d'autre. Une histoire d'amour impossible avec ma responsable au travail. J'en suis pas fier. Tu vas avoir une piètre image de moi. Je préfère être honnête pour que tu ne te sentes pas responsable de ma nullité aujourd'hui.

— …

— Ce que j'ai fait n'est pas excusable. Elle et moi, nous sommes des adultes consentants. Seulement, par un hasard qui m'échappe, cette relation secrète est arrivée aux oreilles de ma femme. Alors ça, plus mes découchés à l'autre bout du monde… ma femme… mon ex-femme… n'a pas supporté la situation. Et je ne la blâme pas, elle ne méritait pas ce que je lui infligeais au quotidien. Je crois que je ne lui en veux même pas de m'avoir quitté. Je devais l'espérer quelque part. Après tout, j'étais... je suis complétement amoureux de quelqu'un d'autre. J'ai de la peine pour Mathéo. Ça me bouffe de le voir un week-end sur deux. Je n'ai pas le choix... J'aurais pu tenir dans mon couple... j'aurais tenu... pour Mathéo.

— Au moins maintenant, tu peux vivre pleinement ton autre histoire.

— C'est justement parce que je pense à elle que je n'arrive pas à méditer. Elle m'obsède et c'est compliqué.

— Quoi ?

— Elle est mariée et elle n'est pas prête à quitter son mari.

— Pourquoi ?

— C'est une très longue histoire.

— Je n'insiste pas. Et je tiens à te dire que je ne te juge pas, compatit Victoria à qui la souffrance de Philippe réveilla de vifs souvenirs en somnolence. Maintenant que je sais tout ça, si tu l'acceptes, nous referons un essai. Je tenterai une autre approche de méditation.

— Je n'ai pas pour habitude de raconter ma vie privée. Plusieurs personnes m'ont dit que le yoga me ferait du bien. Je suis persuadé que tu vas réussir à me convertir, conclut-il d'un sourire bienveillant.

Grâce à cette confession, Victoria adoubait son élève et lui, la recevait comme professeur. Cette romance interdite avait touché son cœur énamouré et sa curiosité voulait en entendre plus. Elle se sentait empreinte d'une mission divine : aiguiller Philippe et devenir sa confidente. En plus, si le temps le confirmait, elle lui partagerait sa propre expérience et replongerait allégrement dans son passé sentimental.

— Eh, il paraît que quand on tombe, il ne faut pas attendre

pour remonter en selle. On va essayer une autre façon de méditer, si tu veux bien, proposa-t-elle emportée d'un enthousiasme débordant.

— On peut.

Victoria utilisa la leçon numéro 5 du *Guide Headspace de la méditation* : apprendre à être gentil. Elle susurra les mêmes paroles que dans l'épisode à son élève. Cette technique le perturba tellement qu'une émotion roula sur sa joue. Cette larme scella leur collaboration d'un accord silencieux.

Le cours particulier décalé à cause de son aller-retour en Île-de-France, se termine bien vite. Quand on aime ce que l'on fait, le temps court, philosophe Victoria, surprise de cette jolie pensée. Philippe, redoutable observateur, l'interroge sur ses absences.

— J'ai quelques problèmes personnels. J'essaie d'en maîtriser les retombées négatives à l'aide de la méditation. C'est manifestement un échec puisque tu lis mon malheur comme dans un livre ouvert, plaisante-t-elle.

Son interlocuteur très solennel ne rigole pas, il partage sa peine et lui propose de l'écouter. Victoria hésite, mettre des mots sur sa douleur la soulagerait. Philippe, bien qu'il ait dépassé la position de client, n'est pas un ami. Il leur manque encore des semaines de fréquentations et des sorties en dehors des leçons. Victoria écourte la discussion. Philippe n'insiste pas et part.

Romie et Célie quittent la dépendance. Victoria range la pièce. Son téléphone portable clignote. Message reçu. Elle espère une bonne nouvelle de Ludovic ou Guillaume. Son empreinte digitale déverrouille l'écran, un carré blanc apparaît avec le prénom de Maxime et la notification d'un appel manqué. Son cœur rate une pulsation. Un message vocal l'attend. Elle compose le numéro de son répondeur.

— Victoria, c'est Maxime, j'ai bien réfléchi et je veux

bien t'aider. J'ai l'information que tu m'as demandée. Rappelle-moi quand tu es disponible.

Chapitre 15

Maxime a changé d'avis. Il est prêt à l'aider. En retour, il a demandé à connaître l'origine du numéro de téléphone. Victoria a obéi à l'ordre de Guillaume, ne rien dire à la police. Elle n'a pas cédé au chantage. Maxime lui a partagé l'identité de la voix féminine qui lui a raccroché au nez ; il a aussi accepté de rechercher les deux autres propriétaires des numéros composés sur la ligne secrète de Ludovic. En repos, il investiguera le lendemain.

Victoria observe le papier sur le comptoir de la cuisine. Le patronyme inscrit la débecte. Justine Luson, son imagination y associe un visage. Un sacré nom de salope, se dit-elle, une cagole comme on dit par ici. Elle habite à Saint-Maur-des-Fossés, dans le Val-de-Marne. Ludovic couche avec cette femme, peut-être même qu'il dort chez elle lors de ses déplacements ; peut-être qu'à cette seconde précise, ils s'envoient en l'air.

Ces images salaces la détruisent, elle veut savoir à quoi elle ressemble. Lui rendre visite. La mettre mal à l'aise. Lui montrer sa colère volcanique. Lui éclater son arcade sourcilière de trainée. Lui racler sa face par terre. La chanson de Mano Negra, *Pas assez de toi*, lui revient limpide et brutale. *Comme envie de sang sur les murs, comme envie d'accident de voiture, comme envie de n'importe quoi, comme envie de crever ton chat.* Son self-control implore Shiva de lui montrer le pardon, prie Gandhi de la guider vers la paix intérieure. *En plus, elle n'a jamais égorgé de chats... ou alors y a longtemps... ou alors elle a oublié...* Pour ne pas être grignotée à petites bouchées par la rancœur qui se nourrit de sa jalousie, une explication s'impose avec cette briseuse de famille. Un aller-retour est inévitable. Si elle trouve Ludovic à poil dans le lit de cette catin, elle le ramènera par la peau du cul jusqu'à la maison, papier du divorce enfoncé dans le gosier.

Victoria téléphone à Lislalia et lui demande de garder les filles une seconde fois. Son amie accepte. Romie et Célie peuvent dormir chez eux, Krysta les réclame. Victoria, embarrassée de la déranger encore, la remercie et prépare leurs affaires.

Le trajet se fera en train, la voiture de Ludovic dort dans le parking de Marne-la-Vallée. Le départ a lieu dans un peu plus d'une heure. Victoria se presse et s'organise. Elle vérifie deux fois les fournitures des trousses de toilette, les sacs, les billets de transport. Tel un sergent instructeur de l'armée, elle ordonne aux filles d'enfiler leurs chaussures et de sauter dans leur réhausseur. *Go go go.* Elle les prévient qu'elles vont dormir chez leur copine. Cris de joie.

Elles sont heureuses alors que je m'en vais arracher leur père des griffes d'une salope, pense-t-elle, que leur innocence soit préservée le plus longtemps possible. Au frais dans l'habitacle, le portail automatique de la cour s'écarte. Victoria adore admirer la molle glissade de la plaque d'aluminium dans son rail. Son champ de vision s'élargit sur une rue à la végétation dense, grands pins d'Alep, oliviers, érable de Montpellier qui se détachent du ciel bleu. Un énergumène gâche le décor idyllique. En face, le voisin arrose ses fleurs malgré la restriction d'eau. Marc, un homme sympathique, les repère de sous son chapeau de paille. Ses bras s'agitent. Si, en tant qu'ancien chirurgien-dentiste, ce type ne possédait pas une baraque aussi luxueuse, ce serait un romanichel, se dit-elle.

– C'est à nous qu'il dit bonjour, maman ?

– J'en sais rien ma chérie.

Marc coupe l'arrivée d'eau du pommeau de son jet et déplace son corps flasque et dodu avec lenteur. Des mollets gros comme des jambons supportent son surpoids exhibé dans un short large et un marcel difforme. Il se poste sur l'abaissement du trottoir devant leur maison. Son corps barre leur route. Victoria roule au pas et s'arrête à son à niveau. Le voisin contourne le capot et se colle à la vitre du conducteur en frappant deux fois du revers du doigt. Le carreau descend, la chaleur épaisse anéantit le labeur du climatiseur.

— Bonjour Victoria, bonjour les filles, comment allez-vous ?

— Bien et toi Marc ?

— En sueur comme tu peux le voir mais il faut bien arroser ces pauvres plantes. Elles ont besoin autant que nous, si ce n'est plus. Dis-moi, je suis désolé de t'apostropher, Ludo devait revenir vers moi dans la semaine pour me donner une réponse.

— Une réponse de quoi ?

— Il ne t'a rien dit ?

— Si peut-être mais je suis distraite en ce moment.

— Comme toutes les femmes, blague Marc. Je lui ai proposé que vous veniez diner tous les quatre à la maison samedi en huit. Il m'a dit qu'il t'en parlerait.

— Tu lui en as parlé quand ?

— Mardi.

— Où ?

— Là, ici, dans la rue.

— À quelle heure ?

— Je ne pourrais pas te dire exactement. Il me semble qu'il était midi ou un peu plus tard. Pourquoi ?

— Comme ça. Mais oui, ça me revient. Il m'en a parlé et je lui ai répondu que l'on était de baptême. Il ne te l'a pas dit ?

– Non.

– Mince, ce n'est pas son genre. Il a dû repartir à Paris le mardi en fin de journée, ment-elle. Des galères avec le boulot. Il a sûrement oublié.

– Ce n'est pas grave, on se fera ça une prochaine fois.

Pressée et perplexe, Victoria démarre.

Elle ne s'est pas penchée sur ce renseignement capital lui semble-t-il lorsqu'elle pousse le portillon de la maison de Lislalia. Son voyage lui permettra de s'y attarder. Le couple les attend sur le pas de la porte. Romie et Célie rejoignent Krysta dans la salle de jeux au sous-sol. Elles sont prévenues, le déjeuner aura lieu dans un quart d'heure. Les filles ignorent l'horaire, Lislalia exprime son dépit, résignée. Victoria la remercie de les garder et de les faire manger. Les Allemands insistent, elle peut rentrer une fois ses affaires traitées. Hans s'inquiète de savoir ce qu'elle va manger durant son voyage. Elle espère avoir le temps de s'acheter un sandwich dans les galeries de la gare. Le consultant culinaire refuse cette hérésie, interdiction de mastiquer des produits industriels quand on passe chez lui à l'heure du midi. Comme il a acheté du pain frais le matin, il lui propose d'y incorporer viande marinée, salade, tomate et sauce. Il lui met la marinade sous le nez, l'odeur sucrée éveille son appétit. Il glisse le déjeuner dans un sac avec une bouteille d'eau et un biscuit. Victoria meurt d'envie de faire un bon mot, *s'il te plaît Hans, épouse-moi*, l'autocensure est privilégiée pour ne pas heurter Lislalia.

Hans la dépose au plus près de la gare. Des voyageurs épars, fumeurs ou en transit, patientent sur le trottoir. La majorité s'abrite à l'intérieur. Le soleil cogne fort dehors, lui résister n'est que folie. Le hall bondé ressemble à une fourmilière, les gens minimisent les déplacements. La chaleur perfore les baies vitrées sur la longueur de l'édifice. Les pèlerins, debout, les yeux dans le vague, valises à leurs pieds, contemplent l'immense tableau d'affichage. Victoria, ravie de constater la présence de son train à quai, emprunte l'escalator.

Les portes automatiques s'ouvrent. Son wagon est une étuve, un sauna détraqué ; il y fait plus chaud que dans le sous-sol. Départ dans cinq minutes, elle s'assoit à sa place. La capacité est remplie au tiers. L'air lourd et poisseux lui brûle les bronches. Elle étouffe. Les passagers expriment une profonde lassitude. Ils auraient pu allumer la clim' avant, pense-t-elle.

Le sifflet retentit sur le quai, une voix s'élève dans les haut-parleurs : « Bonjour. La SNCF a le plaisir de vous recevoir à bord du train numéro 23490 à destination de Marne-la-Vallée. Notre arrivée est prévue à 16h24. Nous desservirons les gares de Valence et de Lyon-Saint-Exupéry. Je suis Fabien Calvin, votre chef de bord, je serai aujourd'hui accompagné de Thierry et Mathieu. Nous vous rappelons que ce train est entièrement non-fumeur, y compris sur les plates-formes ainsi que dans les toilettes. Pour des raisons évidentes de sécurité, tous vos bagages doivent être étiquetés et positionnés dans les espaces qui leur sont destinés. Pendant la durée du trajet, vos téléphones portables doivent être positionnés en mode silence et l'ensemble de vos appels passés depuis les plates-formes. Pour votre confort, nous avons le plaisir de vous proposer dès à présent la voiture-bar dans la voiture numéro 14 au niveau supérieur. Vos billets doivent être compostés et seront à présenter lors de notre passage. Nous avons le regret de vous informer qu'à cause d'une panne, la climatisation ne fonctionne pas. Durant ce voyage, nous sommes à votre disposition pour répondre à vos attentes. Merci d'avoir préféré la SNCF. Bon voyage ».

La dernière information de ce Fabien soulève un tollé. Des voix s'élèvent, rouspètent, vocifèrent partout. Pas de climatiseur, pas loin de quatre heures de trajet, l'agonie attend Victoria au bout du tunnel. Des personnes réactives se précipitent vers les fenêtres afin de les ouvrir. Quelle bonne idée ! avec la vitesse, ils auront de la fraîcheur. Tout le monde imite ces esprits perspicaces. Le train démarre, accélère, atteint sa vitesse de croisière à plus de trois cents kilomètres par heure. L'idée ingénieuse s'égare. Les aérations de la carlingue provoquent un boucan insupportable. L'air caniculaire s'engouffre, violent, rapide et plaque les gens dans leur fauteuil. Victoria comprend mieux ce que ressent le poulet du dimanche dans son four à chaleur tournante. Les vitres sont refermées. Le voyage risque d'être insoutenable.

L'appétit s'en est allé. Elle se force à avaler deux-trois bouchées. Le goût est exquis, la viande fond en bouche. La demi-baguette est engloutie. Elle regrette d'avoir eu les yeux plus gros que le ventre ; la digestion sera terrible. Dans le sac de Hans, la bouteille de cinquante centilitres est sifflée en quatre gorgées. Il faut qu'elle aille en voiture restaurant avant que le stock ne soit dévalisé. Elle prend conscience que les températures excessives peuvent provoquer des malaises parmi les populations fragiles et donc des retards. Elle se maudit d'avoir emprunté la voie des rails.

Sa colère s'apaise. Dans un état léthargique, bras et jambes écartés, position aérée, mèche de cheveux collées sur le front, langue pendue, les paroles de Marc, son voisin, lui reviennent. D'après ses dires, Ludovic est passé à la villa mardi, aux environs du déjeuner, pendant qu'elle était au restaurant ou en balade avec Xavier. Quelle a pu être sa réaction lorsqu'il a découvert une maison vide ? S'est-il demandé où elle était ? Combien de temps est-il resté ? Pourquoi est-il reparti ? Où est-il reparti ? Ludovic lui a laissé un message dans lequel il réclamait un document rangé à la maison, pourquoi a-t-il fait cela s'il y était? Voulait-il la piéger? A-t-il mis la main sur ce papier tout seul et s'en est allé ensuite? Si c'est le cas, pourquoi ne décroche-t-il pas? En avait-il un besoin urgent avant de rejoindre la pute de Justine Luson? Victoria se perd dans ses interrogations. Seul son mari ou Justine peut lui fournir les réponses. Elle l'espère. Entre la gare de Valence et celle de Lyon, asséchée de toute énergie, l'engagement fait à Guillaume surgit dans son esprit. Un SMS avertit son frère de la contacter dès qu'il est disponible. Dans la foulée, la machinerie ralentit jusqu'à l'arrêt complet. Les vives plaintes des passagers au début du voyage ressemblent à présent à un râle, à une agonie, à une ultime lamentation devant ces inévitables désagréments coutumiers du réseau ferroviaire.

Le chef de bord prend la parole : « D'ici quelques minutes, nous entrerons en gare de Lyon-Saint-Exupéry et nous resterons à quai pour une durée indéterminée. Un incendie s'est déclenché sur les voies. Tous les trains sont à l'arrêt. Nous sommes désolés du retard occasionné et nous reviendrons vers vous dès que nous aurons plus d'informations. Merci de votre compréhension ».

Victoria, abattue, n'a plus la force de tempêter. Son téléphone ne capte pas. Vingt minutes plus tard, elle peut sortir sur le quai. Ses jambes se dégourdissent, le réseau revient. Guillaume a tenté de la joindre. Elle le rappelle et lui rapporte sa future rencontre avec Justine Luson et les déclarations de Marc. Guillaume s'excite et la mitraille de suppositions. L'oreille libre de Victoria furète dans la conversation d'un contrôleur et d'une femme, il annonce un retard minimum de quatre heures. Elle se sent défaillir et partage son désespoir à son frère.

— J'étais vers Auxerre chez un client pour un gros devis. Je suis sur le chemin du retour vers Melun. Le GPS m'annonce moins de trois heures pour rejoindre la gare de Lyon. Je suis là dans deux heures. Je viens te chercher.

Bientôt deux heures de patience, son corps est liquéfié, il ressemble au slime des enfants ou à un blurp ; ce mot qu'elle pense avoir inventé décrit assez bien son état. À l'ombre de la gare ou en plein cagnard, il n'y a pas d'écart de température. Les voyageurs hagards, assis n'importe où, sont amorphes. Elle se croirait dans un mauvais film de zombie. Si Victoria avait le pouvoir de lire dans les pensées, elle découvrirait que tout le monde a la même : un plongeon dans une piscine, un bras de rivière, une plage, une douche. Des agents de la SNCF distribuent des bouteilles d'eau chaude.

Son téléphone sonne, Guillaume l'attend sur le parking. La courte distance lui paraît une traversée du désert. Ses fesses posées sur le siège passager la soulagent. Bénie soit l'invention du climatiseur.

– Après on va dire que les gens ne prennent plus le train, mais tu m'étonnes avec des incapables pareils, débute-t-elle d'un regain d'énergie. Franchement, en pleine canicule une panne de clim', tu as déjà vu ça toi ? Ils auraient pu changer de train. Je ne sais même pas si c'est légal de faire voyager des gens comme ça ! Ce n'était pas humain ! Et encore, je me dis qu'on a eu de la chance de ne pas avoir eu de malaise. De la chance ! J'exagère parce que le coup de l'incendie sur les voies. Puis tu les connais, ils sont là, ils passent devant toi mais ils ne te donnent pas d'information. Si je n'avais pas surpris la discussion de cette femme avec un agent... je n'en reviens pas... quelle entreprise peut se permettre de faire ça de nos jours ? C'est bien parce qu'ils ont le monopole parce que... Qu'est-ce que tu fais ?

– Je règle le GPS, l'informe son frère.

– Pour aller où ?

– Chez toi.

— Ah mais non, je vais à Saint-Maur-des-Fossés.

— Tu ne plaisantais pas quand tu disais vouloir rencontrer cette femme ?

— Non !

— Attends, je résume. Ton mari a disparu, tu subis un contrôle de l'inspection du travail, tu fais garder les filles par je ne sais qui et, parce que tu trouves un numéro de téléphone, tu traverses la France sans savoir si cette personne est chez elle ?

— Oui. Justine Luson couche avec Ludo. Elle me dira où il est ?

— Tu te rends compte de ce que tu dis ?

— Ne commence pas Guillaume, s'il n'y avait pas eu ce problème de train, je serai déjà presque arrivée.

— Tu es complètement inconséquente. Je te ramène chez toi.

— Non, s'énerve-t-elle. Les filles sont gardées par des amis, si tu ne m'emmènes pas à Saint-Maur, je descends et je reprends le train ou même un taxi, je m'en fous. J'y vais. Ludo et cette pute me prennent pour une conne, je vais clarifier les choses.

— Calme-toi. Tu n'es plus du tout lucide. Je veux retrouver Ludo autant que toi mais pas en faisant tout et n'importe quoi. Tu vois le dossier sur la plage arrière ? Ce sont les documents pour l'inspection du travail. J'allais te téléphoner, savoir si je pouvais venir chez toi. Comme ça, si Ludo ne se manifeste pas d'ici lundi, j'irai moi-même voir le contrôleur. Ce que je te propose, c'est de rentrer chez toi. Demain matin, tu prends le premier avion pour Paris et moi, je m'occupe de gérer tous les papiers. On ne peut pas laisser cette affaire traîner.

— L'inspecteur a dit qu'on pouvait lui envoyer les documents par mail.

— Victoria, s'il te plaît, un peu de sérieux. Tu crois quoi ?

Que ces documents sont en règle ? Que les affaires de Ludo étaient clean ? Si je m'y rends, c'est pour discuter avec lui et trouver une solution pour vous deux. Si tu préfères prendre le risque de tout perdre, je comprends et je t'emmène à Saint-Maur.

— Bon d'accord, rentrons mais tu me promets de me déposer demain matin à la première heure ?

— Oui.

Guillaume démarre la voiture et embraie sur Marc. Il veut approfondir ses divulgations. Les réponses de sa sœur restent floues. Il n'en revient pas, ce voisin est la dernière personne officielle à avoir croisé Ludovic et elle l'a traité par-dessus la jambe. Victoria prend conscience de son absurdité et rebondit sur Justine Luson. Partir à la rencontre de cette femme, sans certitude qu'elle soit à son domicile, était une folie d'après Guillaume ; il a raison, elle ne l'admettra pas. Il tente de la convaincre que la contacter ne lui apportera rien. Cette femme est peut-être une simple cliente. Et, si elle n'est pas à son domicile, ce sera du temps gaspillé et de l'énergie employée à mauvais escient. Une oreille de Victoria entend ces conseils, sa raison les ignore. Sa priorité est de découvrir la vérité du numéro de téléphone secret. Ce sont peut-être des semaines, des mois, des années qu'il mène une double-vie, qu'il la délaisse pour une ou plusieurs femmes. Et maintenant, alors que leur entreprise est en pleine tempête, il les abandonne. Ses mensonges se révèlent un à un. Elle a le sentiment d'avoir tout donné pour cet homme, d'avoir mis sa vie de côté au détriment de celui de mère. Tous ces sacrifices et il se tape la première venue pendant qu'elle parfait l'éducation des enfants, entretient la maison et jongle avec sa carrière. Elle estime ne pas mériter cette place de femme cocue. Elle rencontrera Justine contre l'avis de Guillaume, contre le bon sens, contre toute logique et rationalisme. Son voyage d'aujourd'hui n'est pas terminé, il est seulement reporté.

Guillaume argumente, son insistance surprend Victoria. L'intarissable justification de son frère a raison de sa patience. Elle clôt la discussion, sans diplomatie. Cette colère a jeté un froid. Guillaume conduit. Victoria contemple le paysage, bras croisés. L'air de rien, elle entame un sujet, comme si aucune dispute n'avait eu lieu, météo, Ludo, leur mère... Il est vingt heures passées quand ils arrivent devant chez les Allemands.

— Je t'attends dans la voiture pendant que tu vas les chercher.

— Tu n'es pas un sauvage, tu peux m'accompagner.

— Bon d'accord.

Lislalia leur ouvre la porte, son expression marque la surprise en voyant son amie et l'inconnu à ses côtés. Une cacophonie s'échappe du salon. Ils reçoivent des invités.

— Je ne m'attendais pas à te voir là, entame l'hôtesse.

— Je suis désolée, je ne t'ai pas prévenue. Mon train est tombé en panne. Je t'épargne les détails de ma galère, un enfer. J'ai téléphoné à mon frère qui n'était pas très loin. Il est venu me récupérer et m'a ramenée. D'ailleurs, Lislalia, je te présente mon frère, Guillaume. Guillaume, je te présente mon amie.

— Enchantée.

— Pareillement.

— Je passe juste récupérer les filles. Tu as du monde, je suis désolée. Si j'avais su, je ne t'aurais pas demandé de les garder.

— Je te l'ai dit que nous avions du monde mais que ça ne me dérangeait pas de les avoir.

— Non, il ne me semble pas que tu me l'aies dit.

— Si, hier quand tu es venue les chercher et aujourd'hui avant que Hans ne t'emmène à la gare.

— Je n'ai pas fait attention, je suis désolée.

– Ce n'est pas grave, tu as plus important à penser en ce moment. Voulez-vous prendre un verre ou même dîner avec nous ?

– C'est adorable à toi mais j'abuse déjà assez. Nous allons vous laisser tranquilles et les filles vont pouvoir profiter de leur tonton, lance Victoria en direction de son frère.

– Oui, ça fait longtemps que je ne les ai pas vues, ajoute Guillaume.

– Je n'insiste pas, entrez au moins. Ne restez pas dehors. Je vais les chercher.

Lislalia disparaît dans un couloir. Guillaume examine l'endroit. Victoria tend l'oreille, du salon s'élèvent des éclats de rire, de vifs échanges, le brouhaha ne lui permet pas de démêler un fil de conversation. Les convives paraissent nombreux. Sa curiosité la pousse à espionner la tablée par l'embrasure ; elle résiste. D'un coup, Xavier occupe son esprit, il connaît Hans et peut donc être invité à cette soirée. Victoria redoute une confrontation, expliquer la rupture au téléphone aurait été compliqué, un face-à-face serait insurmontable. Xavier l'écraserait de son éloquence. Une humiliation supplémentaire serait malvenue.

Des pas claquent dans leur direction, un invité approche. La personne obstrue le passage de la lumière. La silhouette se projette en ombre chinoise. Victoria tremble. Elle ne remet pas immédiatement le visage familier. C'est le notaire croisé le soir de sa première rencontre avec Xavier dans cette même maison. Son prénom ne lui revient pas. Ils se saluent de la distance de deux êtres ayant un vague souvenir commun.

Lislalia revient avec Romie, Célie et Krysta. Le remue-ménage des filles écarte ses craintes. Victoria remercie infiniment son amie. Elle ne s'attarde pas, elle doit retourner auprès de ses invités.

Durant le trajet entre Lyon et Montferrier, Guillaume lui a demandé de réinterroger Marc. Victoria déverrouille la maison, tout le monde entre et elle part chez son voisin. Il est surpris de la voir débarquer à cette heure et de mener un interrogatoire. Il répond à ses questions sans rien lui apprendre de plus.

Par acquis de conscience, elle ouvre le coffre dans le bureau de Ludovic et compare le reste de liquidités et les tenues de compte. Si son mari est bel et bien passé chez eux mardi, il en est reparti sans avoir pris un billet. Une rapide connexion au site bancaire lui confirme qu'il n'a pas utilisé sa carte de crédit depuis la fin de semaine dernière. Victoria partage ses maigres investigations à son frère et lui demande de préparer des pâtes pendant qu'elle lave Romie et Célie. Les filles se brossent les dents, elle passe sous la douche. Cette eau est une bénédiction, elle purifie la crasse incrustée durant son interminable passage dans le wagon. Son mal de tête, présent depuis le réveil, résiste à cette deuxième douche.

Les enfants embrassent Guillaume en guise de bonne nuit et Victoria les accompagne dans leur chambre. Excitées comme des puces, la maman réalise qu'elles ne dormiront pas tout de suite. Malgré la fatigue et l'envie de se détendre, elle accepte de leur lire une histoire, une courte. Avant la lecture, allongées dans le tipi, la tête des filles sur ses épaules, elle inspire les cheveux de ses petites, l'odeur de shampoing enfantin la réconforte. Le livre terminé, elle les envoie au lit et les câline chacune leur tour.

Guillaume, assis à table, pianote sur son téléphone devant deux assiettes fumantes. Sa soeur lui propose du vin, il décline. Ils sont affamés et se jettent sur le plat de pâtes et de jambon. Les coquillettes, cuisson trois minutes et la noisette de beurre les font retomber en enfance.

– Il m'arrive d'en faire aussi, elles n'égalent jamais celles de maman, constate Guillaume.

Son frère répète les éléments récoltés auprès de Marc, les relevés bancaires et en arrive à la conclusion qu'ils en sont toujours au même point.

– J'ai réfléchi pendant que tu te douchais. Je voudrais revenir à Justine Luson.

– Ah non, tu ne vas pas recommencer avec tes leçons.

– Non. Non. Mais si tu t'engages dans cette voie, il te faut des certitudes, tu ne peux y aller à l'aveugle. Imagine qu'elle soit en vacances ou je ne sais où, tu ferais le déplacement pour rien. Je pense que tu devrais la contacter avant de partir.

– Je te remercie. J'ai déjà essayé. Elle m'a raccroché au nez.

– Réessaie et si elle recommence, envoie-lui un message, tu as son prénom et son nom, elle sera peut-être plus réceptive.

Qu'est-ce que je risque à retenter ma chance ? pense-t-elle. Quoi qu'il advienne, j'irai frapper à sa porte demain. Si elle me répond ce soir, peut-être pourrais-je m'assurer de sa présence chez elle. Victoria s'isole dans le bureau. Elle ne veut pas que son frère l'entende. Les tonalités retentissent et se meurent sur le répondeur. Elle compose un SMS : *Bonsoir Justine Luson, je suis Victoria Kovalev, la femme de Ludovic. Je sais que vous êtes en relation avec mon mari. Je voudrais vous parler au plus vite. J'ai votre nom et votre adresse à Saint-Maur-des-Fossés.* Elle lit le texte. Le modifie. Le relie. Hésite. Change un mot. Tourne une phrase différemment. Le fond reste le même. Son doigt refuse d'appuyer sur la touche d'envoi. L'angoisse l'oppresse. Son souffle est vif. Ses mains sont humides. Elle valide une version et l'envoie. Ses yeux rivés sur l'écran, elle attend. Une réponse vient rapidement. À sa surprise Justine Luson est ouverte à la discussion, uniquement dans un lieu public. Après quelques échanges courtois qui décontenancent Victoria, les deux femmes conviennent d'un rendez-vous demain en début d'après-midi dans un café de Saint-Maur.

Victoria, soulagée d'obtenir la vérité, se précipite annoncer la nouvelle à son frère. Guillaume met en avant son conseil et lui suggère de plus l'écouter à l'avenir. Ensemble, ils regardent les billets d'avion et réservent le vol de 10h34. Les modalités réglées, le plus difficile l'attend. Sachant son frère dans la maison, Victoria prend un somnifère léger, elle dormira sans ressasser.

— Il est presque minuit Guillaume, je vais me coucher. La chambre d'amis est prête. Tu fais comme chez toi.

— Merci. Dis-moi, tu peux vérifier que le système de sécurité de la maison soit bien activé !

— Toi le grand gaillard, tu as peur, blague sa sœur.

— On ne sait jamais, répond-il avec un sérieux à en faire pâlir un croque-mort.

Chapitre 16

Victoria a mieux dormi grâce à son allier redoutable, le somnifère. Le cachet a détérioré le naturel de son sommeil, il a été moins réparateur, toutefois. Elle ne se plaint pas, ses démons nocturnes ne lui ont pas rendu visite. Elle évite autant que possible l'accoutumance aux pilules soporifiques. Elle préfère rester alerte si une fille la réclame. La présence de Guillaume lui a permis d'en prendre une sans s'attacher à ce détail.

Elle a réglé son horloge de bonne heure, elle veut prendre le temps de se préparer. Son aspect doit être parfait, tous ses atouts de femme fatale flamboieront à la face de Justine. Ce souci de perfection est propre à son caractère. Une épouse blessée lambda souhaiterait simplement connaître les raisons de la tromperie de son mari, une épouse blessée de la trempe de madame Kovalev s'oblige à écraser sa rivale. Et, pour mener à bien ce projet, la première étape passe par une apparence irréprochable.

Sortie de la douche, cheveux entortillés dans une serviette rose nouée en turban, Victoria enfile rapidement un string. Elle n'a jamais supporté de se maquiller l'intimité à l'air. Un bref coup d'œil passe sur ses seins dans le reflet du miroir et cette phrase lui traverse l'esprit : « elle est passée où la ferme et haute poitrine de mes vingt ans ? ». Son décolleté n'a rien à jalouser aux femmes de son âge ; elle ne peut s'empêcher de se comparer aux midinettes influenceuses aux formes parfaites de la téléréalité. La crainte d'une opération étouffe encore sa voix intérieure qui lui suggère la chirurgie esthétique...

elle ignore combien de temps elle pourra museler cette sournoise idée. Les années passent, la pesanteur opère son inéluctable affaissement. Tôt ou tard, à n'en pas douter, l'appel du bistouri tranchera le bâillon de ses peurs.

D'ici quelques heures, elle affrontera sa pire ennemie, c'est pour cette raison qu'elle accorde autant d'importance à son physique.

Une grimace tord son visage, technique de la bouche déformée pour optimiser le passage de son pinceau. Ses gestes sont hasardeux. Elle se maquille comme si elle avait encore quatorze ans et qu'elle se rendait à une boum. À chaque mouvement vers le haut, son imaginaire profile Ludovic dans son dos.

Victoria le maudit, l'insulte d'obscénités, lui reproche sa lâcheté. Elle a traversé la France du sud au nord sans effleurer un début de piste, aucune information dans le local de sa société, ni dans son appartement – qu'il n'a jamais loué –, ni dans son bureau à Montferrier, ni sur ses comptes bancaires.

Depuis sa position dans la salle de bains de sa chambre, elle aperçoit la table de chevet de son mari. Elle se reproche de ne pas avoir fouillé cette pièce avant. Son mascara claque sur la pierre naturelle du lavabo. Clap de départ. Elle se jette au pied du lit.

Elle n'a jamais ouvert plus de dix fois ce petit meuble. Les objets recelés n'ont pas vraiment changé depuis qu'ils sont en couple. Aujourd'hui, elle espère y découvrir une explication. Elle en sort expressément l'intégralité. Les reliques sentimentales de Ludovic s'étalent sur le sol : leurs premières lettres d'amour, une bourse emplie de grivna, l'ancienne monnaie ukrainienne, une carte postale de sa ville natale, une soi-disant Batmobile de collection des années 70 avec laquelle il jouait enfant, un sextoy défraîchi et inutilisé depuis l'achat d'un modèle plus performant. Elle vérifie ne rien avoir raté dans le casier. Au fond reste un écrin.

Au creux de sa main, cette petite boîte rouge lui gonfle le cœur. Elle en écarte les bords avec délicatesse. Une bague fabriquée sur mesure est blottie dans un coussinet. Les doigts de Victoria l'extirpent de son cercueil de velours. Elle scrute les stries dessinées dans l'acier par un maître joaillier. Ce bijou était une promesse, la promesse d'une vie meilleure. Pris en étau entre son pouce et son index, l'anneau est soulevé vers la lumière. Son regard traverse le cercle vide et instantanément, tout son être est projeté dans un souvenir dans lequel elle se laisse emporter, un événement qui a changé la vie de la famille Kovalev.

***

Au temps de leur rencontre dans les remous de la piscine de Combs-la-Ville, Ludovic exerçait la profession de mixologue. Son activité consistait à créer et préparer des cocktails dans un bar parisien réputé. Il se glissait derrière le comptoir à 18 heures et terminait son service vers 2 heures du matin. Il offrait son sourire à chaque cliente. Le montant de son pourboire dépendait de sa faculté à élever les commissures de ses lèvres à une hauteur aussi impressionnante que les shakers au-dessus de sa tête. Victoria jugeait cette pratique intolérable. Son petit ami ne pouvait décemment pas glaner un supplément de salaire sous une forme masquée de prostitution.

Quelques mois de relation et l'ultimatum était posé : soit il quittait ce job où de nombreuses garces le chauffaient, soit, c'était elle qui mettait un terme prématuré à leur histoire.

La décennie écoulée, à répéter les mêmes gestes soirée après soirée, avait élimé les contours aiguisés de la passion de Ludovic. Transvaser alcool et jus d'un récipient à un autre ne le réjouissait plus. Vivre entre crépuscule et aurore rabotait sa bonne humeur. Il avait couché avec plus de riches et belles femmes qu'il ne pouvait entrer de glace pilée dans un verre de Mojito. Son tableau de chasse lui avait permis de surmonter son complexe d'immigré. Il ne s'offusquait plus quand un inculte confondait mixologue et barman ; la force de défendre son noble art de la mixture l'avait abandonné. Il se sentait dans la peau d'un citron pressé à l'excès, délesté de son zest, dépouillé de sa pulpe, asséché de son jus.

Ludovic devait tourner la page, stabiliser son quotidien, fonder une famille. Il avait trouvé en la personne de Victoria, une perspective attrayante. Amoureux de sa belle, il n'avait pas hésité une seconde quand un nageur du club de natation lui avait proposé un poste de manager en grande surface spécialisée. Cette opportunité lui permettait de réorienter sa vie professionnelle et de dompter la jalousie de sa déesse.

Les premières semaines à son nouveau poste le mirent en joie. La découverte d'un univers, d'un environnement, d'une équipe, de rituels, d'un jargon, de postures, de clients éveillait sa curiosité. Ses parents l'ayant éduqué avec peu de moyens, il lui avait semblé que l'étiquette de fils d'immigrés était incrustée dans ses gènes ; et, par voie de conséquences, que certains métiers lui seraient inaccessibles. Il avait embrassé une carrière de barman par hasard, uniquement parce qu'il avait refusé de suivre les pas de son père dans le milieu du bâtiment. L'uniforme de manager lui conférait une jouissance inégalée. Le champ des possibles se déroulait à ses pieds. Il combattait à armes égales avec un Français moyen, scandait-il à Victoria.

Le siège social de la société l'envoya se former à Lyon. Il avait été fier d'annoncer à sa mère son déplacement.

Partir dans une autre ville et y apprendre des techniques de management et de gestion galvanisaient son ego. Pour la première fois de sa vie, on lui donnait une véritable responsabilité professionnelle. Il repartit avec des informations qui lui semblaient être des secrets d'État.

Ludovic avait annoncé à Victoria des objectifs clairs : surpasser les attentes de son directeur, prouver sa valeur à sa hiérarchie, se rendre indispensable. Sa détermination ne comptait pas les heures sur le carrelage.

Son investissement réduisit considérablement le temps d'intimité des tourtereaux. Son magasin étant ouvert sept jours sur sept, Ludovic avait un jour de repos fixe le jeudi et l'autre alternait le samedi ou le dimanche, une semaine sur deux. En plus, il avait souvent des permanences d'ouverture ou de fermeture. Partir avant 6 heures et rentrer après 21 heures lui étaient habituels. Conseillère financière, la coupure de Victoria était du samedi après-midi au mardi. Parfois, le couple se croisait à peine sur une période de deux semaines.

Victoria lui reprochait de ne plus le voir. Il adoucissait les disputes. « Tu sais, si je bosse là, c'est parce que tu me l'as demandé. J'étais très bien moi dans mon bar. Ne t'en fais pas ma chérie, ce n'est qu'une question de semaines. Les chiffres de mon rayon sont exceptionnels. Tu verras, à la première opportunité, ils vont me passer directeur » se justifiait-il du ton endiablé de ceux à qui rien ne peut résister. Son aspiration lorgnait le poste le plus prestigieux du magasin. Il se voyait déjà gérer le compte d'exploitation, prendre des décisions d'une autre importance, être dans les confidences du siège social, arborer dans les allées des rayonnages, le badge suprême : Ludovic Kovalev, directeur.

Un an et demi plus tard, trois mois après leur mariage, les résultats et les qualités de manager de Ludovic étaient reconnus par ses compères et loués par son équipe. Attiré par l'argent, il avait tenté de renégocier son salaire. Son supérieur et la responsable des ressources humaines lui avaient expliqué lors d'un entretien interminable qu'une grille salariale signée de la main des syndicats régissait son poste de responsable de rayons. En conséquence, en passant du niveau 1 à 2, interdiction formelle de sauter un échelon, Ludovic allait gagner cent euros de plus par mois. Écœuré, il leur avait craché au visage qu'il négociait une augmentation, pas la mendicité. Face à sa colère et à des arguments indéniables de performances, ils concédèrent à le promouvoir de deux niveaux, équivalent à deux cent cinquante euros de plus.

Victoria l'avait vu à demi-satisfait de cette conclusion qu'il accepta avec une idée derrière la tête. Son directeur avait laissé entendre qu'il était sur le point d'être muté ; un manager d'un point de vente voisin le lui confirma. Il se positionna dans l'ombre de ce futur poste vacant, il prépara son entretien interne et analysa les rayons de ses collègues afin de proposer des actions correctives à court ou moyen terme. Rien ne pouvait arrêter ses ambitions professionnelles. Les soirs, quand il partageait ses projets à sa femme, il se voyait déjà évincer le responsable de région avant d'éjecter un membre du comité de direction.

Plus tard, lors d'une réunion le directeur annonça son départ de l'entreprise. À ses côtés se tenait un homme. Ludovic ne put détacher son regard de l'inconnu aux mains dans le dos et au ventre en avant. À la fin d'un discours décousu et inintéressant, son chef présenta le type silencieux comme étant son remplaçant. Durant les deux semaines suivantes, il y aurait un passage de témoin entre le prédécesseur et le successeur. Ludovic n'écoutait pas les quelques mots du nouveau. La mâchoire crispée contenait sa rage et sa frustration. Des bribes de phrases parvenaient à ses oreilles et il en conclut que cet homme était dépourvu de charisme. L'introduction terminée, les équipiers se dispersèrent, à l'exception des chefs de secteur, invités à participer à une intronisation.

Dans une salle sans fenêtre, Ludovic eut le supplice de s'asseoir en face des deux directeurs et à devoir supporter leur bonhomie exagérée. Il ne leur prêta pas la moindre attention et se perdit dans de sombres pensées. Il avait dépensé de son temps et de son énergie à prouver sa valeur. Son dévouement avait rapporté des dizaines de milliers d'euros quand il n'en avait récolté que des miettes de primes. Ses soixante heures hebdomadaires avaient été méprisées par l'enseigne. On ne lui avait pas laissé la possibilité de se vendre. Cette réalité le renvoyait à ce qu'il était au sein de la société, un pion interchangeable ; difficile à admettre… il se croyait indispensable.

Ludovic devait annoncer ce terrible revers à Victoria. Sa femme l'admirait et croyait en lui. Elle affirmait, à qui voulait bien l'entendre, que son homme allait réussir, qu'il allait bientôt être directeur. La lueur d'émerveillement s'éteindrait inévitablement. Cette possibilité lui était intolérable. Il supportait déjà mal leur différence de salaire. Victoria comprenait que cet écart irritait son orgueil. Il aurait pu s'en accommoder si en contrepartie, elle ne jouissait pas des innombrables avantages du milieu bancaire : treizième mois, primes mirobolantes, tickets restaurants, participation, intéressement, vingt jours de RTT… Rapporter sa contre-performance à sa femme revenait à accepter de trimer pour une misère dans un bouclard miteux. Cette déconvenue lui fit redescendre ses désirs de grandeur et remettre en question son avenir dans l'enseigne.

La fatalité lui fit admettre que les places au sommet de l'organigramme ne lui étaient destinées que dans ses rêves les plus fous. Au meilleur de son ascension, un poste régional lui serait accordé, un emploi ponctué de déplacements loin de son foyer. Victoria avait remarqué qu'il enviait ses rémunérations, des montants qu'il ne pourrait atteindre dans la grande distribution spécialisée. Cette position d'infériorité pécuniaire lui ôterait sa place de chef de famille. Son autorité ne serait jamais respectée. Son père, quand il était encore présent, prenait les décisions, sans concerter sa mère. Il nourrissait la famille à la sueur de son front, personne ne contestait sa parole.

Il répétait que pour garder une femme de la classe de Victoria à ses côtés, il devait l'épater. Son projet était simple : amasser beaucoup d'argent et vite. Il ignorait comment y accéder mais était persuadé d'y parvenir.

Du côté de leur amour, le mariage du couple Kovalev avait eu lieu trois mois plus tôt. Cela faisait autant de temps que Ludovic avait rencontré son beau-frère, Guillaume. Leurs premiers échanges dessinaient les contours d'une puissante amitié fraternelle, pas encore une collaboration professionnelle lucrative. Les jeunes mariés décidèrent d'acheter une maison. Le salaire de Ludovic était nécessaire aux prêts bancaires, une démission brutale était inenvisageable.

Avant d'acquérir un bien, ils devaient vendre leur appartement. Alignés sur le prix du marché, ils ne reçurent aucune visite. La faute à leur salle de bains et leur cuisine vieillottes. Victoria, fidèle téléspectatrice de Stéphane Plazza, proposa de redécorer les deux pièces vétustes avec du « home staging ». Ludovic manquait de temps libre à cause de son emploi. Ils convinrent de faire appel à une entreprise. Le bouche à oreille leur mit trois propositions d'artisans entre les mains. Les tarifs allèrent de dix mille à seize mille euros.

Ludovic était outré. Il alla dans un magasin de bricolage, il repéra les matériaux au meilleur rapport qualité-prix. Le total n'excédait pas quatre mille euros de matière première. Le devis le moins cher encaissait une marge nette de six mille euros pour dix jours de travaux. Il était atterré, stupéfait et abasourdi qu'un type puisse prendre une telle somme d'argent pour poser du carrelage et réaliser un peu de plomberie. Il annonça solennellement qu'il s'occuperait de la rénovation et, avant que Victoria n'ait pu rétorquer, il lui raconta une partie de sa jeunesse.

Le père de Ludovic, un plombier exceptionnel, n'avait pas de travail dans leur ville, Krivoï Rog. Pour subvenir aux besoins de sa famille, il décida de partir vers un eldorado, la France. Son petit garçon, encore prénommé Vitaliy, n'avait que huit ans. Parti seul dans un premier temps, une connaissance lui proposa d'exercer son métier de manière non déclarée. Logé dans un taudis et payé au lance-pierre par un arnaqueur, il peinait à envoyer de l'argent à sa famille restée en Ukraine. Après une longue période, l'expatrié avait réussi à louer un petit deux pièces en banlieue parisienne. Un long voyage en train couchette lui ramena sa femme et son fils.

Le petit Vitaliy, renommé Ludovic pour faciliter son intégration, dompta assez vite les rudiments de la langue française. Les cours, matin et après-midi, l'aidèrent à communiquer rapidement avec ses camarades. Les demi-journées de classe ukrainienne lui manquaient. Grâce à ses progrès, son père le réquisitionna comme interprète.

En fin de journée ou les week-ends, le garçon traduisait les échanges entre des clients particuliers et son paternel qui voulait court-circuiter l'esclavagisme de son employeur immoral. Parfois, contraint de rester sur les chantiers, il prêtait main forte sur des tâches à la hauteur de ses dix ans. Les saisons s'écoulèrent les unes après les autres, l'adolescence s'éveilla, sa musculature se renforça. Son père l'utilisait en main d'œuvre gracieuse sur son temps libre, vacances scolaires inclus. Pendant que ses copains jouaient au foot ou montaient à la capitale draguer les filles au Trocadéro, il ponçait, carrelait, s'échinait. L'apprentissage des bases de la maçonnerie ou de l'électricité l'intéressait moins qu'un après-midi à la piscine ou sur les Champs-Élysées à déguster une glace. Chaque clou enfoncé, chaque vis tournée ancraient plus profondément son aversion pour les travaux manuels. Résigné, il enrageait en silence au rythme des chansons ukrainiennes crachées par le poste radio que son vieux emportait partout.

Et un jour, la musique s'était tue. Ludovic avait seize ans, il revenait du lycée et, depuis la sombre entrée, les pleurs de sa mère fissuraient le calme de l'appartement familial. Entre deux sanglots, il comprit que son père était rentré au pays avec une autre femme, définitivement. Ce départ les précipita dans une misère profonde, un étudiant et un salaire de serveuse face à la rudesse du coût de la vie quotidienne. À partir de cette séparation, le bricolage était synonyme de dégoût, de pauvreté et d'abandon. Ludovic se fit la promesse de ne plus jamais manipuler un outil.

Les promesses n'engageant que ceux qui les écoutent, Ludovic revint sur la sienne à la lecture des sommes exorbitantes des devis pour retaper une cuisine et une petite salle de bains. Il décida de rénover lui-même, Victoria ne s'y opposa plus. Le couple opta pour des matériaux tendance et peu onéreux. Quelques jours de congés suffirent à tout rafraîchir. Le résultat médusa Victoria, son ravissement flatta son mari. Elle ne tarissait pas d'éloges sur la splendeur de son talent. « Je crois que je n'ai plus envie de le vendre, il est trop beau », scandait à tout va Madame Kovalev. Ludovic était mécontent, la réussite de son ouvrage l'associait à son père, ce lâche qui ne lui avait pas donné de nouvelle depuis sa fuite, deux décennies en arrière.

Les compliments des visiteurs les décidèrent à investir dans une maison délabrée à Brie-Comte-Robert. Ludovic décida de quitter son poste et de se consacrer aux travaux. Ne voulant pas priver son mari de sa grande carrière professionnelle en cours, Victoria refusa. Elle souhaitait le voir devenir directeur ; son investissement allait payer. Il prêcha en sa faveur. La rénovation leur rapporterait plus d'argent que son salaire actuel. Il avança que cette expérience de responsable l'aiderait dans sa future recherche d'emploi. Ces arguments convainquirent sa jeune épouse.

Alors que jour après jour, Ludovic réhabilitait pièce après pièce, une connaissance de connaissance lui soumit un contrat : refaire la salle de douche d'un studio parisien. Victoria l'incita à se lancer, c'était l'opportunité d'exprimer ses facultés contre rémunération. D'après leur estimation, le chantier durerait trois jours, quatre au plus. L'avancée de la maison n'en serait pas trop impactée. La facilité de la mission était alléchante et, en opposition, les excuses de rejet ne lui manquaient pas. Accepter revenait à endosser la tenue d'ouvrier de son père, à se remémorer sa jeunesse, à tolérer son statut de fils d'immigrés. La somme rondelette de cinq cents euros en espèces ajoutée à ses allocations chômage le décidèrent à sauter le pas. Cet extra ne l'engageait à rien quant à son avenir.

Les soirs, Victoria écoutait émerveillée les péripéties et la gestion de son mari.

Ludovic se dit en posant sa boîte à outils que toutes les premières fois provoquent une forme d'angoisse. La pièce à vivre n'excédait pas dix mètres carrés. La peinture écaillée des murs ne mettait pas en valeur un parquet contrecollé point de Hongrie en chêne massif. La salle d'eau dans laquelle il allait passer les prochains jours représentait un tiers du logement. Si à la fin son client était satisfait de sa réalisation, il lui demanderait cent euros pour repeindre le salon.

Ludovic détruisit les meubles et la faïence à changer. Les coups de masse explosaient le décor et émiettaient son entrain. Quelque chose lui manquait et l'obligea à arrêter la démolition. L'effort suintait de son front. L'immeuble était calme. La fenêtre à double-vitrage atténuait considérablement le brouhaha de la circulation parisienne. Le bruit tonitruant de son activité ne masquait pas le vacarme de ses souvenirs d'enfance à l'intérieur de son crâne. De la musique couvrirait le martèlement de ses pensées. Son téléphone portable diffusa une playlist aléatoire sur YouTube. Quelque chose le dérangeait. Son esprit s'accrochait désespérément à sa mélancolie. Une deuxième fois, il fit une pause et tourna en rond. La solution, il la connaissait autant qu'il la redoutait. Il se résolut à essayer. Des chansons ukrainiennes s'élevèrent, les mêmes qu'expirait la radio paternelle. Cette fois-ci, à son grand désarroi, serein, il pulvérisa le mobilier. Les gravats sautaient. Les larmes, dissoutes dans la sueur, s'écrasaient sur le sol.

À la fin de la journée, la pièce était déblayée. Sa nuit fut courte, son sommeil agité, son corps endolori.

Dans la matinée du deuxième jour, le doux accent de son pays natal portait Ludovic. Il perça les avant-trous du bac de douche. En retirant sa perceuse, un geyser d'eau gicla. Il avait préalablement vérifié à fermer les conduits. La fontaine le surprit ! Il tourna les robinets et le jet continua à jaillir du sol. Les placards et le palier de l'appartement ne révélèrent aucune autre vanne. La panique s'empara de son bon sens. À grands coups de marteau et de burin, il agrandit le trou. Quand la largeur de la fente fut suffisante, il y enfonça un tuyau dont il plaça l'autre extrémité dans l'évacuation de l'ancien lavabo. La visibilité dégagée lui révéla le passage du chauffage au sol incrusté dans le plancher. Le propriétaire ne l'en avait pas averti. Il hésita à contacter son client et s'abstint de crainte de l'inquiéter inutilement.

Ludovic fouilla les parties communes de fond en comble. La gestion centralisée de la chaudière devait se situer en bas, la porte des caves était verrouillée. L'espoir lui revint. Il ne lui restait plus qu'à accéder à la plomberie, stopper la source et réparer son erreur et reprendre son travail. Il sonna à la loge du concierge qui l'informa que l'accès au sous-sol était exclusivement réservé à l'entreprise créditée par le syndicat de copropriété. En outre, entre le moment où il déposerait sa requête, la prise en charge de l'administrateur et la venue du technicien, plusieurs jours s'écouleront. Il n'avait pas le loisir d'attendre.

L'angoisse le saisit. Jamais il n'aurait dû accepter ce chantier. Le voisinage de Brie colporterait son échec et le quartier toiserait son incompétence. Prostré devant son dégorgement de fortune, il soupesa le poids de sa bêtise. L'eau s'échappait continuellement pendant que sa détresse imbibait sa lucidité. Soudainement, sa mémoire déterra un vestige de son enfance.

Un jour, son père tarauda trop profondément et abîma une tuyauterie enfouie dans un mur. Ludovic revit exactement la pièce utilisée pour la réparation. C'était un anneau ouvert avec une fine tige métallique à glisser dans la fuite. Une fois enfoncé et serré, le cerclage colmatait la brèche. Fier de sa trouvaille, le nom technique se dérobait. Une brève recherche sur Internet resta infructueuse. Galvanisé par la possibilité d'avancer, il s'empressa d'aller acheter l'accessoire de secours en magasin.

Il visita quatre grandes surfaces spécialisées et un quincaillier. Tous les vendeurs restèrent dubitatifs face à ses explications et ne purent l'aiguiller. Il désespérait. Soit il s'exprimait mal, soit il avait inventé l'astuce paternelle. Désemparé, il téléphona à un cousin en Ukraine et lui raconta sa mésaventure. Le membre de sa famille reconnut la description. Ludovic était atterré. L'incompétence des commerçants français l'affligeait.

S'il lui donnait la dimension du trou dans la plomberie et s'il prenait les frais de port à sa charge, son cousin pouvait lui envoyer en vingt-quatre heures. Il se rua prendre les mesures. Avec de la chance, il aurait le colis le lendemain.

En atteignant le couloir de l'appartement, Ludovic marcha dans une flaque. Au deuxième pas, il comprit d'où provenait l'inondation. Le studio s'était transformé en piscine. Dans la salle de douche, son évacuation avait quitté le déversoir. Le sol expulsait un filet d'eau continu. Il se dépêcha de repositionner sa déviation et s'assura de sa solidité. Le rayonnage du papier essuie-tout de l'épicerie du coin de la rue dévalisé, il épongea le cataclysme. Le palier épongé, il passa à l'intérieur. Le parquet gondolait à plusieurs endroits. Certaines lattes étaient fichues, bonnes à être remplacées. Le constat était indéniable : le plancher devait être changé dans son intégralité.

Il partit acheter un revêtement de qualité équivalente à l'ancien, en chêne massif. Le prix le moins cher était de cinquante euros le mètre carré. Sa connerie allait lui coûter son salaire. Au moment de régler son achat, il reçut un SMS de son cousin. L'expédition de la pièce s'élevait à près de soixante-dix euros. Le calcul fut rapide, il travaillait à perte. En plus, il n'avait jamais installé un parquet point de Hongrie. La durée de la pose l'effrayait. Des tutoriels vidéos sur YouTube l'aidèrent dans sa besogne.

Vingt-et-une heures, éreinté, la boule au ventre, Ludovic quitta le studio. Revenu hystérique de son achat forcé, il ne se souvenait plus dans quelle rue adjacente sa voiture était stationnée. Après trente minutes à errer, il tomba nez à nez avec un camion de fourrière en action. L'association d'idée fut instantanée. Au téléphone, un standardiste lui annonça que son véhicule avait été enlevé.

Cette débâcle l'aspira dans une désolation totale. Abattu, il récupéra sa voiture une heure plus tard et prit la route de son foyer. Son orgueil lui suggéra de cacher la vérité à sa femme. Le besoin d'expier sa journée fut plus fort. Ludovic raconta ses déboires en détails. Victoria tenta de le réconforter d'un câlin qu'il repoussa pour aller se coucher. Sa nuit fut dépourvue de sommeil. Sa stupidité le rendait fou. Il voulait en finir au plus vite avec ce contrat.

Le colis en provenance d'Ukraine fut livré en milieu de matinée. Dans la boîte, son cousin avait mis deux cerclages. Deux fois plus de frais, plus rien ne l'étonnait. Quelques euros de plus ou de moins jetés par la fenêtre ne l'attristaient plus.

Ludovic termina les travaux deux jours après la date convenue. Malgré ce retard, le résultat dépassait les espérances du propriétaire qui remit l'argent mérité à l'ouvrier. En rentrant chez lui, des embouteillages le ralentirent. Il tempêtait contre ses maladresses en silence. Ses yeux refusaient de se tourner vers son salaire jeté sur le siège passager. Il représentait la honte et la déconvenue.

En arrivant chez lui, il remit sans attendre l'enveloppe garnie de billets et du cerclage entre les mains de Victoria. Il lui donna carte blanche pour le dépenser à sa guise, il ne voulait plus en entendre parler, pas plus que d'un chantier rémunéré. Victoria essaya de le consoler, de lui faire entendre que l'on apprend des difficultés et que ces enseignements lui seraient bénéfiques. En plus, étant au chômage, il n'avait pas véritablement perdu d'argent.

— Ton client était content aujourd'hui ? s'enquiert-elle.

— Oui, très mais ce n'est pas le problème.

— Justement, tu fais bien de le dire, ce n'est pas un problème. C'est même une excellente nouvelle. Je vois bien le travail exceptionnel que tu fais à la maison. Tu es doué. Ton talent vaut de l'or et ce n'est plus moi ou les voisins qui le disent mais un client. Tu devrais être fier de toi comme je le suis. La prochaine fois, tu négocieras mieux ton devis et tu reviendras avec deux fois plus d'argent.

— Il n'y aura pas de prochaine fois.

— N'abandonne pas.

— C'est hors de question.

— Si tu ne le fais pas pour toi alors fais le pour nous, déglutit-elle.

— Pour nous ? répète Ludovic.

Assise dans le canapé, Victoria baissa le menton et protégea son ventre de toute l'amplitude de ses doigts. En relevant la tête, son expression se fragilisa, une émotion pure luit dans son regard.

— Je suis enceinte. On va avoir un bébé.

Frustré de sa pitoyable prestation ouvrière, Ludovic reçut la nouvelle comme un coup de marteau manqué qui écrase un ongle. Il contempla sa femme un instant et tenta d'assimiler cette naissance avec sa vie actuelle. Ses derniers revers professionnels et personnels rejetèrent les réjouissances de sa paternité.

— Je dois prendre l'air.

Sans un mot de plus, il attrapa ses clés de voiture et disparut.

Les œuvres de fiction regorgent de réactions émouvantes lorsqu'un père apprend la grossesse de sa femme ; Victoria s'attendait à une effusion d'amour même si son discret mari s'exprimait peu. Ce qu'elle vivait en cet instant, elle n'aurait pu le prédire. Ludovic ne l'avait pas félicitée, ne l'avait pas enlacée, ne lui avait même pas accordé un sourire. Il l'avait tout simplement délaissée. Une pensée rectifia son propos, elle ne serait plus jamais seule. Un petit être poussait au creux de son ventre. Bientôt, il viendrait au monde. Victoria prit peur. Leur couple n'avait pas abordé concrètement le projet de fonder une famille. Le retard de règles était une bénédiction pour la jeune femme. Un mariage sous-entendait l'arrivée d'un enfant. Peut-être que Ludovic n'en voulait pas dans l'immédiat, ou peut-être jamais. Peut-être allait-il les abandonner et alors elle serait une mère célibataire. La confusion la tétanisa.

Quand il rentra, elle n'avait pas bougé du canapé. La porte claqua et la fit sursauter. Ludovic vint s'asseoir à ses côtés. Son tee-shirt était déchiré et son arcade sourcilière fendue. Une coulée de sang séché serpentait sur sa tempe.

— Qu'est-ce qui t'es arrivé ? s'inquiéta-t-elle.

— Rien. Je ...

— Comment ça rien ? le coupa-t-elle. Tu reviens les vêtements arrachés et la gueule en vrac, ce n'est pas rien. Non, ce n'est pas rien !

— Je me suis battu. Enfin non, je me suis fait agresser.

— Quoi ? Par qui ?

— Tout va bien, ne t'en fais pas. J'ai roulé un moment en voiture. J'étais dans mes pensées. J'ai coupé la route à un mec. Il m'a doublé et m'a forcé à m'arrêter sur le bas-côté. Il a gueulé parce qu'il avait ses gosses avec lui. Je n'ai pas eu le temps de m'excuser qu'il m'a attrapé par le col et m'en a collé une.

— Et qu'est-ce que tu as fait ?

— Que voulais-tu que je fasse ? Rien. J'étais en tort. Il est remonté dans sa voiture et il est reparti.

— Tu as pris sa plaque ? Tu es allé porter plainte ?

— Mais non. Ça arrive. Ce n'est pas la première fois que je me prends une droite dans la gueule. De toute façon, on s'en fout. Il faut qu'on parle.

— Il faut d'abord qu'on aille à la police et peut-être même

qu'on te fasse des points de suture.

— Victoria, ça va je te dis. Je suis désolé d'être parti. Je... je suis vraiment désolé. Je suis vraiment heureux que tu sois enceinte.

— Et toi quand tu es heureux, tu pars sans rien dire ?

— J'ai pris peur. Dernièrement, ce n'est pas facile. Travailler sur ce chantier m'a rappelé mon père et ... et ... quand il nous a laissés. En plus, le chômage me stresse. Je ne sais pas ce que je vais faire de ma vie. Je n'ai même pas été capable de nous rapporter un peu d'argent avec cette putain de salle de bains. Quand tu m'as dit être enceinte, je me suis vu comme un gros tocard, comme un homme incapable de subvenir aux besoins de sa famille. On va avoir un bébé alors que je n'ai pas de situation. Je n'arrive pas à me dire que je vais pouvoir être un bon père.

— Tu seras un excellent père et j'en suis plus que convaincue. Tu sais pourquoi ?

— Non !

— Parce que tu vas faire de ton mieux et qu'on sera tous les deux pour lui donner tout notre amour. Et d'ici là qu'il naisse, tu auras stabilisé ton boulot. Ça va aller. Ensemble, il ne peut rien nous arriver.

— J'y ai réfléchi pendant que je roulais. C'est toi qui as raison. J'ai déconné avec ce premier chantier. Je m'y prendrais mieux la prochaine fois. Je vais demander plus d'argent et je ne ferai plus d'erreur. Je te promets Victoria que je vais tout faire pour vous mettre à l'abri. Dans peu de temps, on sera suffisamment riche pour qu'on puisse être libre. Je t'aime.

— Je t'aime aussi ! ajouta-t-elle blottie dans les bras de son mari.

— Je ne crois pas que tu m'aies compris mon amour. Ne prends pas ce que je dis à la légère. Je vais tout donner. Je vais trouver une solution pour nous mettre à l'abri. Et je passerai mon temps et mon énergie à tenir cette promesse. Je n'aurai jamais plus de patron incompétent au-dessus de moi pour me donner des ordres à la con. Je vais être indépendant et autonome pour toi et notre bébé. Je te promets que je vais y arriver.

— Je te crois, ajouta-t-elle, ébahie par cette détermination soudaine. On devrait quand même aller à l'hôpital pour ton arcade.

— Non, ça se refermera tout seul.

— Je vais quand même te nettoyer tout ça et te mettre un pansement. Je vais chercher ce qu'il faut.

Elle soigna délicatement la blessure de son mari. Sa profondeur la rassura. Silencieux, Ludovic contemplait sa femme prendre soin de lui. D'un geste souple, elle referma la plaie et la maintint ainsi avec un strip retrouvé au fond de la boîte à pharmacie. Son regard s'arrêta sur la pièce de plomberie posée sur la languette de l'enveloppe ouverte. Elle décida qu'elle irait en bijouterie transformer cet anneau métallique en bague. Un bijou qui rappellerait à son mari que tout se mérite dans la vie. Elle apprécia son idée. Son attention se reporta sur son homme qui dégageait une intense beauté. Ils s'embrassèrent d'un baiser doux amer.

À ce moment précis, elle ne pouvait deviner que Ludovic était à un tournant de son existence. Dorénavant, il n'aurait de tranquillité qu'à sa fortune faite. Son bonheur serait accompli quand il pourrait absolument tout se payer comptant.

***

Une chanson sort Victoria de sa rêverie. Célie entonne « libérée, délivrée » et se sert de son vieux godemichet comme d'un micro. Cette vision soulève l'indignation de la maman.

— Donne-moi ça, hurle la mère.

— C'est pour jouer, se justifie la petite qui ne comprend pas cette colère.

— File dans ta chambre, vocifère-t-elle en lui arrachant l'objet des mains. C'est pas possible, je prends cinq minutes pour moi, pour me laver et tu arrives encore à me faire devenir folle. Va dans ta chambre je t'ai dit.

Célie se retire. Elle a terriblement honte de ce qui vient de se passer. À peine sa fille a-t-elle disparu qu'elle s'en veut de sa réaction excessive. La petite n'y est pour rien, pense-t-elle, c'était un geste innocent. Ceci ne serait jamais arrivé si Ludo ne se cachait pas quelque part. Les trésors de son mari retournent dans la table de chevet et le sextoy termine à la poubelle.

Victoria retourne à sa mise en beauté. Elle ne se farde pas de parade superficielle, son naturel décontenancera sa rivale. Sa tenue l'importe plus, son choix marquera la rupture de leur position, l'officielle face à la confidentielle.

Elle se rend dans son dressing, une pièce imposante, plus grande que le bureau de de son mari. Le mobilier est chaleureux, l'éclairage parfait. Lors de la visite de la villa, l'endroit avait été un coup de cœur. Ludovic avait déclaré : « ouais, c'est ça ! comme ça tu pourras y entasser les merdes que tu ne mets jamais ». Pour le principe, elle avait râlé, sur le principe, il avait raison. Un bon quart de sa garde-robe n'a jamais été porté. L'achat outrancier de vêtements compense le manque de moyens de son adolescence quand elle était obligée de porter les friperies de Pétronille. Elle a conscience de l'absurdité de ses dépenses compulsives sans pouvoir les outrepasser.

Victoria glisse les cintres, son apparence vestimentaire est primordiale. Classe et élégance l'intimideront. Ces qualités sont compliquées à réunir pendant les fortes chaleurs. Les manches longues et les pantalons sont proscrits, ne reste que la robe tailleur. Elle hésite entre deux couleurs, l'austérité du noir imposerait le respect, seulement la météo ne s'y prête pas. Le bleu Klein fera l'affaire. La saison réclame des chaussures ouvertes et souples, critères contradictoires avec l'ensemble de sa tenue. Inacceptable. Elle se résout à sortir une magnifique paire de talons hauts, pas trop non plus, la journée sera longue. Des ballerines terminent dans le fond de son sac, en prévoyance.

Son frère a une petite mine au lever, ses cheveux en bataille et son épi sur l'arrière du crâne démontrent de nombreux mouvements rotatifs dans son lit. Des bâillements répétés trahissent ses tentatives de blagues énergiques. Victoria se renseigne sur l'état de la literie pourtant neuve. Guillaume la rassure, quand il découche, il dort toujours mal.

Tous les quatre prennent leur petit-déjeuner. Romie et Célie n'ont que faire des soucis des adultes, elles pètent la forme, engloutissent tartines, lait et jus, braillent de leur vitalité d'enfant. Guillaume quémande un double aspirine à noyer dans son double espresso.

— Tu as voulu passer la journée avec elles, tu vas comprendre ta peine, ironise Victoria.

— J'suis pas venu ici pour souffrir, ok ?

— Oui-oui.

— Non mais attends, il y a combien de pensionnaires dans la tête des filles ? étudie-t-il.

L'oncle et les nièces préparent le programme de la journée. D'abord, ils déposent maman au terminal et ensuite, ils hésitent entre rivière, mer ou piscine dans le jardin. Guillaume refuse la piscine et, par praticité, choisit la plage, plus proche de l'aéroport. Victoria s'empresse de le conseiller sur les meilleurs endroits et les restaurants pour le déjeuner. Son frère la coupe et agite son téléphone,

Google est mon ami, dit-il. Victoria est tranquille, Guillaume s'occupera très bien de ses princesses. Il lui a prouvé par le passé. Elle lui laisse tout de même quatre cent vingt-deux recommandations.

Un taxi la dépose devant le café. Son rendez-vous a lieu dans vingt minutes. Elle ne se sent pas d'attendre figée sur une chaise. Victoria décide de marcher. La température est élevée, vingt-neuf degrés en Île-de-France, et trente-trois sont attendus dans l'après-midi. La canicule s'en est allée, les fortes chaleurs sont encore présentes. Se promener ne lui coûtera pas un effort surhumain. La vie grouille à Saint-Maur-des-Fossés, l'ambiance de ces villes de banlieue parisienne ne lui manque pas. La circulation produit un boucan infernal ; les coups de klaxon pétaradent quand ce ne sont pas les sirènes qui rugissent et, comme les vitres des voitures sont baissées, les conducteurs partagent leur musique ou leurs injures destinées à la calamité de la conduite de leurs semblables. En plein centre-ville, les trottoirs sont bondés. Le mercure donne des airs de vacances à la cité, les shorts, les robes, les bermudas, les jupes, les pantacourts, les débardeurs, les marcels dénudent les corps. Certaines femmes se vêtent ou refusent de se vêtir des habits adéquats à cette saison légère. Les deux cas sont problématiques, l'un parce que c'est une censure de la sensualité et l'autre, parce que leur sensualité est un fardeau lourd à porter. L'homme de Cro-Magnon assimile les paires de jambes à un jambon dans lequel on taillerait bien le bout de gras à l'apéro. Ces êtres infâmes ne se contentent pas de zieuter un décolleté printanier, ils osent aborder, draguer, insulter. Victoria ne se souvient que trop bien de tous ces moments de solitude, de vexation et d'affront. À l'époque où elle travaillait encore en banque, à Chennevières-sur-Marne, pas très loin d'ici, parfois, elle gérait l'accueil. Les beaux jours détraquaient les hormones des clients, capables d'employer des paroles déplacées et irrespectueuses.

Victoria ne se sent plus à son aise dans la foule. Cet environnement ne lui convient plus, elle a besoin de son espace, de son intimité, de pouvoir être qui elle est sans avoir à subir l'inquisition du sexe opposé. Dégoûtée, elle décide de retourner à son point de rendez-vous. Les messieurs en terrasse ont stoppé leur conversation à son passage et la reluquent, café dans une main, clope dans l'autre.

Elle s'installe dans la brasserie, à une table isolée. Elle opte pour la banquette, l'autre trainée prendra la chaise en bois. Un serveur en chemise noire prend sa commande. Par politesse, elle allait lui demander de repasser en attendant la pouffiasse. Le contexte n'est pas une visite de courtoisie. Menthe à l'eau choisit-elle après avoir hésité avec un alcool fort réconfortant, cul-sec avant l'affrontement. L'ivresse lui aurait fait perdre ses moyens. Tant pis, elle subit l'angoisse. Elle observe la salle autour d'elle, elle pense à Romie, Célie et Guillaume à la plage et se demande ce qui lui a pris de se mettre dans ce bourbier.

Elle veut s'enfoncer et disparaître dans le cuir sous ses fesses. Elle tergiverse sur la façon d'accueillir la maîtresse de Ludovic. Doit-elle la saluer ? l'insulter ? son timbre de voix doit-il inspirer la peur ? la haine ? Victoria compatissait à la peine des femmes de son entourage qui lui confiaient les tromperies de leur mari. Son amour propre gardait le silence sur ses propres réactions si elle avait un jour le malheur d'entrer dans le cercle très ouvert des cocues. Victoria s'était promis de ne pas endurer cette souffrance en s'investissant corps et âme dans son mariage. Sa détermination se solde par un échec.

Victoria, en remarquable curieuse qu'elle est, a cherché sur les réseaux sociaux et professionnels à mettre un visage sur le nom de Justine Luson. Ce patronyme ne ressort nulle part, pas même dans les pages blanches. À croire que Ludovic a dégoté la perle rare, l'amante la plus discrète de la planète. Dans une époque où le culte de l'image passe avant l'intelligence, où des géants de l'informatique conservent la plus insignifiante des données personnelles, Justine n'existe pas, elle est un fantôme du numérique. Victoria esquisse le physique de cette femme du crayon de son imagination. Elle l'imagine d'une taille ridicule comme sa petitesse de comportement le laisse présager, des cheveux gras, des traits ingrats. Elle se ressaisit, cette description ne serait pas du goût de son époux.

Une femme entre dans le café. Pas de doute, c'est son entrevue ! Victoria remarque qu'elle correspond au style archaïque de Ludovic, les fois où elle l'a surpris à contempler d'autres corps que le sien. Une crinière de lionne ondoie sur ses épaules dénudées. Grande, perchée sur des talons, elle est repérable à plusieurs centaines de mètres à la ronde. Victoria ne se décide pas sur la partie de son anatomie la plus avantageuse, son interminable paire de jambes fuselée ou son increvable paire de seins gonflés. Heureusement que l'air est gratuit, se moque-t-elle, avec des nichons pareils, elle doit en émettre des rejets de CO2. Compressée par son soutien-gorge, un décolleté révèle le haut de sa poitrine, parfaite peau de pêche. À coup sûr, ce sont des faux, analyse-t-elle, quelle vulgarité, elle ressemble à ces pouffes de la téléréalité, approche-toi me montrer les injections de tes lèvres. Ses lunettes de soleil cachent une partie de son visage. Elle s'approche de la table.

Victoria se tortille sur sa banquette, son état de nervosité s'accentue. Aucune position ne lui convient, rien ne va plus. Debout devant elle, Justine paraît caresser le plafond.

— Bonjour, vous êtes Victoria ? s'enquiert l'immense

plante carnivore

— Oui.

— Je peux m'asseoir ?

— Oui. Vous voulez boire quelque chose ? propose Victoria surprise de sa gentillesse.

Justine se tourne vers le serveur, ses cheveux lévitent, scintillent dans les étoiles et glissent avec délicatesse le long de sa nuque. Le jeune homme se précipite à la vitesse d'Usain Bolt un soir olympique. À peine sa phrase terminée : *une limonade avec un zest de citron et beaucoup de glaçons*, le garçon en chemise noire apporte un verre dans lequel la glace n'a pas le temps d'entrevoir le réchauffement climatique. Aussi proche, Victoria réalise que son volume de boucles est authentique. Justine pivote dans un tourbillon angélique. Elle ôte ses lunettes. La salope, elle encore plus belle qu'elle n'est bien foutue, se lamente Victoria. Quel homme lui résisterait ? Quelle femme ne l'envierait pas ? Lui donner un âge est un casse-tête, fin de vingtaine, début de trentaine ; un sourire de sa part et la question n'a plus lieu d'être, ses grandes dents blanches brillent et ses lèvres révèlent son secret : les fées n'ont pas d'âge. Intimidée, Victoria baisse le regard et tombe sur sa robe tailleur, son accoutrement est pathétique.

— Je suis au courant pour vous et mon mari, l'avertit madame Kovalev.

— Vous êtes au courant de quoi ? ajoute Justine en buvant une gorgée de la boisson fraîche à la manière d'une vedette américaine.

— De votre relation avec Ludovic, renchérit-elle troublée par la désinvolture de sa réponse.

— Je pense que vous n'y êtes pas du tout. Vous devez vous imaginer des choses totalement fausses.

— J'arrive de Montpellier, j'ai traversé la France pour découvrir la vérité.

— Je ne peux rien dire qui vous concerne.

— Respectons-nous un minimum. Je viens d'apprendre que mon mari a un deuxième numéro de téléphone et, avec ce téléphone, il vous contacte régulièrement. Je me doute que ce n'est pas pour enfiler des perles.

— Ludovic et moi, nous travaillons ensemble.

— Vous... vous travaillez ensemble ? répète Victoria dans un spasme nerveux qu'elle ne peut contenir. Mon mari travaille dans le bâtiment à moins que vous n'ayez des talents de maçon ou de charpentier, il est peu probable que ce soit le cas.

— C'est pourtant la vérité.

— Vous couchez ensemble ? la question fuse, Victoria jauge la réaction de Justine.

— Non. Je vous l'ai dit, nous travaillons ensemble.

— J'en ai assez d'être prise pour une conne. Pourquoi nier ?

— Parce que je ne couche pas avec votre mari, s'emporte Justine mâchoires serrées pour ne pas se donner en spectacle à la clientèle.

— D'accord et où est-il ?

— Je n'en sais rien.

— Ce n'est pas possible, il a disparu depuis mardi, vous savez des choses que j'ignore sur sa vie alors vous devez bien savoir où il se trouve en ce moment ?

— Non.

— Quel travail faites-vous pour lui ?

— Je ne peux rien vous dire, il faudra lui demander.

— Je viens de vous dire qu'il a disparu. Vous êtes mon dernier espoir, ne me laissez pas comme ça, pleurniche-t-elle à travers un flot de larmes qui lui monte aux yeux.

— Je suis désolée, je ne peux rien vous dire sur mon activité. De toute façon, il aura bientôt des problèmes et moi aussi.

— Pourquoi ?

— Parce qu'un policier est venu me poser des questions hier matin.

— Un policier ?

— Oui. Lui aussi voulait savoir quelle relation j'avais avec Ludovic et où il était en ce moment.

— Et ?

— J'ai répondu la même chose. Je ne sais absolument rien.

Victoria essaie de se calmer, ses pensées s'éparpillent. Justine dit-elle la vérité ? Actuellement au point mort, elle n'a d'autre alternative que de la croire. Cela signifie que Ludovic ne la trompe pas. Quel lien professionnel peut-il exister entre lui et cette bimbo ? se demande-t-elle. Un policier à sa recherche ? Mais pourquoi ? Après la lettre anonyme envoyée à l'inspection du travail, qu'a-t-il fait pour que l'on mène une enquête à son sujet ? Victoria tilte.

— Vous me dites que ce policier est venu hier ?

— Oui, il m'a contactée jeudi en fin d'après-midi. Il voulait me voir immédiatement mais je ne pouvais pas me libérer. Je lui ai proposé le lendemain matin à la première heure.

— À quoi ressemblait-il ?

Justine le décrit, chaque détail confirme ses suppositions. Victoria déverrouille son téléphone portable, pianote dessus et affiche sur l'écran une photo qu'elle tend en direction de son interlocutrice.

— Oui, c'est bien lui, je le reconnais, affirme la jeune femme.

Victoria regarde ce visage familier, une discussion avec Maxime s'impose sans tarder. Elle ne comprend pas pourquoi son ancien amant a rencontré cette Justine Luson.

Chapitre 17

Victoria attend dans le hall de l'aéroport d'Orly. L'extrême nervosité de son entrevue avec Justine lui cause une fatigue psychique. Ses orteils gonflés par la chaleur et soulagés d'avoir quitté les étroits talons lui hurlent dans ses ballerines : « libérés, délivrés... ». Compressée dans sa robe tailleur, elle erre entre les rangées de sièges, les kiosques à nourriture et les magasins. Son inlassable déplacement évite à ses idées noires de s'enraciner.

La disparation de Ludovic, le mardi, l'a jetée dans un sable mouvant, l'abnégation la sauve de l'ensevelissement. Victoria estime se défendre avec honneur, les découvertes étendent ce bourbier ; la vérité la rapproche de la berge, le monticule de mensonges à peine déblayé l'en éloigne. Combien de secrets va-t-elle devoir percer avant d'extraire la totalité du pus enfoui sous la part d'ombre de son mari ? Dans combien de situations scabreuses va-t-elle encore s'enliser ? Rencontrer la maîtresse de son mari, qui a priori n'en est pas une, fait déjà partie des pires ignominies de son existence. Quels autres bâtons merdeux va-t-il lui refiler ? Après Guillaume et Justine, c'est au tour de Maxime de lui faire des cachotteries.

Son Maxime, symbole de droiture, de loyauté et de confiance, a rencontré Justine Luson sans la prévenir. Comment a-t-il pu se comporter de la sorte après tout ce qu'ils ont vécu ? Lui aussi complote dans son dos ? Est-ce là une mauvaise mascarade ? une ringarde caméra cachée ? Il a refusé de s'expliquer au téléphone lui aussi. Surpris de sa présence en Île-de-France, il la rejoint et se justifiera de vive voix. Victoria consulte l'horloge du tableau des départs, son avion décolle dans une heure et demie, elle sera présente au goûter de Romie et Célie. Son portable sonne, Maxime lui donne rendez-vous dans un café du hall, Victoria le repère.

Le tragique de la situation annihile l'enchantement des retrouvailles. Si cette aventure se prêtait au romantisme, elle aimerait que la célèbre voix, crachée par les haut-parleurs des aéroports du monde entier, annonce la réunion de deux amants et ce, en français, en anglais – introduit d'un cultissime : *ladies and gentlemen* –, en espagnol et en italien. Oh, oui, se dit Victoria, en italien, et l'allocution se clôturerait d'une interprétation magistrale de *Ti amo*, les caméras de surveillance filmeraient ma course d'un inoubliable plan-séquence en *slow motion.* Maxime se tiendrait de dos. Il se retournerait à l'écho de mes pas. Un sourire illuminerait son visage, il s'avancerait vers moi. Je bondirais telle une gazelle. Il écarterait les bras. J'atterrirais dans ce cercle d'amour. Il me ferait tournoyer tel Patrick Swayze et Jennifer Grey. Il murmurerait à mon oreille : « On ne laisse pas Bébé dans un coin ». *Io ti amo e chiedo perdono. Ricordi chi sono.*

« Mesdames et messieurs, les passagers du vol 38964 en direction de Stuttgart sont priés de rejoindre leur porte d'embarquement. Ladies and gentlemen... ».

La voix-off de la dame dans les enceintes lui remet les pieds sur terre, la tête à l'endroit et brise son rêve. Victoria se rassure, Maxime ne mérite pas une scène idyllique avec musique, volupté et amour si ce n'est allongé sur un lit de mort, un baiser d'adieu et l'*ode funèbre maçonnique* de Mozart diffusée. Il l'a trahie. Elle peine à lui en tenir rigueur, son attitude est sournoise mais il a proposé son aide et vient lui confesser ses péchés. Il ne lui mentira pas, il ne lui mentira plus. Plutôt rancunière, elle s'épate à ne pas conserver de rancœur... un peu quand même... beaucoup moins que si cela venait de son mari ou d'un autre proche.

***

Un homme ou une femme, marié ou simplement en couple, dévie quelquefois vers l'adultère. Depuis la nuit des temps, les contes et légendes relatent cette perdition hors du troupeau ; la morale de masse réprouve la tromperie et, la brebis égarée, devient galeuse.

Au vingt-et-unième siècle, à une époque où le paraître prime sur l'intellect, la banalisation de l'infidélité se répand dans le matraquage d'images à caractère sexuel. Les statistiques de plus en plus rapprochées révèlent un accroissement des relations extraconjugales. Les raisons à cet écart sont aussi variées que la personnalité de chaque individu.

Dans le cas de Victoria et Maxime, leurs motivations à butiner à l'écart du parterre de fleurs de leur maison, sont diamétralement opposées.

Victoria n'en était pas à son premier essai avec Maxime, la considérer comme coutumière serait une extrapolation. Le passage à l'acte originel avait eu lieu peu après la naissance de Romie. Consciencieuse dans son rôle de jeune maman, les parents Kovalev avaient inscrit le plus tôt possible leur fille au cours des bébés nageurs. Le maître-nageur, jeune et bel éphèbe à la boîte crânienne emplie d'eau chlorée, avait eu l'audace d'aborder maladroitement madame Kovalev, qu'il décrivait, en amateur de vidéos pornographiques de : *putain de bonne milf.* Le corps de Victoria se remettait à peine de sa grossesse. Plaire à une mauvaise caricature du fils de Mitch Buchannon flattait son ego. Elle lui résista. Tout du moins, elle estima son refus de s'offrir à lui pendant dix jours comme un acte glorieux de résistance. Aussi mauvais amant que fût Kévin le maître-nageur, elle acquit une autre façon de penser. Son âge assouplissait ses principes. Son besoin d'attirer le regard des hommes et d'être désirée fleurissait. Un nouveau leitmotiv l'animait : *Ludo me vole mes plus belles années, j'ai le droit d'en profiter.* Cette liberté du cœur et du corps, elle le vivait comme un enfant auquel on lâche la main lorsqu'on le sent prêt à nager où il n'a pas pied. Le plongeon dans le grand bain extraconjugal l'avait affolée, elle s'acclimatait doucement à la température ardente. D'autres amants l'éloignèrent du bord. La noyade sentimentale lui semblait impossible jusqu'à ce qu'elle rencontre Maxime.

Depuis l'enfance, Maxime avait voulu être policier, héritage professionnel de son père, de son oncle et de son grand-père. Il s'était fixé d'entrer gradé au sein des forces de l'ordre. Les bancs de l'université avaient été un détour obligatoire avant d'intégrer l'école de police. Il y fit la rencontre de Cécile, sa future épouse. Grâce à une stratégie savamment élaborée, il réussit à réviser avec elle à la bibliothèque, puis à préparer un exposé, puis à boire un café, puis à l'emmener au cinéma, puis à l'embrasser sur la piste de danse d'une soirée étudiante. Six ans plus tard, un mariage fut célébré. Deux ans plus tard, le champagne était sabré à l'acquisition de leur maison à Brie-Comte-Robert. Et, un an plus tard, Leïla naissait. Dans leur entourage, ils représentaient la petite famille idéale. Dans l'intimité, tout allait aussi bien qu'un couple puisse espérer, s'il espère qu'il ne se passe rien. Cécile était satisfaite, heureuse de ce quotidien terne. De son côté, Maxime n'aimait pas la tiédeur de leur amour, il s'en accommodait comme un homme patiente durant une situation ennuyante. Les semaines se ressemblaient, boulot, sport, Leïla, famille et amis le week-end. L'idée qu'il passait à côté de sa vie l'assaillait à chaque discussion castratrice qu'il avait avec sa femme. Les mois s'écoulaient et remettaient en question son bonheur qu'il croyait absolu et éternel. Au début de leur relation, les courbes de sa femme aimantaient son désir. Lentement, le temps élargit ses épaules, épaissit son torse, étouffa sa libido et le quotidien matriarcal éteignit à petit feu les envies sexuelles de Cécile. Sa sexualité réfrénée, il détourna son regard charnel et le posa sur n'importe qui, une collègue, une voisine, une amie de Cécile. À la superette du quartier, il choisissait la caisse de l'employée la plus sexy, même si la file y était la plus longue. S'il s'était contenté de reluquer, l'existence aurait suivi son cours, bien rangé. Sa baisse libidineuse s'était accrue à la naissance de Leïla, l'amenant à ne plus seulement admirer les autres femmes. La fertilité de son imagination inventait des scénarios réservés aux majeurs. Expérimenter des folies sexuelles le tourmentait. Il aurait pu partager ce ressenti avec sa femme mais il connaissait son inflexibilité au changement et pire, il redoutait son jugement. À trente ans passés, il n'aspirait plus à faire l'amour comme à vingt. À aucun moment, il ne lui avait traversé l'esprit que Cécile pouvait aussi avoir envie de jouir de manière différente. Dans ce contexte de frustration et de non-dits, il croisa le regard de Victoria devant l'école de Brie-Comte-Robert.

Un an plus tôt ou un an plus tard, il est probable que la rencontre de ces deux-là aurait été différente. Les choses sont ce qu'elles sont. Les astres s'alignent. La Lune s'éloigne de la Terre. Les jours rallongent. Peu importe. Ils se percutèrent, voilà tout.

Nous les avions abandonnés à leur baiser sous les nuages jaunâtres d'un mois de décembre. Les fêtes de Noël ne les enchantaient plus. La caresse de leurs lèvres, au goût de trop peu, les hanta. Euphorie, joie et liesse de leurs proches perdaient leurs saveurs. Maxime reçut de Cécile une paire de chaussures de running, il eut immédiatement envie de les essayer pour rejoindre sa belle. Ludovic offrit un somptueux collier à Victoria, elle voulait le porter, s'allonger nue sur un grand lit et accueillir le corps musculeux de son amant.

Avant la reprise de l'école, Maxime rapporta à Victoria l'absence de Cécile durant deux jours. Elle partait avec Leïla chez ses parents. Ils purent se retrouver sur l'heure du déjeuner dans la chambre d'amis. Ils avaient deux bonnes heures devant eux. Victoria s'y rendit gênée. Maxime était son quatrième amant et sa retenue ne s'était pas encore estompée. La timidité d'une première fois ne disparaît jamais vraiment.

Victoria s'était assise sur le sofa de la pièce, une tasse de thé à la main et ne parvenait pas à soutenir le regard de l'homme à côté d'elle. Des propos incohérents sortaient de sa bouche. Debout près de la fenêtre, Maxime atténuait le chevrotement de sa voix, lutte entre son appréhension et son orgueil de mâle. Ils finirent par s'embrasser. Les bouches se rapprochèrent. Les doigts s'enlacèrent. L'intensité augmenta, les souffles aussi. La séduction et la sensualité les enveloppèrent. Maxime la déshabilla. Elle l'imita. Nu, il se posa sur elle. Elle se sentit engloutie par sa force. L'intense plaisir de la pénétration fronça le front de Victoria. La délicatesse et le respect dont il fit preuve la rassura. Le désir augmenta dans son ventre, elle murmura à son oreille : « fais-moi l'amour ». Ses ongles se plantèrent dans son dos. Elle le trouvait épatant. Un orgasme mielleux la surprit. Jamais elle n'avait joui si rapidement. Il l'amena sous la douche, des braises incendiaient ses pupilles. Ils se lavèrent ensemble. Il l'essuya, prenant soin de n'oublier aucune goutte. La facilité avec laquelle il la souleva, éveilla une autre pulsion en elle. Ils ne perdirent pas une seconde, leur langue, leurs mains, s'aventurèrent sur les landes de la luxure. Il lui susurra : « tu es la femme la plus magnifique à qu'il m'ait été donné de faire l'amour ».

Victoria quitta la maison, les jambes en coton. Son cœur palpitait dans son bas ventre. Fait exceptionnel, après leurs nombreux rapports, elle n'était pas rassasiée. L'assurance de Maxime, sa maîtrise de la sexualité et son charisme l'agenouillaient, à sa merci.

Lui, rencontrait une femme à la hauteur de son appétence sexuelle, insatiable. Il se découvrait un véritable talent dans l'improvisation. Les gémissements obtenus étaient à la hauteur de ses espérances. Il n'aurait pu rêver meilleure récompense à sa prestation. Il n'était pas rassasié. Il voulait expérimenter la totalité du Kamasutra. Il avait déniché la femme parfaite, belle et assoiffée de sexe, tout comme lui.

Ce coup de folie aurait pu s'arrêter à une baise sur le clic-clac de la chambre d'amis ; Victoria et Maxime en aurait gardé l'image d'une météorite qui pénètre l'atmosphère terrestre à grande vitesse et qui se désagrège sous la forme d'une brève et incandescente étoile filante. Au lieu de cela, ils poursuivirent cette aventure au-delà d'une relation sexuelle sans lendemain et, ainsi, transformèrent cette unique explosion en un impact cosmique. La passion emplissait leur cœur d'une quantité phénoménale de souvenirs. Ces souvenirs emmagasinés au gré des entrevues sont le fléau des amants ; ils cadenassent l'esprit des amoureux dans de merveilleux moments hors du temps, les empêchant de vivre dans la réalité du présent.

Des plus petites vérités aux mensonges les plus élaborés, toutes les excuses les réunissaient. Brie-Comte-Robert et ses alentours devenaient le théâtre de leurs représentations. Ils avaient d'abord abusé de la cachette appréciée des libertins, leur voiture ; l'étroitesse de l'habitacle convenait aux pulsions rapides et intenses.

Au bon vouloir de la météo, Victoria enfilait des bas, des porte-jarretelles, une jupe et aimait jouir appuyée contre un tronc, irritée par la rugosité de l'écorce. Il y avait les coups à la va-vite en extérieur, le pantalon baissé au niveau des genoux, le string noué aux chevilles, signes d'une infinité de délices. Parfois, les alibis leur offraient une plage horaire conséquente alors ils réservaient une chambre d'hôtel. Victoria piquait de l'argent du coffre-fort et ne ressentait pas de scrupule à noter le retrait sur les tenues de compte. Ils changeaient souvent d'établissement pour ne pas prendre le risque d'être repérés.

Isolés derrière les portes hôtelières, ils explorèrent les richesses charnelles. Les mains apprirent à reconnaître le grain de peau et à caresser là où les frissons s'éveillent. Les roucoulades devenues familières à leurs oreilles donnèrent la cadence à adopter. Déroutantes à leurs débuts, ils apprirent à apprécier les odeurs de la sensualité. Victoria et Maxime alternaient, ils se goûtaient, faisaient l'amour, baisaient… Furie, tendresse, domination, soumission, innovation, classique, le temps épuisa le champ lexical de la sexualité alors ils se réapproprièrent certains mots du dictionnaire ; « carabistouille » par exemple dont ils gardèrent la définition égoïstement et puérilement. Ils abusaient de l'intimité languissante, les rendez-vous fréquents devinrent une drogue addictive. Le lit. La douche. Le sol. La nudité sur la blancheur des draps. Les orgasmes travaillés des heures. Les poignets ligotés. Ces scènes survenaient dès qu'un créneau se libérait. Puis il y eut la scène inoubliable et perverse.

Grâce à leurs filles et aux cours de danse, ils avaient l'opportunité de se voir pendant des déjeuners ou des dîners chez l'un, l'autre ou leur couple d'amis, Anna et Bertrand, dont le fils dansait avec Leïla et Romie. Un samedi midi, la joyeuse bande se réunit autour d'un barbecue.

C'était au mois d'avril, les températures au-dessus des normales de saison permirent de manger dehors. Ludovic et Cécile étaient présents. Durant l'apéritif, Victoria parvint à glisser un objet mou dans la poche de Maxime, en lui indiquant discrètement : « avril, ne te découvre pas d'un fil ». Il le sortit discrètement et comprit avoir en sa possession la culotte de sa maîtresse. Ce cadeau l'empêcha de rejoindre les hommes à côté des braises. Victoria le fixait d'un sourire aguicheur. Ils s'assirent côte à côte à table, les hôtes et les invités palabraient, blaguaient, les saucisses passaient de mains en mains. Maxime put vérifier l'absence de sous-vêtement, en prenant soin de ne pas être repéré par sa femme ou quelqu'un d'autre. Il se raidit à l'humidité de l'entrejambe. Victoria s'excusa et se retira un instant. À son retour, elle lui remit une petite télécommande. Quand l'occasion le lui permit, elle lui explique avoir acheté ce jouet pour lui.

– Qu'est-ce que c'est ? avait-il demandé d'une voix à peine audible

– Eh bien monsieur le policier, votre sens de la déduction est très exagéré. C'est un œuf vibrant et c'est toi qui as la télécommande pour l'activer.

D'un coup d'œil, Maxime repéra les différentes touches, allumage, augmentation de l'intensité, modes de fonctionnement. Il testa sans penser aux conséquences. À peine eut-il pressé la manette que Victoria tressaillit sur sa chaise et se tortilla. Il avait entre les mains le bouton rouge de l'arme nucléaire. Il se croyait tout-puissant. Quand une personne s'adressait à sa maîtresse, il lançait les vibrations. Elle hoquetait, gloussait, retenait la volupté. Ses joues s'empourprèrent d'une teinte entre la couleur de la bouteille de vin rouge et celle de rosé. Le feu crépitait en elle et embrasait Maxime qui voulait planter ses dents dans la chair de sa bien-aimée comme il venait de le faire dans les ribs sauce barbecue. Les deux amoureux auraient dû culpabiliser de ce jeu en présence de leurs conjoints. L'interdit les excitait. Les verres de vin les aidaient à s'absoudre de la morale, proches de se jeter l'un sur l'autre.

Au moment du dessert, Victoria débarrassa les assiettes de fromage. Maxime activa l'œuf. Elle perdit l'équilibre, ripa et manqua de peu de s'étaler sur la table. Un verre se renversa et se brisa sur la terrasse. « Pardon… hum… Je suis désolée. J'ai glissé » gloussa-t-elle encore en plein orgasme. Elle se mordit la langue pour le contenir. Ambiance festive, alcool, soleil et sexe lui donnaient des bouffées de chaleur. Un peu après seize heures, les couples remercièrent les hôtes et s'en allèrent. Victoria et Maxime voulaient assouvir leur tension érotique. Il envoya un SMS indiquant de le rejoindre dans trente minutes à l'hôtel dans lequel ils avaient leurs habitudes.

Maxime se découvrit une soudaine envie de course à pied. Victoria rendit visite à sa mère. Ils se rejoignirent dans l'une des chambres qu'ils commençaient à bien connaître. Ils s'amusaient de l'accueil du réceptionniste : « comment allez-vous aujourd'hui ? », alors qu'ils auraient dû s'en méfier.

Ce câlin se perdit dans la sauvagerie. Les gestes primaires les transcendaient, ils ne surent comment ils arrivèrent dans la salle de douche. Debout, face au miroir, Maxime la prenait de dos. Ils admiraient leur symbiose, une alchimie parfaite, deux corps qui se confondent en un cœur. Victoria avait cette volonté de s'engouffrer sous la peau de Maxime, de ne faire qu'un avec lui, pour toujours.

Haletants, à bout de forces, appuyés contre le lavabo, Maxime admirait sa déesse.

— Je suis complètement amoureux de toi, Victoria, conclut-il en déposant un baiser sur son épaule.

Ces instants, ils les chérissaient. Un rêve commun les unissait, passer une nuit, un week-end ensemble. Ils le réalisèrent au prix de deux mensonges, ils n'étaient plus à cela près. Les regrets et les remords n'interféreraient pas dans leur idylle. Ils étaient deux êtres lumineux, baignés d'émotions pures. Ils avaient réservé un restaurant raffiné et une chambre atypique, un filet tiré d'un côté à l'autre de la bicoque servait de mezzanine en lévitation. Aussi enjouée qu'elle fût, dormir avec un autre homme lui causa des tracasseries. Elle s'interrogeait sur d'hypothétiques bruits produits à son insu, ou s'inquiétait de l'état de sa tête et de ses cheveux au réveil.

Une fois réunis, les futilités de mises en plis s'effacèrent, il ne restait que l'amour. Ils profitèrent de la moindre seconde. Victoria, qui pourtant appréciait son espace dans un lit, dormit accrochée à son amant. Au milieu de la nuit, inconsciemment, elle se frotta subtilement à Maxime qui, à moitié endormi, lui fit une nouvelle fois l'amour. Le déchaînement était si fort qu'il la mordit à l'épaule. Leur satiété sexuelle insatisfaite dupliqua les ébats de la nuit aux premières lueurs de l'aube, après le petit déjeuner et avant le déjeuner.

L'enfièvrement du week-end, trop court à leur goût, figea leurs sentiments, à tout jamais. Rien ne pouvait plus les arrêter, ils étaient montés très haut, très vite ; l'amour à cette altitude donne des ailes et les sentiments voluptueux en plus sérieux. Victoria avait mis en sourdine ses émotions, si elle les avait écoutées, elle aurait compris dès leur premier baiser qu'elle pouvait tomber amoureuse. Maxime avait longtemps pensé être à l'abri de la romance, il s'était cru porté par la sexualité et par rien d'autre. Ils discutaient, riaient, partageaient et cette entente nouait leur complicité, ils ne pouvaient plus s'en défaire. De jolies paroles furent échangées, le projet d'un avenir ensemble revenait régulièrement. La fuite à deux impliquait de briser leur famille, cette condition freinait le passage à l'acte. Les « je t'aime » et les « nous allons vivre dans un endroit à nous » s'étouffaient sous les oreillers de la luxure au moment de se rhabiller et de rejoindre leur foyer.

Maxime et Victoria portaient un masque auprès de leur époux. Ils usaient de supercheries, de faux-semblants et d'artifices dans le but de leur paraître « normal ». Les murs de leur maison retenaient leurs corps, les chambres d'hôtel emprisonnaient leurs pensées. Des phases émotionnelles en dents de scie piquaient leurs émotions primaires : jalousie, colère, joie, tristesse. Ils s'enfonçaient dans l'interdit et perdirent de vue leur mariage. Ils n'arrivaient plus à se souvenir les raisons de ce « oui » prononcé dans une mairie. Ils ne voulaient plus être chez eux, ils aspiraient au nouveau, au changement, à un lendemain à la hauteur de leurs espérances.

Dans l'intimité du renoncement de leurs pensées, Victoria reprochait à Ludovic de ne pas être Maxime ; Maxime détestait Cécile, si loin de Victoria. À ce stade, une décision s'imposait, partir ou arrêter. Durant les heures sombres de leur histoire, quand ils ne géraient plus les débordements d'amour dans leur foyer, quand la schizophrénie sentimentale les rendait esclaves d'une vie chimérique, ils songeaient à la rupture.

Les mots ne valent pas les actions, les semaines se déroulèrent dans le mensonge jusqu'à l'épouvantable soirée.

***

Deux voyageurs s'écartent, Maxime apparaît et la sort de sa rêverie nostalgique. Ses sentiments indécis se confondent en un cheminement bipolaire. Qu'il est beau mon Maxime, pense-t-elle, oui et c'est un traître affublé d'un menteur. C'est vrai ! Comment ne pas succomber à ce regard-là ? et ce dos ? Garde à l'esprit qu'il en sait plus que toi ma fille, se recadre-t-elle.

Avant de sombrer dans la folie, Victoria accélère, ferme à moitié sa figure, double-face, haine-amour. Quand Maxime la repère, il lui sourit, son œil pétille, son front s'adoucit. Les mois de séparation n'y changeront rien, ces deux-là sont amoureux. Qu'il l'invite à embarquer dans le premier avion à destination des tropiques et il entendra sa réponse. Des dizaines de centimètre les séparent. Elle étouffe.

Lors de leur rencontre au commissariat, Victoria était dans le rôle de la quémandeuse et Maxime dans celui de décisionnaire. Ils se revoient sur un pied d'égalité, une femme, un homme, une passion partagée, les règles de politesse sont abolies. De cet équilibre social naît le malaise de la bienséance, ils hésitent sur la manière de se saluer. Leur tête avance, recule, ridicule roucoulade de pigeon. Maxime tend une joue. Victoria, déjà habituée aux coutumes languedociennes, offre l'autre. Leurs lèvres se frôlent. La suppression de la signalisation sur la route de l'accolade est un bordel monumental, gare au carambolage !

Maxime lui propose de boire un café, ils empruntent une file d'attente. Cette scène, ils l'ont déjà vécue pendant leurs moments secrets, entre deux câlins, ils allaient à la pharmacie, au restaurant, chez le cordonnier, blottis l'un contre l'autre à se cajoler. Victoria choisit une boisson fraîche et Maxime un grand café. Il transporte la commande, ouvre la marche et choisit une place au calme, à l'arrière de la salle. Ils sont collés à une vitrine, les passagers grouillent à l'extérieur, la vie n'attend pas. Le silence s'invite à leur table, il est une fatalité, il comble l'excavation de leur séparation. Les joues de Victoria s'embrasent. Intimidée, elle baisse le regard et ouvre sa bouteille.

– Malgré les circonstances, je suis heureux de te retrouver, dit Maxime.

– Moi aussi, murmure Victoria qui ne contrôle plus le thermostat de son visage. Même si j'ai été en colère de ce que m'a appris cette femme aujourd'hui.

– Je peux l'imaginer.

– Il y a une différence entre m'aider et mener ton enquête sans m'en avertir.

– J'ai voulu te prévenir, je te le promets. J'en étais incapable, j'avais tellement honte.

– Comment peux-tu avoir honte de quoi que ce soit après tout ce qu'on a vécu ?

– Tu ne sais pas tout, se lamente-t-il en détournant les yeux vers la foule.

– Explique-moi.

– Ce n'est pas si facile. Je n'ai pas réussi à te le dire au téléphone alors maintenant… J'ai réfléchi à comment l'amener… De toutes les manières, tu m'en voudras et tu auras raison.

– Tu peux tout me dire, je ne t'en voudrai pas.

Il souffle lentement, expiration contenue de son dépit. À nouveau, il tourne la tête et se perd dans le transit du hall. Victoria ne le sort pas de sa réflexion. Ses poumons expulsent de l'air, ses épaules raidies s'affaissent. Son attention revient à eux.

– Ton départ… la fin de notre histoire a été difficile à gérer… Très compliqué même… Quelques jours avant ton déménagement, le soir, je passais devant chez toi, discrètement. Je restais posté sur le trottoir d'en face, et je contemplais les cartons qui ne cessaient de s'empiler les uns sur les autres. Plus la pyramide était haute, plus la fin était proche. Je me faisais tout petit et pourtant, tu n'imagines pas comme j'aurais voulu que tu m'aperçoives. C'était inéluctable. Je suis repassé quelquefois quand la maison était vide. J'espérais t'y croiser. Encore maintenant, quand je rentre du boulot, je fais un petit détour pour passer devant et me rappeler. Je n'ai pas pu me résigner à ne plus avoir de nouvelles de toi. Je suis allé jusqu'à créer des faux comptes sur Instagram et Facebook, comme ça, j'avais encore un lien avec toi, suivre où tu en étais… me convaincre que tout allait bien pour toi. Les photos dans le sud m'ont fait énormément souffrir. Je devais le mériter…

Victoria n'en revient pas qu'il se soit inscrit sur des réseaux sociaux. Il clamait haut et fort être contre le voyeurisme de ces sites. Elle est flattée de savoir qu'il l'espionnait en cachette, qu'il ne l'avait pas oubliée.

— Rien ne comblait ton départ, je ne me raccrochais à aucune belle pensée. La seule force qui me faisait tenir, c'était la naissance à ven…

— Ah oui… ton deuxième enfant est né… l'interrompt-elle.

— Oui.

— Félicitations, lâche-t-elle à contrecœur. C'est un garçon ou une fille ?

— Merci. Une fille. Léana. C'est sa venue qui m'a permis de ne pas craquer. Mais tu étais quand même partie. J'étais anéanti. C'est là que… j'ai du mal à te le dire mais il le faut. J'ai rencontré une autre femme. Il n'y a pas eu cette magie comme il y a eu entre nous mais je ressentais ce besoin au fond de mes tripes de retrouver ce que je vivais avec toi. Nous en sommes arrivés à… enfin… tu as compris. Ce n'était ni bon, ni mauvais, c'était… c'était triste… parce que ce n'était pas toi. Il n'y avait rien, j'ai regretté instantanément. J'avais le sentiment de te trahir. J'avais fait une connerie. Je l'assumais, seul avec mes remords. Quelques jours après, j'ai reçu un mail avec une pièce jointe à l'intérieur. C'était une vidéo. Une vidéo très intime de cette femme et moi. La personne qui m'envoyait ce mail ne me demandait rien, il y avait juste un message. N'oublie pas que l'on sait. Sur le coup, j'étais terrorisé. Si ces images arrivaient à ma femme, j'étais foutu. Je détruisais ma famille, tout ça pour une erreur. Les semaines et les mois ont passé. Je n'ai jamais eu d'autre menace. Puis, jeudi, tu viens au commissariat, tu me demandes de l'aide. À peine tu as quitté le bureau que je reçois un mail similaire à celui reçu des mois plus tôt. En pièce jointe, il y avait cette vidéo...

Il se tait, allume son téléphone et lui montre une photo. Victoria reconnaît Justine et Maxime, leur posture est explicite.

— J'ai fait une copie d'écran. En plus de la vidéo, il y avait un message dans ce mail : aide Victoria. Je comprends immédiatement le chantage. Je ne discute pas. J'entre ton numéro de téléphone dans notre logiciel. Après plusieurs minutes à attendre comme un damné, je reçois le prénom, le nom et l'adresse que tu souhaitais. J'effectue des recherches et je découvre que la femme est celle avec qui j'ai eu une relation après toi. J'ai l'impression de devenir fou. Je cherche à comprendre si c'est une coïncidence, une mauvaise blague ou un complot. Déboussolé, je la contacte et je lui donne rendez-vous le lendemain matin. Je ne dors pas de la nuit. J'ai peur. Je me pose mille questions. Elle ne savait pas que c'était moi qui l'avais contactée. Elle m'a reconnu instantanément. Elle était paniquée. Nous avons discuté. Si Justine Luson s'est donnée aussi facilement à moi, c'est parce qu'elle était missionnée. C'est une prostituée. Elle était au courant que nous serions filmés, que cela servirait à me faire chanter. Ce n'était pas la première fois qu'elle faisait ça.

Maxime fait une pause, il laisse le temps à Victoria

d'encaisser ses propos. Il se gratte la barbe, la friction de ses ongles contre le poil dru fredonne sa nervosité.

— Je suis désolé de t'apprendre tout ça, murmure-t-il. Ce n'est pas tout. J'ai interrogé longuement Justine. Et j'ai fini par avoir mes réponses. Le maître chanteur, celui qui a filmé et envoyé cette vidéo… c'est ton mari.

Chapitre 18

Victoria n'écoute plus son ancien amant. Le vide dans ses yeux divague. Cette révélation est forcément erronée, Ludovic a des défauts mais il n'est pas le machiavélique personnage dépeint par Maxime. Des années d'union avec son homme, elle l'a épousé, elle a mis au monde leurs enfants et il serait un proxénète, un maître-chanteur. Victoria ne s'y résout pas, c'est impossible, la duperie n'aurait pas pu durer aussi longtemps. Elle aurait remarqué ses affaires. Sur une durée étendue, n'importe quel malfrat laisse traîner une preuve par mégarde. À moins que l'amour, la routine, le confort ne l'ait rendue aveugle. Après tout, il est plus simple de se mentir que d'accepter une réalité. Ludovic était souvent absent, son entreprise l'accaparait et elle a découvert, il y a moins d'une semaine qu'il ne s'y rendait pas toujours. Même Guillaume ignorait où il était. Pendant tout ce temps libre, il aurait organisé un réseau de chantage grâce à des prostituées. Cette idée vertigineuse ressemble à un canular. Assise sur sa chaise haute, elle croit tomber. Des réminiscences lui apparaissent ; les liasses de billets qui soi-disant provenaient de gros contrats. Un mensonge. Des week-ends entiers où il partait sur des chantiers. Des mensonges. Victoria cherche à se raccrocher à des vérités, à une vérité sur son couple pour ne pas croire que sa vie sentimentale est un mirage.

— Tu es avec moi Victoria ? lui demande Maxime.

— Non. Oui, j'étais dans mes pensées.

— Je vois ça.

— Je n'arrive pas à croire ce que tu me dis. Ce n'est pas possible.

— Malheureusement, si. Justine me l'a confirmé. Ludovic choisit les victimes, elle reçoit un appel de lui et elle se rend sur le lieu convenu. Ensuite elle fait ce qu'elle a à faire et touche son argent.

— Il a fait ça à combien de personnes ?

— Je ne sais pas. À moi, il n'a jamais réclamé d'argent.

— Je n'arrive pas à le croire.

— C'est difficile, je le concède et… ce n'est pas tout. J'ai encore des choses à te dire. Il n'y a pas que du beau.

Cette dernière phrase ramène Victoria à un vieux souvenir, quand elle était seule, abandonnée en pleine mer et qu'elle buvait tasse sur tasse. Elle récupérait sa respiration, la houle la submergeait, elle suffoquait.

— Si tu as besoin de quelques minutes, on peut attendre, avise Maxime.

— Non, c'est bon, ça va aller. Mon avion part bientôt et… vas-y, je t'écoute.

— Je me répète, il a fait cette vidéo de moi il y a plusieurs semaines et ne m'a jamais rien réclamé depuis. Jusqu'à jeudi, où il m'a demandé de t'aider, tu as une idée de pourquoi il fait tout ça ?

— Non. Enfin… Ludovic était censé passer le week-end à Melun pour être sur des chantiers et signer un contrat lundi. Il devait rentrer à la maison mardi et rester jusqu'au dimanche. Il n'est jamais rentré.

Victoria résume la situation : l'inspecteur du travail, la lettre anonyme, les fausses factures de la société, le logement vacant, son passage à la maison de Montferrier sans la prévenir juste avant sa disparition officielle.

— Putain mais ça pue cette affaire. J'ai deux hypothèses qui me viennent spontanément. Soit, il n'a pas disparu et il se cache. Peut-être a-t-il un problème, quelqu'un le menace.

Vu ce qu'il fait, c'est possible. En plus, ça expliquerait la lettre anonyme. Dans ce cas, il m'a envoyé cette vidéo pour t'aider parce que lui ne peut pas se montrer. Soit, il a vraiment disparu, cette possibilité donne du sens à son téléphone éteint mais cela veut dire aussi qu'il a un complice qui m'a envoyé le mail et...

Les pleurs de Victoria éteignent le chatoiement intellectuel. Ses larmes débordent de partout, ses yeux, son corps, son âme. Le déshonneur rejaillit sur elle et sa famille. Maxime contourne la table et la serre contre lui. Le visage enfoui dans son torse, elle se sent en sécurité. La pression se relâche, ses sanglots inondent le maillot du policier. Elle voudrait ne jamais quitter cet endroit aimé.

— Je suis sincèrement désolé. Je te promets de faire tout ce que je peux pour t'aider. Ensemble, on va découvrir la vérité.

— Merci, expulse-t-elle.

Victoria recule et voit la trace humide laissée sur son vêtement, elle se confond en excuses. Elle, abaissée, les pupilles embrumées, l'admire. Lui, du dessus, la contemple. Son pouce essuie une perle sur sa joue. Les regards mangent les bouches, un sensible mouvement déclencherait un langoureux baiser. Maxime, contre l'envie, se ressaisit et retourne à sa place.

— Nous allons tout arranger, promet-il. J'aimerais, en retour, récupérer la copie originale de la vidéo. Quand on aura retrouvé ton mari, j'attends de vous de me la remettre.

— Comme si je pouvais refuser.

— C'est important pour moi.

— Je m'y engage sur ce que j'ai de plus cher.

L'insistance de la condition blesse Victoria. Sa prévoyance est légitime, qui ne craindrait pas pour sa famille avec des images odieuses de soi dans la nature ? Son manque de confiance lui est insupportable, comme si après tout ce qu'ils ont vécu, partagé, échangé, comme si après cette insondable promesse énoncée avant leur rupture, elle pouvait être malveillante envers lui. Victoria n'avait jamais donné tant d'amour à un homme et, il le broie de ses intérêts personnels. Il n'avait nullement besoin de négocier son aide, elle lui aurait remis sans compromis.

– Comment as-tu eu le numéro de téléphone de Justine ? s'intéresse Maxime.

Victoria raconte l'aide de la secrétaire et les deux numéros de son mari.

– Il faut que tu me donnes ces deux relevés. Je dois vérifier tous les numéros de téléphone et les heures des appels. Tu devrais en faire autant, tu es plus au courant de son emploi du temps que moi.

– Je t'envoie ça quand je rentre.

– C'est très important et urgent. Hier matin, tu m'as donné deux autres numéros, tu imagines que j'ai effectué immédiatement la recherche. Les résultats sont arrivés très vite et... ce n'est pas rassurant. Le premier est celui d'une jeune femme de vingt-trois ans, Klara Roudenko. J'ai tapé son nom et j'ai découvert qu'elle est portée disparue depuis six mois. J'ai regardé dans notre base et j'ai appris que c'est une camarade de classe qui a signalé sa disparition. Elle s'appelle Manon Juliard. Je l'ai contactée et je lui ai donné rendez-vous ce matin pour l'interroger. Elle m'a raconté tout ce qu'elle savait au sujet de sa copine. Klara est d'origine ukrainienne comme ton mari. Elle est venue en France pour ses études. Elle n'a aucune famille ici et elle n'entretient pas de bonnes relations avec celle qu'elle a là-bas. Manon et Klara étaient bonnes amies, elles s'asseyaient à côté en cours, révisaient ensemble à la bibliothèque. Elles sortaient en soirées étudiantes avec d'autres copines et copains. D'après Manon, Klara n'avait pas d'ennemi déclaré et ne fréquentait pas de personne louche. C'était une fille discrète, douce qui rendait service. Manon a signalé sa disparition un mercredi, les deux jours précédents, Klara n'était pas venue en cours et elle ne répondait pas aux messages. Elle est passée à son appartement le mercredi, elle n'a jamais ouvert.

— Tu parles d'elle au passé.

— On ne l'a jamais retrouvée…

— L'enquête est toujours en cours ?

— Il n'y a aucune enquête…

— Ce n'est pas possible.

— La réalité est très loin d'une série télé. On manque d'hommes, on manque de moyens, on nous impose une politique du chiffre. On n'envoie pas toute la cavalerie, les chiens et les hélicos à chaque disparition. L'alerte enlèvement est mise en place dans des cas spécifiques pour les enfants. Des collègues peuvent être envoyés sur place pour des disparitions avérées avec violence ou autre motif. Mais… dans le cas de Klara… une étudiante étrangère, déclarée par une camarade, sans famille… c'est aux proches de se débrouiller par leurs propres moyens… souvent avec l'aide des réseaux sociaux. Dans le meilleur des cas, c'est ce qui s'est passé pour Klara, elle a été inscrite sur le fichier des personnes recherchées. C'est un fichier actualisé chaque jour dans tous les commissariats de France, qui décrit le physique du disparu et sa tenue vestimentaire. Il n'y a plus qu'à espérer qu'un policier tombe dessus au hasard d'un contrôle… autant te dire que ça n'arrive jamais…

— Mais c'est horrible, se lamente Victoria.

— On ne va pas refaire le monde. Quoi qu'il en soit, grâce à ce fichier, j'ai su qu'elle était disparue et non retrouvée. Manon m'a quand même fourni une information notable. Quelques jours avant qu'elle ne disparaisse, un homme est venu la rencontrer à la sortie des cours. Manon ne peut pas m'assurer la date mais elle affirme qu'ils sont partis ensemble. J'ai tout de suite pensé à ton mari après ce que j'avais appris par Justine.

– Et ?

– Je lui ai montré une photo, elle n'a aucun doute, ce n'est pas lui. L'homme avec lequel est parti Klara était brun, c'est tout ce qu'elle a pu me dire avec certitude.

– Qui sait alors ?

– Je n'en sais rien. Avant que tu ne me téléphones et que je te rejoigne ici, je partais à l'appartement de Klara pour le fouiller. Je m'y rends dès que tu décolles.

– Où se trouve son appartement ?

– À Aubervilliers. Si je trouve quelque chose là-bas, je te préviens mais je n'y crois pas trop. Tu sais ce que je crois ?

– Non.

– Que Klara travaille aussi pour ton mari. Elle participe aux vidéos contre rémunération. Ce n'est qu'une supposition mais comment une jeune Ukrainienne, sans famille, sans connaissance, parlant à peine la langue pourrait se payer logement et études sans travailler ? Car Manon me certifie que Klara n'a pas de petits boulots à côté et qu'elle arrive à s'offrir vêtements de marque, nourriture et sorties.

Victoria n'ajoute rien. Si son hypothèse se vérifie alors Ludovic s'est servi de la détresse d'une jeune femme, pour ne pas dire jeune fille, afin de la prostituer et de soutirer de l'argent à des hommes. Argent qu'elle utilise pour nourrir sa famille et s'offrir des plaisirs. Elle refuse d'y croire, cette horreur l'accable.

– Ne faisons pas de conclusion trop hâtive, nous en saurons peut-être plus ce soir. Mais tu comprends l'importance d'éplucher en détail les relevés téléphoniques, nous ne devons rien laisser passer ?

— Oui. Et le deuxième numéro ?

— Là, je ne peux plus rien faire. Tu dois savoir que quand j'utilise le logiciel pour connaître le nom et l'adresse d'une personne à partir d'un numéro de téléphone, je suis dans l'illégalité. Cette démarche nécessite un accord homologué, du préfet en l'occurrence. Là, je le fais en off mais si ça s'apprend, je peux perdre mon boulot et même pire, je peux aller en prison. C'est une atteinte à la vie privée.

— Et donc ?

— J'ai pu me permettre de mener mon enquête sur Justine parce que son activité est illégale aussi. J'ai fait pareil pour Klara parce qu'elle a disparu, je ne peux rien faire pour la troisième personne, elle est connue.

— Qui c'est ?

— Je ne sais pas si tu connais, c'est Sophie Bertin, la femme du politique Xavier Bertin.

Victoria reste abasourdie. Ces deux noms cisaillent sa parole, anéantissent sa rationalité, pulvérisent sa crédulité. Surtout qu'il y a une invraisemblance entre ce qu'elle croyait et la vérité, l'unique fois où elle a vu Sophie, c'était lors du dîner où elle a rencontré Xavier ; Ludovic ne s'y trouvait pas, il était en Île-de-France. Alors Victoria panique, comment son mari peut-il être en contact avec l'épouse de son amant du moment ?

Chapitre 19

Les membres du personnel naviguant de l'avion en direction de Montpellier et en provenance de l'aéroport d'Orly semblent avoir accumulé beaucoup d'heures de vol à leur compteur. Des anecdotes diverses et variées, ils en conteront à leurs petits enfants durant les longues soirées d'hiver au coin de la cheminée. Ils ont tous croisé des vedettes, des voyageurs alcoolisés, des amoureux, des fumeurs clandestins et pourtant, aucun d'entre eux n'oubliera le visage de cette femme assise dans le fond de l'appareil.

Enfoncée dans son siège, la mine hagarde, Victoria ressemble à un animal blessé. Tête enfoncée dans ses épaules voûtées, une détresse farouche émane de son regard vidé de vie. L'altruisme et le professionnalisme des hôtesses se hasardent à des formules de politesse, Victoria les ignore. Un steward murmure à une collègue : « elle a la même tête que Michael Jackson dans son clip Thriller ». Au premier abord, les voyageurs lisent une inexpressivité sur son visage, les plus sensibles d'entre eux y discernent une palette émotionnelle : l'effroi au creux de ses yeux, l'abandon dans les sillons de son front, les soucis sur ses sourcils, le désespoir rivé à sa mâchoire.

Vue de l'extérieur, Victoria semble éteinte, anéantie, simple amas de chair bringuebalé du nord au sud de la France. Derrière le marbre de son faciès, ses pensées grouillent, aussi vivaces qu'une armée de vers dans un corps putréfié. Ses idées viennent, partent, se percutent. Elle tente de réguler le trafic infernal, de canaliser les courants ascendants et descendants. Les exercices de méditation sont inefficaces à cause de Justine Luson et Klara Roudenko. Elle partage leur peine et leur désarroi. Son incapacité à mettre un portrait sur la jeune Klara l'effondre. Pour se repentir, elle demandera à Maxime une photo. Ludovic n'aurait pas pu embaucher une enfant, pense-t-elle. Embaucher ? Est-ce là le bon mot ? Les forçait-il ? Avait-il un moyen de pression pour les pousser dans les bras de ces hommes ?

Victoria se recentre sur la fin de la discussion dans le café. Maxime lui a proposé de se répartir les recherches. Elle ne réalise pas qu'elle va mener une enquête. Une enquête sur son mari. Une enquête sur son mari proxénète. Cette image se placarde dans son esprit avec les noms de Klara et Justine inscrits en-dessous. Maxime doit terminer les démarches en lien avec l'étudiante ukrainienne, suppose-t-elle. Dans une fulgurance de lucidité et de spontanéité, Victoria s'est proposée d'en apprendre plus sur la relation Ludovic-Sophie Bertin étant donné qu'elle vit dans le sud, ou du moins que Xavier est en poste à Marseille. Elle s'est bien gardée d'informer Maxime de sa rencontre avec cette femme par le passé, passé pas si lointain. Cela aurait impliqué de lui parler de Xavier. Maxime l'aurait perçu comme une trahison, elle ne voulait pas le décevoir. Il lui a demandé comment elle comptait s'y prendre, elle a éludé, l'obligation de découvrir la vérité lui donnerait la force d'arriver à ses fins. Le policier lui a rappelé la nécessité d'être discrète et précautionneuse, personne, surtout pas ces politiques, ne doit être au courant de leurs investigations illégales. Ses paroles ont vexé Victoria une seconde fois. Cette douleur, elle l'a tue, une humiliation supplémentaire n'allait pas la tuer.

L'important à présent est de trouver le moyen de contacter Sophie. Victoria focalise son attention sur ses souvenirs, sur un en particulier, sur ce dîner en compagnie de Xavier et sa femme, remontant à quelques semaines en arrière.

***

Lislalia et Hans s'étaient installés à Montferrier en plein mois de janvier. Krysta intégra la classe de Romie du jour au lendemain, déracinée. Malgré les difficultés de la nouvelle élève à s'exprimer dans la langue de Molière, les deux enfants sympathisèrent à la vitesse de l'insouciance de la jeunesse. Cette amitié naissante amena les mères à faire connaissance.

Lislalia redoutait un choc émotionnel pour Krysta tant le changement de pays se fit rapidement et brutalement. L'accueil spontané de l'aînée des Kovalev fut une bénédiction. Romie incarnait un pilier stable pour une enfant livrée à elle-même, Lislalia lui témoignait une infinie reconnaissance.

Victoria, installée dans le sud depuis un semestre, l'œil collé au nombre stagnant de followers, les mains encore dans les cartons, le nez dans la paperasse administrative s'extirpait de sa villa pour aller en courses et chercher ses filles à l'école. Elle ressentait le besoin de se sociabiliser. Ses relations amicales frôlaient la nullité après un semestre de présence en Occitanie. Ludovic ne se gênait pas de pointer sa solitude : « tu as voulu venir ici, loin de tout le monde et tu n'arrives pas à te faire d'ami… je te l'avais bien dit… », ce à quoi elle répondait : « il serait plus facile de m'en faire si tu ne me laissais pas continuellement seule à gérer la maison, les filles, l'emménagement et mon projet professionnel ». Ces excuses avaient bon dos, en réalité, son affabilité, moins hermétique qu'au lycée, manquait cruellement de panache. Ses démons vaincus n'étaient pas trépassés, des résidus de renfermement retenaient son lâcher-prise. Elle échangeait de timides signes de tête devant l'école, acceptait de discuter lorsqu'un parent faisait le premier pas, prolongeait ses cours de yoga avec ses rares élèves ; toutefois, elle n'osait inviter ses interlocuteurs dans la sphère de son intimité, impulsion obligatoire à la transformation d'une amicalité en une amitié.

La bonne entente des enfants fut une aubaine. Lislalia, allemande d'origine portugaise possédait de la famille en France où elle passa plusieurs vacances d'été. Son français littéraire atténuait son accent guttural, elle tenait une conversation avec brio. Son aisance relationnelle lui construit un réseau conséquent en quelques jours. Que ce fut à la sortie des classes, dans un groupe germanophile, dans une association de danse folklorique écossaise ou à la salle de sport, elle trouvait toujours le moyen de palabrer à une oreille attentive, Victoria profitait des rayonnements du caractère solaire de la nouvelle voisine ; Lislalia, reconnaissante de l'accueil de Romie envers Krysta, l'entraînait dans ses débordements d'énergie publique. Leur entente cordiale devint fusionnelle en une poignée de jours ; la sympathie et la confiance les unirent.

Les mamans, loin de leur famille, s'entretinrent de plus en plus longtemps, au fil des jours, à la sortie de l'école, le mercredi au parc, à la rivière, les week-ends… En ce début d'année, les jours rallongeaient, les échanges tardaient à la frontière du crépuscule. Quelquefois, un vent glacial les obligeait à s'abriter. À tour de rôle, elles dégustèrent un chocolat chaud chez l'une, chez l'autre ; et les vendredis, la bouteille de vin remplaçait le cacao.

Romie, Krysta et Célie s'organisaient des soirées pyjamas, les parents instituaient des apéros et des repas. Ludovic et Hans s'entendaient bien. Les deux familles prenaient plaisir à se réunir. Victoria adorait les anecdotes de Lislalia racontées de sa voix caricaturale, son existence ressemblait à une aventure d'Indiana Jones. Fille d'immigrés portugais, elle a vu le jour dans la banlieue de Berlin. Son père cuisinier l'avait encouragée à emboîter son pas. Elle avait rencontré Hans pendant ses études culinaires post-lycée. La fièvre du voyage étant leur maladie d'amour, ils avaient exercé sur les cinq continents jusqu'à leur arrivée dans un petit village de l'Hérault. Dans les pays visités, ils emménageaient en périphérie de villes de taille raisonnable car elle détestait le tumulte des mégalopoles. La confrontation avec les coutumes locales et la proximité des gens les passionnaient.

Victoria n'avait jamais eu beaucoup de copines et elle était certaine de ne jamais plus tomber sur une personne aussi altruiste. En l'absence de Ludovic, le couple d'allemands invitait le reste de la famille Kovalev à manger au moins une fois par semaine avec eux. Leur philosophie de vie voulait que tous leurs moments de vie soient conviviaux, le travail ne contredisait pas cette règle. Comme ce fameux soir où ils n'ont pas hésité à les convier à un dîner professionnel durant lequel Hans prospectait de nouveaux clients.

C'était un samedi. La signature d'un énième contrat juteux retenait Ludovic en région parisienne. Les filles jouaient au sous-sol aménagé, une baby-sitter les surveillait. À l'apéritif, les invités prestigieux furent introduits à tour de rôle par les hôtes. Victoria trinqua avec le plus célèbre notaire du département, un chef d'entreprise réputé, un ecclésiastique – le bonhomme trapu et court sur patte se trémoussa à l'énonciation de sa position d'archevêque – une avocate nommée Bérénice Piller – son patronyme la marqua – et un politique, monsieur Bertin. Deux femmes accompagnaient leur mari, Sophie et celle du notaire. La parité était respectée à table.

Ces hommes et femmes auréolés du succès de leur carrière obtenu à la sueur de leur intelligence, ne vivaient pas au même étage social et intellectuel que madame Kovalev, appuyés à la balustrade du balcon de la réussite, ils contemplaient le peuple, vivier docile pour leurs affaires. Les débats étaient de haute voltige, ils jonglaient avec les mots. Victoria, dans l'ombre du dictionnaire, n'avait jamais entendu la sonorité de certaines locutions, le contexte de la phrase l'aidait à en deviner un sens approximatif. Les convives semblaient se connaître, si ce n'était pas le cas, ils s'étaient jaugés rapidement.

Victoria portait une robe d'un grand couturier. Son habit la camouflait dans la caste. Le leurre ne fonctionnait pas sur la présente élite qui repérait son origine sociale d'un simple coup d'œil. Une défense naturelle la protégeait de leur condescendance cinglante, son ignorance. Son accent la trahissait, une articulation imprécise et des syllabes avalées révélaient une éducation médiocre. Son famélique vocabulaire nourrissait un babillage inintéressant à l'écoute de ses interlocuteurs qui, d'une habile excuse, fuyaient la potiche endimanchée. Une seule personne s'attarda à ses côtés lors de la dégustation des amuse-gueules, Sophie Bertin.

Victoria, souriante en toute circonstance et aveuglée de son inexpérience à converser avec un esprit sarcastique, prit la gentillesse de madame Bertin comme un geste convenu en soirée mondaine. Les deux femmes abordèrent divers thèmes, en quête d'un point commun susceptible d'être approfondi. Victoria avait la langue bien pendue. Sophie exerçait son talent à perdre un interlocuteur dans le brouillard du parler de soi ; ainsi, elle le cernait et le cataloguait.

Victoria s'assit à table, satisfaite d'avoir tenu la dragée haute à une dame de renom. Le jugement de Sophie à l'égard de la bourgeoise déguisée était définitif.

Lislalia et Hans possédaient une salle à manger spacieuse, au style épuré et élégant. L'aspect ancien du bois brut et massif de la table éveillait l'appétit. Ses amis avaient dû rencontrer des difficultés à transporter cet imposant mobilier à travers le monde. Il lui sembla même aberrant de déménager autant de meubles d'un pays à l'autre depuis tant d'années.

Si elle n'avait pas été mise au courant de la formalité du repas, Victoria ne se serait jamais douté que se jouait à table la signature de prestations pour l'organisation de réceptions privées. Le couple maniait l'art de se vendre et de mettre à l'aise. Hans, au fourneau, alternait entre la cuisine, la présentation des plats et suggérait les vins dans l'accompagnement des mets. Il employait des termes tels que : *boisé, fruité, syrah, grenache.* Lislalia assurait le service et détendait l'atmosphère. Elle appuyait les propos de son mari d'un calembour à laquelle la tablée riait joyeusement. Les détails leur importaient, du choix du lustre au service de table, les éléments rutilaient d'un juste éclat.

L'invité arrivé en retard, le chef d'entreprise, dont le teint halé et la noirceur de sa dense pilosité supposaient des origines méditerranéennes, se hasarda toute la soirée à quelques traits d'humour qui récoltèrent des sourires de compassion. Il introduisit le premier plat d'un : « dites-moi ce que vous mangez et je vous dirai qui vous êtes », sa blague sibylline jeta un froid dans la pièce. La naïveté de Victoria catégorisa l'énergumène dans la case des gens drôles et vifs d'esprit. Le reste des convives le mésestimait à la hauteur de sa grossièreté. Outre ce pesant personnage qui interrompait les autres au rythme de sa facile levée de coude, la prise de parole se fit selon l'importance hiérarchique et le charisme. Xavier se démarqua très vite de l'assemblée, il s'exprimait avec justesse et récoltait une attention particulière. L'avocate et le notaire se renseignèrent sur l'évolution de sa carrière politique. Il usait d'une métaphore filée du jeu d'échecs, du pion avancé à *mat*, en soulignant être épaulé d'une fine cavalerie de conseillers, sa femme en première ligne. Sa modestie camouflait ses ambitions. Personne n'osait le contredire ou le couper, mis à part la langue imbibée du chef d'entreprise. Les entrées et plats se succédaient, en petites quantités, Hans présentait une large palette à ses clients potentiels. Les éloges tintaient à la dégustation, les bouches pleines scandaient : « succulent », « fin », « raffiné ».

Victoria se contentait d'écouter, soit parce qu'elle ne possédait pas d'opinion sur le sujet abordé, soit par timidité et crainte de maladresse. Xavier la captivait, il dégageait un étrange magnétisme. Sa vision du monde, de la société et des gens la fascinait, il donnait l'impression de maîtriser la partie avec quatre coups d'avance. Son regard la troublait, l'intimidait, elle baissait le nez sur son assiette et ne parvenait qu'à amener sa fourchette à sa bouche. Au début du dîner, elle crut que Xavier scrutait chaque invité de la sorte, plus Victoria avalait ses élocutions et plus elle réalisait qu'il ne perçait qu'elle de ses yeux de faucon. Cette insistance pénétrait sa confiance en profondeur, elle en perdit ses moyens, des plaques rouges tachetaient la peau de son cou.

— Qu'en pensez-vous Victoria ? lui demanda Xavier.

Son prénom prononcé par cet homme la déstabilisa et lui fit engloutir sa bouchée de travers. Victoria toussa et sortit de sa rêverie. Les invités se souvinrent que cette jolie femme était parmi eux. Toute l'attention se braqua sur elle.

— Je n'ai pas trop d'idées sur la question, répondit-elle à voix basse.

— Et que faites-vous dans la vie ? poursuivit-il.

— Je suis prof de yoga et instagrameuse.

— J'ai toujours été épaté par les réseaux sociaux. J'ai des comptes moi-même mais ce sont des community managers, aiguillés par mes conseillers, qui s'en occupent. J'en serais bien incapable. Et c'est votre métier ?

Victoria détailla les caractéristiques de son activité, ses photos, ses postes, ses cours. Tout le monde lui prêtait attention, lui semblait-il. Tant d'égards la désempara. Être le centre de l'intérêt la ramenait à son adolescence, à la tétanie de s'exprimer devant un auditoire. Victoria se concentra, s'encouragea, ne pensa qu'à des formules positives apprises et répétées durant sa thérapie. Elle hésita à siffler son verre de vin, un vieux souvenir l'en dissuada. Elle finit par se rassurer en se disant que son public n'allait pas la manger. Xavier se montrait passionné, son examen approfondi de sa profession la flattait. Sophie, l'avocate, le notaire et l'ecclésiastique se greffèrent à l'interrogatoire.

De par son intervention, Victoria croyait appartenir à leur monde. L'attrait de l'homme politique la valorisait. Prise dans sa tirade, engluée dans son ingénuité, elle ne soupçonnait pas être une souris de laboratoire disséquée et analysée. L'aristocratie lui accordait de l'attention dans le but de comprendre cette fange de la population, ces rêveurs numériques capables de croire qu'ils peuvent changer le monde d'une photo dénudée. Il leur plaisait d'en apprendre plus d'une écervelée qui se faisait de l'argent sur le dos de la plèbe à grands coups de codes promos.

Victoria voulait à tout prix exposer réussite et débrouillardise à Xavier. Sophie la surveillait. Cette dernière ne cilla pas de toute son élucubration. Sa mine impénétrable ne s'interprétait pas clairement, l'émotion était négative, ennui, impatience, colère, jalousie. Victoria conclut qu'elle devait être agacée de l'intérêt que lui portait son mari.

Après le dessert, un digestif fut servi dans le salon.

Encore une fois, le murmure de la sagesse suggéra à Victoria de refuser ce dernier verre d'alcool, il pourrait causer des dégâts irréparables. Surtout qu'elle devina un malaise naître entre elle et Sophie. Il était tard, les filles jouaient encore au sous-sol, cette veillée impacterait leur sommeil et donc leur forme pour la semaine d'école à venir. Elle annonça son départ. Hans, guilleret grâce au mélange de l'ivresse et du soulagement de sa prestation réussie, l'incita à rester. La tentation était grande, le sourire de Xavier aguicheur, elle déclina. L'Allemand déposa une bise sur sa joue, Lislalia l'étreignit. Le chef d'entreprise lui tendit la main en guise de salut. Elle fit le tour des invités, fière de quitter un comité extraordinaire. Le couple de politiciens termina sa ronde, la fermeté de la poigne de Sophie la surprit, elle ne sut lire l'expression de son regard. Victoria ne s'attarda pas et passa à son mari. Leurs paumes se rencontrèrent, la texture d'un morceau de papier l'étonna.

— Ce fut un plaisir de vous rencontrer Victoria, vous m'avez permis d'en apprendre plus sur un monde qui m'était jusqu'alors inconnu. Continuez d'embrasser cette révolution numérique, dit Xavier sans lui lâcher la main, son sourire mystérieux était insondable.

Il fit glisser sa peau contre la sienne et déposa sa cachotterie, les doigts de Victoria se recroquevillèrent dessus. Sans savoir de quoi il retournait, son intuition lui conseilla de ne rien feindre, son poignet retomba le long de sa jambe, l'air de rien. Elle se dépêcha de quitter la pièce de crainte d'afficher son embarras, visible à la rougeur dans son cou. La maman pressa Romie et Célie dans la voiture, à la lumière du plafonnier, elle s'autorisa à écarter ses phalanges. Sur le papier, écrit à la va vite, elle lut : appelez-moi, au-dessus d'un numéro de téléphone. Elle cacha le fruit du délit dans son sac.

– C'est quoi maman ? s'intéressa sa grande fille.
– Rien, rétorqua-t-elle sèchement.
Victoria ressentit une vive allégresse. Elle plaisait à cet homme, ses propos avaient été pertinents et éloquents. C'était une belle soirée, conclut-elle, imaginant le ressenti de Rose après avoir reçu l'invitation de Jack à la rejoindre aux festivités de son milieu social dans la cale du Titanic. Elle se voyait déjà découvrir les arcanes du pouvoir.

***

Victoria s'est remémoré son unique rencontre avec Sophie. Aucune raison ne semble la rapprocher de Ludovic qui était absent ce soir-là. Est-ce à l'issue de ce dîner qu'ils se sont contactés ? Sophie a-t-elle senti l'attirance entre Xavier et elle ? A-t-elle remarqué l'échange discret du numéro ? Ce souvenir ne lui a été d'aucune utilité. Sophie détient la dérangeante vérité. Elle doit la contacter. Pas aujourd'hui, pas tout de suite, elle n'a pas la force d'affronter cette femme qui n'est pas de la trempe de Justine Luson. La finesse sera de rigueur.

L'avion atterrit. Victoria prévient Lislalia de son indisponibilité à sa fête, elle envoie un SMS pour ne pas la déranger en pleins préparatifs. Cet événement grandiose, l'instagrameuse l'attendait depuis des semaines. Les révélations au sujet de son mari ont eu raison de son enthousiasme. L'idée de faire bonne figure devant des gens joyeux autour d'un barbecue géant ne l'enchante pas. Son amie comprendra son désistement. La présence de son frère à la maison l'autorisera à avaler un somnifère, un costaud cette fois-ci. Le réconfort d'une nuit sans cauchemar la rassure et, s'il y a un problème avec les filles, Guillaume sera aux aguets.

Sa famille l'attend au dépose-minute de l'aéroport, les enfants hurlent de joie quand leur mère monte en voiture.

Romie et Célie racontent leur journée en même temps. Pour être entendues, elles tentent de supplanter la voix de l'autre. Victoria leur crie de se calmer. Guillaume constate l'énervement et l'irritabilité de sa sœur.

— Maman, on a fait le toboggan où on était allé avec papa la dernière fois, commence Romie.

— J'ai même fait celui qui va vite, ajoute Célie.

— Oui mais tu as eu peur. Heureusement que je t'ai dit de le faire sinon tu n'aurais été que dans celui de bébé.

— Non, c'est pas vrai, j'ai pas eu peur.

— Menteuse, au début tu jouais dans les jeux de bébé.

— C'est pas des jeux de bébé, j'aime bien le tunnel, c'est tout.

— Alors pourquoi tu as dit non quand je t'ai dit de commencer par le toboggan de la mort ?

— Tu étais au courant que Ludovic payait des prostituées pour faire chanter des hommes ? murmure Victoria, incapable de patienter jusqu'à la maison pour interroger son frère.

— Parce que je voulais d'abord aller dans le tunnel de jets d'eau.

— Qu... quoi ? balbutie son frère.

— Tu as bien vu qu'il n'y avait que des bébés avec leur maman là où il y avait le petit toboggan ?

— Tu as très bien compris. J'ai appris que Ludovic embauchait des prostituées pour les filmer à leur insu et les faire chanter. Tu es au courant ?

— Et alors ? il y avait aussi des grands dans le tu...

— Vous allez fermer vos gueules ! hurle-t-elle aux filles. Vous ne voyez pas que j'essaie de discuter avec votre oncle ?

Les enfants interloqués se tassent dans le fond de leur siège. Guillaume sursaute à cet accès de colère. Victoria ne réalise pas sa violence et retourne à ses priorités.

— Alors ? Tu étais au courant ?

— Je ne sais pas de quoi tu parles mais ce n'est pas le moment d'aborder un tel sujet.

— Si, c'est le bon moment. J'ai besoin de savoir. Tu ne sais pas ce que je viens de vivre.

— Non, je ne le sais pas. Tu vas me raconter à la maison. Calme-toi et retourne-toi. Regarde tes filles. Tu réalises ce que tu viens de leur dire ? Tu crois qu'elles ont besoin d'entendre ça ? Même si elles ne l'expriment pas, tu ne crois pas que l'absence de Ludo les perturbe déjà assez ?

Victoria prend conscience de son agressivité et s'en veut. Elle s'intéresse à la journée de ses filles, les réponses ne lui arrivent pas. Perdue dans ses pensées, elle ponctue leur récit par des interjections : hum, ah, oui, c'est bien, d'accord. À l'approche de la maison, elle confie les clés à Romie. L'aînée saute de la voiture, Célie la suit. Les deux adultes ne sortent pas, Guillaume ne coupe pas le moteur, la climatisation jette un froid. Victoria reprend la discussion. Les révélations de proxénétisme le consternent. Il lui semble sincère.

— Tu es certaine de ce que tu avances ? ça me paraît complètement invraisemblable.

— Maxime me l'a confirmé et m'a montré une photo.

— Maxime ? votre ami policier de Melun ?

— Oui.

Victoria l'informe d'abord avoir mis le policier dans la boucle. Guillaume comprend la démarche. Ensuite, elle raconte ce qu'elle a appris. Elle garde l'information sur Sophie, ce choix lui évite d'évoquer sa relation avec Xavier. Guillaume est abasourdi. Il pose des questions, Victoria y répond par : je ne sais pas. Elle cherche à découvrir un comportement suspicieux de Ludovic sur son lieu de travail. Guillaume affirme qu'il a toujours été le même, mis à part les dernières semaines d'égarement. Les pistes et hypothèses émises par leur réflexion commune débouchent sur des impasses. Ils espèrent que Maxime leur en apprendra plus après l'inspection de l'appartement de Klara. Le téléphone portable de Victoria sonne, le prénom de Lislalia apparaît, elle prend l'appel.

— Toi, tu as une petite voix, remarque son amie.

— Je n'ai pas passé une très bonne journée.

— Que se passe-t-il ?

— Je ne vais pas t'embêter avec mes problèmes. Tu dois être occupée avec les préparatifs... se lamente Victoria.

— On est pas mal occupé mais il n'y a rien de plus important que le moral. Tout va bien ?

— Pas trop, comme je t'ai dit, je n'ai pas passé une très bonne journée. Et je suis désolée, je n'ai pas la tête à faire la fête ce soir.

— Justement, c'est tout l'inverse. Il faut que tu viennes te changer les idées. Même si tu ne restes pas longtemps, passe me voir. On discutera un peu, tu verras du monde, tu boiras un verre et si tu ne te sens vraiment pas de rester, tu repars. En plus, Krysta n'attend qu'une chose, c'est de voir Romie et Célie. Tu ne peux pas la priver de ses copines.

— Tu es vraiment la meilleure mais je ne vais pas venir. Tu verrais ma tête...

— Tu crois que je te laisse le choix ? Je t'oblige à venir. Si je ne devais pas peaufiner les derniers détails, je serais déjà chez toi avec une bouteille de vin. De toute manière, si je ne te vois pas parmi nous, c'est moi qui viendrai te chercher. Tu ne voudrais pas que j'abandonne mes invités ?

— Non.

— Alors tu passes, même si ce n'est qu'une petite heure. Je retourne aider Hans, à tout à l'heure.

Victoria expire et se dirige vers la maison prévenir son frère qu'ils vont tout de même se rendre à la soirée. Elle n'a pas retiré son tailleur qu'elle doit choisir une robe de soirée. Sa décision est inchangée, elle passera en coup de vent et ensuite, elle rentrera chez elle avaler son somnifère.

Chapitre 20

Guillaume est content d'apprendre la sortie de sa sœur, elle va pouvoir se changer les idées. Il apprécie moins qu'elle veuille l'embarquer dans ses folies. La bonne excuse de ne pas avoir amené de tenue adéquate tombe à l'eau lorsqu'elle lui propose d'en emprunter une à Ludovic. Les deux hommes font la même taille, il trouve rapidement chaussure à son pied. Devant son insistance, il n'a pas eu son mot à dire.

Victoria termine de se préparer, il joue avec les filles au jeu de société Labyrinthe. La règle consiste à retrouver des images sous des pyramides à l'aide de la mémoire et du sens de l'orientation. Guillaume possède les deux qualités. Les récents événements le perturbent, il n'est pas concentré. Romie et Célie lui mettent une belle déculottée et se vantent de leur exploit. L'humiliation infligée par deux gamines le vexe. Il affirme les avoir laissé gagner, il ne voulait pas les dégoûter de sa suprématie. Romie célèbre sa victoire par des mimiques semblables à celles de son père. L'offense doit être réparée, l'oncle propose une revanche avec cette fois l'objectif de les battre. Victoria intervient avant le début de la partie.

Sa légère robe noire, longue jusqu'au genou, n'est pas digne de l'événement. Du fond de teint estompe ses cernes, elle n'a pas réussi à dissimuler intégralement les boursoufflures de ses sanglots. Sa coiffure manque de fantaisie. Guillaume remarque sa négligence et réalise l'ampleur de son mal-être. Les filles s'extasient devant la beauté de leur mère qui décoche un micro-sourire. Victoria rassure son frère, ils ne s'éterniseront pas sur place ; leur passage, aussi bref soit-il, sert à prouver sa reconnaissance à son amie.

Le village de Montferrier-sur-Lez s'étale sur une superficie conséquente compte-tenu de sa population. Cette physionomie s'explique par la séparation des classes sociales, le cœur abrite les revenus modestes qui logent dans les vieilles maisons de ville, entassées, sombres et sans extérieur. Les plus riches ont réquisitionné d'immenses terrains à flanc de colline et y ont bâti des villas somptueuses avec des piscines aux formes originales.

Hans et Lislalia louent une jolie bâtisse située entre le centre-ville et la périphérie, ils possèdent l'élégance de l'ancien, notamment une succession de caves superposées sur trois niveaux et un grand jardin. Leur soirée fête la fin de l'année scolaire. Ils ont invité les parents des élèves et des activités extra-scolaires de Krysta, des amis à eux et des connaissances professionnelles. Ils n'ont pas lésiné sur les moyens.

Le ciel se dévêt avec lenteur de son maillot de bain estival et enfile sa robe de nuit, sa gradation s'étend du rouge au violet, des nuages fantasmagoriques flottent, épars. La température élevée de cette fin de canicule s'avère supportable, à condition de ne pas se soumettre à des efforts trop intenses. De l'arrière de la maison parvient de la musique qui rebondit sur les murs de pierres. Guillaume reconnaît un saxophone, un piano, une contrebasse, à la qualité du son, il devine qu'un groupe de jazz est présent. L'air lui est familier. Son air béat interpelle sa sœur. Il lui explique que les notes lui rappellent un instant magique et inoubliable, le premier visionnage du film *La La Land* dans l'obscurité d'une salle de cinéma en charmante compagnie.

La famille contourne l'angle, la mélodie ajoute une touche sonore au somptueux tableau devant eux. La terrasse pavée, sur laquelle ils se tiennent, s'arrête au pied d'une piscine rectangulaire et éclairée ; la lumière dans l'eau créée une ambiance évanescente. La pelouse a une teinte parfaite, vert végétal. La semi-obscurité ne permet pas de remarquer qu'elle est synthétique, en harmonie avec les valeurs écologiques des locataires. Des palmiers plantés dans des galets blancs supportent du bout de leur branches des lampions multicolores donnant l'impression que des anges pleurent des larmes de joie décalquées des coloris célestes. Des fleurs rouges chatoient sur de foisonnants rosiers autour des tables et des chaises. Des torches solaires éclairent et orientent. Sur le côté droit, juché sur une estrade, l'orchestre joue. Les musiciens, affublés d'une chemise blanche aux manches courtes, donnent le tempo à l'assemblée. À l'extrémité du terrain, sous une tonnelle, une équipe de cuisiniers en tablier noir s'active. Un parfum de viande grillée se répand. Victoria se souvient que son ami préparait des saucisses maison la veille et qu'il devait façonner ce matin les steaks hachés destinés aux mini-burgers truffés ou au foie gras. En accompagnement, une ratatouille confite servie en verrine et une salade de courgettes en spaghettis étaient prévues.

Victoria balaie la foule et estime que la centaine d'invités conviée n'est pas encore présente. Bientôt la nuit sera totale, la fête grandiose sous un tapis d'étoiles verra se lever l'aurore. Parmi les visages détendus, elle repère des mamans de l'école. Elle hésite à s'élancer. Son cœur n'est pas à l'amusement. Elle a conscience du privilège de participer à cette magnifique soirée. Elle pense à ses followers sur Instagram, la plupart ne connaîtront jamais cette féérie. Son état de fatigue ne lui permet pas de poster une photo de face. Guillaume accepte de la filmer, il part de son profil et passe derrière son dos afin que l'on puisse apercevoir le concert. Ceux qui la suivent vont l'envier, elle en est certaine. Victoria ajoute : *#questcequonattendpourfairelafête ?*, connectée au WIFI de Hans et Lislalia, le téléchargement est rapide.

— Tu es là ! scande la voix de son amie derrière elle. Dans une main, elle tient une coupe de champagne et pose l'autre sur l'épaule de Victoria. Je suis contente que tu sois venue ! poursuit-elle en laissant s'échapper un léger parfum alcoolisé.

— Tu ne m'as pas laissé le choix, geint-elle.

— Je serai venue te chercher.

— Je sais, c'est pour ça que je suis là. Je voulais t'éviter un déplacement.

— Bonsoir Romie, bonsoir Célie, comment ça va les filles ?

— Ça va. Elle est où Krysta ?

— Au sous-sol avec les autres enfants et la baby-sitter, vous pouvez la rejoindre.

Lislalia n'a pas fini sa phrase que les filles détalent, leur course se faufile entre les jambes des adultes.

— Je te présente mon frère, Guillaume. Guillaume, je te présente mon amie Lislalia.

Elle dit avoir beaucoup entendu parler de lui. Il la félicite pour la somptueuse réception. Hans sort de la maison, les bras chargés de bouteilles de champagne.

— Victoria, tu es là ! C'est bien que tu sois venue.

— Hans, je te présente mon frère Guillaume.

— Enchanté Guillaume, je suis désolé, je ne peux pas te serrer la main, appuie-t-il d'un mouvement de tête.

— Pas de mal, je comprends.

— Tu vas boire tout ça ? blague Victoria.

— J'aimerais bien. Je laisse les jeunes gérer le service, ils sont là pour ça mais je ne leur donne pas accès à ma cave. Je n'ai pas confiance. Ils pourraient me siffler un Saint-Émilion.

— Tu veux de l'aide ? propose Guillaume.

— Je ne dis pas non. Je vais déjà déposer ça et ensuite, on remonte du vin ?

— On fera comme tu veux.

— Il faut que vous goûtiez mes saucisses. J'ai innové ma recette. À mon avis, elles vont être prisées jusqu'en Allemagne ! invite Hans.

— Je t'avoue que je suis plus tentée par tes mini-burgers. Tu m'avais mis l'eau à la bouche en parlant de steaks truffés.

— Tout est au fond du jardin, tu peux te servir dès à présent, conclut l'allemand en s'éloignant, Guillaume derrière lui.

— Et si on commençait par te servir un verre de champagne ? propose Lislalia.

— Je ne crois pas que boire soit une idée judicieuse.

— Tu ne feras que tremper tes lèvres, allons-y.

Lislalia s'inquiète de la mine de son amie et cherche à savoir ce qui la contrarie. Victoria peut avoir confiance, si elle répète ses confidences, ça ne sera qu'à Hans. Julie, la maman de Manon, s'incruste au milieu des deux femmes avant qu'elle n'ait pu décharger son malheur.

— Je te félicite. C'est vraiment réussi, s'exclame la nouvelle arrivée. Quelle idée géniale tu as eu d'embaucher une baby-sitter. Les enfants peuvent jouer sans qu'on ait à se soucier d'où ils sont et de ce qu'ils vont manger. J'en suis déjà à deux coupes de champagne. Il ne manquerait plus que je rentre avec un mec et ce sera parfait.

Si les problèmes ne secouaient pas son existence, Victoria savourerait l'instant. Tous les critères de l'extase sont réunis : les beaux jours ensoleillent ce début d'été, les grandes vacances ne sont plus très loin, la musique est douce, l'alcool coule à flots, les invités s'amusent. Victoria n'a vraiment pas le cœur à la fête et Julie gâche ses épanchements. Elle n'apprécie pas trop le caractère déluré de cette dernière, trop dévergondée à son goût et son extravagance monopolise l'attention. Célibataire depuis un an, elle vit une deuxième jeunesse comme elle aime s'en vanter, souvent au détriment de sa fille. Manon, encore jeune, est épargnée des commérages au sujet de sa mère insultée d'allumeuse. Son comportement à la sortie de l'école avec les hommes est équivoque.

À sa troisième coupe de champagne, Julie couine comme une gamine et opère un repli vers les toilettes de la maison. Victoria, gênée, lève ses sourcils. Lislalia hausse les épaules. Sollicitée par un manque de glaçons, leur conversation mise entre parenthèses ne peut pas reprendre. La maîtresse des lieux partie avec deux serveuses au congélateur, Victoria se retrouve seule. Elle déteste la solitude en public, personne à qui parler, godiche perchée sur ses talons à sourire niaisement. Elle n'a pas la force d'engager une discussion stérile avec une connaissance. Son frère est sorti de son champ de vision. Elle ne veut pas être prise pour une plante verte au milieu de ce jardin arboré, une compagnie s'impose.

D'un coup, des cris s'échappent de la maison. Une vague d'enfants déferle. Une adolescente les poursuit. La baby-sitter les somme de s'arrêter. L'utilisation de la fermeté sans s'égosiller n'apeure pas les diablotins. Ils ne ralentissent pas leur course. Les parents se tournent vers le vacarme. Un garçon bouscule une fillette qui manque de tomber dans la piscine. Les spectateurs retiennent leur souffle. Victoria croit reconnaître Manon, si elle avait fini à l'eau, sa mère était absente pour la sauver. Elle voit en cette sortie fracassante, une issue inespérée de ne pas subir le regard des autres adultes.

— Romie ! Célie ! Venez par ici !

Les filles lui accordent autant d'intérêt que si cet ordre

venait de la baby-sitter. La maman ne tolère pas cet affront. La foule distraite ne remarquera pas si elle élève la voix.

— Romie ! Célie ! Si je dois vous le redire, on rentre tout de suite !

L'aînée stoppe sa course, attrape sa sœur et l'emmène vers leur mère. Victoria veut s'assurer qu'elles mangeront un morceau ce soir et les amène au buffet. Célie proteste, Romie se range à sa cause. Une nouvelle menace d'un aller direction leur lit et elles obéissent à la directive.

— Ah non pas de saucisse maman, ça pique ! geint la cadette.

— Ce n'est pas une merguez, je crois que c'est une chipo !

— J'aime pas les chipo ! Je veux de la brochette d'agneau s'il te plaît !

— On n'est pas à la maison. Ce sera chipo !

— Mais j'aime pas, insiste Célie.

— Moi non plus, ajoute Romie.

— Bon alors ce sera un hamburger ! abdique Victoria.

— J'aime pas les hamburgers, protestent les deux.

— Vous commencez à me faire suer toutes les deux ! Vous allez me manger chacune un mini-hamburger et une verrine de ratatouille. Et si vous ne finissez pas vos assiettes, on rentre à la maison et il n'y aura plus jamais de MacDo.

— Pourquoi ? s'inquiète Célie.

— Parce que si tu n'aimes pas les hamburgers, tu n'aimes pas le MacDo.

— Mais je prends toujours des nuggets dans le Happy Meal, se justifie la petite.

— Vous allez arrêter quand de m'user la santé mentale ? Mangez et taisez-vous !

Lislalia revient, Victoria sourit et détend les traits de son visage. Elle ne veut pas avoir l'air d'une hystérique.

— Je féliciterai Hans, cette saucisse est délicieuse,

complimente-t-elle.

– Tout est fait maison, la viande, le pain, je crois même que s'il avait eu le temps, il aurait fait pousser tomates et salades lui-même, plaisante Lislalia. Je suis désolée de t'avoir interrompue. Tu disais...

Victoria chuchote, elle préserve ses filles de ses découvertes. Sa parole est lente, elle pèse ses mots de crainte d'en dire trop. Quand ses propos deviennent vraiment confidentiels, Romie ou Célie l'interrompt d'une de leurs répliques favorites : *j'en veux plus* ou *maman, j'ai assez mangé ?* à la septième coupure, excédée, elle leur ordonne de s'essuyer la bouche et de déguerpir. De loin, elle s'assure de les voir dépasser la piscine, un accident peut si vite arriver. Romie, en tête de course, évite de peu une collision avec une personne qui sort par la baie vitrée du salon. Victoria la rouspète de loin, comme si sa fille pouvait l'entendre. Un miracle évite l'accident. L'adulte s'abaisse à sa hauteur. La maman tend le cou pour constater un éventuel dommage collatéral. À sa longue chevelure, Victoria devine une femme. Une curiosité inconsciente s'empare de sa vue et attend d'admirer le visage de l'inconnue qui se retourne. Sa mémoire reconnaît le visage. Sa concentration retourne à Lislalia. Son esprit analyse l'image précédente et réexamine l'invitée bousculée par Romie. Victoria se met sur la pointe des pieds et confirme son appréciation.

– Oh ! C'est Sophie Bertin ! s'exclame-t-elle, surprise d'entendre cette phrase s'échapper de sa propre bouche.

– Je suis contente de les savoir ici. Ils n'étaient pas certains de venir, Xavier avait une réunion ce soir, enchaîne Lislalia. J'irai les saluer après. Termine d'abord.

– Je voulais te demander, où as-tu rencontré Xavier et Sophie ?

– Un contact professionnel de Hans. Je ne sais plus

lequel exactement, on croise tellement de monde. Il faudra demander à Hans. Mais pourquoi tu me demandes ça ?

— Comme ça, il est très connu dans le monde politique français.

— Hans a cuisiné pour des présidents, des rois, des chanteurs, des acteurs et j'en passe. Il n'attache pas d'importance à la renommée de ses clients. Il préfère qu'ils aiment son travail et qu'ils en parlent positivement. Le bouche-à-oreille est la clé du succès.

— C'est dommage que Ludo ne l'ait pas rencontré, s'hasarde Victoria.

— Il l'a rencontré à notre première fête !

— Non, il n'était pas là, j'étais venue seule.

— Quelques semaines après notre emménagement, nous avons organisé une soirée comme celle-ci pour nous intégrer. Xavier et Sophie étaient déjà présents. Vous les avez vus à ce moment-là.

— Mais non, je les ai rencontrés seule, il y a environ un mois.

— Vous n'étiez pas là à la première soirée ? Rappelle-toi ! nous étions une cinquantaine à l'intérieur. C'était d'ailleurs exigu et on en avait conclu que la prochaine, on l'organiserait l'été.

— Tu m'en as parlé mais nous n'étions pas là. Ludo avait réservé un week-end à Barcelone, nous étions partis trois jours avec les filles.

— Ah oui ! Exact, ça me revient. Effectivement, c'est dommage que Ludo ne l'ait pas rencontré. Cet homme est vraiment intéressant.

— Excusez-moi Madame, les coupe un serveur.

— Oui ?

— Il n'y a plus de champagne.

— Vous n'avez pas vu mon mari ?

— Non.

— Je vous accompagne. Excuse-moi, on reprend après. Je n'aurai jamais la fin de ton histoire à cette allure.

Le rythme de la réception ne convient pas à Victoria. Ballotée au gré des humeurs et des impératifs, elle est esseulée une deuxième fois. La conversation abrégée la renvoie aux mensonges de Ludovic qui explosent dans son mental comme les bulles au fond de sa coupe. Lislalia, évaporée, deux alternatives se profilent : éviter Sophie ou l'affronter. Elle zieute parmi les rires dans quel groupe elle pourrait se fondre. L'obscurité tapisse les cieux. Les poétiques lumières colorées font danser des ombres sur les visages et, à cette heure, différencier un ami d'un étranger se complique. Debout, à tourner sur elle-même, elle ressemble à une girouette. Sophie ne doit pas prendre connaissance de sa panique. Un chant d'espoir sort du noir ou plutôt un râle salvateur. Une voix au timbre reconnaissable à l'aveugle l'appelle, celle de Pauline, la maman de Maël. Son accent est rauque comme la poissonnière du marché au temps de Brie-Comte-Robert. D'instinct de survie, Victoria suit le chant de sirène entre les feux follets des ténèbres croissantes. Elle se presse et atteint une clique d'ivrognes qui vocifèrent. Pénétrer dans leur cercle est un dilemme. Les blagues de poivrots entrecoupées de hoquets aux relents de barbecue et de vinasse sont plus repoussantes qu'une confrontation avec Sophie. Un homme adresse une bouffonnerie à l'assemblée : « En parlant de cuisine foireuse, vous savez pourquoi je l'ai épousée ? ... Parce que le lave-vaisselle ne suce pas ».

Victoria refuse d'intégrer ce groupe. Elle a honte et plaint cette pauvre épouse qui rit niaisement à l'irrespect de son mari. Lislalia et Hans ne devraient pas inviter n'importe quels parents. Les autres convives de la soirée ont laissé une zone désertique autour des énergumènes, comme s'ils ne voulaient pas être contaminés par leur bêtise, en souvenir de la distanciation sociale de la Covid-19. Victoria se décale et se cache derrière un palmier. Depuis son tronc, elle observe Sophie au buffet. Dans son dos, l'hilarité de Pauline, proche d'une truie à laquelle on aurait marché sur la queue, l'enfonce dans le pathétisme de la situation.

Elle s'est engagée auprès de Maxime à joindre la femme Bertin. C'est une de ses seules chances de découvrir où se terre Ludovic. Une opportunité se présente et elle se planque. C'est complétement absurde, pense-t-elle, pourquoi cette femme m'impressionne ? Je n'ai qu'une question à lui poser. Je ne risque rien. Tout ira bien. Elle a deux jambes et une tête comme moi.

Ce maigre courage la convainc de quitter son piquet. Sophie, penchée sur les plats, choisit son dîner. Ce brin de témérité la galvanise. Focalisée sur sa rivale, la musique de l'orchestre la transcende. Ses pas collent aux notes de la contrebasse, sa démarche épouse la cadence d'une mauvaise comédie musicale ; cet effet sonore risible aurait le mérite de la détendre si la tension ne chauffait pas la peau de son cou. Les barbecues tournent à plein régime. Les effluves de viande montent à ses narines. L'heure de la discussion a sonné. D'une longue inspiration, le vide l'envahit. L'air emplit son être qui s'allège. Les palpitations de son cœur font vibrer son corps comme la corde d'un piano.

— Bonsoir Sophie, s'annonce-t-elle de son coffre le plus solennel.

La femme de Xavier, le doigt pointé vers une verrine de ratatouille, bloque son geste, prie le cuisinier de l'excuser.

— Bonsoir… Valentina, c'est ça ? devine Sophie.

— Victoria.

— Je vous demande pardon.

— Je dois vous parler.

— Si vous voulez. Je termine mon choix et je suis à vous.

Je ne voudrais pas faire attendre le personnel et les gens derrière moi.

Sophie, pliée par-dessus l'étal, coince ses cheveux derrière ses oreilles d'un mouvement gracieux. Malgré l'éclairage terne des lampes à néon, sa chevelure, brune et lisse, semble brillante et douce, signe d'un entretien minutieux. La manucure discrète de ses ongles embellit de jolies mains aux doigts fins. Son regard se pose avec douceur sur les hommes en tablier, sa bouche exprime des gentillesses accompagnées de sourires charmeurs mais pas aguicheurs, auxquels une objection ne s'envisage pas. La courbe de ses sourcils dessine une détermination à toute épreuve. Sa robe bleue lui va à ravir, un ruban entrecroisé en nœud marque sa taille svelte. Les muscles élancés de ses mollets révèlent une activité sportive régulière.

Victoria examine les infimes détails, elle recherche les défauts. Elle se sait plus jolie et plus fatale que Sophie, pourtant, son attitude et sa prestance lui démontrent qu'elles ne font pas partie du même monde. Au quotidien, les femmes la jalousent et l'envient, Victoria le ressent. Pourtant, elle aimerait être regardée et considérée avec l'admiration et le respect octroyés à Sophie.

– Veuillez m'excuser, je suis à vous, reprend-elle, assiette à la main.

– Je sais que vous fréquentez mon mari.

Victoria n'éprouve pas de fierté à sa franchise spontanée. Des propos nuancés auraient donné le même résultat. Cette attaque frontale lui offre un ascendant favorable. Elle est contente de ne pas avoir bafouillé.

– Je sais que vous fréquentez le mien, surenchérit Sophie du tac-au-tac.

Toujours dans l'autocongratulation de son entame, cet aveu la sèche. En combat au corps à corps, cette réplique est un coup en dessous de la ceinture. Sophie, impassible, fixe son adversaire, sans ciller. La défense est sa seule attaque.

— Ce n'est pas ce que vous croyez, je…

— Je ne crois absolument rien. Je ne détiens que des vérités, la coupe Sophie.

— Je suis désolée, je…

— Vos excuses ne m'intéressent pas. Si vous êtes venue me voir pour me présenter des excuses ou pour évoquer votre infamie, ce n'est pas nécessaire. Nous pouvons chacune retourner profiter de notre soirée et nous ignorer, tranche-t-elle.

L'esprit de Victoria chancèle. Ses idées s'embrouillent. Cette brutale autorité l'interloque. Elle n'atteindra pas Sophie installée au sommet de sa montagne de certitudes. Après le déshonneur, elle sent la honte lui farder les joues. Jamais de sa vie, elle n'a vécu une telle humiliation. Le monde chancelle. Un malaise la guette. Un évanouissement serait un comble mortifère.

— Il ne s'est rien passé entre nous, se défend-elle.

— Je croyais avoir été claire. Je ne souhaite pas entendre vos mensonges ou vos détails graveleux. Je vous laisse, j'aimerais dîner sans trop de contrariété.

— J'ai besoin de savoir pourquoi mon mari vous a téléphoné.

Sophie pivote et revient vers Victoria. Ses yeux sombres la transpercent et l'obligent à détourner les siens.

— Votre mari m'a téléphoné pour me prévenir que mon mari me trompait. Je n'ai pas besoin de vous informer avec qui j'imagine !

Sur cette bassesse, elle se retire. Victoria, abattue ne trouve rien à ajouter. Un round supplémentaire détériorerait son état déjà lamentable. Le charisme de cette femme l'a d'abord transformée en girouette et à présent, elle se mue en un épouvantail. Reboisée, les bras ballants, son faciès apeure les invités qui, pour l'éviter, dévient leur trajectoire. Les mots de Sophie fracassent son amour propre à l'intérieur de son crâne. Son esprit en roue libre projette des images brouillées à une fréquence si élevée que, dès qu'elle en reconnaît une, elle s'efface au détriment d'une autre. Pour son bien-être, elle doit quitter cette fête au plus vite. Son lit est le remède recommandé.

– Tu m'entends ? lui demande Lislalia qui finit par lui attraper la main.

– Oui. Qu'y'a-t-il ?

– Ça fait trois fois que je t'appelle et que tu as juste les yeux dans le vague.

– Excuse-moi, j'étais… ailleurs… ment-elle, incapable d'estimer la durée de son absence.

– Tu es toute blême, tu es sûre que ça va ?

À la noirceur environnante, Victoria déduit que l'emploi de l'adjectif « blême » pour son teint doit être un euphémisme. Cadavérique serait plus approprié.

– Je ressemble à Casper ? interroge-t-elle, dépitée de sa propre incohérence.

– Qu'est-ce que tu racontes ? s'inquiète son amie.

– Je n'en sais rien. Je suis désolée. Je suis fatiguée. Cette journée m'a éreintée. Ne m'en veux pas mais je vais rentrer.

– Ça va ? Tu es certaine de ne pas vouloir en parler ?

– Pas ce soir, je te raconte tout très vite mais là, j'ai besoin de repos. Tu as vu mon frère ?

– Non, pas depuis un moment. Il n'est pas au bar ?

– Je vais aller voir et j'irai récupérer les filles ensuite.

– Elles peuvent rester ici si tu veux. La baby-sitter les surveille et elles dormiront avec Krysta.

– Je ne vais pas t'embêter.

– Oh arrête avec ça. Je culpabilise de te voir partir avec cette mine affreuse. Je suis coincée avec Hans. Je peux te garder Romie et Célie, comme ça, demain matin, tu peux faire grasse matinée et tu viens les récupérer à l'heure du déjeuner. Il y aura des restes.

— C'est que...

— Stop. Je ne te laisse pas le choix. Va leur faire un bisou et rentre te coucher.

— J'ai de la chance d'avoir une amie comme toi.

— Et moi, heureuse de te connaître. Si tu as le moindre problème, tu n'hésites pas à me téléphoner.

En marchant vers la terrasse, une mise en garde la réveille, le jardin est miné. Elle doit embrasser ses filles et retrouver son frère, tout en fuyant Sophie et en contournant Xavier. Elle esquive les halos de lumières des lanternes et ne stagne pas sous les ampoules des lampions. Une ligne droite, passant entre deux tables, la mène à la baie vitrée, aucune cible familière sur sa trajectoire. Elle profite de ce passage à couvert pour chercher son téléphone dans le fond de son sac. Le nombre de carrés, de ronds, d'enveloppes, de combinés et autres logos dans sa barre de notification la sidère. Son pouce glisse et efface les messages dérisoires, ne reste que l'essentiel, des appels en absence et des SMS de Maxime et Guillaume.

1 : *Je t'ai téléphoné deux fois. À présent, c'est plus compliqué pour le faire. Je sors le chien dans cinq minutes, parlons-nous à ce moment-là.*

2 : *Tu n'étais manifestement pas disponible. Je ne pourrai plus te joindre ce soir. Je ferai en sorte d'être disponible demain matin à 10h après je serai en famille... Je pense à toi. Courage. Max.*

3 : *Je suis rentré à pied. Je n'ai pas voulu te déranger pour te prévenir. Ne te presse pas, ça ne me dérange pas d'attendre à la fraîche dans le jardin.*

Sa compréhension ensommeillée retient l'essentiel de sa lecture, Guillaume est parti, il ne lui reste qu'à dire au revoir aux filles. S'allonger en étoile de mer sur son lit, avaler deux cachets et ensuite, le néant, l'inexistence est un doux rêve. La consultation de sa messagerie l'a amenée sur le pas de la maison. Dans l'embrasure de la porte-fenêtre, son champ de vision se promène, gauche, droite, pas de Sophie, pas de Xavier. Quel chemin emprunter ? Le couloir de l'entrée est le plus court pour rejoindre les caves. Son instinct lui suggère le salon, elle ne l'écoute pas. Victoria se précipite, bouscule une femme, dégage sa route par des « pardon » et atteint l'escalier en colimaçon. L'éclairage jaunâtre rend le mur de pierres lugubre. Premier palier, l'atelier de Hans, l'accès est condamné. Encore neuf marches, les parois dénuées de fenêtre accentuent la sensation de s'enfoncer dans les entrailles de la terre. Deuxième palier, la salle de jeux. Les ordres, les propositions, les exclamations des enfants s'écrasent contre la porte de ce niveau. Victoria entre.

Des jouets volent, des objets s'arrachent, des garçons courent, des filles piaillent. Deux mamans bercent leur progéniture, bien trop âgée pour être à bras. Elles discutent, le vacarme ne semble pas les déranger. Ce tremblement de terre assourdit Victoria. La baby-sitter désemparée, assise dans un coin, opine devant la poupée tendue par Célie. Sa fille cherche l'attention de l'étudiante. Romie, agenouillée devant une caisse enregistreuse en bois, repère sa mère. Elle met fin à son âpre négociation de maraîchère, quitte son rôle de marchande, apostrophe sa sœur et fonce dans sa direction. La maman leur annonce son départ. Elles peuvent l'accompagner ou choisir de dormir avec Krysta et être récupérées le lendemain. Les filles ne prennent pas le temps de réfléchir, embrassent Victoria et retournent jouer. Leur négligence ne l'offense pas, son besoin de dormir prime sur son amour maternel. Ces deux mères poules auraient-elles eu cette priorité égoïste ? s'interroge-t-elle. La réponse lui importe peu.

Le rez-de-chaussée débouche sur le hall d'entrée. Des

gens circulent du salon à la cuisine. Dans ce renfoncement, personne ne la remarque. Satisfaite de sa réussite, Victoria ouvre la porte d'entrée et la referme dans son dos. Ses paupières s'adaptent à la faible luminosité d'un plissement. Elle descend le perron quand elle devine un couple dans l'allée. La musique résonne plus fort, l'orchestre joue *What's up* de 4 Non Blondes. Julie, la maman de Manon, glousse, se contorsionne, appuyée sur Xavier qui la préserve d'une chute ridicule. Victoria est obligée de les frôler pour partir. À ce stade, penser que le sort s'acharne n'a plus d'intérêt. Elle bombe le torse, inspire et se précipite.

Xavier n'a pas besoin de l'odeur enivrante de Victoria pour la détecter. L'éclairage automatique du porche l'avait déjà informé de sa présence. Il se dégage de l'emprise de Julie qui s'écroule sur le muret.

— Attends-moi, lance-t-il.

Le véhicule de Victoria n'est plus très loin. Sa foulée s'accélère. L'habitacle sera son rempart. Sa main fouille dans son sac à l'aveugle. Une pression sur la clé déverrouille l'automobile. Les phares clignotent. Un bip retentit. Son pied quitte le trottoir. Une rue à traverser et son échappée aboutira. Sa semelle ne se pose pas sur la route. Agrippée par l'épaule, Victoria est tirée en arrière. Sa taille inférieure à celle de Xavier l'oblige à le regarder en contre-plongée, visage assombri. Un réverbère de la commune lui permet de percevoir son expression hargneuse. Il serre son biceps. La douleur de l'emprise est violente. Il plante ses yeux dans les siens.

— Apparemment tu n'entends pas quand je t'appelle ! assène-t-il.

— Apparemment tu n'as pas mis beaucoup de temps à me remplacer.

— Mais qu'est-ce que tu racontes là. C'est elle qui s'est

jetée sur... passons, nous devons parler.

– Je n'ai rien à te dire.

– Moi si. On ne considère pas son prochain comme tu l'as fait avec moi. Je mérite un peu plus de respect que tes vulgaires messages.

– C'est toi qui...

Un grognement méconnaissable, ne ressemblant à rien de connu, interrompt Victoria. La pointe de ses pieds l'élève au-dessus de l'épaule de Xavier. Une ombre informe et recroquevillée titube dans la nuit. Julie essaie de viser dans leur direction du bout de son index. Sa précision ressemble aux zigzags de sa démarche. « Mais tu aurais pu faire attention. Tu as manqué de me faire tomber » scande la voix chargée de champagne. Exaspéré, Xavier souffle et tourne la tête dans l'idée de l'envoyer paître. Victoria profite de son inattention. Elle se libère de la poigne et s'engouffre dans sa voiture. Avec ce témoin gênant et alcoolisé, son agresseur renonce à la poursuivre. Un esclandre serait mal venu.

– Tu peux me tourner le dos mais je te promets que nous aurons cette discussion, exige-t-il avant que la portière ne claque derrière Victoria.

Chapitre 21

Ce putain de prétentieux de connard de merde, sont les termes exacts en lesquels Victoria dépeint le comportement odieux de Xavier. Quelle journée, il est temps qu'elle se termine, souffle-t-elle alors que l'adrénaline pulse dans ses tempes. Ne t'enflamme pas ma fille, celle qui t'attend demain sera peut-être pire qu'aujourd'hui. Step by step, éteins ton esprit pour la nuit, essaie de te reposer.

Elle gare sa voiture sous le porche et s'avance vers la maison, les bruits d'animaux nocturnes se mêlent à une discussion joviale dans un jardin environnant. La clé glisse dans la serrure quand Guillaume surgit de l'angle de la maison, cette irruption soudaine la fait sursauter.

— Tu m'as fait peur !

— Désolé.

— Tu étais où ?

— Dans le hamac, je t'attendais.

— Pourquoi tu es parti ?

— Depuis la Croatie, je n'aime plus trop les fêtes comme ça. La dernière que j'ai faite, c'était à ton mariage. En plus, j'avais un appel à passer.

— À qui ?

— Ça ne te regarde pas, répond-il gêné.

— Tu as une chérie ?

— Laisse-moi tranquille.

— Comment connais-tu le chemin pour rentrer ? demande Victoria dans l'idée de changer de sujet ; depuis sa sortie de prison, il est très pudique sur ses relations amoureuses, elle ne tient pas à l'embarrasser.

– À notre époque, il y a des GPS sur nos téléphones. J'étais ici en un quart d'heure.

– Tu aurais dû me dire que tu voulais rentrer.

– Je ne voulais pas que tu te sentes obligée de rentrer pour moi.

– Comme si… je n'avais pas besoin d'être avec autant de monde ce soir. J'aurais mieux fait de rester ici.

– Ça ne t'a pas changé les idées ?

– Pas vraiment.

– Les filles sont restées là-bas ?

– Oui, Lislalia me l'a proposé et elles vont être contentes de dormir avec leur copine.

– Ils sont vraiment sympas tes amis.

– Oui, j'ai de la chance. Je suis épuisée Guillaume, je vais me coucher.

Victoria se sert un verre d'eau et se rend dans la salle de bains de sa chambre. Sa robe vole dans le panier à linge. Démaquillée, elle se brosse les dents et ne soutient pas son reflet dans le miroir tant l'usure l'enlaidit. Du placard à pharmacie, elle sort les somnifères les plus puissants. Hésitation. Un cachet ou deux ? Elle en avale trois.

Dans son lit, elle téléphone aux deux numéros de Ludovic, les lignes coupées ne la surprennent plus. Elle relit les SMS de Maxime, ne pas avoir entendu les sonneries dans son sac la contrarie. Se coucher en possession de toutes les informations l'aurait détendue. Elle règle son réveil à neuf heures avant d'analyser les résultats de sa publication Instagram, excellent détournement de ses tourments.

Ses followers sont unanimes, la fête leur a semblé magnifique. Hans et Lislalia ont assuré, ils se donnent les moyens de réussir. Victoria visionne le film de sa story avec une profonde rancœur envers son mari. Ce type d'événement mondain exceptionnel a influencé son choix, leur choix de s'installer dans le sud. Son départ précipité de la soirée accentue son regret, il n'y en aura pas beaucoup de similaire dans la saison. Ils auraient dû y être en famille, main dans la main, peut-être même danser avec Ludovic sur un air de jazz. Au lieu de cela, son lit est vide, ses filles sont seules, son mari se cache et ce n'est pas l'excès d'un délicieux champagne qui l'emporte au pays des rêves mais des pilules soporifiques. Ses paupières lourdes tombent lentement. Une dernière fois, sur son écran, elle admire la beauté de la décoration du jardin dans lequel elle devrait encore se promener.

L'alarme de son portable la tire d'une nuit dépourvue de rêve. Une douleur lui barre le front une nouvelle fois. Les trois somnifères lui ont au moins permis de ne pas cogiter. Machinalement, elle vérifie les notifications nocturnes. Le brouillard matinal se dissipe, un texte noir apparaît sur fond blanc : nouveau message de Ludovic. Cette lecture la sort de sa torpeur plus vite qu'un seau d'eau froide. Victoria se redresse et ouvre la nouvelle : *Tout va bien pour moi. J'espère que pour toi et les filles aussi. J'espère rentrer très vite.*

D'un revers, le drap s'envole, volète dans la pièce et s'écrase lentement dans un coin de la chambre. Elle saute du lit et lévite un instant. L'écho de ses pas rebondit dans le couloir. La lumière du salon se rapproche. À son arrivée, Guillaume, assis au comptoir de la cuisine, recrache le café dans la tasse collée à ses lèvres.

— Il m'a écrit ! s'égosille-t-elle. Ludo m'a écrit !

Son frère, surpris de la voir en string et seins à l'air, éponge les éclaboussures sur ses vêtements et son menton.

— Quand ça ? Qu'est-ce qu'il te dit ?

— Attends, je regarde, évalue-t-elle depuis son écran. C'était ce matin à 7h42. Il m'a écrit : *Tout va bien pour moi. J'espère que pour toi et les filles aussi. J'espère rentrer très vite.*

— C'est tout ?

— Oui.

— Tu lui as répondu ?

— Non.

— Tu l'as rappelé ?

— Non. Je l'ai à peine lu que j'ai couru te l'annoncer.

— Ça se voit, tu es encore cul nu. Moi, je n'ai rien reçu. Appelle-le.

Victoria s'exécute. L'appel part. Le souffle court, elle fixe Guillaume, un demi-sourire arrondit son humeur. Elle s'attend à entendre la voix de son homme. Répondeur. Elle annonce essayer l'autre numéro. Son quart de sourire s'accroche, rien n'est perdu, il a peut-être laissé l'autre ligne allumée. Sa respiration retrouve une fréquence normale. Sa poitrine ne se soulève plus. Répondeur. Victoria signale l'échec d'un mouvement de tête. Elle détourne ses yeux, la force lui manque de croiser le regard de son frère. Ses larmes se coincent dans son cœur. Elle ne veut pas pleurer, pas maintenant, pas si tôt.

— Je vais enfiler un haut, abdique-t-elle, la tête baissée vers le carrelage.

À son retour, Guillaume retire son portable de son oreille et le pose devant lui. Délicat, il lui pousse du bout des doigts un mazagran fumant, héritage de leur grand-mère maternelle.

— Je t'ai préparé un thé. Je voulais aussi préparer ton petit-déjeuner mais je ne sais pas ce que tu manges le matin.

— Je te remercie de ta gentillesse.

Victoria encercle de ses doigts le récipient en céramique, la chaleur la réconforte. La vapeur aux fragrances de menthe l'apaise. Elle se souvient de sa mamie, à l'heure du goûter, installée à la table de cuisine, cette tasse à la main, ses articulations noueuses autour des motifs psychédéliques et colorés. Cette pensée adoucit sa déception.

— Je suis désolé. J'aurais vraiment aimé qu'il décroche, murmure Guillaume.

— Je sais.

— J'ai essayé de téléphoner quand tu es allée t'habiller. J'ai eu autant de chance que toi. Voyons le bon côté des choses, on sait qu'il va bien.

— Oui. Oui. Je n'ai jamais douté de ses capacités à se tirer d'affaire. Je suis certaine qu'il va bien. Je... j'ai juste besoin de sa présence, qu'il soit là, qu'il me rassure, qu'il m'explique. Je veux qu'il gère tous ces problèmes qui nous arrivent. Je suis à bout de tout ça.

— Il serait fier comme moi de la façon dont tu gères cette... crise. Beaucoup de femmes, ou d'hommes d'ailleurs, auraient baissé les bras à la première difficulté. Très peu auraient pris le taureau par les cornes comme tu le fais. Tu as quand même traversé la France deux fois, subi une panne de train et tu te bats encore. Ta réaction de ce matin prouve que tu es encore là. Oui, tu es sous l'eau pour l'instant mais n'abandonne pas. Pas maintenant, je suis là pour t'aider avec le peu de moyens en ma possession. Tu vas réussir à vous sortir de tout ça.

— Merci... merci d'être là et d'avoir canalisé ma fougue quand j'allais me précipiter.

— Je vais devoir partir. J'ai rendez-vous avec Bogdan ce matin. Je vais aller sur votre chantier, voir les gars de l'équipe dans leur logement et j'inviterai peut-être Bogdan à déjeuner donc ne m'attends pas si tu dois récupérer les filles.

— Je ne savais pas que tu le voyais.

— Je l'ai contacté hier soir en t'attendant. Je vais profiter d'avoir du temps aujourd'hui pour récupérer un maximum d'informations comme ça, lundi, j'irai à l'inspection du travail bien armé. Ça ira si je te laisse seule ?

– Évidemment, je suis une grande fille !

Guillaume s'est douché et s'en est allé. Mon frère a raison, pense Victoria, je dois garder cet esprit conquérant, ne rien lâcher. Ce positivisme ne suffit pas à dépasser sa contrariété. Son petit déjeuner ne passe pas. La vigueur de sa mastication et les minuscules portions franchissent son œsophage seulement à l'aide d'un toboggan de jus d'orange. Dix heures approchent, elle a hâte d'écouter les révélations. Ponctuel, Maxime lui téléphone à l'horaire convenu.

– Je suis content de t'entendre, entame-t-il. Tu m'as fait passer une mauvaise nuit. Ton silence m'a inquiété.

– Je suis désolée. Je me trouvais à une soirée. La musique était forte. Je n'ai pas entendu la sonnerie de ton appel.

– Je constate que les activités de ton mari ne te perturbent pas trop. Tu continues de vivre.

– Qu'est-ce que tu sous-entends ? s'étonne Victoria.

– Je me démène pour enquêter, découvrir où peut se cacher ton mari et tu ne trouves rien de mieux à faire que d'aller danser à une fête.

– Je te rappelle que tu m'aides par intérêt. Et figure-toi que cette soirée était organisée par une très bonne amie et son mari. Je me suis désistée au dernier moment mais elle a tenu à ce que j'y fasse un saut. J'y suis allée sous la contrainte et mon passage a été bref… j'étais chez moi avant minuit.

– Je n'attendais pas de justification, Cendrillon.

– Arrête tes sarcasmes ! Je tenais juste à clarifier la situation pour que tu ne t'imagines pas n'importe quoi ! J'ai pris des somnifères pour être certaine de dormir, si tu veux tout savoir. En tout cas, je suis contente de te savoir encore jaloux.

— Quoi ? N'importe quoi ! Bref, je n'ai pas beaucoup de temps devant moi. J'ai trouvé comme excuse de sortir le chien, comme hier soir. Je ne peux pas trop rester… je reçois du monde à déjeuner ce midi. Allons à l'essentiel.

— Faisons cela oui, ironise-t-elle, enjouée de l'importance que Maxime lui porte.

— Je n'aime pas que l'on ait cette discussion par téléphone.

— Pourquoi ?

— On ne sait pas si nous sommes sur écoute. En même temps, on ne peut pas faire autrement. Je me suis donc rendu au domicile de Klara Roudenko à Aubervilliers. Je n'avais pas regardé sur Google Street View avant. Je m'attendais à ce qu'elle vive dans une barre d'immeuble. Pas du tout, Klara vit dans une maison de maître dans un joli quartier. La demeure a été transformée en copropriété et son logement occupe une partie du premier étage. La porte d'entrée était close. Je préférais ne pas la forcer. J'ai fait le tour du bâtiment et j'ai vu, depuis l'extérieur qu'un des carreaux de sa fenêtre était brisé. J'ai escaladé la gouttière et j'ai ouvert. Je ne te cache pas ma surprise lorsque j'ai retrouvé son appartement retourné. Ce n'était pas le résultat d'une bagarre parce que les tiroirs étaient ouverts et vidés. La personne qui a fait ça cherchait quelque chose en particulier. J'ai à mon tour fouillé… C'était pas bien grand, salon-cuisine, pièce d'eau et chambre. J'y suis resté plus d'une heure. J'allais abandonner quand j'ai pensé à une dernière cachette, les lattes du plancher ; et c'est finalement derrière une plinthe que j'ai trouvé. Manifestement, mon prédécesseur n'avait pas mon expérience de la perquisition. J'en ai sorti une petite boîte dans laquelle il y avait plus de dix mille euros en liquide et la carte de visite d'un détective privé du nom de Jean Flantier. J'en ai conclu que je n'apprendrai plus rien de son appartement. Je suis retourné au commissariat, je devais récupérer des affaires. Grâce à une connaissance, j'ai pu obtenir une photo de ce Jean Flantier. J'ai immédiatement contacté Manon Juliard, tu sais, la copine de Klara qui a signalé sa disparition…

— Oui.

— Après avoir vu le visage de Jean, elle m'a confirmé que c'était avec lui que Klara était partie un soir après les cours.

— Pour quoi faire ? presse Victoria.

— Si je le savais. J'ai téléphoné à ce détective. Je n'ai pas pu trop le questionner, tout ce que je fais n'étant pas officiel. Je suis resté vague et lui s'est très peu exprimé. Il a dit ne jamais avoir entendu le nom de Klara. Il m'a semblé bizarre. Vu le contexte, je n'ai pas donné mon vrai nom et j'ai écourté l'appel.

— On n'en sait pas plus alors ?

— À son sujet, malheureusement non. J'essaie de creuser grâce à l'aide qui m'a partagé sa photo, elle a accès à une base de données que je n'ai pas. J'aurais peut-être des nouvelles demain. Je te tiendrai au courant. Quoi qu'il en soit, la carte de ce type chez cette jeune femme ne m'inspire rien qui vaille. Ce détective est forcément embauché par quelqu'un.

— Oui mais qui ?

— Aucune idée. Et il ne nous donnera pas l'identité de son client par courtoisie.

— Je n'y comprends plus rien. Ludo aurait pu l'engager ?

— C'est une hypothèse que l'on ne doit pas écarter. Ça peut être n'importe qui. Tu dois bien savoir si ton mari avait des ennemis ?

— J'ai l'impression que je ne connais pas l'homme que j'ai épousé alors savoir s'il a des ennemis…

— S'il faisait chanter des hommes comme l'a dit Justine, il se peut qu'une de ses victimes l'ait retrouvé. J'y ai beaucoup réfléchi mais sans élément supplémentaire, toutes mes réflexions restent des suppositions.

— Donc on est dans une impasse ?

— Non, il y a encore des pistes à explorer. Tu as regardé les relevés comme je te l'ai demandé ?

— Non, pas encore, bredouille-t-elle.

— Tu dois le faire au plus vite. Tu remarqueras peut-être un détail qui m'échappe.

— Je vais le faire après.

— Je dois te dire autre chose.

— Oui.

— J'ai fait une réquisition auprès de l'opérateur téléphonique de ton mari pour savoir où il a borné mardi. J'ai pris encore plus de risques que lorsque j'ai utilisé le logiciel afin d'obtenir les propriétaires des lignes.

— Je ne saisis pas où tu veux en venir.

— Avec cette réquisition, l'opérateur envoie la liste de géolocalisation d'un téléphone grâce aux antennes-relais qui se trouvent partout sur le territoire.

— Excuse-moi, je ne comprends toujours pas.

— En gros, je connais les zones approximatives où se situait ton mari le jour de sa disparition et avant qu'il n'éteigne ses téléphones.

Chapitre 22

Maxime parle de passages à la minute près, Victoria utilise toute sa concentration. En comparant le bornage et les horaires de train, il affirme que son mari est descendu en gare Montpellier Sud de France à 11h12. Son téléphone a été éteint ou est passé en mode avion à 14h17 à Montferrier. Jusqu'ici, elle n'apprend rien de nouveau et valide partiellement les données car son voisin Marc a croisé son mardi à l'heure du déjeuner. Maxime ajoute que durant ces trois heures, il ne s'est pas rendu immédiatement dans leur village, il s'est déplacé. L'activation de plusieurs antennes a permis au policier de retracer l'itinéraire approximatif de Ludovic. Il explique que cette enquête lui a demandé de la patience ; l'opérateur localise un appareil dans un rayon d'une dizaine de kilomètres autour de l'antenne. En relevant, l'heure de bornage, il a pu découvrir la route empruntée.

— Il s'est arrêté assez loin de chez toi à 11h54 et l'a quitté à 13h38. Il a finalement borné à 14h01 à Montferrier. Un quart d'heure après, il n'émettait plus.

— D'accord, dit Victoria. Et cet endroit où il s'est arrêté entre le moment où il est sorti de la gare et son retour à la maison, c'est où ?

— J'ai fait mes recherches. Ce n'est pas évident car je ne connais pas la région. C'est proche de la ville de Baillargues. La seule chose notable, à part les habitations et les commerces, c'est le golf de Massane.

— Le golf de Massane ? répète-t-elle, surprise d'entendre ce nom.

— Oui ! Tu connais ?

— Ludovic joue au golf depuis qu'il a découvert ce sport à Melun. Il a une carte membre là-bas. Il se l'est prise dès notre emménagement. Quand il est présent dans le sud, il lui arrive assez régulièrement d'y aller jouer.

— Alors c'est peut-être là-bas qu'il s'est arrêté.

— Je ne vois pas ce qu'il ferait d'autre à Baillargues. Depuis notre arrivée ici, il a tellement été absent qu'il a très peu visité les alentours.

— Il n'y a qu'un moyen d'en être certain, il faut téléphoner ou s'y rendre. Tu veux que je les appelle ?

— Non. Je vais y aller directement. Je tomberai peut-être sur quelqu'un qui pourra m'en dire davantage.

— Je n'osais pas te le proposer. C'est une excellente idée car il est quand même bizarre qu'il y ait fait une escale de presque deux heures sans passer vous voir. Tant que j'y pense, tu as pu voir comment te rapprocher de Sophie Bertin ?

— Euh… non mais j'y travaille. Dans le pire des cas, demain, je cherche à la joindre en passant par le cabinet de son mari.

— Très bien. N'oublie pas de ne pas citer tes sources, ça pourrait me compromettre.

— Ne t'en fais pas pour ça, le rassure-t-elle, offensée de réentendre ses mises en garde. Je vais au golf de suite, comme ça, à mon retour, je récupère les filles chez mon amie.

— Tu me tiens au courant ?

— Oui. À quel moment ? Je ne veux pas te causer de problème chez toi.

— À 17 heures, je me rendrai disponible.

— Très bien. Ah, Ludo m'a écrit. Il m'a envoyé un SMS ce matin.

— Ah bon ! Il est rentré ? Il disait quoi ?

— Que tout allait bien et qu'il espérait rentrer bientôt. J'ai voulu l'appeler mais son téléphone a été coupé aussi tôt.

— Je vais regarder où est-ce qu'il a borné et je te tiens au courant.

— Merci. Je vais au golf. Je te laisse.

— Victoria ?

— Oui ?

— Fais attention à toi s'il te plaît.

Son GPS annonce vingt-neuf minutes de trajet jusqu'au domaine de Massane. Aucune compagnie sonore, si ce n'est les ronronnements du moteur. Le calme est une nécessité, il lui permet de se focaliser sur les paroles de Maxime. Les données qu'il a rapportées la tourmentent. Sa réflexion plonge dans les racines du mal, à l'instar de ses lunettes de soleil qui noircissent le paysage féerique. Victoria les retire et les balance sur le siège passager. Les couleurs fondent sous le pinceau d'un impressionniste pris d'une spirale destructrice, le vert des arbres découpe le ciel bleu, le brun de la terre séchée se fond dans le gris des rochers. La pointilleuse ligne blanche maintient la réalité hors du cauchemar.

Une voix dans sa tête scande : « Klara ». Victoria devine aisément la provenance de l'argent liquide caché dans l'appartement de l'étudiante ukrainienne. Maxime n'a pas eu besoin de le mentionner. Klara a gagné cette somme à la sueur de son front, à la fatigue de son corps, à la meurtrissure de son cœur. Ce labeur a été réglé de la main de son mari. Victoria fait abstraction de la partie proxénétisme et dévie ses pensées vers le détective, Jean Flantier. Son intuition lui susurre qu'il est l'une des clés de cette invraisemblable énigme.

La véritable question, à son avis, est : qui l'a recruté ? Maxime pense que Ludovic n'est pas à exclure des hypothèses. Victoria pense le contraire. Son mari connaissait Klara et son adresse, un détective lui aurait été inutile. À moins qu'il n'ait eu besoin de ses services à d'autres fins... Jean Flantier menait peut-être une enquête sur Ludovic Kovalev, le maître chanteur et elle l'a porté jusque Klara ? s'interroge Victoria effrayée en imaginant les possibilités infinies de cette sombre affaire.

Victoria remonte au commencement de ses malheurs. Elle a découvert que son mari possède une deuxième ligne téléphonique, qu'il n'a jamais eu de logement à Melun lors de ses déplacements, qu'il magouille avec leurs différentes sociétés, qu'il est bien arrivé dans l'Hérault le jour de sa disparition, qu'il est probablement passé au golf et qu'il a éteint son portable quand il était à la maison, qu'il connaît... Stop ! s'impose-t-elle. Les pistes partent dans toutes les directions. Le manque d'information l'empêche d'y voir clair. Cette histoire la touche directement, l'objectivité lui fait défaut. Je n'ai pas à avoir honte de mon raisonnement pitoyable, pense-t-elle, je viens d'apprendre que Ludo est certainement un proxénète et un maître chanteur. N'importe qui aurait du mal à accepter d'avoir été berné depuis des années.

Tout raconter à Maxime pourrait l'aider, vider son sac la libérerait et son policier a une faculté d'analyse supérieure à la sienne. Cela implique de lui avouer pour Sophie et donc, Xavier, il saura qu'elle a vu un autre homme depuis leur séparation. Victoria se remémore la relation qu'il a eue avec Justine juste après son déménagement. Alors, oui, il ignorait qu'elle était envoyée pour le séduire mais il n'a pas résisté à la tentation. Le point encourageant est qu'il a été jaloux quand elle a évoqué sa présence à la fête de Lislalia. Elle aimerait pouvoir évaluer l'ampleur de la passion de Maxime à son égard, savoir si son amour est réciproque.

La voix monocorde du GPS brise sa bulle sentimentale

et lui indique de réaliser demi-tour. Déconcentrée, elle a confondu la troisième et la quatrième sortie du rond-point. Victoria récupère le bon itinéraire, passe à côté d'une gare et franchit la ligne de chemin de fer. Rouler sur les rails la terrorise. Des monticules de terre bordent la chaussée. La voirie récente démontre la volonté de faciliter l'accès au golf situé dans un cul-de-sac.

Victoria approche. Sur sa droite, des baies vitrées percent les murs d'une longère, la carcasse semble vide. Sur sa gauche, l'hôtel spa du domaine de Massane se dresse, imposant, sous un soleil ardent. Les places de stationnement les plus propres sont occupées. Elle se gare sur un terrain aride. Au nombre de véhicules présents, elle en déduit que le green doit être bondé. Les joueurs sont courageux de s'y aventurer sous la chaleur. Face à elle, un paysage désolé se déroule, la sécheresse a fait des ravages, la terre craquelle. À côté, le parcours de golf verdoie, splendide oasis au milieu de nulle part. Elle est dubitative, la restriction d'eau s'applique-t-elle ici ?

Les hommes positionnés à l'entrée sont vêtus à l'identique : polo, short, chaussures de golf, seules les couleurs sobres diffèrent. Victoria repère des femmes qui courent à petit trot derrière leur mari, la coupe de leur tenue est plus proche du corps. Les golfeurs venus sans leur conjointe se baladent par groupe de deux, trois ou quatre. Ils se retournent sur Victoria. En ce dimanche matin, l'un d'entre eux fait une blague et tous rient à son bon mot.

La clarté du jour pénètre à l'intérieur du bâtiment, principalement vitré et boisé. Depuis la porte automatique, une vue panoramique donne sur le parcours. Les bruits familiers du service de restauration perturbent l'ambiance feutrée. Certains doivent bruncher ou petit-déjeuner. Les membres du personnel sont reconnaissables à leur uniforme, des manches longues cachent leurs bras. Sur le mur, une pancarte manifeste une salle de sport et un spa au bas d'un escalier. L'accueil se situe plus loin, juste avant le bar. Une partie saisonnière de la carte est inscrite à la craie sur une ardoise ; le mojito de Massane aurait pu être une jolie expérience dans un contexte différent.

Appuyée au comptoir, Victoria patiente, l'hôtesse, une jeune femme brune, aux cheveux courts termine une conversation téléphonique. Son prénom est écrit sur son badge, Julie ; en-dessous, quatre drapeaux, français, anglais, allemand et espagnol indiquent aux clients la possibilité de s'exprimer dans leur langue. Victoria envie son multilinguisme.

— Bonjour Madame, dit Julie, je vous remercie d'avoir patienté.

— Bonjour. J'ai une requête un peu particulière à vous demander. Voilà, mon mari possède la carte de membre du golf. Voici ma pièce d'identité qui vous prouve que je suis son épouse. J'aimerais savoir à quelle heure, il a fait une réservation mardi dernier s'il vous plaît.

— Je vais regarder cela. Quel est nom ?

— Ludovic Kovalev.

— Très bien, déclare Julie en se servant de la carte de Victoria pour taper le nom. Alors, j'ai bien une adhésion créée au nom de Ludovic Kovalev. Depuis son inscription au mois de décembre, votre mari n'a jamais fait de réservation.

— Quoi ? Comment ça ? s'exclame Victoria.

— Votre mari n'a jamais joué au golf ici.

Chapitre 23

Paumes à plat sur le comptoir en bois laqué, doigts écartés en étoile de mer, Victoria se cramponne et tente de résister aux forts courants contraires qui tempêtent à l'intérieur de son crâne. Ses émotions ne doivent pas la distraire, pas maintenant. Les prospectus des prestations du domaine sont rangés dans des présentoirs. Le premier d'une série a été rangé à l'envers. Sur le verso, elle peut lire qu'une adhésion annuelle au golf coûte plus de deux mille euros. Pourquoi son mari aurait-il dépensé cette somme astronomique inutilement alors qu'il est un économe invétéré ? Au début de leur relation, sa gestion de l'argent avait plu à la jeune banquière. Généreux quand il s'agit de faire plaisir à ses proches, il surveillait les promotions intéressantes dans les tracts distribués dans sa boîte aux lettres malgré l'écriteau, *stop pub*. Sa devise était de ne pas compter en loisir et de restreindre les dépenses de première nécessité.

Sa fulgurante réussite professionnelle ne l'avait pas changé, il continuait de faire attention aux achats futiles. Il n'avait pas rechigné à dilapider ses premiers gains dans une maison luxueuse et une voiture de sport. En revanche, malgré un compte à six chiffres, il optimisait ses douches, limitait la consommation d'énergie, inculquait aux filles de ne pas gâcher la nourriture. Durant les opérations « gros volumes » en hypermarché, il n'était pas rare qu'il remplisse le coffre de sa Porsche Macan de packs d'eau et de bière, d'une montagne de papier toilette et d'un nombre de conserves susceptibles d'organiser une belle partie de chamboule-tout. Ces jours-là, la buanderie ressemblait à la cave d'un survivaliste.

L'hôtesse Julie se trompe. Ludovic n'a pas pu cotiser cet encartage excessif et ne jamais jouer ne serait-ce qu'une partie. En plus, il a laissé son vieux set de golf dans le nord et en a acheté un neuf en arrivant dans l'Hérault. Victoria connaît la passion de son mari pour ce sport, elle l'a vu s'y exercer à quelques reprises sur les parcours de Lésigny et de Fontainebleau. Depuis leur installation à Montferrier-sur-Lez, Ludovic s'était absenté de la maison à plusieurs reprises, durant des demi-journées, taper la balle comme il disait. Victoria en est certaine, Julie a lu en diagonale, elle a sauté une ligne et n'a pas vu les réservations.

– Je suis désolée mais je vais vous demander de revérifier, vous devez faire erreur, s'excuse-t-elle.

– Non, il y a écrit « réservation » et le chiffre zéro à côté. Je peux vous le montrer si vous voulez ?

– Je vous crois. C'est que… mon mari m'a affirmé être venu plein de fois jouer ici… où était-il quand il partait de la maison ?

La gêne assombrit le visage de Julie qui garde le silence. Sa jeunesse et son métier centré sur le service ne l'ont pas préparée à gérer les déboires sentimentaux d'une cliente.

– Pourquoi se serait-il inscrit dans votre golf pour ne pas jouer ? continue madame Kovalev, les trémolos dans la voix.

– Je ne sais pas. La carte donne accès à la piscine extérieure, à une remise sur le spa et à l'abandonnement Golfy indigo.

– Une remise sur le spa ? Y a-t-il déjà été ?

– Oui. J'ai plusieurs réservations pour deux personnes.

Toujours agrippée au comptoir, ses mains moites aspirent la paroi lisse. La montée des eaux, coincée jusque-là dans sa gorge, atteint le bord de ses yeux. Victoria pensait avoir laissé derrière elle la double-vie avec la profession de Justine Luson. Ses secrets servaient une vile activité criminelle. Son honneur n'avait pas été bafoué et ne le serait pas, croyait-elle.

— Madame, pourriez-vous vous décaler sur le côté, s'il vous plaît. Je m'occupe des personnes derrière vous et nous terminons ensuite, demande l'hôtesse.

Docile, Victoria réalise un pas chassé et recule. Deux personnes âgées prennent sa place. Un homme se colle au meuble, une femme reste en retrait. Les deux ont remarqué ses yeux embrumés, ils la fuient du regard. Leur malaise est perceptible, ils se pressent. Hébétée de l'adultère soupçonné de Ludovic, Victoria se fiche du jugement de ces deux individus. La pudeur maintient un barrage à ses larmes. Une effusion en public l'humilierait. Le couple se retire, sans lui adresser un au revoir.

— Je suis désolée de vous avoir demandé de vous écarter. Je voulais vous dire quelque chose mais pas devant ces gens. J'ai envie de vous aider. Je ne devrais pas vous confier l'information car je pourrais perdre mon emploi. Votre mari possède un logement chez nous.

— Comment ça ?

— Dans cet établissement, il y a la résidence des jardins de Massane dans lequel on trouve des studios et des appartements qui appartiennent à des propriétaires. Votre mari possède un appartement dans la résidence.

— Ce n'est pas possible. Si c'était le cas, je serai au courant.

— C'est ce qui est écrit sur sa fiche. Si vous gardez cela pour vous, sans dire que l'information vient de moi, je suis prête à vous donner le numéro du logement en question.

— Vous pouvez me faire confiance. Je ne dirai rien.

— Très bien, c'est au numéro 17 du bâtiment B. Il est

en rez-de-jardin, vous trouverez une pancarte indiquant la résidence en empruntant la sortie derrière vous. Je ne vous ai rien dit.

Victoria quitte l'accueil et suit les indications de Julie. Cette double-nouvelle l'anéantit, elle ne réfléchit plus. Elle avance. À l'extérieur, la lumière l'éblouit. Une descente pavée l'amène à un tableau de renseignements. L'odeur chlorée et les éclaboussures provoquées par des plongeons l'informent d'une piscine dans les environs. Les murs blancs de la résidence resplendissent. Les logements ne dépassent pas un étage. Sérénité et relaxation émanent des chemins bordés de végétation. L'endroit est au goût de Victoria. Elle prendrait plaisir à y venir en vacances en compagnie de sa famille, elle profiterait des transats et des grands espaces. De son côté, Ludovic swinguerait sur les dix-huit trous. La réalité rattrape sa pensée : son mari est propriétaire d'un bien sans qu'elle ne le sache et s'y rend régulièrement accompagné. Ensemble, ils se détendent au spa, se rafraîchissent dans la piscine, se baladent sur le parcours. Sûrement qu'ils brunchent tard après une courte nuit de sexe. Victoria se ressaisit. Ne pas craquer. Les longues plages d'apitoiement viendront plus tard.

Face à face, les bâtiments B et C sont séparés d'une allée piétonne, si un résident souhaite décharger courses ou valises, il peut y accéder en voiture de manière exceptionnelle en respectant une limitation à dix kilomètres par heure. À l'extrémité, le parking des Jardins de Massane donne sur la longère croisée à son arrivée et, à l'autre bout démarre une promenade autour du golf. Des parterres fleuris égayent les bordures, les pensionnaires du rez-de-chaussée ouvrent leurs fenêtres sur une kyrielle de couleurs vives. La chaleur du soleil à son zénith stagne dans cette étuve. Les résidents se terrent à l'abri ou à la piscine. Victoria est seule devant l'appartement 17. Comme l'a mentionné Julie, le logement est en rez-de-jardin, un escalier qui accède au premier étage dessine une arche au-dessus de l'entrée. Tous les volets sont clos.

Avant de frapper à la porte, son instinct primaire prend les directives. Victoria contourne le bâtiment et débouche sur un passage à l'arrière de l'immeuble. Caché derrière une haie en contrebas, le sentier de terre longe les habitations et le green. Des lauriers roses délimitent les jardins des propriétés et les balcons des étages ombragent les terrasses. D'après ses calculs, celui attenant à l'appartement de Ludovic est le troisième par ordre d'apparition sur son trajet. Précautionneuse, elle espionnera quelques mètres avant de l'atteindre. Les deux premiers sont habités, Victoria aperçoit un but de foot, des vélos et des serviettes étendues entre les branchages. Arrivée à hauteur du suivant, elle se comporte en espionne : coup d'œil à gauche, coup d'œil à droite, l'air innocent, elle écarte les feuilles. Le dégagement lui permet de distinguer que les volets roulants sont remontés. Des rideaux obstruent l'intérieur. Par acquis de conscience, accroupie, simulant de refaire un lacet à sa chaussure ouverte, elle zieute le quatrième et dernier jardin, manifestement inhabité.

Des gouttelettes naissent sur son front, Victoria les met sur le compte de la température. N'écoutant plus son corps, elle n'a pas conscience de son état de crispation.

Elle retourne vers la porte principale. Cette tentative d'effraction par l'arrière était invraisemblable. Son lâche stratagème a simplement repoussé l'inévitable, se confronter aux mystères du numéro dix-sept. La semaine écoulée a insinué un doute dans son existence, ses valeurs tanguent, ses certitudes tombent à la vitesse d'une chute de dominos. Elle n'a pas la moindre idée de ce qu'elle va découvrir. Les probabilités parieraient sur Ludovic.

Néanmoins, une maîtresse à moitié nue n'est pas à exclure.

L'espace d'une seconde, elle se dit qu'elle devrait laisser tous les mensonges derrière la porte 17, partir, récupérer ses filles, rentrer chez elle et reprendre sa vie. Le désespoir soulève sa main. La poignée s'abaisse.

Un passage s'écarte. Des bruits d'objets manipulés ou déplacés proviennent du bout d'un couloir carrelé à la luminosité terne. Ses orteils pédicurés dépassent de ses sandales, elle se réjouit de ne pas porter de talons. À pas feutrés, elle s'élance.

Au bout du corridor, à l'arrêt avant la limite de la pièce suivante, Victoria se gonfle de courage, tourne à l'angle et se fige dans l'embrasure. Les voilages atténuent la clarté de cette journée de fin d'été. Elle balaie le salon du regard. Les murs ocres laissent indifférents. Au milieu, une table à manger en fer forgé et ses six chaises refroidissent l'atmosphère. Une odeur de renfermé plane. Une télé dort contre un mur. La décoration est basique. L'œil humain est attiré par ses semblables, celui de Victoria se pose sur son congénère assis dans le canapé. Ce n'est pas tant cette personne installée au bord du coussin qui la choque, pas plus que la familiarité de son visage ; ce qui l'époustoufle trône sur un meuble appuyé dans un angle. Des cadres posés sur le buffet lui font l'effet d'un coup de poing reçu un soir de cuite ; le cerveau analyse le choc, l'alcool absorbe la douleur qui ne sera ressentie que le lendemain. Les quatre photos sont explicites, pas besoin de dessin. Victoria y observe Ludovic et la personne présente physiquement dans cette pièce. Elle les voit s'enlacer, elle les voit échanger ce regard propre à ceux qui s'aiment. Elle les voit rire aux éclats. Elle les voit heureux.

Sa réflexion se braque et refuse d'accepter la vérité sur l'un des quatre clichés, celle dans laquelle son propre frère embrasse son mari à pleine bouche. Guillaume, les traits pétrifiés, se redresse. La présence de sa sœur dans la garçonnière confidentielle du dix-sept, bâtiment B, des Jardins de Massane l'épouvante.

La fuite est inenvisageable.

Chapitre 24

Guillaume bégaye. Guillaume tremble. Guillaume promet des explications. Incapable de parler, Victoria lève un doigt, signe de ne pas lui adresser la parole et de ne pas la suivre. Ses émotions s'affolent. L'appartement l'oppresse. Une folie destructrice la menace. Elle rebrousse chemin, quitte cet endroit maudit. La chaleur écrasante tombe sur ses épaules et saisit sa poitrine. Elle préfère cette horrible température à la vue du salon. Elle cherche une échappatoire. La vive blancheur des bâtiments l'aveugle. Elle tourne sur elle-même. Sa vision tourbillonne.

Son frère la rejoint sur le pas de la porte. D'un revers de main, elle lui ordonne de rentrer.

— Pars. Je veux être seule. J'arrive.

L'aîné courbe l'échine et se retire. Son désarroi la perd. Elle s'assoit sur un banc et, coudes sur les cuisses, paumes sur le front, ses doigts se plantent dans son cuir chevelu. De ses ongles, elle veut arracher les photos du buffet qui défilent dans son esprit.

— C'est pas possible, dit-elle à voix haute, c'est pas possible...

Désemparée, elle retourne dans la pièce carrée, Guillaume a repris sa place sur le canapé, il fixe la table basse. Sa sœur ne daigne lui accorder une attention, elle se dirige vers la baie vitrée, violente le rideau qui ébranle la tringle. La luminosité augmente. La fenêtre coulisse. Victoria se plante entre l'appartement et le jardin. « Tu ne devrais pas ouvrir, il y a la clim' et l'extérieur est envahi de moustiques à cause de l'arrosage automatique », la met en garde son frère. Elle le fusille d'un regard noir par-dessus son épaule. Dégoûtée par son propre sang, dos tourné, la conversion démarre.

— Depuis quand ? balance-t-elle.

Victoria juge cette interrogation primordiale. La tromperie n'est plus à nier, en attestent ces répugnants clichés. La durée de leur relation définira l'ampleur du mensonge. Être cocue, raillée sur la place du village est un fait, être prise pour une conne par son mari et son frère en est une autre.

— Victoria… tu ne…

— Contente-toi de répondre.

— Depuis votre mariage, cède Guillaume.

— Mais… c'est là que vous vous êtes rencontrés ! À ton retour de Croatie ?

— Oui.

Son frère parle de coup de foudre. Elle aimerait qu'il se prenne la foudre, carbonisé. Victoria adopte un mutisme indéboulonnable. Sa mâchoire se crispe, une pression plus forte ferait sauter ses dents une à une tel un four éjecterait du popcorn d'un épi de maïs. D'après lui, ça se serait produit à la première poignée de mains. À cette évocation, sa robe de mariée lui apparaît. Durant ce qui était censé être le plus beau jour de sa vie, son mari entamait un nouvel amour. Victoria tente de se concentrer, son esprit assimile les propos de Guillaume et en fait spontanément le parallèle avec son propre vécu.

Quand elle reprend une écoute attentive, Guillaume rapporte leur puissante attraction. Les deux hommes se pensaient hétérosexuels, ils n'avaient jamais eu de passion masculine. La première intuition les leurra et leur fit miroiter que cette symbiose était le résultat d'un lien amical indéfectible. L'engagement fraternel était plausible, après tout, le destin avait déjà réuni deux hommes sur une même trajectoire dans le but de les voir réaliser de grandes choses, n'en déplaise à Achille et Patrocle, Disney et Dali, Anquetil et Poulidor.

Victoria peine à garder son attention. Chaque anecdote l'éloigne de la résidence de Massane, elle flâne dans les allées du jardin de ses souvenirs, elle fouille le cœur des pistils, cherchant à excuser sa cécité devant l'évidence. De retour de leur voyage de noces, elle se sentait rassurée de savoir que Ludovic ne quittait pas Guillaume, cela signifiait qu'il ne batifolait pas ailleurs. Son frère était le garant de la fidélité de monsieur Kovalev, jamais il n'aurait couvert un adultère. Elle écrase un deuxième moustique sur sa cuisse et suit la tirade.

Guillaume explique qu'ils confondaient cette franche amitié avec quelque chose de plus profond. Le besoin de se retrouver leur devint viscéral. Monter un projet professionnel était un prétexte idéal qui camouflait des motivations inavouables. Les plaisanteries, la bonne entente, la découverte des points communs favorisèrent leur rapprochement.

Une piqure légère attire son attention sur son bras, proche d'un grain de beauté, un moustique-tigre la dévore. D'un plat de main, elle l'exécute. Sa hargne témoigne de ses envies destructrices. Une ligne de sang s'étale sous l'insecte écrabouillé. Ces saloperies de bestioles provoquent des boursoufflures rouges, tout à fait laides sur une belle peau bronzée. Ressembler à un répugnant clafoutis la débecte, elle ferme la baie vitrée ; son orgueil piqué à vif, lui rappelle le bon conseil de Guillaume. Le calme les entoure, sans se retourner, toujours face à l'extérieur, Victoria interrompt les babillages énamourés.

— Quand… quand… vous avez commencé à…

Son frère expire et avoue. Pendant une coupe du monde, à cette époque, à peine mariés, Victoria et Ludovic n'avaient pas les moyens de s'acheter une télévision dans chaque pièce de leur maison et encore moins de s'offrir une villa luxueuse dans le sud de la France ; un unique écran était installé dans leur salon. Les soirées canapé viraient parfois au drame quand la ligue des champions se jouait à l'heure d'un nouvel épisode de *Grey's anatomy.* Le tacticien le plus malin confisquait la zapette. En temps normal, Victoria ne supportait pas d'être assise à côté de Ludovic affalé devant du football. C'était pire lors des grandes compétitions, une coupe du monde signifiait des matchs en continu toute la journée pendant un mois et, d'après l'expert footballistique Kovalev, même une confrontation Corée du Sud-Paraguay avait son importance. Il avait proposé de suivre l'événement loin du domicile conjugal, dans un bar avec des amis ou chez Guillaume ; le choix de sa femme allait au plus pragmatique.

– Tu es en train de me dire que c'est moi qui vous ai poussé l'un vers l'autre ?

Son frère perd son français, marmonne des excuses, reconnaît être le seul responsable de leur tromperie. Victoria fulmine, sa manucure s'enfonce dans sa paume. La douleur la brûle. Elle examine les marques, ses yeux se posent sur ses bagues et s'attardent sur son diamant. Elle se retient de lacérer le visage de son frère à la pointe de son solitaire, cadeau de Ludovic à leurs cinq ans de mariage.

– Qui a embrassé l'autre ? cette question la surprend elle-même.

– Lui… moi… en même temps… je ne me souviens plus, bafouille-t-il embarqué dans la rapidité de sa réponse. Tu sais, on avait bu quelques bières… ça, plus l'euphorie du match… enfin… je…

Cette conversation la balance entre dégoût et colère. Les propos de Guillaume s'enlisent dans l'hésitation et donc glissent vers le mensonge. Sa fureur croît.

— C'est bon. C'est bon, j'ai compris. Arrête ! Dis-moi où il est à présent ?

— Je... je ne sais pas.

— Arrête de mentir, vous vous êtes assez foutus de ma gueule tous les deux. Il est où ?

— Je te promets que je te dis la vérité.

— Tu étais au courant du chantage qu'il faisait avec les prostituées ?

— Non. Je comprends ton énervement mais je suis dans la même situation que toi. Ludo était plein de secrets. Je t'ai dit que dernièrement il avait un comportement bizarre, même au travail. Il nous a planté plusieurs contrats.

— Mais il est où maintenant ?

— Tu pourrais me poser la question cent fois que ma réponse ne changerait pas.

— Tu ne devais pas déjeuner avec Bogdan ? interroge Victoria subitement rattrapée par l'empressement de son frère à rejoindre l'ouvrier.

— Non. Je t'ai menti. Depuis la panne de train, je t'ai poussée à rentrer pour venir ici. Je n'ai pas pu venir fouiller hier car tu étais partie à Paris et j'étais avec les filles.

— Comment connais-tu cet endroit ?

— Victoria, il y a des choses que tu ne veux pas savoir.

— Ne me parle pas comme si j'étais une conne ! Je veux la vérité !

— Ludo a acheté cet appartement avec la société quand vous vous êtes installés dans le coin. J'avais un endroit où venir quand il était ici... c'était un pied-à-terre. On voulait conquérir de nouveaux chantiers pour travailler durablement dans cette région afin d'éviter qu'il fasse les allers-retours. Je l'aurais rejoint par la suite.

— À t'écouter, vous étiez en couple.

Guillaume fuit son regard. Victoria saisit. Qui ne dit mot, consent.

— Si c'était si fort entre vous, pourquoi ne m'a-t-il jamais quittée ?

— C'était un sujet de discorde entre nous. Je lui reprochais souvent de ne pas choisir. J'aurais dû prendre l'initiative d'arrêter mais je n'ai jamais pu. Je pense qu'il y a plusieurs raisons à son mensonge, à notre mensonge. Il n'assumait pas notre relation et je ne sais pas s'il assumera ce que l'on est un jour. Le regard des gens, des autres, des proches, c'est quelque chose de… compliqué. Il y a toi aussi, je crois qu'il… qu'il tient à toi, vraiment. Il est encore très élogieux à ton sujet. Puis il y a les filles, il ne supporterait pas d'être séparé d'elles une semaine sur deux ou de les avoir un week-end sur deux. Depuis que tu vis ici, c'est un déchirement pour lui de ne pas les voir. La distance est un fardeau. C'est pour cela qu'il veut me faire le rejoindre, pour que l'on pérennise l'entreprise dans le sud.

— Tu penses m'attendrir ?

— Non. Notre secret est odieux… surtout vis-à-vis de toi. Tout ce que je te dis là est la pure vérité. J'ai été blessé et jaloux de votre déménagement. Lui, il se démène pour dénicher des contrats ici et moi, je lui mets des bâtons dans les roues pour le punir d'être parti. J'ai longtemps eu espoir qu'il te quitte pour moi. Votre départ pour Montpellier me montre qu'il ne le fera jamais. Je garderai à jamais cette place.

Il souffle longuement. Victoria, sans le voir, ressent sa souffrance. Elle ne décolère pas.

— Tu promets que tu n'étais pas au courant de ses affaires de chantage ?

— Oui.

— Et que tu ne sais pas où il est ?

— Oui. Si je le savais, je ne serais pas là…

Victoria ne démêle plus le vrai du faux. Croire, c'est remettre en question. Les bouffonneries l'exaspèrent. Les piliers de sa vie s'écroulent. Ses proches ne sont plus dignes de confiance. Quand la tonitruante tromperie n'éteint pas ses paroles, la voix de son frère vibre de la complainte de la sincérité. Son courroux n'aura de repos qu'à la lueur de l'unique version relatée par tous les protagonistes de son humiliation. Son être implore la paix intérieure. La photo du baiser de Guillaume et Ludovic l'en prive. À présent, chaque fois qu'elle croisera un golf, qu'elle passera sur un rez-de-jardin, qu'elle verra un laurier rose, ou pire une simple fleur rose, elle se remémora l'histoire d'amour entre son frère et son mari.

S'il était allé voir une autre femme, j'en aurais conclu que la flamme entre nous s'était éteinte… mais un homme, cela signifie que je l'ai dégoûté ? que je n'ai pas été à la hauteur de ses attentes ? se lamente Victoria. Son ressentiment ne faiblit pas, Ludovic aurait dû la quitter depuis longtemps plutôt que de lui infliger ce supplice. Sa haine ne se compare avec rien de vécu.

Une main réconfortante se pose sur son épaule rigide. Ce geste accentue sa tension. Elle pivote sur ses talons. La compassion de Guillaume l'écœure. Son agressivité, contenue par l'assommante découverte de leur relation, se libère ; de toutes ses forces, elle le repousse, son frère se cogne contre un pied de chaise, perd l'équilibre et s'écrase sur le carrelage. Victoria profite de ce chaos et quitte la garçonnière.

À bord de sa voiture, l'asphalte défile. Pas de GPS, pas d'itinéraire, la route et son malaise cohabitent. Hagarde, son instinct primaire choisit les directions. Victoria, proche de la rupture, ne se brise pas. La douleur gronde en son sein, vive et intense. L'humain a la faculté de subir l'excès d'un sentiment. La brûlure de cette émotion même si elle infecte une couche épaisse de l'épiderme, peut être guérie ; bien entendu, il restera un stigmate, balafre indélébile.

Victoria en subit en ce moment les flammes bleues. Le problème, dans son cas, est que son allié, le temps, ne peut pas appliquer ses bienfaits réparateurs ; la cicatrisation ne peut avoir lieu qu'avec une succession d'aurores et de crépuscules, or les mauvaises nouvelles alimentent le foyer de sa souffrance : disparition de Ludovic, maîtresse supposée, maître-chanteur, relation adultérine avec son frère... Son âme réclame son deuil, son repos, son pardon. Ce trop-plein se traduit par un vide, un cratère asséché où avant verdoyait une oasis luxuriante. Coûte que coûte, Victoria doit exprimer son mal-être si elle ne veut pas se désagréger.

Enfin, un panneau apparaît, *plage du petit travers*, un phare à suivre. Elle gare sa voiture à cheval sur un trottoir, entre danger et sécurité, comme l'est son existence. Son sac à main reste sur le siège passager. Victoria traverse la route, avance et atteint le sable. Son mari couche depuis des années avec son frère, le monde devrait être à feu et à sang. La population devrait se terrer sous le joug d'un couvre-feu, en train de se barricader en prévention des émeutes nocturnes à venir. En lieu et place de cette anarchie espérée, ce dimanche ensoleillé a attiré foule. Des parasols poussent hors du sable. Des serviettes jonchent le littoral. Les pique-niques sont de sortie. Des petits bonhommes de neige couverts de crème solaire construisent des châteaux de leurs pelles et de leurs seaux.

Victoria perce cette ligne de bonheur estival, piétine des copeaux de coquillages et se dirige vers l'étendue bleue. La mer impérieuse la rassure. Le ressac surplombe le brouhaha enjoué des baigneurs et lui chante une berceuse apaisante. Au loin, l'horizon marque la limite du champ des possibles. Elle poursuit sa progression en direction de l'infini, sa robe la ralentit. L'eau engloutit ses pieds, ses jambes, son bassin. L'exclamation des gens de la voir se mouiller habillée est ignorée. Elle veut être submergée. Ses chaussures ouvertes ne sont pas adaptées à sa péripétie. Le niveau continue de monter. Le froid saisissant ne la freine pas. Son cou disparaît. Son menton se relève. Encore quelques pas et le fond marin sera le dernier témoin de son existence.

Un parfum iodé s'infiltre dans son nez. Les yeux fermés, tout est noir. La houle secoue son corps. Enveloppée dans le silence, elle se recroqueville sur elle-même. Ses bras encerclent ses tibias. Ses paupières s'ouvrent. Sa vue se brouille. Le sel l'irrite. Ses cheveux flottent et ondulent. L'oxygène diminue. Son rythme cardiaque aussi. Ses émotions se meurent dans les profondeurs marines ; bientôt, il ne restera de son passé qu'une vieille carcasse échouée dans les abysses, aux côtés des vestiges de la bataille d'Actium.

Quand le calme est total, Victoria hurle. Elle hurle à s'en cramer les poumons. Ses cris se transforment en une floppée de bulles. L'air s'échappe progressivement. La vie file. Adieu Ludovic. Adieu Guillaume. Ses larmes coulent. Ses larmes s'oublient. Ses larmes se noient.

Chapitre 25

Proche de l'asphyxie, Victoria savoure son expiation. Sa cage thoracique est saisie de spasmes. Encore une poignée de secondes et elle remontera à la surface. Dans sa position fœtale, des bras passent sous ses aisselles, la plaquent contre un torse et la tirent de l'eau. Elle happe l'air iodé à grandes goulées, aussi longuement que si elle avait à siroter un fond de mojito à la paille, jusqu'au bruit de succion entre la menthe et les glaçons.

— Restez calme madame, je vais vous sauver, lui scande une voix à son oreille.

Victoria se débat. Ses jambes s'agitent et éclaboussent. Depuis la plage, elle doit ressembler à un crabe retourné sur le dos. L'oxygène lui manque toujours, impossible de se défendre verbalement.

— Ne bougez pas madame, ça va aller.

— Mais lâchez…

Victoria ne peut pas terminer sa phrase. Elle est avalée par une vague et boit la tasse. Elle panique. Un sauvetage va s'avérer nécessaire. L'inconnu prend conscience des déglutitions de sa victime et lui relève la tête en la tirant par le cou. Ce geste l'étrangle, elle essaie de défaire l'avant-bras. Au-dessus, le ciel est bleu, deux mouettes tournoient, prêtes à dévorer le cadavre flottant de madame Kovalev. Le sauveteur la soulève et la relâche où ils ont pieds. Victoria tousse. Le liquide sort par trombes. Le gars, qui se prend pour Mitch Butchannon – toujours dans les bons coups, ce bon vieux Mitch – frappe puissamment de la paume le haut de sa colonne vertébrale. La claque, en-dessous de la nuque, lui fait perdre l'équilibre. Elle part en avant et plonge à nouveau. La mer remplit ses bronches. Des régurgitations violentes la font convulser.

– Mais ça va pas, peine-t-elle à sortir. Vous êtes complètement taré.

– Alors ça ! Ça m'espante ! Vous pourriez être reconnaissante, je vous ai sauvée, répond le type avec un accent du sud.

Le héros du dimanche matin est un grand-père, soixante-dix ans passés d'après son estimation. Sa touffe de cheveux blancs mouillés pose une couronne d'épines sur son crâne. Le roi des cons, pense Victoria. Immergé jusqu'au bassin, son torse est tellement velu que la peau ne réapparaît qu'aux épaules, il y a de fortes chances pour que des bestioles marines aient élu domicile sous ce tapis d'algues poilues. Savoir que ses cheveux se sont mêlés à cette flore sauvage lui provoque un haut le cœur.

– Je n'étais pas en train de me noyer.

– Ben si.

– Si je vous le dis. Je me baignais.

– Je vous ai vue vous escamper habillée, pleine de détresse… puis vous avez disparu… j'ai cru que…

– Vous avez mal cru. Vous auriez même pu me noyer à m'étrangler.

– Je suis confus. J'ai pourtant eu mon brevet de secouriste, il y a longtemps…

L'incident terminé, assise sur des rochers, le soleil la sèche. Elle aimerait enlever sa robe mouillée qui la colle mais ses sous-vêtements ne ressemblent pas à un maillot de bain décent. Il est quatorze heures passées quand elle retourne à sa voiture. Les notifications de son téléphone l'informent que Lislalia, Guillaume et Xavier ont cherché à la joindre. Victoria prévient sa copine de son arrivée dans moins d'une heure et ignore les hommes.

Le panneau de Montferrier dépassé, Victoria fait un rapide état des lieux de sa carrosserie à travers l'œil impartial du rétroviseur. Des résidus salins esquissent des auréoles sur son visage et l'eau de mer tache sa tenue. Ses cheveux, dans lesquels se sont peut-être infiltrés les insectes de Mitch, dégagent une odeur âcre. Ses paupières sont gonflées, imbibées des pleurs écoulés sur le trajet du retour. Pas besoin de travailler chez Jean-Paul Gaultier pour savoir que son apparence est un *fashion faux pas.* Elle a honte de se montrer ainsi en public. Tant pis si des voisins la croisent débraillée, ses préoccupations sont plus graves.

Devant la maison de ses amis, sa coquetterie fait son grand retour. Victoria téléphone à Lislalia et la prie de la rejoindre à sa voiture. En bonne amie, elle ne tergiverse pas et s'empresse de venir. Quand elle remarque sa dégaine, elle accourt.

— Qu'est-ce qu'il passe? Il y a un problème? s'inquiète-t-elle avec un accent plus prononcé qu'à l'accoutumée.

— Non tout va bien, je viens juste récupérer les filles et je rentre.

— Ah non, je ne te laisse pas repartir. Je suis sûre que tu n'as pas mangé, tu vas entrer déguster une saucisse ou un burger ou même les deux. Hans en a fait pour un régiment. Et tu vas tout me raconter.

Régiment, proféré par sa copine allemande, la fait sourire timidement. La relation de Ludovic et Guillaume lui a coupé l'appétit. Cette terrible semaine contrarie jusqu'à son envie de vivre. Victoria ne laisse aucune place à la négociation. Éprouvée par sa matinée, elle désire rentrer, retrouver son intérieur, se sentir en sécurité dans son cocon, allongée dans le canapé, une tasse de chocolat chaud sur la table basse. Lislalia n'insiste pas et lui propose de lui offrir un repas.

— Non, je te remercie. Je n'ai pas faim.

— L'appétit vient en mangeant comme vous dites, vous autres français. Tu ne vas pas dire non à une bonne grosse saucisse allemande faite maison ?

— Je vais décliner ta proposition, pouffe Victoria.

— Tu m'accompagnes chercher les enfants ?

— Si ça ne t'ennuie pas, j'aimerais que tu les ramènes. Je t'ai demandé de venir devant pour ne pas avoir à croiser du monde, s'excuse-t-elle en mettant en avant sa dégaine.

Compréhensive, Lislalia s'exécute. Les filles courent vers leur maman qui les serre très fort contre elle. L'aînée, perspicace, l'interroge sur son laisser-aller. Une invention suffit à étancher sa curiosité. Son amie a la gentillesse de les avoir fait déjeuner en son absence et insiste sur sa disponibilité si elle ne se sent pas de les garder. Victoria lui fait part de sa reconnaissance éternelle et se retire.

Sur la banquette arrière, Romie et Célie, volubiles et surexcitées, éreintent leur mère. Victoria ne veut pas crier, ni hausser la voix. Peu présente ces derniers jours, leur montrer l'image d'une maman au bout du rouleau qui les réprimande, ne lui convient pas. Avec de la volonté, son oreille fait abstraction du bruit et, malgré un manque d'intérêt à leur loquacité enfantine, elle donne le change en usant des armes de l'indifférence : *ah bon ? c'est vrai ? ça vous a plu ? quelle aventure ! je suis contente pour vous.* Ses filles n'y voient que du feu.

— Maman ?

— Oui.

— Il rentre quand papa ? demande Célie.

Le ton de cette question dépose des larmes au bord de ses paupières.

— Je ne sais pas ma chérie. Bientôt, j'espère.

— Moi aussi, ajoute-t-elle, il me manque.

Victoria essuie la vilaine larme échappée au coin de son

œil. Tous les sentiments négatifs à l'égard de Ludovic ne désenflent pas. Il y a de fortes chances pour que leur couple ne survive pas à cette épreuve. Romie et Célie ne doivent pas être privées de leur père. Si elle peut aider son mari à s'extraire de cette situation épineuse, elle devra faire tout ce qui est en son pouvoir. Contre sa volonté, elle est trempée dans cette affaire, une entreprise à son nom est sous contrôle de l'inspection du travail.

Une belle voiture est garée le long du muret de leur propriété. Ses riches voisins n'avaient pas usé de cette incivilité depuis leur arrivée. En temps normal, sa légitimité et son sens de la propriété l'auraient menée à enquêter sur cette acte délictueux, passible d'une engueulade. Elle avance sur l'entrée carrossable, appuie sur la télécommande du portail et scrute l'intérieur du véhicule mal stationné. Les rayons du soleil se reflète sur le pare-brise. Elle discerne une personne sur le siège conducteur. Par un plissement, son mécanisme oculaire s'adapte à la distance et à la luminosité. Le visage de Xavier apparaît. Il lève la main à son attention.

Il ne manquait plus que ça, peste-t-elle, quand est-ce que ça va s'arrêter... Victoria tourne vite la tête vers l'entrée qui s'ouvre lentement. Peut-être qu'il ne m'a pas vue et que si je fais semblant de... elle sursaute au coup de klaxon. Instinctivement, son regard se porte vers le bruit. Xavier lui fait de grands signes. Elle est fichue, elle n'évitera pas la confrontation.

— Maman, je crois que le monsieur t'appelle.

— Bravo Sherlock Holmes, belle déduction, marmonne-t-elle.

— Qu'est-ce que tu as dit maman ?

— C'est qui Sherlock Holmes ?

— Rien. Romie, je vais te donner les clés, tu ouvres la maison et vous allez jouer au calme dans vos chambres.

Je vais aller voir ce que veut ce monsieur. Il est peut-être en panne. Vous ne me dérangez que s'il y a le feu dans la maison, vous m'avez bien comprise ?

— Oui.

Victoria les dépose et retourne voir Xavier qui l'attend, adossé à un mur. Elle s'arrête sur le rail du portail au niveau du capteur, il ne se refermera pas. Positionnée à cheval entre la rue et le jardin, elle lui montre sa hâte d'en finir.

— Quand je suis allé au rebond chez Lislalia et Hans, ils m'ont dit que tu devais venir. En sachant tes filles là-bas, j'en ai conclu que je pouvais t'attendre devant chez toi sans te causer de problème. Ça fait deux heures que je t'attends. Tu n'as pas décroché à mes appels.

— J'étais occupée avec mon frère.

— Ah ! Il est là ? parce que je ne veux pas qu'il colporte des rumeurs à ton mari.

— Non, il n'est pas là. Si tu es là pour me parler de nous, ce n'est pas la peine. Nous nous sommes déjà tout dit. Je ne suis pas en état d'aborder ce sujet.

— Je ne comprends pas. Je ne te comprends pas. Il faut que tu m'expliques. On passe, à mon sens, deux superbes déjeuners, une balade, tu m'envoies une jolie photo de toi et, du jour au lendemain, tu mets un terme à ce que l'on vit. J'ai besoin de savoir pourquoi. Je mérite de connaître tes motivations.

— Tu es un homme brillant, certainement destiné à une grande carrière politique mais je ne veux pas être la femme d'un soir. J'ai déjà donné dans ces relations sans lendemain, je mérite mieux que ça.

— Tu prédis l'avenir pour affirmer être la femme d'une nuit ?

— Arrête ton baratin. Garde tes belles paroles pour d'autres. Tu n'es pas le genre d'homme à quitter sa femme.

— Victoria, nous nous connaissons à peine, je trouve que

le courant passe bien entre nous. Pourquoi tout gâcher ? savourons le moment présent. Personne ne peut savoir où cette histoire va nous mener.

— Je n'ai pas la tête à cette conversation. Je ne veux pas poursuivre ce que l'on a commencé, respecte ma décision.

— Tu penses que l'on peut me dire non ? s'énerve Xavier, les dents serrées.

— C'est ce que je fais.

Il s'approche et saisit son bras avec fermeté. Un voile noir passe devant son visage, la colère fronce ses traits. Victoria pressent la mauvaise tournure de la situation. D'une envergure comparable à celle d'un aigle royal, son agresseur déploie ses épaules, gagne en hauteur. Elle se sent rapetisser. Les environs sont déserts, personne ne peut la secourir.

— Lâche-moi, lui ordonne-t-elle.

— Écoute-moi attentivement. Tu m'as plu. Tu as accepté mon invitation. Tu m'as aguiché avec tes photos. Je te veux. Et tu peux me croire, je t'aurai, s'emporte-t-il. Ce n'est qu'une qu...

Une voiture arrive vite et s'engage dans l'allée de la maison. Victoria reconnaît son frère. Guillaume pile. Le pare-chocs frôle l'homme politique. Surpris de leur présence, il descend de son véhicule, chargé d'un pic d'adrénaline. Dos tourné à la voiture, Xavier lit le soulagement dans le comportement de Victoria. Il relâche sa prise.

Les deux hommes se font face. L'un reste impassible, l'autre tressaille. Apeurée, elle ne remarque pas cette faiblesse. En revanche, quelque chose se dégage de cette confrontation, quelque chose qu'elle est incapable de décrire.

— Tout va bien ? demande Guillaume à l'attention de Victoria.

– Oui, dit-elle. Xavier était sur le point de partir.

– Tu ne me présentes pas ? propose son ancien amant.

– Non.

– Je vais le faire moi-même. Xavier Bertin, je suis un ami de la famille, enchanté.

– Guillaume, je suis le frère de Victoria, répond-il.

Ce dernier n'attrape pas la main tendue tout de suite. Leur poigne semble vigoureuse. Les regards se pénètrent. Un combat s'engage. Guillaume le perd.

– Je ne vous dérange pas plus longtemps. J'espère que nous aurons tout le plaisir de faire plus ample connaissance, Guillaume. Victoria, on se tient au courant très vite. Bonne fin de dimanche à vous.

Ils observent Xavier monter dans sa voiture, démarrer, leur envoyer un au revoir et s'éloigner.

– Comment tu connais Xavier Bertin ? interroge son frère.

– Je l'ai rencontré à un dîner et toi ?

– Je ne comprends pas ta question.

– Vu ta tête, tu avais l'air de le connaître.

– Je l'ai vu à la télé, c'est la première fois que je rencontre un politique aussi médiatisé en vrai.

– Tu avais vraiment une tête bizarre.

– Je ne suis pas au mieux de ma forme… tu te doutes. Tu ne décroches pas à mes appels. Je rentre avec la boule au ventre et je tombe sur Xavier Bertin qui tient ma sœur par le bras. Ma tête était appropriée à la situation, non ?

– Hum.

– Vous parliez de quoi pour qu'il te tienne comme ça ?

– Il… il voulait me convaincre de quelque chose.

– De quoi ?

– De… de rejoindre son équipe en tant que community manager, balance Victoria en se rappelant leur première conversation.

— Comment ça se fait qu'il te fasse cette proposition à toi ?

— On s'est croisé lors d'un dîner, je t'ai dit. Et j'ai parlé de mon compte professionnel Instagram. Il a été fasciné par mes résultats et voilà…

— J'ai cru qu'il te serrait le bras.

— Où vas-tu chercher une idée pareille ? J'ai eu le temps de réfléchir à tout ça… laisse planer Victoria, en diversion de ce sujet dérangeant.

— Et ?

— Je vous en veux. À tous les deux. Je ne crois pas pouvoir vous le pardonner. Non, ça me paraît impossible, souffle-t-elle à sa propre attention. Je veux tout de même que l'on retrouve Ludo. Pas pour moi, encore moins pour toi. Je veux qu'on le fasse pour Romie et Célie, ponctue-t-elle d'une détermination enragée.

Chapitre 26

Pour maintenir une entente cordiale, Victoria impose à son frère de ne parler que de l'enquête, aucune allusion à leur adultère ne sera tolérée et toute compassion hypocrite sera bannie ; docile, Guillaume accepte. Ils récapitulent les événements survenus depuis la disparition de Ludovic. Toutes les cinq minutes, Romie les coupe. La fillette souhaite s'exercer avec sa maman au concours de lecture qui aura lieu ce jeudi à l'école.

— Le concept de la lecture, ma chérie, est-ce que tu peux la travailler dans ton coin ?

— Oui mais je ne vois pas mes fautes quand je lis toute seule.

— C'est la quatrième fois que tu nous interromps. Je t'ai dit que je devais d'abord terminer cette discussion avec tonton avant de m'occuper de toi. Tu n'es pas le centre du monde, cesse d'être égoïste. Va dans ta chambre, je te rejoins après.

La petite se retire, déçue. La maman ne s'en émeut pas. Sa fille aura d'autres tracas plus graves dans son existence. Victoria se recentre sur ses jeux de l'amour et du hasard. Dans son récit, elle ne mentionne pas sa véritable relation avec Xavier et sa cuisante défaite lors de sa confrontation avec Sophie. Si elle dissimule ces détails, pourtant capitaux, c'est qu'elle veut conserver sa position de force, sa position de femme blessée et humiliée qui lui conférera un avantage au retour de Ludovic, quand ils aborderont tous les trois l'adultère.

Victoria partage le reste de ses connaissances :

l'étudiante Klara Roudenko, Jean Flantier, le bornage téléphonique. Surpris, Guillaume s'intéresse particulièrement au détective privé. Il convient qu'il serait judicieux d'aller à sa rencontre. Cet homme n'a pas été interrogé par leurs soins alors qu'il a mis le nez dans les affaires de Klara qui est en lien direct avec Ludovic. Victoria envoie un SMS à Maxime, dans celui-ci, elle demande l'adresse du cabinet et ment sur son passage au golf, affirmant que son déplacement n'a rien donné. Le message n'est pas encore envoyé que Romie l'interpelle.

– C'est bon, maman ? tu as fini ? on peut lire ?

– Tu commences à me faire chier Romie. Je t'ai dit que je viendrai te chercher, qu'est-ce tu ne comprends pas dans cette phrase, bordel ?

La gamine, habituée à la vulgarité de sa mère, ne s'offense pas. Guillaume est peiné de l'entendre parler ainsi à ses nièces, surtout que leurs parents n'ont jamais élevé la voix sur eux durant leur enfance.

– Tu m'as bien dit que tu voulais éplucher le relevé téléphonique ? s'adresse le frère à la sœur.

– Oui.

– Si maman veut bien, on va la laisser travailler et je vais essayer de t'aider à réviser, s'adresse l'oncle à sa nièce.

Ils attendent l'approbation qui tarde.

– Bon d'accord, capitule-t-elle.

Cette proposition part d'une bonne intention. Cependant, la bonté de l'initiative colle l'étiquette de mauvaise mère sur le front de Victoria. Elle se console, bientôt, elle pourra de nouveau se consacrer à ses filles.

Son téléphone portable sonne, le labeur n'a pas démarré que les distractions l'en détournent. Guillaume se redresse vivement à la sonnerie. Il doit espérer un appel de Ludovic.

Le nom de Philippe Martin apparaît à l'écran. Ce n'est pas dans les habitudes de son élève de la joindre un week-end.

— Je suis désolé de te déranger un dimanche. Je vais passer près de chez toi pour déposer Mathéo dans la famille de mon ex-femme et je voulais savoir si tu pouvais me prêter le livre dont tu m'as parlé. Tu sais, celui qui peut changer une vie ?

Victoria laisse s'étirer un silence. Elle visualise parfaitement l'ouvrage puisqu'elle l'a mentionné à Philippe lors de leur dernier cours. Elle lui avait expliqué que la philosophie existentielle de son contenu avait changé sa relation vis-à-vis d'elle-même. Elle s'était targuée d'avoir tellement annoté les pages que le texte et ses notes se confondaient. En réalité, les marges étaient aussi immaculées qu'un tapis de neige fraîchement tombée. Impossible de le lui passer aujourd'hui, si elle ne veut pas passer pour une menteuse.

— Je te dérange peut-être ? Si c'est le cas, on en reparle à la prochaine séance.

— Non, tu ne me déranges pas.

— J'aimerais le lire par rapport à ce dont je t'ai parlé.

Elle se remémore des bribes de leur discussion. Philippe s'était épanché sur sa relation avec sa patronne. Ils continuaient à se voir en cachette très fréquemment dans le dos du mari. Elle lui avait promis une rupture imminente. Avant de divorcer, elle devait récupérer les actions de l'entreprise conjugale. Philippe l'avait aidée à orchestrer la chute de l'époux. Ce n'était plus qu'une question de semaines. Leur histoire émeut Victoria qui ne peut s'empêcher de faire une analogie avec Maxime. Elle avait encouragé son élève à lire *Les quatre accords toltèques* pour bien démarrer leur romance. Surtout que pour vivre leur amour au grand jour, ils devaient d'abord anéantir un homme.

— Non, c'est bon. *Les quatre accords toltèques.* Tu seras là

dans combien de temps ?
— D'ici dix-quinze minutes.

Accoudée au comptoir de la cuisine, tête dans les mains, Victoria ne parvient pas à se concentrer sur les relevés étalés à cause de Romie qui conte à voix haute dans le salon trois fables de La Fontaine : *le corbeau et le renard, le lièvre et la tortue* et *la cigale et la fourmi*. Le concours consiste à en lire une tirée au sort par un jury. Les participants seront notés sur l'articulation, la fluidité et l'émotion de la lecture.

Les essais de sa fille ne sont pas glorieux. Le rythme est haché, des mots sont écorchés, la ponctuation n'est pas respectée. Romie s'énerve. Elle se compare à Liza, une camarade de classe à la diction parfaite. Trente minutes à répéter, Victoria n'a pas épluché une page, agacée de l'incapacité de sa fille à réussir un exercice aussi simple. La jeune lectrice perd patience, rouspète, chouine. Ses gémissements agressent l'oreille de la mère qui bout intérieurement. Cette soif de réussite, son enfant l'a héritée de son père. Romie plisse son front, mimique similaire à celle de Ludovic face à l'échec ou à la défaite. Voir les traits de son mari sur son aînée, aidée par Guillaume, la ramène à l'adultère et à la situation merdique qui la contraint à éplucher ces satanés numéros. L'énervement dans ses entrailles se métamorphose en fureur. Romie récite :

Lui cependant méprise une telle victoire,
Tient la gageure à peu de gloire,
Crois qu'il y va de son honneur
De partir tard. Il broute, il se repose,
Qu'à la gageure…

Victoria contemple les feuilles dans le vague. L'écriture se floute. Les lignes noires serpentent sur le fond blanc.

— Mais tonton, j'arrive pas à bien dire ce mot.

— Tu as encore du tem…

Guillaume ne finit pas sa phrase, Victoria saute du

tabouret qui se renverse et fonce vers eux. Elle arrache la fable des mains de Romie, la soulève et l'écrase sous son nez.

— Putain mais c'est pas difficile, crie-t-elle. On l'a déjà lue cent fois ensemble cette phrase. Tu es nulle ou tu le fais exprès ? *La priant de lui prêter quelque grain pour subsister.* Sub-sis-ter. Sub-sis-ter. Subsister. C'est difficile ? Je suis sûre que même ta sœur sait le dire. Essaie.

— *La priant de... de...*

— Raté. Recommence.

— *La priant de lui prêter quelque grain pour susbis...* s'arrête Romie, tête baissée, trémolos dans la voix.

— Mais c'est pas possible. Sub-sis-ter. Subsister. Recommence.

— Susbis...

— Merde, tu le fais exprès ou quoi, hurle Victoria. Répète après moi. Sub.

— Stop, coupe Guillaume. Ça suffit ! J'ai vu que tu as un beau bureau dans ta chambre ma puce, nous allons travailler là-bas.

— Tu penses mieux connaître ma fille que moi ? agresse Victoria. Tu penses pouvoir mieux lui apprendre ?

— Non. Nous allons te laisser chercher au calme et nous irons travailler dans sa chambre.

La maman les observe disparaître à l'angle du couloir. Désertion du salon, paupières closes, ses doigts massent ses tempes à l'endroit où une migraine prépare son nid douillet. Son comportement excessif moule une profonde empreinte de remords dans ses pensées. Sur la pointe des pieds, elle rejoint la chambre de Romie. L'oreille collée contre la porte fermée, elle entend les murmures de leur discussion.

— N'en veux pas à maman, ma puce. Elle est fatiguée en ce moment.

— Elle est tout le temps fatiguée.

— C'est la période qui veut ça. Elle a des soucis d'adulte. Ça ira mieux très vite.

— J'aimerais bien qu'elle nous crie plus dessus.

Victoria se retire et s'appuie contre le mur. Sa main étouffe un sanglot, son être entier se gorge de larmes. Plus loin, elle entend Célie jouer. Discrètement, elle se place proche de l'embrasure et l'espionne. La petite s'amuse avec des poupées. Cette innocence la bouleverse et lui rappelle qu'avant d'être une femme avec ses problèmes, elle est une maman. Ses enfants ont besoin de son attention et de son amour. Elle se précipite dans la buanderie. À l'abri de tous, ses pleurs évacuent son chagrin, sa honte, son indignation… Elle ne peut s'arrêter. Quelle opinion mes filles vont-elles avoir de moi ? geint Victoria, je suis une mère odieuse. Elle s'octroie un relâchement de plusieurs minutes. La pluie cesse, l'averse s'éloigne, les nuages restent épais et menaçants, elle retourne à sa mission, retrouver leur père.

Sa sonnerie de téléphone retentit. Le revers de ses index écrase les larmes. Le chagrin reste ancré profondément dans sa poitrine. C'est un appel de Philippe ! Elle a complètement oublié de lui préparer le livre.

— Je sors tout de suite te donner le bouquin.

Victoria fonce dans le bureau. En passant devant le miroir de l'entrée, son reflet lui suggère de ne pas sortir avec cette mine de déterrée. Pour aider son ami dans sa relation extraconjugale, elle fait abstraction de son apparence.

Philippe, debout devant sa voiture, arbore un sourire radieux. À l'arrière du véhicule, une tête regarde dans la direction de Victoria. Elle devine Mathéo.

— Merci d'avoir accepté.

— C'est normal, marmonne-t-elle, les yeux baissés vers le

sol pour cacher ses sanglots. Coucou Mathéo, lance-t-elle à son attention.

— Ça va pas ? s'inquiète-il sourcils froncés.

— Non tout va bien. Je viens d'éplucher un oignon. J'ai une mine horrible.

— Je suis peut-être mal tombé, je suis désolé.

— On ne peut pas préparer des brochettes maisons pour le barbecue sans souffrir, ajoute Victoria d'un rire forcé.

— C'est certain. Je ne te retiens pas. Ton mari a dû rentrer et tu dois avoir envie de le retrouver.

— Non, il n'est pas encore arrivé. Il ne devrait plus tarder. J'ai mon frère à la maison.

— Merci de me l'avoir prêté. Je vais pouvoir le lire ce week-end avant d'avoir une discussion avec Sandrine.

— Je ne t'ai pas donné mon exemplaire griffonné d'annotations. C'est un neuf. J'en ai souvent un en rab' que j'offre. Il a changé ma vie. C'est ma bible. Considère que c'est un cadeau.

— Je suis gêné, Victoria.

— Ne le sois pas, ça me fait plaisir.

— Merci beaucoup.

Par précaution, elle attend la fermeture complète du portail électrique. Philippe démarre et s'éloigne. Les pensées de Victoria accompagnent fugacement son élève vers les dénouements possibles de l'adultère avec sa patronne. Cet homme mérite le bonheur, pense-t-elle. Sur cette parenthèse, elle retourne à ses problèmes.

Victoria a en sa possession le relevé des six derniers mois du téléphone secret de Ludovic. En commençant par les appels et messages les plus récents, Victoria note à côté de chaque numéro, le nom de son propriétaire : Justine, Klara, Sophie Bertin. La date et l'heure sont comparées à ses récentes découvertes. Très vite, plusieurs déductions lui apparaissent.

D'abord, deux autres numéros ressortent, le premier apparaît une vingtaine de fois entre janvier et mars. Le second est lisible à trois reprises : dans les appels émis durant les mois de février et mai ; il est aussi présent dans la liste des appels reçus, le lendemain de sa disparition. Il est la seule personne à avoir cherché à joindre son mari après la mise hors service de ses portables. Elle envoie cette information à Maxime, il pourra chercher demain à qui appartiennent ces deux lignes téléphoniques.

Victoria constate qu'avec le téléphone dissimulé, Ludovic passe plus d'appels qu'il n'en reçoit. Les émissions sont nombreuses, les réceptions s'élèvent à moins d'une trentaine en un semestre. Le nom de Justine revient souvent ; tous les quinze jours environ, ils sont en relation. Elle ne conclut rien de plus au sujet de cette femme. Jusqu'à mardi dernier, son mari a tenté de joindre Klara une fois par jour d'un SMS et d'un appel qui a duré à chaque fois, zéro seconde. L'étudiante n'a pas décroché en six mois. Il est probable qu'elle ne réponde plus depuis le signalement de Manon, en déduit Victoria. Un relevé plus ancien lui en apprendra plus.

Pour finir, les données présentes l'avertissent d'un problème. Victoria ressent encore la gifle lancinante des mots de Sophie lors de leur altercation la veille au soir. Cette dernière lui a affirmé avec fermeté avoir été prévenue par Ludovic de sa relation avec Xavier. Sur le relevé, un appel émis dix jours plus tôt corrobore ce propos. Or, le numéro de Sophie apparaît une première fois en mars ; à ce moment-là, Victoria ne connaissait pas encore Xavier puisqu'ils se sont rencontrés en mai. Ce qui signifie que son mari communiquait avec elle bien avant le dîner chez Lislalia.

Hier, cette pimbêche de cul-serré de Sophie Bertin m'a menti, fulmine Victoria. Ludovic et cette conne manigancent quelque chose depuis des mois. Peut-être même que cet enfoiré se la tape.

Chapitre 27

Elle téléphone à Lislalia. Son amie lui annonce que Sophie n'est pas venue déjeuner au rebond. L'allemande la questionne sur les raisons de sa demande. Victoria invente une discussion avortée la veille au soir et raccroche. Sa colère ardente la pousse à composer le numéro de cette sale menteuse contre la mise en garde de la prudence qui lui conseille de préparer l'entretien. Sophie maîtrise l'art de la rhétorique, se lancer dans un combat à arme inégale n'est pas une stratégie réfléchie. Sa fougue ne lui a encore jamais porté préjudice, elle s'y fie. Monnaie courante des jours passés, le répondeur l'accueille.

— Sophie, c'est Victoria Kovalev, pourriez-vous me rappeler dès que vous avez ce message. C'est important.

Pas de politesse, pas de chichi, si cette femme se tenait devant elle, ses poings et ses jambes ressortiraient les mouvements de ses vieux cours de *fit boxing*, un mawashi geri en *front kick* et son talon lui referait la dentition à cette mégère. Ludovic adore les films ultra-violents, il oblige son épouse à en visionner avec lui. Elle repense à *Kill Bill.* Elle se sent dans la peau de Uma Thurman, femme bafouée, détruite, trahie. Son imagination déborde, elle se voit arracher un œil de l'orbite de Sophie et user de la technique des cinq points au milieu du thorax de Ludovic. Son imaginaire décharge sa frustration. Je perds mon sang-froid, je m'énerve, j'ai des pensées négatives, geint-elle, je n'aurai jamais de self-control. Je suis une ratée, j'ai tout foiré, ma vie, mon mariage...

Sa dernière trouvaille est un mijoté d'incohérences.

Victoria ne comprend pas comment il est possible que Sophie et Ludovic se connaissent, comment elle a pu se retrouver à un dîner en présence de cette garce et de Xavier, comment elle a pu avoir autant de réparties la veille quand elle l'a attaquée. Elle s'interroge sur la nature de leur relation… couchaient-ils ensemble ? Si c'est le cas, Sophie a eu un comportement de perverse pendant la soirée mondaine chez Lislalia, à lui mentir ouvertement. Ces deux-là étaient-ils au courant de son aventure avec Xavier ? Que savent-ils qu'elle ignore encore ? En pleine réflexion, Guillaume la rejoint.

— Tout va bien ?

— On ne peut mieux, extériorise-t-elle, les larmes proches.

— Tu as trouvé des choses intéressantes sur les relevés ?

— On verra, j'ai envoyé deux numéros inconnus à Maxime. Il fera la recherche demain matin en arrivant au commissariat.

— Ah.

— J'ai réfléchi à ta proposition.

— C'est-à-dire ?

— Que ce soit toi qui ailles rencontrer Jean Flantier à Marseille… dans l'hypothèse qu'il soit présent. Tu passeras d'abord t'occuper de l'inspection du travail comme nous l'avons convenu et ensuite, tu pourras aller le voir. Je pense que je peux te faire confiance, conclut-elle sur un ton dont l'allusion n'est pas cryptée pour Guillaume.

— Tu ne viendrais pas avec moi ?

— Non. J'ai les filles à m'occuper. J'ai suffisamment abusé avec Lislalia. Je ne vais pas en rajouter. Puis, les filles ont besoin de moi. Déjà que l'absence de leur père les travaille…

Victoria a cogité avant de proposer cette organisation. Deux personnes détiennent des éléments en rapport avec la disparition de Ludovic : Sophie et Jean Flantier. Le détective, tenu par un contrat, ne dira rien même s'ils ont la chance de le trouver dans son cabinet. En revanche, elle pense pouvoir obtenir des aveux de la menteuse manipulatrice. En procédant ainsi, elle fait d'une pierre deux coups, elle éloigne Guillaume de la maison et lui cache sa relation avec Xavier.

Victoria se promet de ne pas crier pendant la douche des filles. Romie et Célie sont calmes. Durant le dîner, elle s'active en retrait, Guillaume donne le change, les filles mangent avec appétit et s'amusent des bêtises de leur oncle. La maman s'incruste quelquefois au milieu d'une conversation et accompagne leurs franches rigolades. Sa mauvaise humeur se tient à l'écart de la félicité ambiante. Son frère propose de débarrasser et de ranger le lave-vaisselle pour qu'elle leur lise une histoire.

— Merci. Débarrasse juste s'il te plaît et laisse tout près de l'évier. Je vais d'abord rincer tout ça et j'ai mon organisation dans le lave-vaisselle. Tu ne saurais pas faire.

— Quel intérêt de rincer avant que ce soit lavé ?

— Pour ne pas abîmer. Ce lave-vaisselle intégrable a une capacité de seize couverts, douze programmes, sept options de lavage dont le dosage automatique. Il a un design sans poignée et il est connecté à la domotique de la maison. C'est la Rolls Royce du lave-vaisselle. Bref, laisse, tu ne peux pas comprendre, conclut-elle affligée de sa mine dubitative.

Célie se tâte devant la bibliothèque et rejoint sa mère et sa sœur allongées sous la toile du tipi. *Le souffleur de rêves*, de Bernard Villot et Thibaul Prugne. Sans surprise, elle a choisi une longue histoire. Victoria ne lui fait pas la remarque, sa culpabilité tolère cette ruse enfantine pour veiller plus tard. De plus, l'aventure de Zorzi Ballari à Venise lui plaît. La lecture à peine entamée, de brèves sonneries intempestives les perturbent. Elle reconnaît les notifications Facebook.

— … *« Quel rêve aimerais-tu faire ? » demande-t-il. Giacomo n'avait pas rêvé depuis si longtemps qu'il ne sut répondre…*

Les bips, dérangeants au commencement, l'irritent. Le temps est à la détente en compagnie de ses filles. Victoria ne se détourne pas du texte et lui donne vie un maximum. Elle est surprise de recevoir autant de messages sur son réseau social, un nombre aussi élevé n'arrive que lors de publications importantes et préparées. À tous les coups, un follower ou une influenceuse a dû la taguer sur des lunettes de grande marque soldées à un prix défiant toute concurrence. Victoria se presse jusqu'à son portable après avoir couché, bordé et embrassé ses petites.

Ce qu'elle observe la stupéfait. Elle s'assure, en ouvrant plusieurs icones, que l'horreur sous son pouce est bien réelle. Les doutes s'envolent. Son esprit assimile l'ignominie. À voix haute, mécanique, intelligible, elle gémit : *C'est pas vrai ? Mais non ! Putain, c'est quoi ça ? Impossible !* Ces jérémiades expriment sa profonde angoisse et alertent son frère d'un véritable problème.

Guillaume, vautré dans le canapé, habitué aux extravagances de sa sœur, reconnaît l'appel au secours dans ces lamentations. Péniblement, il se lève, conscient de se plier à un caprice. Depuis petite, Victoria use de sa grandiloquence dès que l'occasion se présente. Il se redresse et remarque la terreur sur le visage de sa cadette.

— Que se passe-t-il ? s'inquiète-t-il.

La détresse déforme les traits de sa sœur muette. Ses lèvres violettes ressortent de son teint livide. D'un mouvement lent, elle pivote l'écran vers lui. Sur la photo, il voit Victoria assise sur le dos d'une chaise, dénudée, le regard lascif, les bras sur le dossier, les seins visibles entre les barreaux et son entrejambe à l'air libre. Déjà enfant, la nudité de Victoria le gênait. Il ne s'est jamais habitué à voir son corps intégralement nu. Avoir son intimité en gros plan sous le nez l'importune.

— Pourquoi tu me montres ça ?

— Ça a été envoyé à je ne sais combien de mes contacts sur Facebook.

— Quoi ? Comment c'est possible ?

— J'en sais rien.

À chaque sonnerie, l'outrage est martelé plus profondément, l'offense s'apprête à percer sa cage thoracique et se planter dans son cœur. Les yeux rivés sur ce cauchemar, Victoria prie pour qu'un miracle survienne. L'écran se fige, un texte noir apparaît sur fond blanc. D'une lecture en diagonale, elle capte l'essence de l'information ; les modérateurs de l'application ont bloqué son compte en raison de caractères sexuels. Terminus, elle a atteint le début de la fin.

Sous ses pieds, le sol se dérobe. Son corps chute dans une immensité d'incompréhension. D'où vient cette abomination ? Combien de personnes l'ont vue ainsi ? Tout le travail réalisé sur ce profil professionnel est-il anéanti ? Que va-t-il se passer ? Que vont penser les gens ? Cette situation est tellement invraisemblable qu'évaluer l'ampleur des dégâts lui est irréalisable.

— Cette photo, je l'avais prise pour Ludo. Je lui en envoyais quand il partait longtemps en déplacement…

Guillaume se contente d'une moue compatissante. Victoria n'a pas dit tout à fait la vérité. Ce cliché a été pris quand ils vivaient en région parisienne. Ludovic l'aimait beaucoup. En réalité, à cette époque, toutes les photos de nus qu'elle prenait à partir de son téléphone n'étaient pas destinées à son mari en premier lieu. Il en bénéficiait en tant que second destinataire. Si Victoria photographiait son corps dans la tenue d'Ève, c'était pour aguicher son amant.

Elle en arrive à la conclusion que deux personnes ont

pu partager ce message à ses followers... Ludovic... ou Maxime...

Chapitre 28

Aussi atroce qu'est cette nouvelle, Victoria ne se résigne pas à la gérer isolée dans sa chambre. Dans le canapé, son frère affalé à ses côtés, le son de la télévision la maintient dans l'instant présent. Guillaume ne l'abandonnera pas, il ira se coucher quand elle décidera de se retirer.

Victoria procède par priorité, l'important étant de sauver ce qui peut l'être. Ses comptes Facebook et Instagram sont associés ; ayant travaillé en banque, elle connaît l'importance de posséder des mots de passe différents pour chacun de ses comptes. Avec son doctorat en réseaux sociaux, docteur Kovalev ampute le membre gangréné. Dissociation des profils. Elle recoud la plaie en modifiant les codes d'accès et s'oblige même à changer la question secrète, *quel est votre film préféré ?* dont les réponses potentielles d'une jeune femme de sa génération se résume à *Titanic, Dirty Dancing, Pretty Woman* et *Coup de foudre à Nothing Hill.*

Victoria se console comme elle peut, cet acte ignoble perpétré par une ordure a visé son application la moins prolifique à son activité ; les agents de sécurité de Facebook n'ont pas touché à son compte Instagram. Ses années de publications acharnées, qui lui ont permis de s'approcher des quarante mille abonnés, sont sauvées. Un mail part à destination de Mark Zuckerberg et son équipe ; des justifications sont impératives, les méfaits d'un ignoble pirate ne doivent pas condamner et bannir sa page. Elle aimerait accéder à sa messagerie au plus vite. Une estimation minutieuse du nombre de personnes touchées par ce troll, la rassurerait… ou pas. La réactivité des modérateurs n'est pas mentionnée dans les informations légales du site, pas plus sur les forums.

L'heure tardive ne lui apportera pas de solution, Victoria met cette mission entre parenthèses. Guillaume pouffe à l'humour saignant de Philippe Etchebest. Sa détente en des circonstances tragiques l'irrite, d'autant que sa trahison ne le met pas dans une disposition de légèreté. Elle préfère se retirer dans sa chambre. Il l'imite et part se reposer en vue de son épuisante journée à venir.

L'attaque virtuelle contre son intimité la suit dans sa chambre. Alors qu'elle se déshabille, elle s'applique à se souvenir de ceux qui ont reçu des photos dénudées de sa part. Il y a Ludovic, Maxime, Xavier, un ancien camarade de lycée et il ne lui semble pas avoir offert un tel cadeau au maître-nageur de Romie. Son mari et son ex-amant policier sont les seuls à avoir vu celle partagée sur Internet, les autres en possèdent des plus anciennes ou plus récentes.

Elle observe le problème sous tous les angles, Ludovic et Maxime n'avaient pas d'intérêt à la maltraiter. Pourtant, c'est forcément l'un des deux, pense Victoria, mais pourquoi ? Les pistes ne semblent pas plausibles. L'espace d'un instant, elle soupçonne un hacker qui, au hasard des adresses numériques, serait arrivé jusqu'à cette photo. Un président de la République, a bien vu son compte bancaire violé par la loterie d'un algorithme. Cette hypothèse ne la convainc pas. En ciblant ses followers, ce geste avait pour objectif de la blesser et de la traîner dans la boue. Le coupable est forcément quelqu'un qui la connaît, Ludovic ou Maxime, a priori. Cette torture psychologique l'achève.

Victoria s'emmitoufle dans son drap blanc, les jambes tendues, mains sur le ventre. Les pompes funèbres ne réaliseraient de plus jolie mise en bière. Quelques années plus tôt, un article dans un magazine de développement personnel conseillait de repenser à trois petits bonheurs dans sa journée avant de s'endormir. Ce rituel bienveillant s'était imposé de lui-même. Ce soir, sa semaine lugubre annihile les délices des plaisirs simples. Elle se force à imposer le vide. Les ombres débordent et l'avalent dans l'obscurité de l'angoisse.

Sur le ventre ou le dos, tel un saumon ou un fœtus, en P.L.S, crucifiée, en étoile de mer dorsale ou frontale, que l'oreiller soit sous sa tête, entre ses cuisses, n'importe où dans le lit ou en dehors, Victoria ne s'endort pas. Ses démons de minuit sont de sortie. Les bâtonnets digitaux de son réveil jouent à une interminable partie de Tetris. Parfois, un battement de cils suffit à accélérer l'engrenage. Ces micro-sommeils la satisfont, ils signifient une nuit pas totalement blanche. Ces brefs passages dans l'inconscient cheminent dans les décors de terribles cauchemars qui la poursuivent en dehors du royaume des songes sur les berges de l'insomnie. Un somnifère l'aiderait. Romie et Célie pourraient la solliciter. L'absence de leur père les perturbe, ajouter un abandon nocturne ne les rassurerait pas. Les enfants n'ont pas à payer ses errements d'adulte. Ce cycle infernal prend fin avant la sonnerie de son alarme, quand elle juge que grapiller des secondes sous son drap ne changera rien à son état catatonique.

Avant d'enfiler un débardeur et un short, elle se poste devant le miroir de sa chambre. Ses côtes sont visibles à l'œil nu. Elle n'avait pas eu cette morphologie depuis sa dépression post-partum de Célie. Elle tire la balance de sous le meuble de la salle de bains. Le verdict est sans appel, presque trois kilos de perdus. Hormis les plats exotiques de Hans qu'elle a quasiment terminés et saucés généreusement, elle a picoré ou sauté des repas tant le stress lui a coupé l'appétit.

Les rayons du soleil éclairent le salon. La lumière du

matin est en parfaite contradiction avec son caractère. Déjà réveillé, Guillaume a une sale tête. Elle le salue et tourne autour du comptoir, embrumée. En s'emparant de la cafetière italienne, Victoria aperçoit son reflet déformé dans l'aluminium. Elle se fait la réflexion qu'à eux deux, ils mélangent les genres, son frère ressemble au major d'homme de la famille Adams et elle, à la créature de Evil Dead. Obnubilée à actualiser la page de son compte Facebook, ses doigts recherchent, à tâtons, la bouilloire à hauteur d'épaule.

— Tu es occupée ? Tu veux que je te prépare ton petit-déjeuner ? propose Guillaume d'un ton mielleux.

— Non, ça va aller, je vais le faire toute seule.

Son frère a toujours combattu les conflits à l'aide de moyens détournés. Si elle avait accepté son aide, il aurait pris son attitude pour un premier pas vers le pardon. Ce comportement est inné. Enfant, il cherchait à faire rire leurs parents après s'être fait disputer. C'est hors de question, pense-t-elle, je ne lui pardonnerai jamais. L'épuisement l'écarte de ses priorités. Son index balaie le journal des appels dix fois dans l'espoir de voir une réponse de Sophie et retourne sur Facebook. Elle hésite à la recontacter mais préfère attendre d'être seule et au calme.

Victoria va réveiller Romie et Célie. Les séquelles de ce week-end festif les clouent au lit. Elle ne se sert pas de son autorité, les mots doux et les câlins sont ses instruments de clairon. Romie avance au radar et Célie s'agrippe à son cou. Ensommeillées, elles n'ont pas faim. À mesure que l'énergie matinale les gagne, les chamailleries se convient à table.

— Enlève ta main, c'est ma place.

— Non, c'est pas ta place, c'est à tout le monde.

Victoria tente de conserver son calme. La médiation ne fonctionne pas. Les céréales et les tartines ne sont pas entamées.

— C'est devant ma chaise alors c'est ma place.

— Oui mais ta serviette est devant moi et je ne te dis pas qu'elle est à moi.

— Les filles, je suis fatiguée. Je ne veux pas crier. Je vous demande de manger sans vous battre. Il va bientôt falloir s'habiller.

Victoria se sert de la brillante technique qui consiste à se servir de la culpabilité, de l'empathie et de la menace. Les filles la subissent depuis leur naissance, son effet s'est érodé au fil des crises d'hystérie de leur mère. Les gamines continuent la conquête du territoire de la voisine, les Stark et les Lannister passeraient pour des enfants de chœur à côté de leur âpreté.

— Soyez mignonnes. Votre maman n'est pas en forme, écoutez-là. Sinon vous allez vous faire crier.

L'intervention saugrenue de Guillaume sonne l'entrée en lice de la rogne de Victoria. Il se mêle de ce qui ne le concerne pas. Certes, son harassement est communicatif. Toujours est-il qu'elle a encore la force d'éduquer ses filles et d'être obéie.

— Maintenant, c'est assez, explose-t-elle. Vous vous tenez chacune sur votre coin de table et vous m'engloutissez ce déjeuner. Et que ça saute !

Repues, propres et habillées, les écolières, la maman et le tonton se dirigent vers les véhicules. Victoria demande à Guillaume de la tenir au courant de son entretien avec Roland Piémont, le contrôleur de l'inspection du travail et de l'informer s'il arrive à rencontrer le détective privé à son cabinet de Marseille. Un signal sonore l'avertit de la réception d'un message, Maxime lui téléphonera à neuf heures trente.

Aucune place de stationnement devant l'école élémentaire, elle se rabat sur la maternelle, plus éloignée mais toujours libre. Célie se cramponne au bras de Victoria, elle refuse d'entrer dans la classe. Au bord des larmes, cette tristesse l'émeut. La benjamine a eu ce comportement pour la dernière fois la semaine de la rentrée, conséquence d'une perte de repères importants. Cette situation pourrie doit s'arrêter, elle veut redonner de l'attention à ses enfants. Une énorme étreinte et des mots rassurants l'aident à rejoindre une copine. Quant à Romie, fidèle à elle-même, elle passe la grille sans un au revoir. La maman est obligée de quémander un bisou. L'aînée revient en traînant les pieds. Indépendante, ses émotions excessives dépassent Victoria. Ces réactions l'inquiètent, la situation impacte les filles plus qu'elle ne l'imagine.

Lislalia, à moitié dans sa voiture garée au milieu de la route, hèle son amie. Victoria la rejoint. Un automobiliste la klaxonne et la réprimande. L'allemande l'envoie balader en l'informant qu'il a l'avenue des Champs-Élysées pour la contourner. Cette référence parisienne fait sourire les passants.

— Tu te gares deux minutes où il ne faut pas et il en fait tout un fromage. C'est d'ailleurs très drôle de la part d'un français, ricane-t-elle seule. Oh, tu as une petite mine, ça va ? se renseigne son amie.

— Pas plus que toi ! taquine Victoria.

— La fête s'est finie tard hier, ce n'était pas prévu. Mais tu sais comment c'est, tant qu'il y a du champagne… Ce matin le réveil de Hans a sonné à six heures. Je suis admirative de sa capacité à si peu dormir. Oh ça va, c'est bon, hurle-t-elle à un autre coup de semonce de la part d'un chauffard. Je m'en vais. J'ai bien besoin de caféine, tu passes à la maison en boire un ? ou tu préfères aller sur la place village ? Oui… oui, je ne vais pas tarder.

— Ça aurait été avec plaisir mais j'ai pas mal de choses à faire. D'ailleurs, je voulais te demander, j'essaie de joindre

Sophie mais elle ne décroche pas, tu sais si elle aurait un autre numéro ?

— Non, je ne sais pas. Je ne suis pas très proche d'elle. Hans non plus, il est en contact avec Xavier, je crois. Tu veux que je lui demande ?

— Non. Ne t'embête pas. Je vais la rappeler et je verrai bien. Je te remercie.

— Comme tu veux. Si tu changes d'avis pour le café, tu m'envoies un SMS ?

— Oui.

De retour à la maison, Victoria se prépare un thé et réalise la tonne de linge sale en retard et lance une machine. Le coup de fil de Maxime aura lieu dans trente minutes. Elle essaie de joindre Ludo, en vain, puis, Sophie, pareil et lui laisse deux messages vocaux. Quelques minutes plus tard, un message de Guillaume arrive : *Je te raconte dès que possible pour l'inspection du travail. Je prends la route vers Marseille, le détective a accepté de me rencontrer.* Enfin une éclaircie dans le brouillard, elle espère que son frère saura la jouer fine et soutirer des informations à Jean Flantier. Son appréhension grandit, aborder le sujet de la photo envoyée via Facebook avec Maxime la met mal à l'aise. Lui en parler équivaut à l'accuser. Il risque de mal le prendre. À sa place, elle le prendrait mal. Aucune alternative, elle doit demander. La sonnerie de son téléphone met fin à son embarras.

— Victoria ?

— Oui.

— Je suis désolé pour mes réponses laconiques d'hier, je n'étais pas seul et je n'avais pas trop la possibilité de m'isoler.

— Ce n'est pas grave, je comprends.

— Alors, tu as avancé ?

— J'ai quelque chose à te demander avant de parler de

tout ça.

— Oui ?

— Tu m'as bien dit que tu avais créé des faux comptes Instagram et Facebook pour me suivre sur les réseaux sociaux ?

— Oui.

— Hier, quelqu'un a piraté mon compte Facebook et a envoyé une photo... intime de moi à plusieurs contacts...

— Où veux-tu en venir ?

— Cette photo est une de celles que je t'avais envoyées. Il n'y a que toi et Ludo qui la possédiez.

— Attends que je comprenne, tu es en train d'insinuer que c'est moi l'auteur de ce piratage ?

— Non. Je n'insinue rien, je veux...

— Si, c'est ce que tu fais.

— Bon, oui, d'accord. Est-ce que c'est toi ?

— Je n'en reviens pas que tu puisses ne serait-ce que le supposer. Ma position est des plus délicates, ton mari a en sa possession des vidéos explicites de moi avec une prostituée. Est-ce que tu crois que je serais assez con pour le provoquer avec une telle connerie ?

— Non, je ne pense pas.

— À ta place, je m'inquiéterais vivement de savoir qui a pu le faire ? Toute cette histoire pue ! Il y a de fortes chances pour que celui qui a envoyé cette photo soit dans le coup et que...

La plaidoirie accable Victoria. Ses nerfs faiblissent. Ses forces s'effondrent. Elle pleure. Maxime entend les sanglots. Il réalise avoir été dur dans ses propos. Il se lance dans une tirade encourageante, de celle développée avec compassion à l'oreille d'une personne brisée que l'on tente de consoler. Les paroles arrivent saccadées à Victoria, abattue. Les notes d'espoir effleurent son chagrin, les larmes coulent. La gentillesse ne l'aidera pas, Elle repousse sa peine au prix d'un effort surhumain. En cet instant, elle juge ridicule l'interdiction imposée à ses filles de pleurer quand elles reçoivent une punition ; elle réalise la difficulté d'ériger un barrage quand la tristesse torrentielle s'échappe de son lit.

— Ça va aller ma beauté ?

Ce surnom éradiqué à leur séparation lui envoie un souffle d'amour.

— Oui. Revenons-en à nos affaires, impose-t-elle.

— Tu en es où avec Sophie Bertin et Jean Flantier ?

Victoria raconte la mission du jour réservée à Guillaume. Maxime est surpris de la présence d'un tiers dans leur enquête. Elle certifie la probité et la motivation de son frère, à retrouver Ludovic. Quant à Sophie, Victoria fera tout son possible pour échanger avec elle dans la journée.

— Tout avance dans le bon sens, je doute que ton frère réussisse à tirer les vers du nez à ce type mais sait-on jamais, on pourrait être surpris. De mon côté, ce matin, j'ai appris deux choses. Le téléphone de ton mari a été rallumé uniquement pour t'envoyer ce SMS. Après quoi il a été coupé ou passé en mode avion. Il a borné dans la zone de ton village, Montferrier-en-Lez, c'est ça ? Je ne sais rien de plus à ce sujet.

— Tu veux dire qu'il est à côté ?

— Oui.

— Mais où ?

— Je ne sais pas, la zone autour de l'antenne s'étend sur presque tout le village. Il peut être n'importe où.

— C'est incompréhensible. Pourquoi ne vient-il pas nous voir ?

— S'il se cache depuis une semaine, c'est qu'il doit avoir une bonne raison. L'autre information que j'ai obtenue est plus intéressante, je pense. J'ai reçu un appel de ma source, celle qui m'a donné la photo de Flantier. Il n'est pas seulement détective. Il a aussi une entreprise de sécurité rapprochée, je te laisse deviner de qui il assure très régulièrement la protection ?

– Je ne sais pas.

– Du politique Xavier Bertin, le mari de Sophie. Si tu veux mon avis, ce ne sont pas des coïncidences.

– Attends, le détective Jean Flantier travaille pour Xavier ?

– C'est ce que je viens de dire. Tu l'appelles Xavier comme si tu le connaissais !

– Je l'ai croisé une ou deux fois dans des dîners par ici.

– Quoi ! Et tu ne me le dis que maintenant ? Tu as aussi vu Sophie alors ?

– Oui. C'est pour ça que je t'ai dit que c'est en cours. Mais je ne les ai pas vus avec un garde du corps.

– Pourquoi tu ne m'as pas dit que tu connaissais Sophie ?

– Je... je n'y ai pas pensé.

– Tu te moques de moi ? Ton mari est trempé dans des affaires crapuleuses de proxénète, tu lui découvres un téléphone secret sur lequel il échange avec la femme d'un homme politique important et tu oublies que tu la connais ?

– Non, je n'oublie pas que je la connais... je n'ai pas pensé à te le dire...

– C'est une histoire compliquée dans laquelle on risque gros tous les deux. Je pensais que l'on jouait franc jeu et que l'on pouvait se faire confiance.

– Je... je suis désolée. Je ferai attention...

– Oui ! J'y tiens. Merde, c'est important. Bon ! tu disais ne pas avoir vu de garde du corps mais tu les côtoies dans quel contexte ?

– Un dîner chez des amis.

– C'est peut-être normal qu'il n'amène pas de garde du corps chez des amis. Je vais t'envoyer la photo de Flantier après. Et ton mari les connaît aussi ?

— Non ! Enfin, je ne crois pas. Il était souvent à Melun pour le travail, je me suis rendue à plusieurs soirée sans lui depuis mon arrivée dans le sud.

— C'est vraiment bizarre. Tout ceci est louche. Ton mari fait chanter des gens, une de ses prostituées disparaît ; je retrouve la carte de visite d'un détective chez elle et ce détective travaille pour un couple de politiciens et toi, tu les rencontres seule ?

— Oui.

— Je n'aime pas du tout la tournure que ça prend. Je ne suis pas serein, pas serein du tout. Je dois te laisser, je suis attendu pour une réunion. Je t'envoie la photo et te rappelle dès que possible.

— D'accord.

— Victoria ?

— Oui ?

— Fais attention à toi s'il te plaît.

Dans la foulée, elle reçoit le portrait. Son pouce presse l'enveloppe et la photo s'ouvre. Victoria émet un son guttural, sorte de râle d'une créature hybride, moitié humaine, moitié porcine. Le visage du garde du corps lui est familier. Habituellement, elle voit cet homme avec une barbe noire et touffue. Ici, il est imberbe. Habituellement, cet homme arbore un sourire affable. Ici, il est impassible. Habituellement, cet homme, elle le nomme Philippe Martin. Ici, il se fait appeler par son vrai patronyme, Jean Flantier. Philippe, son premier élève dans le sud, son fidèle apprenti en yoga s'est rapproché d'elle sous couverture.

Pourquoi Philippe Martin, ou plutôt Jean Flantier me surveille depuis des mois ?

Chapitre 29

Victoria se torture l'esprit tel un céphaloclastophile, bien qu'elle ignore jusqu'à l'existence de ce mot ; plus précisément, d'un céphaloclastophile adepte d'un puzzle à réaliser sans modèle. La réalisation touche à sa fin, malgré cela, le dessin n'est pas encore reconnaissable. Les pièces éparpillées sur la table ne l'aident pas. Cette métaphore triviale sera pardonnée tant elle reflète à la perfection la souffrance intellectuelle de notre héroïne.

Philippe Martin, ou Jean Flantier serait un bord ou coin égaré vers la fin de l'épreuve. La duperie de son élève est impardonnable et humiliante. Elle a été bernée. Ils avaient dépassé le stade professionnel. Il restait après le cours ou venait plus tôt, partager un thé, échanger. Avec sa véritable identité, elle réalise qu'il la questionnait souvent au sujet de l'emploi du temps familial, du travail et des déplacements de Ludovic. Ce charlatan a poussé le vice jusqu'à raconter son aventure avec sa patronne. Était-ce une romance inventée ? Victoria affabule. Plus elle pense à Philippe, ou Jean – être en équilibre entre ces deux prénoms lui donne un verige – plus elle s'égare elle-même. Le détective a toujours fait en sorte de prendre des leçons en l'absence de Ludovic et, les deux fois où il a décalé un cours, son mari était à la maison à la suite d'une modification de rendez-vous. Comment ai-je pu être aveugle à ce point ? se reproche-t-elle. S'appesantir sur cette trahison ne changera rien, elle doit lui téléphoner.

Auparavant, Victoria aurait sauté sur son portable, composé le numéro et matraqué verbalement son interlocuteur. Durant sa carrière en banque, une réputation régionale la précédait ; Les *challenges* hebdomadaires, mensuels ou annuels se classaient parmi ses objectifs. Elle finissait dans le *top five* et repartait gain sous le bras. À cet instant précis de sa vie alors que la trajectoire de son existence oblique, elle retarde l'appel à Phillipe. En apparence, ce détail semble anodin, pourtant, il amorce un changement radical dans sa façon d'être. L'expression : « il vaut mieux battre le fer tant qu'il est chaud », lui seyait à la perfection, aujourd'hui cette détermination l'abandonne. Cette femme, si sûre d'elle, si implacable, si forte, si féroce, doute. Ce tout petit doute de rien du tout ébranle ses convictions. Ses certitudes vacillent. Au bout de cette route semée d'embûches et de mystères irrésolus, l'attend le manque de confiance en soi.

Dans le bureau, Victoria allume l'ordinateur. Un aperçu de tous les comptes bancaires repousse la confrontation. Pendant que la machine se réveille tranquillement, son regard tombe sur un cadre posé sur un meuble d'appoint. Sur le cliché, Ludovic baise le front de sa femme souriante et la serre par l'épaule. Elle se lève et l'attrape. Cette journée était une belle journée, un baptême organisé par des amis, le photographe avait saisi cette tendresse spontanée. Victoria ne se leurre pas, leur mariage n'a jamais été un modèle pour quiconque. Les années, les erreurs et les mensonges ont abîmé leurs alliances. Cependant, elle croyait vraiment en la robustesse de leur union. Ludovic la faisait se sentir en sécurité, même s'il était peu présent dernièrement. Elle retourne la photo, face contre le bois.

Les comptes bancaires ne lui apprennent rien, Ludovic ne s'est servi d'aucune carte de crédit. Ses solides épaules croulent sous le poids des malheurs qui s'y entassent. Pour la première fois depuis sa disparition, ensevelie sous ces gravats de tromperies, Victoria estime qu'impliquer la police ne serait pas une mauvaise idée et ce, malgré le risque de voir son mari et son frère finir en prison. Romie et Célie iraient alors voir leur père derrière un parloir. Les forces de l'ordre sont à exclure tant que la situation ne dégénère pas.

Consciente de son report, Victoria réfléchit à la meilleure façon d'appréhender Philippe. Le stress la perturbe, aucune approche ne lui convient. Elle compose le numéro.

— Allô Victoria ?

— Bonjour Philippe. Je sais tout.

— Tu sais tout quoi ?

— Je sais que tu es détective et que ton vrai nom est Jean Flantier.

Un silence s'abat sur la conversation, sa durée s'étire et Victoria croit perdre la ligne.

— Philippe ? Tu m'entends ?

— Oui, je suis là.

— J'ai besoin de réponse.

— Je ne peux malheureusement rien te dire.

— Mon mari a disparu. Tu sais des choses que j'ignore. J'en suis certaine.

— Je ne peux rien te dire.

— J'ai retrouvé ta carte de visite dans l'appartement d'une étudiante qui a disparu, lance Victoria au culot.

— Ce que tu avances ne signifie rien. Je distribue ma carte à longueur de journée, se justifie-t-il après un temps de réflexion.

— Tu expliqueras ça à sa copine qui t'a vu avec elle à la sortie des cours.

— Où veux-tu en venir ?

— Je veux des réponses.

— Je suis dans les parages, tu es disponible ?

— Je préfère par téléphone.

— Pas moi.
— Je suis à la maison.
— Tu veux aller où ?
— Hum… à la brasserie de la place du village ?
— Parfait ! à 12h30 ?
— J'y serai.

Victoria retrouve lentement un souffle normal. Elle s'en veut de s'être fait une montagne de cet appel mais se félicite de sa roublardise. Maxime n'a pas été mentionné dans la conversation. Deux heures à patienter avant la confrontation, un détail la turlupine. Si Jean Flantier se situe à l'heure actuelle dans les parages et qu'il peut la rencontrer durant l'heure du déjeuner, avec qui Guillaume a-t-il rendez-vous à la même heure au cabinet du détective à Marseille ?

Chapitre 30

Victoria déambule dans le salon, sa trajectoire réalise une boucle autour de la table, parfois, elle se plante face à la baie vitrée, examine l'extérieur et reprend sa marche. Elle hésite à téléphoner à Guillaume. La stratégie de la patience lui semble plus maligne, attendre son retour et écouter sa version des faits. S'il ment, elle aura le loisir d'examiner sa réaction et d'exiger la vérité. La sonnerie de son téléphone posé sur le comptoir de la cuisine la sort de ses anticipations. Par déduction, elle pense à un appel de son frère. Le nom qui s'affiche sur l'écran la surprend. Cécile, la femme de Maxime essaie de la joindre. L'âme humaine a cette faculté d'ébaucher le pire des scénarios lorsqu'un événement imprévu brise une habitude ; elle craint qu'il soit arrivé une tragédie à son Maxime. Victoria décroche.

— Allô ? tâtonne-t-elle.

— Victoria ? C'est Cécile.

— Oui, ton numéro s'est affiché.

— Je suis au courant pour toi et Max.

— Tu es au courant de quoi ?

— Que vous êtes de nouveau en contact.

— Je... oui... c'est pour une affaire.

— Tu as déjà presque détruit notre famille une fois, tu viens finir ce que tu as commencé ?

— Non. Ce n'est pas ce que tu crois.

— Je sais parfaitement ce que les femmes de ton genre font.

— Tu te trompes. Je vo...

– Je ne veux rien entendre, la coupe Cécile. Te téléphoner me coûte déjà suffisamment. Tu as fait le bon choix en quittant la ville après ce qu'il s'est passé. C'est drôle, je sentais qu'on n'en n'avait pas fini avec toi. Mon intuition ne me trompe jamais. Je te demande de nous laisser tranquilles.

– Je voudr...

– C'est bon, je t'ai tout dit. Je veillerai à ce que mon mari ne te réponde plus. Respecte ce que je te demande et tout ira bien.

Le portable à l'oreille, le silence l'entoure. Cette salope de Cécile ne lui a pas laissé l'opportunité de se défendre. La nervosité la crispe de la pointe de ses cheveux à l'ongle de son petit orteil. Cette mégère peut lui en vouloir, elle a le droit de lui reprocher leur adultère, seulement, elle aurait pu avoir la courtoisie de l'écouter. Victoria ne peut nier que, lorsqu'elle reçoit un appel ou un message de Maxime, son cœur trébuche d'un battement. Cécile s'inquiète d'extrapolations, les retrouvailles avec son ancien amant n'ont pas connu de débordement, pas un mot ou une parole de déplacés. L'accolade dans le café de l'aéroport ne compte pas, Maxime la consolait.

Prise de court, Victoria téléphone à Maxime. Il ne décroche pas, il avait averti qu'il rappellerait après sa réunion. Cette humiliation conjuguée à la solitude dépasse la limite de sa tolérance émotionnelle. Elle se réfugie dans l'abandon, les larmes coulent. De retour devant la baie vitrée, le soleil inonde la pelouse synthétique verdoyante. L'été s'installe. Paradoxalement, ses yeux s'embrument, un rideau de bruine brouille sa vision. Son départ dans le sud était censé maintenir à distance ses erreurs et sa reconstruction. Cette vilaine soirée la rattrape. Ses trente-six années d'expérience ne suffisent pas à éviter cette leçon implacable : il est impossible de fuir et de renier ce que l'on a été. Alors qu'elle tente jour après jour d'oublier et d'effacer cette nuit de sa mémoire, Victoria glisse lentement et sinueusement vers sa plus belle histoire d'amour achevée dans la brutalité, telle une perle de pluie sur la fenêtre de sa vie.

***

Fin juin, un vendredi, Anna, maman du danseur au cours de Romie, organisa la soirée d'anniversaire de Bertrand, son mari. Elle invita proches et amis, Victoria et Maxime compris. Ludovic ne pouvait être présent, il se rendait en Alsace avec Guillaume pour un devis à plusieurs milliers d'euros. Maxime se comportait étrangement depuis plusieurs jours, Victoria associait son mutisme à la souffrance de ne pouvoir vivre ensemble. Leur symbiose n'avait jamais été si forte. Elle pressentait l'impasse de leur histoire si elle restait secrète. Elle était prête à tout quitter et s'enfuir avec son Maxime. Un plan machiavélique germait dans son esprit de maîtresse amoureuse. Durant la fête, Victoria comptait gaver Maxime de son amour, l'étouffer et être l'unique femme sur Terre à pouvoir le ranimer. Elle n'avait rien laissé au hasard. Tenue choisie en conséquence, maquillage délicat, expression épanouie, fruit de la passion ressentie auprès de l'être qu'elle considérait déjà comme étant l'homme de sa vie.

Elle se rendit à l'anniversaire convaincue de détruire les dernières réticences et craintes de son amant. Elle se voyait très prochainement heureuse en couple avec lui, rien que tous les deux, à s'aimer librement. Un projet ne se déroule jamais comme l'imagination fertile le conçoit, Victoria allait l'apprendre à ses dépens.

Les doutes s'invitèrent dès son entrée dans la salle. Maxime éteignit le sourire illuminé de Victoria en lui tournant le dos, sans la saluer. Elle fit en sorte de faire le tour des convives en se plaçant dans son champ de vision. Il la fuyait dans une direction opposée. Cet agissement lui causa un profond désarroi. Elle culpabilisait, peut-être avait-elle eu un geste ou une parole blessante lors de leur dernière entrevue, deux jours auparavant. Il lui avait semblé distant dans leur échange de SMS de la veille ; Maxime avait fait allusion à une journée compliquée. Son attitude abjecte démontra un mensonge de longue haleine.

Dès l'instant où il se servit seul au buffet, Victoria arrêta net une conversation qu'elle n'écoutait pas avec un dénommé Hervé et se rua à ses côtés. Elle s'enquit de sa froideur. Il éluda d'une moue abattue et indéchiffrable. Il partit auprès de sa femme. Délaissée, des larmes lui vinrent. Elle s'en voulut d'être faible, d'être amoureuse d'un homme marié. Elle s'arrêta à la fontaine à punch et but trois verres cul sec du traître breuvage.

Vers la fin de l'apéritif, Cécile regroupa Anna, Victoria et Bertrand de façon discrète dans un coin de la pièce. Elle tenait Maxime par le bras et affichait une mine splendide. Elle cherchait l'attention de son policier, lui, contemplait ses baskets.

— Bertrand, on ne veut pas te voler la vedette mais nous avons quelque chose à vous annoncer. On a attendu assez longtemps, Max voulait être sûr. Tu leur dis, chéri ?

— Je te laisse ce plaisir, expira-t-il sans lever les yeux.

— Je suis enceinte.

Victoria fut éjectée hors de son enveloppe corporelle, un hologramme d'elle-même se tenait dans le demi-cercle formé par ses amis et, en retrait, son esprit contemplait la scène. Anna sauta la première au cou de Cécile. Bertrand embrassa Maxime. Des éclats de joie explosèrent. La projection de Victoria fut surprise de voir un sourire sur son propre visage et féliciter Cécile. Elle fit une bise à Maxime et prononça un mot gentil, *félicitations*, lui sembla-t-il. L'effet anesthésiant de l'alcool commença son effet. La femme enceinte donna la date d'arrivée du bébé, les sons n'arrivaient pas à Victoria qui, stoïque, ressemblait à une statue dont le sculpteur aurait figé l'incompréhension. Derrière le voile impavide, son ego se disloquait. Les phrases de Maxime lui revenaient : « je ne touche plus ma femme. On ne fait plus rien. J'ai envie de la quitter ». En réalité, ils attendaient un bébé. Victoria ne croyait pas en cette grossesse. Le groupe se dispersa à la fête. Elle se rua vers le cocktail en débit continu, persuadée qu'un autre verre la réconforterait. Elle se servit trois ou quatre fois. Les dernières gorgées eurent du mal à descendre, son organisme rejetait l'ingurgitation excessive et rapide du rhum. Elle inventa un appel téléphonique à passer et s'éclipsa à l'extérieur. Le trop plein de liqueur fruitée voulait ressortir, elle dompta son haut-le-cœur. L'air frais lui était agréable et l'aida à contenir son envie de vomir. Ses pleurs ne sortirent pas, elle était imbibée d'alcool et essorée de toute émotion. Elle tituba un temps dehors et se décida à rentrer chez elle. Avant, elle devait récupérer Romie et Célie.

Maxime l'attendait devant la salle. Victoria voulut le contourner. Il lui attrapa le bras. Elle le gifla.

— Je vais t'expliquer ! Écoute-moi, exprima-t-il à voix basse en se frottant la joue.

— Lâche-moi, lui ordonna-t-elle. C'est terminé. Tu t'es foutu de ma gueule. Tu continuais à bien la baiser.

— Ne crie pas. Je vais t'expliquer.

— Je me fous de ce que tu as me dire. Lâche-moi.

La violence des mots et des gestes les absorba, ils ne virent pas Cécile dans leur dos. Elle écoutait leur dispute et comprit. Elle comprit pourquoi depuis des mois son mari était différent, absent, pourquoi il était si souvent scotché à son portable qu'il emportait aux toilettes durant des heures. Elle comprit pourquoi il pratiquait davantage le sport en salle et la course à pied, pourquoi il sortait autant le chien, pourquoi autant d'interventions nécessitaient sa présence sur le terrain avant et après les horaires convenus. Elle comprit pourquoi son odeur s'était légèrement féminisée, pourquoi le pétillement de ses yeux ne se posait plus sur son corps à elle, pourquoi il ne la désirait plus. Elle comprit pourquoi le Maxime qu'elle avait épousé avait changé. Son instinct de femme lui avait soufflé de se méfier, l'instinct d'une femme ne se trompe jamais. La confiance aveugle que Cécile avait en la droiture de son union n'avait pas écouté ses suspicions.

— C'était toi ! lança-t-elle.

Ils se tournèrent. Sa présence inversa les pôles et les sépara brutalement. Une montée d'adrénaline se mélangea à l'ivresse dans la tête de Victoria, cocktail instable. Des fourmillements brûlèrent ses joues, l'envie de vomir revint au galop. Prise de panique, elle poussa la porte. Elle n'avait plus qu'une idée, trouver ses filles et s'enfuir. Les invités, éparpillés dans la salle, gênaient sa visibilité. Les enfants criaient et couraient près de la sono accolée à l'estrade du DJ. Victoria avait la désagréable sensation d'être sur un bateau en pleine tempête. Le sol flottait. Le vomissement était tout proche. Au milieu de la piste, une main l'agrippa par l'épaule. Elle pivota et reçut une gifle de la part de Cécile. Elle chancela. Des étoiles tournoyèrent dans sa boîte crânienne. De peur d'en recevoir une autre, elle recula de petits pas. La musique se coupa. Silence brutal. Les gens arrêtèrent toute activité et fixèrent l'animateur. Les vociférations de Cécile aimantèrent les regards. Les danseurs formèrent une ronde autour des deux femmes en pleine dispute. Victoria réalisa être au centre de la mascarade avec la dérangeante impression d'être violée visuellement.

— J'aurais dû me douter que tu n'étais qu'une salope.

Les insultes pleuvaient autant que les larmes de haine et de rage, Cécile était hystérique. Victoria, à découvert, couverte d'opprobre, aurait préféré mourir que de vivre cette scène qui parut durer une éternité. La contrariété, l'abus d'alcool, les injures, la gifle et le mépris des invités soulevèrent son estomac fragile. Son diaphragme se compressa. Victoria vomit. Les gens s'écartèrent. Des onomatopées de dégoût tonnèrent dans la foule. Son corps entier s'embrasa de honte. Elle n'arrivait pas à croire que cette tâche immonde sur le sol venait d'elle. Cécile la jaugea, écœurée. Maxime arriva, observa et évita de croiser le regard de sa maîtresse qui cherchait du réconfort auprès de l'homme qu'elle aimait. Victoria déguerpit. Sa démarche zigzagua entre les spectateurs médusés. Le goût de la bile dans la bouche, le menton sale, elle attrapa ses filles et quitta la salle. Elle passa devant Anna et Bertrand qui, à leur tour, la désapprouvèrent.

Chez elle, les filles au lit, Victoria pleura toute la nuit et prit la décision qu'ils devaient déménager loin de cette ville, laisser ce cauchemar derrière eux et oublier cet amour déchu.

***

Dans son salon, face au jardin, perdue dans ses pensées, le souvenir de l'humiliation la chamboule. Victoria craint de revivre jusqu'à sa mort cette soirée dans l'intimité de ses pensées. Le soleil tape sur la baie vitrée et diffuse une lourde chaleur. Les reproches de Ludovic prennent l'ascendant dans sa mémoire : « ferme ces putains de store la journée ou alors coupe la clim'. Tu sais ce que ça consomme une clim' en électricité ? ». Son téléphone portable sonne. C'est Maxime.

– Désolé, je n'ai pas pu te rappeler avant. Cécile m'a dit qu'elle t'avait appelée…

– Oui. Elle est au courant que l'on se reparle.

– Je sais. Je dois déjeuner avec elle ce midi. Elle veut m'en parler.

– J'ai voulu lui dire que c'était pour une raison… professionnelle. Elle ne m'a pas laissé en placer une.

– Je suis désolé. Tu dois savoir qu'elle m'a posé un ultimatum.

– C'est-à-dire ?

– Si je continue à te parler, elle me quitte et part avec les enfants.

– Qu'est-ce que tu lui as répondu ?

– Que veux-tu que je lui réponde ? Je vais devoir me plier à sa volonté. Je suis désolé.

– Je n'y arriverai pas sans toi. J'ai besoin de toi.

– Je sais. Je réfléchis à une autre façon de communiquer. J'essaie de la raisonner ce midi. Pour le moment, ne me contacte plus sur mon portable, s'il te plaît. Je ne veux pas perdre ma famille.

Chapitre 31

Victoria pleure face au miroir de sa salle de bains. Elle s'est rendue spécialement ici voir le chagrin l'anéantir. Sa bouche se pince. Ses yeux se plissent. Sa peau s'empourpre. C'est la première fois qu'elle observe véritablement la tristesse sur ses traits. Les mimiques d'un bébé sur sa frimousse d'adulte la perturbent. Elle ne peut s'en détourner, les jérémiades et les sillons de ses larmes l'hypnotisent ; cette figure enfantine lui enseigne l'immuabilité du temps : le corps vieillit, l'esprit se bride, l'ego ne se ride pas.

Ludovic l'a abandonnée, disparu il y a maintenant une semaine. Guillaume, à Marseille ou ailleurs, lui a tellement menti en si peu de temps, qu'elle se demande s'il lui a un jour dit la vérité. Sa mère, en Île-de-France, ne peut la consoler. Maxime, petit mouton de cette garce de Cécile, la rejette une deuxième fois. Romie et Célie étudient. Son compte Facebook est fermé. Instagram, délaissé, doit être proche de la désertion de ses followers. Lislalia lui prêterait volontiers une écoute attentive. Victoria ne se sent pas de lui confier son malheur, elle désire écouler son stock de larmes.

Définitivement seule, elle convient que c'est la position qu'elle mérite. Si le destin, un Dieu, le hasard ou elle ne sait quoi d'autre lui inflige ses horreurs, c'est qu'elle doit être punie, châtiée d'un comportement odieux.

Ces événements implacables lui révèlent son existence dénuée de ses faux-semblants. Elle ne peut pas nier la violente réalité des faits qui l'ont percutée avec la puissance d'un taureau hargneux lancé vers le torero, la relation de Guillaume et Ludovic étant le coup de grâce. Son mariage est un ornement de pacotille, la vulgaire couverture d'un homme qui ne s'assume pas. Que lui reste-t-il ? ses filles ? sa maison ? une ou deux copines ? L'homme qu'elle aime, Maxime refuse d'essayer un avenir commun. Ce constat amer, néanmoins authentique, l'oblige à contempler la représentation sans artifice de sa personne ; l'image d'une femme esseulée, triste, encline à déverser un flot continuel de larmes et ainsi, à accepter son âme mauvaise et flétrie. Un moment passé ressurgit de sa mémoire.

Devant *le Grinch*, interprété par Jim Carrey, Romie et Célie l'avaient interrogée sur la possibilité d'avoir un si petit cœur ratatiné par la méchanceté et l'égoïsme ; la mère avait ri et leur avait expliqué le précepte de la fiction, les films sortent de l'imagination d'un individu. Aujourd'hui, elle pourrait leur raconter que les personnages de contes s'inspirent de personnes réelles et donc, que ce monstre vert, froid et poilu s'est incarné en leur maman.

Victoria se rend à son rendez-vous, accompagnée de ses pensées aussi obscures et glaçantes qu'une longue nuit d'hiver. Sa voiture reste au garage, le centre-ville se situe à deux pâtés de maisons. La chaleur ne l'empêche pas de se dégourdir les jambes. Elle ressent le besoin de fouler le bitume. La route est en descente, le retour sera plus difficile. Le soleil, haut dans le ciel, perce la voûte feuillue des pins parasol et d'Alep. À cette heure, les résidents du quartier sont pour la plupart au travail. Les rues sont calmes. Les oiseaux et les cigales sifflotent un air d'été. Des bourdonnements, plus ou moins puissants, fusent de toute part au creux des fleurs. Des papillons jaunes, orange, verts et même une libellule bleue, perdue loin du Lez ou de la Lironde, virevoltent autour de Victoria. Les lézards et autres tarentes se prélassent sur les murs et la scrutent sans broncher. Elle ne retire pas ses lunettes aux verres teintés lorsque Marc, leur voisin, l'apostrophe. Elle abrège la discussion.

Victoria descend le chemin du mas de l'huile, pas très loin de l'école des filles. Cet itinéraire lui permet d'arriver par le bas de la place des Grèses et lui évite de croiser un visage connu venu acheter pain ou viande dans la rue commerçante de Montferrier-sur-Lez. La place du village a son charme. Au-dessous de quelques appartements, les habitants et voyageurs trouvent les bureaux de la Poste et de la police municipale, une banque, une crèche, des cabinets médicaux, le marché du mardi et samedi et un commerce aux multiples facettes : café, tabac, PMU, presse, pizzéria, épicerie. Entre la terrasse du bar et quatre bancs mis face à face, une fontaine clapote ; sur l'une de ses faces, un graffiti représente le visage d'un super-héros de film, elle en oublie le titre et, chaque fois, Ludovic lui rabâche qu'il s'agit de *V pour Vendetta*. Les coins d'ombre y sont rares, les promeneurs sont contraints de s'installer sous les parasols de La Fontaine et d'y siroter une bière fraîche s'ils ne veulent pas succomber aux écrasantes températures. C'est sous ces toiles ombragées que l'attend Jean Flantier, installé devant un tonneau, ses doigts enlacent un verre.

— Tu veux boire ou manger quelque chose ?

— Non.

— Je n'aime pas la Badoit mais de la Badoit citron avec des glaçons en terrasse, ça a une tout autre saveur.

Cachée derrière ses lunettes opaques qu'elle a décidé de garder durant l'entretien, Victoria ne discerne pas d'humour ou de tentative d'apaisement derrière son introduction.

— Tu es sûre de ne rien vouloir ?

— Oui.

— Je suis désolé de la situation dans laquelle nous nous

trouvons. J'imagine que tu dois être en colère et ce n'est pas du tout ce que je souhaitais, s'excuse-t-il.

— Je vis une période très compliquée, je ne crois pas que tu puisses soupçonner l'état dans lequel je suis.

— Comment as-tu su pour mon métier ?

Victoria hésite trop longtemps et Jean Flantier reprend la parole.

— Je ne veux pas te mettre mal à l'aise, oublie ma question. Je suis déjà sur la piste.

Elle entend le prénom de Maxime dans ce sous-entendu et en conclut qu'elle va devoir la jouer fine si elle ne veut pas le compromettre.

— Je tiens à te présenter mes excuses. J'ai bien conscience que nous avons tissé des liens plus forts qu'une relation professionnelle. Je ne me permettrais pas de parler d'amitié de crainte de t'offenser. Je t'apprécie vraiment et ça a été un réel plaisir de partager ces leçons avec toi. Cette position est pourrie. Tu dois penser que je suis un gros menteur…

Les paroles de Philippe, de Jean, Victoria s'y perd, fêlent son armure de haine. Ses larmes reviennent. Ses lunettes l'abritent, ses dents mordent le bout de sa langue, sa mâchoire se crispe. Le détective pose sa main sur son bras, elle le retire.

— Je suis sincèrement désolé. Je compatis.

— Pourquoi ? Parce que tu en sais plus que moi sur la disparition de mon mari ?

— Non. Simplement parce que je t'apprécie et que tu ne mérites pas de subir les… actions d'autres personnes.

— J'ai besoin de savoir ce qu'il se passe. Où est mon mari ?

— Comme toi, j'ignore beaucoup de choses. Il y a des points complexes que je ne parviens pas à élucider. J'aimerais te partager tout ce que je sais mais je ne peux pas. Non pas que je ne le veuille pas, bien au contraire.

— On ne s'est pas compris. Je t'ai dit qu'on a trouvé ta carte de visite dans l'appartement d'une étudiante portée disparue.

— On ? C'est qui ce « on » ?

Elle réalise son erreur.

— Peu importe. Dis-moi ce que je veux savoir !

— Ce n'est pas grave que tu ne veuilles pas me le dire, je vais le découvrir… et rapidement.

— Oui… on verra… Si tu ne me dis pas ce que je veux, j'irai à la police leur raconter pour ta carte.

— Victoria, je comprends ta colère et ta frustration. Tes menaces ne servent à rien. Tu pourrais témoigner que ton information ne m'accuserait pas. Crois-le ou non mais j'ai accepté de te voir par soutien et bienveillance. Je te le devais après le sale tour que je t'ai fait. Malheureusement, je ne peux rien te dire. Je suis tenu par le silence auprès de mon employeur.

— C'est qui cet employeur ?

— Je ne peux pas te le dire.

— Alors pourquoi m'avoir fait venir ?

— La culpabilité.

— Je n'en ai pas besoin. J'ai besoin de réponses. S'il te plaît…

— …

— Je sais que tu travailles pour Xavier Bertin.

— Pardon ?

— Oui. Tu es son garde du corps. Je sais aussi que mon mari était en contact avec la femme de Xavier Bertin.

— Si j'ai poursuivi les cours de yoga, c'est parce que je n'ai pas toutes les réponses. Je cherche encore. Il y a des zones d'ombre que je n'arrive pas à lever. Avec les informations que tu détiens, je pense notamment à l'étudiante disparue, c'est que tu es au courant des agissements de ton mari. J'ai accepté de te voir aujourd'hui parce que dans ma sacoche, j'ai des photos de ton mari avec… une femme qu'il… qu'il emploie. Je ne savais pas comment te l'amener… c'est délicat… mais je constate que je ne t'apprends rien. Il ne sert à rien que je te les montre.

— Où est mon mari ?

— Je ne sais pas. Je vais te prodiguer un conseil. Pour ton bien, reste loin de cette affaire. Je te dis ça pour ta sécurité. Et surtout, reste le plus loin possible de Xavier. Ne t'en approche plus.

Dans la côte raide qui la mène jusqu'à chez elle, sous l'étuve des arbres, Victoria fait le bilan. Le résultat est médiocre. Elle espérait plus de son entrevue avec Philippe, elle obtient un vulgaire conseil, se méfier de Xavier Bertin. Elle en conclut qu'il est le seul à pouvoir l'éclairer. Sur les derniers mètres, elle affiche sur son écran de portable, les coordonnées du politique. Une pression suffit à déclencher l'appel. La conversation avec Sophie lui a appris à ne pas se précipiter. Victoria n'avait pas préparé son attaque, Sophie l'avait humiliée et lui avait menti. Cette erreur ne doit pas se reproduire. L'éloquence de Xavier est meilleure que celle de sa femme, Victoria a pu mesurer son talent lors de leurs tête-à-tête. Elle n'aura qu'une chance de le surprendre. Ne pas gâcher cette opportunité.

Guillaume détient plus de renseignements qu'il veut bien le laisser entendre. Elle le forcera à parler et, quand elle estimera avoir entendu l'unique vérité alors, Xavier aura de ses nouvelles.

Victoria surveille le portail depuis la fenêtre de la cuisine. Moins d'une heure après être rentrée du centre du village, Guillaume se gare dans l'allée du jardin. Elle se précipite sur une chaise haute face au comptoir, pose son téléphone et se redresse. Il entre et se dirige vers le frigo. Victoria ne lui saute pas dessus, il doit parler le premier. Il sursaute.

— Ah ! Tu m'as fait peur ! Je croyais être seul. Je me sers de l'eau. Je meurs de soif. Tu veux quelque chose ?

— Non merci.

Guillaume sort un verre, l'emplit et l'avale en quatre gorgées. Il se ressert et ne boit que la moitié. Il expire, soulagé.

— Ça fait du bien. J'en avais envie depuis mon départ de Marseille.

— Tu as appris des choses ?

— Non, le détective n'a rien voulu me dire. Nous ne sommes pas plus avancés et toi ?

— Ce matin, j'ai eu un appel de Maxime. Jean Flantier travaille aussi pour les Bertin comme garde du corps. Il m'a envoyé sa photo. Je connaissais cet homme sous un autre nom. Je lui ai téléphoné et nous nous sommes vus vers treize heures au café de Montferrier. Tu ne pouvais donc pas le voir à Marseille. Je vais être claire Guillaume, soit tu me dis la vérité maintenant, soit je téléphone à la police et je leur dis tout ce que je sais. Et je me fous que toi, Ludo ou même moi ayons des problèmes.

Chapitre 32

« Cette histoire risque d'être longue. Je vais tout te raconter. Tu dois savoir. », un mauvais dialoguiste n'aurait pas écrit une phrase plus pathétique. L'effet recherché ne gêne pas Guillaume. Victoria ne le coupe pas, elle écoute.

« Comme tu le sais, la Croatie m'a mis un coup. Un putain de coup même ! Cette... expérience m'a... changé. Mon psy de l'époque m'a conseillé de ne pas mâcher mes mots quand j'aborde ce sujet. J'en suis rentré anéanti. J'étais seul en prison dans un pays étranger, entouré de détenus qui ne parlaient pas notre langue. Les psys m'ont parlé de choc post-traumatique, de dépression. Ils utilisaient un jargon à la con, un moyen détourné d'intellos pour ne pas dire clairement que j'étais dans une merde profonde et épaisse. Je te demande pardon, s'excuse-t-il en essuyant ses larmes. Je n'ai pas parlé à grand monde de cette période et j'ai encore du mal... Le plus compliqué c'était que je ne pouvais pas montrer l'endroit où je souffrais à tous ces psychologues. Tu vois ce que je veux dire ? Quand tu vas chez le médecin, tu dis, j'ai mal au ventre et il te consulte. Là, je savais que je n'allais pas bien mais ça se passait là-haut – appuie-t-il en montrant son crâne – c'est une souffrance invisible et latente. Je voyais tout en noir. Tout ce que je réalisais était un échec à mes yeux, nul, insignifiant. J'avais l'impression que tout le monde me jugeait tout le temps. Je pesais mes mots, je les cherchais, je doutais, échanger avec n'importe qui était un supplice. C'est dans cet état d'esprit que je suis revenu en France à ma sortie de prison. Fini le Guillaume enthousiaste et jovial. Fini les sorties entre amis. Fini les amis même. Fini ma carrière dans l'épicerie fine. Je n'avais plus goût à rien ».

Victoria est surprise d'entendre cette négativité, elle réalise ne jamais en avoir parlé avec lui.

« Et je ne me plains pas parce qu'il y a des gens qui restent des années, voire toute leur vie en dépression. Moi, ça a duré quelques semaines. Je suis désolé de te l'annoncer ainsi mais c'est Ludo qui m'a sorti de là. Je… je te passe le passage sentimental le jour de votre mariage et tout ce qui suit. Juste, tu dois comprendre que ça a matché tout de suite entre nous. Notre rencontre a été salvatrice. Si je ne l'avais pas connu à ce moment précis, la dépression m'aurait certainement tué à petit feu. Je n'étais toujours pas le Guillaume d'avant le voyage en Croatie mais, grâce à l'éducation des parents, j'avais cette soif de réussir, tout comme Ludo. On était motivé, on était jeune, insouciant, tout était possible. La suite de l'histoire, tu la connais dans les grandes lignes. On a pas mal galéré au début. Puis, on a commencé à gérer des petites affaires à droite, à gauche, rien de méchant, rien de légal, ça servait à arrondir les fins de mois. Le temps de trouver un projet d'envergure et de le lancer. Tu étais enceinte de Romie. Quand Ludo est venu me l'annoncer, on s'est battu. Je l'ai cogné plutôt, il s'est laissé faire. Je l'ai bien amoché. J'ai eu du mal à lui pardonner. Ta relation avec le maître-nageur m'a aidé a accepter l'agrandissement de votre famille. Oui, je suis au courant ! C'est Ludo qui l'a découvert. Je ne me serai jamais permis de t'espionner. Tu connais son côté possessif… il avait sa relation avec moi et voulait aussi l'exclusivité avec toi. Même si j'étais heureux avec lui, je vivais très mal nos mensonges, surtout vis-à-vis de toi. En plus, je n'acceptais pas qu'il t'ait toi en plus de moi. Il m'a clairement fait comprendre que c'était à prendre ou à laisser alors j'ai tout fait pour le convaincre de te laisser tranquille. Tu avais tes raisons de… d'aller voir ailleurs. Ludo ne se gênait pas avec moi. Il n'avait rien à te reprocher. Je lui ai à mon tour posé un ultimatum, soit, il ne t'en parlait pas, soit, lui et moi, c'était fini ».

Apprendre que sa relation avec Kévin le maître-nageur était connue de son mari, sidère Victoria. D'autant plus qu'il ne l'a jamais évoquée, comportement en opposition avec sa franche nature.

« Une idée lui est venue. J'en ignore encore l'origine. Je soupçonne qu'elle vienne de ton histoire avec ce garçon. Il a pris conscience qu'un grand nombre d'hommes et de femmes mariés fautaient. Lui, toi, moi et d'autres proches étaient dans ce cas. Ce tabou est un des sujets les mieux gardés dans les ménages car, même si le conjoint apprend l'adultère, il ne souhaite pas que cela s'ébruite dans le voisinage. Le cocu n'est pas le plus motivé à camoufler le secret, c'est le trompeur. Il fera tout ce qu'il peut pour ne pas que son… aventure arrive aux oreilles de sa moitié. Et, en parlant ainsi, Ludo disait qu'il serait même prêt à verser une grosse somme d'argent pour étouffer un soupçon de rumeur. Cette pensée machiavélique a fait son bonhomme de chemin. Ludo en a conclu qu'en embauchant des filles… des filles… payées pour ça, on pourrait piéger des hommes et leur extorquer de l'argent en échange de notre silence. Sur le papier, son plan se tenait. Seulement, on était loin de nos petites magouilles hebdomadaires et les conséquences, si on se faisait prendre, était bien plus terribles. Ludo a bien senti que je n'étais pas chaud. J'avais peur. Alors il se l'est joué malin. Vous aviez des voisins à Brie, desquels vous étiez proche mais sans plus. Enfin, je dis ça… je n'en sais rien. Je te rapporte les propos de Ludo à l'époque. Le mari et lui étaient proches. Le gars s'appelait François. Il habitait à deux ou trois maisons de la vôtre, ça te parle ? »

Victoria opine.

« Il se vantait de ses nombreuses conquêtes extraconjugales dans le dos de sa femme. Cette confidence était du pain béni pour Ludo qui n'a pas pu résister à la tentation d'appliquer son idée, idée qu'il rabâchait tous les jours. Il a alors suivi François, il l'a épié et est vite revenu avec une tripotée de photographies très explicites. Il me les a montrées. J'étais paniqué de ce passage brutal de la théorie à la pratique, tellement paniqué que j'ai refusé d'aller plus loin. Tu sais comment il est quand il a quelque chose en tête, rien ne peut l'arrêter. Il tenait absolument à ce que je fasse partie de l'affaire et, à force d'insistance, j'ai cédé. J'avais l'impression qu'il avait fait ça toute sa vie ou alors qu'il rencontrait la voie qu'il devait emprunter depuis bien longtemps. Ne fais pas cette tête. Je ne vante pas les mérites de ce qu'il fait, je ne le défends pas non plus. Je dis juste qu'il était déconcertant de maîtrise. Il nous a fait acheter un téléphone portable jetable et il a suggéré que ce soit moi qui téléphone. D'après lui, le type connaissait sa voix et pas la mienne. Je pense surtout qu'il avait la trouille d'appeler. Je n'étais pas plus rassuré. J'ai voulu qu'on achète un déformeur de voix. Ludo s'est moqué de moi en disant qu'on n'était pas dans un film. Un torchon suffisait. La veille de passer l'appel, je n'ai pas dormi. J'avais peur, peur de rater, peur de me faire prendre, peur de passer pour un con, peur d'être nul… J'avais honte aussi. Ce que l'on allait faire n'était pas glorieux. J'aurais pu dire non à tout ça. Ludo était très investi. Il y avait quelque chose que je supportais encore moins que l'acte odieux de soutirer de l'argent à ce gars … décevoir Ludo et le perdre. Lui était confiant, il voulait aller au bout du truc et comme, je voulais lui faire plaisir, je me suis lancé. Arrête ce regard, s'il te plaît. Bon, je l'ai fait. Ludo m'avait préparé un texte à suivre à la lettre. Je l'ai répété une dizaine de fois face à lui. Il me parlait comme Thierry

Lhermitte à Jacques Villeret dans *le dîner de cons*, tu vois un peu le délire ? Comme je suis un froussard, j'ai demandé ce que je devais faire si le gars posait une question. Très sûr de lui, Ludo a répondu : « Tu répètes ta dernière phrase avec sévérité ». Après des dizaines d'entraînements, j'y suis allé. J'ai bégayé, j'ai bafouillé mais je l'ai fait. Je crois que cette épreuve fait partie du top 3 des pires de toute ma vie. Par la suite, on a trouvé d'autres moyens de mettre la pression et de contacter les hommes. On utilisait des lettres anonymes, les MMS des téléphones jetables… Je m'égare, je reviens à notre premier coup. J'étais stressé. Le type l'était encore plus que moi. On entendait tout son corps trembler dans sa voix chevrotante. Les phrases préparées par Ludo fonctionnaient à merveille. On lui demandait deux mille euros. Il a d'abord dit qu'il ne les avait pas. Nos conditions étaient claires, si on n'avait pas l'argent dans une semaine, les photos seraient envoyées à sa femme. S'il acceptait, on lui rendait les originales et il n'entendrait plus parler de nous. On a patienté deux jours avant de le recontacter. Par sûreté, on a changé de téléphone. On était très prudents. On craignait qu'il ait contacté les flics. On imaginait le pire. Au final, le gars a payé sans broncher. Il ne lui restait qu'à nous remettre l'argent. Je te passe les détails logistiques, personne n'aurait pu prendre plus de précautions. On était tétanisé, on craignait de se faire prendre dans un guet-apens. On est arrivé où François était censé avoir déposé la somme, on était complètement flippé. Sur place, pas de flic, pas de groupe armé, rien. On a récupéré l'enveloppe et l'argent. On s'était fait deux mille euros en quoi… entre la prise des photos et les appels… disons une journée de boulot ».

Ce récit sidère Victoria. Il y a des années, elle avait participé à la conférence de l'écrivain Adam Rasselot en médiathèque. Les propos de l'auteur au sujet de son nouveau roman étaient tout aussi palpitants que ceux de son frère. À la différence que les faits relatés par Guillaume ne sont pas fictifs.

« Tu aurais dû voir l'état d'euphorie dans lequel nous étions… pire que des gosses une veille de Noël… Cette folie était lucrative. Pourtant la somme était dérisoire, deux mille euros, pas de quoi s'acheter un château en Espagne. Pour ma part, j'en étais très satisfait. Ce qui n'était pas le cas du Ludo, tu t'en doutes. Il en voulait plus. On se remettait à peine de nos émotions qu'il parlait déjà d'y retourner… Il affirmait qu'on pouvait réclamer plus, beaucoup plus. Il était parti d'un postulat assez simple : un particulier peut emprunter de l'argent à une banque proportionnellement à son salaire. Plus il a un gros salaire, plus il peut emprunter. Ludo a appliqué ce principe au chantage : un homme, riche ou pauvre, protégera son secret à la hauteur de ses moyens. Il voulait que l'on fasse chanter de grosses fortunes. Je ne me sentais pas de commencer par des gros poissons. J'étais dans la peau d'un gagne-petit, capable de voler mon collègue ou mon manager direct, sans penser qu'il serait moins suspicieux d'aller taper le bureau du PDG au dernier étage. On s'est tourné vers les classes moyennes plus plus. Tu vois un peu le genre dont je parle ? Belle maison, belle bagnole, petite épargne. On s'est fixé cinq mille euros. Sur le papier, c'était beau, c'était facile, pas de difficulté. Mais il faut reconnaître que l'on avait eu de la chance avec votre voisin. Ludo était au courant de son adultère, une photo suffisait. Pour trouver nos prochaines victimes, je me suis fait embaucher comme serveur au golf de Fontainebleau. Tu te rappelles peut-être que j'ai bossé là-bas. Je n'avais qu'à laisser traîner mon oreille quand je déposais les commandes et, en deux semaines, je pouvais te dire quel habitué trompait sa femme. En parallèle, Ludo s'est occupé de trouver les filles pour… pour chauffer les victimes. Ne me demande pas comment il les a dénichées. Il m'a tenu à l'écart de tout ce qu'il faisait. Je pense qu'il voulait me préserver. Je suis presque certain qu'il a fait appel à ses cousins pour ça. Après plusieurs mois, sa combine était bien rodée. Pour les coups présumés difficiles, il faisait appel à des filles françaises expérimentées, des escortes avec lesquelles on avait travaillé sur un ou deux chantages et, quand on les jugeait fiables, on les installait sur des plus gros morceaux. À nos premiers essais, on ne travaillait qu'avec des jeunes filles de l'Est, des Ukrainiennes. C'est leurs origines qui me font dire qu'il a fait appel à des cousins même s'il n'a jamais confirmé. Parfois, les filles parlaient un peu français, d'autres pas du tout. Ludo n'avait aucun problème à communiquer et je suppose qu'il ne voulait pas que je gère cette partie… management de notre affaire. Les filles étaient jeunes, étudiantes et surtout, souhaitaient quitter leur pays pour réaliser un rêve ou se lancer dans des études. La plupart du temps, elles avaient peu ou plus de famille. C'était rassurant pour nous et il les convainquait plus facilement. Si ça ne t'ennuie pas, je vais me resservir un verre. Ça me donne soif de parler comme ça ».

— Comment vous faisiez pour… pour que ces hommes puissent si facilement… enfin tu vois, avoir envie de ces filles.

— Hum… stoppe-t-il d'un doigt la gorge pleine d'eau.

Le verre fini, Guillaume s'essuie la bouche d'un revers de main.

« Ludo avait ça dans le sang, toujours un coup d'avance. Au début, il tâtonnait, il se cherchait mais jamais il n'a renoncé. Les difficultés ne l'arrêtaient pas. Si je pouvais comparer sans être lourd… C'est comme quand tu pars en pique-nique… la première fois, tu prends l'essentiel, du moins, tu penses prendre l'essentiel mais il te manque toujours une ou deux bricoles... serviettes... couverts... mayo.... À la deuxième tentative, plus expérimenté, tu prends serviettes, couverts et mayo. Et là, tu réalises que ça aurait pu être mieux avec une nappe plus grande. Quand tu en es à ta dixième sortie, tu as investi dans une table pliable, un barbecue portatif, une glacière... Je pense que tu as compris. Le début a été laborieux. Il y a eu des loupés, pas d'incident grave, heureusement. On s'est fait de belles frayeurs. Par exemple, avec nos premiers gains, on a acheté une vieille Twingo toute défoncée et, on s'en est servi pour... certains hommes... on choisissait des responsables ou des directeurs de garage de grandes chaînes. On repérait sur plusieurs jours leurs heures de va-et-vient et quand on estimait avoir bien cerné l'emploi du temps du gars, on envoyait une fille sur le parking faire le coup de la panne. Elle parle mal français, entre deux sanglots, elle explique de pas avoir d'argent, être seule en France, avoir besoin de sa voiture pour aller travailler ou étudier... Je te promets qu'à chaque fois qu'on a procédé ainsi, le responsable lui proposait de réparer sa voiture gratuitement. Enfin... gratuitement... en échange d'un verre. La fille lui saute au cou pour le remercier. Quelques jours plus tard, ils prennent un verre. Il paye l'hôtel, on prend photos et vidéos. Une semaine après le type nous verse de l'argent pour que l'on ne divulgue pas ses frasques... j'en perds le fil... j'ai répondu à ta question et je ne sais plus où j'en étais...

— Euh... je ne sais plus trop. Continue, j'ai compris l'essentiel.

— Je t'ai donné cet exemple comme j'aurais pu t'en donner d'autres. Ludo était... je me rends compte que je mets beaucoup Ludo en avant. Je ne veux pas te donner l'impression qu'il était le seul commanditaire. Je suis tout aussi responsable que lui. Son implication dépassait la mienne car l'idée originelle venait de lui. Nous étions associés à 50/50. On était mouillés tous les deux. Parce que ça nous prenait du temps, il ne s'agissait pas seulement de demander l'argent, il fallait trouver les victimes ; des mecs prêts à tremper leur biscuit à la moindre occasion, les surveiller sur plusieurs jours, choisir le meilleur moyen pour les filles de les aborder. Au risque de me répéter, on n'a pas été bons à nos débuts. Nous n'étions pas mauvais non plus. Disons que nos méthodes étaient perfectibles. Avec le temps, on a peaufiné tout ça. Parfois, comme là maintenant, je valorise notre réussite alors que ce que nous faisions… c'était complétement… odieux pour ces pauvres gars. On ne va pas changer le passé maintenant, ce qui est fait, est fait… Je m'y perds encore, c'est compliqué de tout te raconter de manière simple et structurée, avec une chronologie cohérente. On a fait ça durant six ans. Il s'est passé tellement de choses. Parce qu'avant de se lancer dans ce business, on avait déjà l'entreprise dans le bâtiment qui vivotait de petits chantiers. Avec ce qu'on soudoyait, ça a été encore plus facile. L'argent gagné grâce au chantage avait plusieurs utilités. Une partie payait les filles, une autre servait à réinvestir pour des futurs coups. On se servait du liquide pour payer les ouvriers étrangers, les Ukrainiens qui bossaient sur des chantiers. Je te la fais courte, on escroquait des types et on blanchissait l'argent dans le bâtiment. Les constructions et les rénovations nous rapportaient encore plus de thunes. C'était le meilleur investissement de la Terre. En plus, grâce à cette méthode, on ne payait pas l'URSAFF et les charges patronales, le cercle vertueux parfait. Ajoute à tout ça que la majorité de nos clients ne voulait pas déclarer leurs travaux. On leur offrait la T.V.A et ils nous réglaient en liquide. Comme ça, on déclarait le minimum de salariés. L'inconvénient, c'est qu'on avait énormément d'espèces, pas évidentes à écouler. Personnellement, ça ne me dérangeait pas. J'ai un pécule conséquent que je dépense au fil du temps, je ne suis pas pressé. Ludo n'avait pas cette patience, c'est pour cela qu'il a monté la société à ton nom. Il t'a fait croire que c'était un moyen de te donner un salaire à l'année et aussi de diminuer les résultats de l'entreprise principale et donc, de payer moins d'impôts. Ce qui est vrai, du moins en partie. Parce qu'il n'a jamais mis aucun projet sur ta société. C'est d'ailleurs ce que tu as découvert en téléphonant à l'expert-comptable. Par un procédé complexe, sur lequel je ne me suis pas penché, il utilisait l'entreprise à ton nom pour facturer des prestations qu'il payait avec l'argent obtenu à l'aide des chantages et des chantiers. Ainsi, les billets arrivaient sur le compte bancaire, l'argent sale était blanchi et transformé en salaire et en notes de frais. J'avais déconseillé à Ludo de faire ça parce qu'en cas de contrôle, on peut remonter jusqu'aux racines de l'affaire et donc, du chantage. Il ne m'a pas écouté…

Elle comprend pourquoi elle n'avait reconnu aucun papier dans les locaux de Melun et pourquoi l'expert-comptable était évasif. La fausse adresse mail du cabinet s'explique. Son mari avait dû la créer pour lui donner l'illusion que leur business était en règle et lui cacher ses manigances.

— Tu es en train de me dire que c'est à cause de lui que tout ça arrive ?

— Non. Enfin si. Disons que s'il avait été moins gourmand, nous n'en serions peut-être pas là. Pour récapituler, le bâtiment fonctionnait bien. Les hommes que l'on faisait chanter nous rapportaient entre cinq et vingt mille euros, selon leur fortune. On travaillait avec des étrangères pour les petits coups, avec des escortes professionnelles pour les gros. Tout roulait, on avait pour objectif d'amasser suffisamment pour mettre la société à l'abri et couler des jours heureux sans se prendre la tête. Depuis que Ludo a disparu, j'ai beaucoup réfléchi... Ça fait déjà un moment qu'on a récolté assez d'argent pour arrêter nos conneries. S'il avait voulu, on aurait pu fermer notre boîte à Melun et la transférer dans le sud. On aurait doucement démarché, trouvé des clients et relancé la machine ici. De toute façon, même sans contrat dans la région, on avait largement de quoi voir venir. Malheureusement, aucune histoire ne commence par « il était une fois » et se termine par « ils vécurent heureux ». L'argent attire l'argent. On en veut toujours plus, voiture de luxe, grosse villa, piscine, résidence secondaire... Et cet adage est d'autant plus vrai quand tu gagnes de l'argent facilement. Escroquer des mecs qui trompent leur femme était d'une simplicité déconcertante, tellement que ça ne nous semblait plus illégal ou immoral. On dit encore un coup, puis encore un et après on arrête. En vérité, on n'arrête pas ce genre de trucs tant qu'on n'est pas pris la main dans le sac. Et, après quelques années à escroquer des gars avec un peu de ronds, Sophie Bertin nous a contactés. J'en ai connu des femmes de caractère qui n'ont pas froid aux yeux mais Sophie, c'était quelque chose ! Elle nous a donné rendez-vous dans un lieu public, sans vraiment nous laisser le choix. J'étais le plus stressé de nous trois. Elle, elle ne mâchait pas ses mots. Elle savait ce qu'on faisait... je parle de soutirer de l'argent à des gars que l'on piégeait. Elle voulait que l'on filme Xavier, son mari en pleine faute. Ludo, c'est lui qui parlait, a tenu à savoir pourquoi. Il a imposé de connaître ses motivations pour aller plus loin. Sophie a joué la carte de la transparence, elle a exactement employé ces termes-là. Elle aurait surpris une discussion de son mari, dans laquelle il disait vouloir la quitter dans la foulée des prochaines élections, deux ans plus tard. Il ne voulait pas le faire avant parce que ça aurait pu nuire à son image auprès des électeurs. Ancienne de l'ENA, elle s'attribuait la réussite professionnelle de son mari, aussi bien dans le privé qu'en politique. Il était intolérable qu'il se débarrasse d'elle après être parvenu à ses fins alors qu'elle avait sciemment œuvré dans l'ombre pour lui permettre de réussir. Toujours pas de verre d'eau pour toi ?

— Non merci, s'empresse-t-elle de répondre, impatient d'en apprendre plus.

— Je suis embêté de te demander ça… je peux me servir un verre de whisky, s'il te plaît ? demande-t-il d'une voix mal assurée.

— Oui ! Tiroir du bas, indique-t-elle vers le bar, les verres seront à gauche.

— Merci.

Guillaume emplit un fond de verre et le porte à ses lèvres.

— Comment Sophie a su pour vous ?

— Hum… attends… j'y viens ; il boit cul sec et remplit le verre. Bon, Sophie nous avait trouvés, elle voulait piéger son mari, elle possédait les arguments pour nos convaincre. Si la vidéo était suffisamment … trash, on pouvait sans problème demander cent mille euros à son mari. Il paierait pour ne pas écorcher son image publique. Il ne mettrait pas en péril sa carrière. L'objectif était d'obliger Xavier à payer et ensuite de diffuser les preuves de ses déviances malgré la rançon versée. Sophie préparait une manœuvre pour tourner la déchéance de son mari en sa faveur. Une habile tactique politique qui consistait à prendre sa place. Elle avait conscience de rater les élections à venir mais se préparerait pour les prochaines. Et, pour nous aguicher davantage, elle nous proposait, en plus des cent mille euros de son mari, cent mille euros de sa propre poche. La somme a fait tourner la tête à Ludo qui était prêt à mettre en place l'affaire dès le lendemain. Moi, ces chiffres m'ont donné le tournis. Comme toi, je me suis interrogé : comment nous avait-elle trouvés ? Sophie a découvert ce que nous faisions par le biais d'une victime qui faisait partie de ses connaissances. Cette personne avait raconté le chantage qu'elle avait subi à des proches. J'ignore comment elle a fait ensuite. Elle nous a dit avoir enquêté plusieurs mois avant de finir par retrouver une des étudiantes ukrainiennes... c'est tout ce que je sais...

— Donc c'est Sophie qui est le centre de tout ça et qui a poussé Ludo à se planquer ?

— Non. Sophie est le point de départ de toute cette merde. Je pense... j'espère qu'il est simplement caché. Je te raconte la suite et tu vas comprendre. À la fin du rendez-vous avec Sophie, on lui a promis une réponse rapide. Ludo et moi en avons longuement parlé. Moi, j'étais complètement contre. La première personne avec un peu de pouvoir et d'argent nous a mis la main dessus alors qu'on faisait tout pour être ultra-discrets. Ça signifiait que si une de nos victimes portaient plainte, la police remonterait jusqu'à nous en moins de deux. Jusque-là, on choisissait des inconnus, des cadres, des cadres supérieurs, des footballeurs... les footballeurs étaient des proies faciles, ils ne voulaient pas ternir leur image auprès du public... En gros, nos choix se portaient sur des hommes avec des moyens mais... comment dire... On n'avait jamais visé un homme comme Xavier, riche, avec du pouvoir, de l'ambition, de la détermination. Ça ne m'enchantait pas ! Si Sophie avait pu nous retrouver aussi facilement, ça allait être aussi le cas de Xavier. Ludo ne voulait rien entendre. Ce seul coup pouvait rapporter deux cent mille euros. Plus rien ne comptait à part la ligne de zéros. Il voyait plus loin, si Sophie estimait la somme à cent mille euros, on avait le droit de réclamer le double ou le triple. Cette femme n'allait pas vider le compte du couple... Il était persuadé qu'elle nous proposait le minimum. Pour Ludo, il n'a jamais été question de discuter, à la fin de la rencontre, il savait qu'on réaliserait le deal. Il m'a promis que l'on serait plus prudents qu'à l'accoutumée. Il a utilisé un argument de taille pour me convaincre : ce coup serait notre dernier. J'ai quand même refusé. Je ne le sentais pas. J'ai insisté pour que l'on arrête maintenant. Il ne m'écoutait pas, on s'est disputés. Il a décidé de le faire solo… sans moi. On s'est engueulés. Ça puait le traquenard. Je lui ai répété qu'on n'avait jamais travaillé pour un commanditaire, que c'était de la folie, que si elle n'était pas contente de notre prestation, ça se retournerait contre nous. Il n'a rien voulu savoir… il a convenu d'un accord avec Sophie. Ils se sont lancés. Je lui posais des questions sur l'affaire, par curiosité… ou par peur. Il ne voulait rien me partager. Les premiers temps, ça avait l'air de bien tourner, puis, c'est vite parti en couille. Ludo a tourné la vidéo, a pris les photos et, apparemment, Sophie a eu de nouvelles exigences, elle voulait les originales. Il aurait refusé de lui remettre tant qu'il n'aurait pas son argent. Il lui a quand même donné une ou deux photos. Sophie s'en serait servi pour secouer Xavier, sans prévenir Ludo de son initiative. De crainte de se faire doubler, il aurait lancé le chantage sans l'approbation de Sophie. Tout ce que je te raconte là, sont des suppositions entrecroisées par ce que Ludo et Sophie ont bien voulu me dire mais comme leurs versions sont différentes…

— Tu as vu Sophie après ?

— Si ça ne t'ennuie pas, je poursuis. Tu vas avoir ta réponse très vite, ok ?

— Oui, continue.

— À partir de maintenant, il y a du vrai et beaucoup de déductions dans ce que je vais te raconter. Dans la foulée de leur altercation, Klara, la fille qui a travaillé pour nous et que tu as découverte avec Maxime, a disparu. Ludo ne m'a pas mis au courant de sa disparition tout de suite.

Il y a quelques semaines, j'ai remarqué un changement de comportement chez lui. Il était stressé, tendu, irritable, absent. Il manquait des rendez-vous importants pour la société. Je l'ai tanné pour qu'il se confie. Il a fini par me dire que Klara avait disparu. Il ne m'a pas raconté grand-chose. À ce moment-là, il voulait me tenir à l'écart pour me protéger. La situation lui échappait et l'inquiétait. La suite des événements ne sentait pas bon. D'après lui, Sophie n'était pas responsable du sort de Klara. Je n'y comprenais plus rien. Je lui ai demandé pourquoi il avait pris une débutante comme Klara pour une affaire aussi difficile. Son explication a été claire, Sophie savait que son mari la trompait et avait… des fantasmes… des déviances de psychopathe pour être clair. Une escorte expérimentée ne se serait pas laisser faire. Il a choisi une jeune femme malléable pour être certain que le bonhomme se lâcherait totalement… ça n'a manifestement pas loupé. Ludo m'a dit qu'il n'avait jamais vu un détraqué de la sorte. Le film pouvait l'envoyer directement en prison. Je n'arrive même pas à imaginer ce que cet enfoiré a pu lui faire… je n'ai toujours pas vu les images. Je n'ai pas réussi à tirer les vers du nez à Ludo. Il ne se confiait que dans ses moments de découragement. Pendant plusieurs semaines, il a mené son enquête pour retrouver Klara, savoir où elle était… Il ne savait pas si sa disparition était une fuite délibérée ou un enlèvement. Il était dans un état de vigilance constant. Puis… puis il a reçu une lettre de menace. Tout a basculé à cet instant. Il est devenu hystérique. Il n'a pas voulu me montrer la lettre. Je lui ai ordonné de tout arrêter, de rendre les copies originales, de laisser Sophie et Xavier gérer leur problème entre eux, d'oublier l'argent et de se préserver. Cette menace, il l'a reçue il y a une dizaine de jours à l'entreprise. Le week-end dernier, il s'est jeté à corps perdu dans la recherche de Klara. Il était dément. Je l'ai aidé comme j'ai pu. Le lundi soir, j'étais complètement stressé, lui aussi. On s'est encore engueulé. On en est presque venu aux mains. J'ai eu peur pour lui. Le lendemain, il a reçu une autre lettre. Il me l'a encore cachée. Il était complètement retourné. J'ai cru qu'il allait me faire un malaise. Je ne l'avais encore jamais vu comme ça. On s'est disputé violemment et il est parti en furie. J'étais en colère, j'avais peur mais je ne l'ai pas rappelé. Il n'y a pas une seconde où je ne regrette pas cette dispute, se lamente-t-il au bord des larmes. Et, le mercredi, j'ai eu ton appel me demandant où était Ludo parce qu'il n'était pas rentré comme prévu. La suite, tu la connais, je l'ai cherché tout autant que toi... si ce n'est plus. Je faisais mon enquête, tu faisais la tienne. J'ai vite paniqué et, sachant que... je craignais pour sa vie, j'ai utilisé... j'allais dire un joker mais tu risques de mal le prendre. J'ai mis Maxime dans la boucle.

– Quoi ? Que veux-tu dire ?

– Ludo était au courant pour toi et le maître-nageur. Après cet épisode, il te surveillait. Il n'a jamais cessé de le faire. Il avait connaissance de ta relation avec Maxime. Il a voulu interférer, briser ce qui naissait entre vous. Ce qui a envenimé notre relation car je lui reprochais de te vouloir toi et moi aussi. Ça a été une longue bataille mais je l'ai convaincu de te laisser. Il ne supportait pas votre histoire et évitait les réunions avec vos amis chaque fois qu'il le pouvait. Je lui ai dit que votre aventure ne durerait pas et que... quoi qu'il en soit, vous vous étiez séparés. Ça semblait radical et définitif. J'ai eu une idée. Ludo l'a adorée ! Celle de faire une vidéo de Maxime. Quand vous avez déménagé et que j'étais certain que toi et lui... on a tourné la vidéo. On ne l'a pas fait avant parce que tu tenais à lui. C'est moi qui ai tenu à reporter le piège. En plus, on ne voulait pas le faire chanter comme les autres. Maxime était un jeune flic, avec un bon poste, promis à une belle carrière et c'était un bel atout dont on pouvait avoir besoin. On n'avait jamais eu l'occasion de l'utiliser. Puis, mercredi, quand tu m'as dit avoir une idée, je t'ai suivie. Je t'ai vue entrer dans le commissariat de Melun et j'ai compris. Ludo disparu, je me suis dit que c'était le moment idéal. J'ai envoyé un mail pour le forcer à t'aider. Il avait des outils que je n'avais pas et… je voulais vraiment le retrouver. Avec tout ça, j'étais persuadé que l'on parviendrait vite à une solution. Tu avançais de ton côté avec l'aide de Maxime qui était motivé. Et moi, j'avançais du mien avec plus d'informations que vous. Ce n'était pas simple car je devais cacher nos secrets, même si ce qui m'importait, c'était Ludo. Je voulais seulement être sûr que Ludo allait bien. Tout le début de semaine, je ne suis pas entré en contact avec Sophie. Je voulais des assurances avant. Surtout que Ludo lui avait dit m'avoir évincé du business. Je devais garder mes distances. Tes recherches et la mienne stagnaient. Je me suis concentré sur Klara… pour rien… je n'ai rien appris de plus. Je devais fouiller l'appartement du golf. Je m'apprêtais à m'y rendre quand tu m'as téléphoné, bloquée dans le train. J'ai fait demi-tour pour te récupérer. J'avais à l'esprit de te tenir éloignée de Justine. J'avais mis Maxime dans la boucle pour qu'il t'aide avec les logiciels de la police, pas pour que vous souleviez tout notre merdier. D'ailleurs, j'ai eu raison de me méfier. Maxime a été le premier flic à mettre le nez dans nos affaires et le nom de Ludo en est vite ressorti. Bon, il était influencé par toi mais quand même… ensuite, je suis venu à Montferrier avec toi et là, les circonstances ont voulu que tu me fasses garder les filles. J'ai pourtant tout fait pour te convaincre de lâcher l'affaire avec Justine. Voyant que tu n'en démordais pas, je l'ai contactée et je l'ai briefée sur ce qu'elle pouvait te révéler ou non. Je lui ai demandé un compte-rendu de votre entretien. Elle m'a dit qu'elle avait abordé la visite de Maxime. En sachant qu'il avait découvert notre activité, il apparaissait évident que tu allais être au courant à ton tour. Tu es revenue de Saint-Maur. Quand tu m'as annoncé sortir avec les filles, j'étais soulagé. Je pouvais enfin aller au golf. Je n'attendais que ça depuis mon arrivée. Tous mes prétextes pour rester à la maison n'ont pas fonctionné. Tu as absolument tenu à ce que je t'accompagne. Je l'ai fait à contre-cœur et, alors que j'aidais Hans, qui je vois débarquer ? Sophie. Je me cache immédiatement. Xavier la suit de près. Je prends peur. Je me planque ! J'observe, caché. J'étais complètement retourné ! T'imagines, je refuse un deal avec Sophie. Ludo se lance en solo. Ça dégénère. Il disparaît et je retrouve tout le monde à une soirée dans le jardin de tes voisins. Des millions de questions m'ont traversé l'esprit. Mais je n'étais pas au bout de mes peines… je te vois parler avec Sophie mais pas comme deux personnes qui se rencontrent pour la première. Je ne m'attarde pas, mon instinct me dit que je ne dois pas croiser Xavier et encore moins Sophie. Je rentre à la maison. Je sens qu'un détail m'échappe… Le lendemain, au réveil, tu reçois un SMS de Ludo et là, rebelote, tout est chamboulé. La logique aurait voulu qu'il m'envoie des nouvelles d'abord. Au lieu de ça, il commence par toi. Pendant le laps de temps où il a laissé son téléphone allumé, il ne m'a pas envoyé un mot alors que je suis techniquement la personne la mieux placée pour l'aider. Ça ne laisse rien présager de bon ou alors… il nous manque une information.

— Quel genre ?

— Si je le savais… après que tu as eu reçu le message, je me suis rendu au golf. Hier donc, j'arrive sur place dans l'espoir qu'il soit là ou qu'il ait laissé une directive à suivre… je débute la recherche et tu débarques. On se dispute. Je continue de fouiller l'appartement et je ne cesse de penser à toi. Tes mots et ton regard ne me quittent pas... J'imagine dans quel... malheur tu dois être. Je culpabilise. J'ai honte... l'appartement n'est pas bien grand. Quand je suis certain de ne rien trouver qui pourrait nous aider, je file te rejoindre pour essayer de... de te consoler... de te soutenir au moins. Et là, alors que je cherche ce que je vais bien pouvoir te dire, alors que je suis exténué, alors que je ne parviens plus à démêler les derniers événements... j'arrive devant chez toi et je tombe sur Xavier. Tu vas penser que je suis parano mais... quand on s'est salué, je suis certain qu'il a senti que... que je savais. C'est peut-être la peur et la surprise qui me font ressentir ça... en attendant, je n'arrête pas d'y penser et d'en douter. Je t'interroge sur un point étrange à mon sens, ta relation avec Xavier... tu éludes les circonstances de votre rencontre et embraye sur Jean Flantier. Or, je connaissais déjà ce gars. Ludo avait mené une enquête sur les Bertin et il avait connaissance que Flantier était une sorte d'homme de main du couple. J'ai fait mon possible pour donner le change à la maison. Après ce que je t'avais avoué l'après-midi, je te devais de... souffler un peu... je me suis occupé de Romie. Mon esprit était ailleurs. La situation était en train de m'échapper sans que je ne sache ce que je pouvais faire. Je suis désolé, je n'ai pas été super présent avec la photo que tu as reçue sur ton Facebook... je suis pas dans mon assiette... je crains que quelque chose de grave ne nous guette. Je n'ai encore pas dormi la nuit dernière... j'ai énormément pensé. Ce matin, je t'avais dit que j'allais voir Flantier après mon passage à l'inspection du travail... j'ai maintenu ce mensonge... sachant que ce type bosse pour les Bertin, je me suis dit qu'il était temps d'aller voir Sophie. Je l'ai appelée hier. On a convenu d'un rendez-vous en fin de matinée aujourd'hui. C'est pour ça aussi qu'elle ne décrochait pas et ne te rappelait pas. Je l'ai vue ce midi à Marseille. Elle ignore où Ludo se trouve mais elle affirme pouvoir le découvrir facilement. Elle veut bien nous aider mais à une condition.

– Laquelle ?

– On doit lui remettre toutes les vidéos et photos de Xavier avec Klara… et aussi…

– Oui ?

– Je n'en sais rien… elle m'a parlé de photos compromettantes prises par Ludo. Il ne m'en a pas parlé. Je ne vois pas de quoi elle parle.

– On s'en fout, il faut lui donner et régler tout ça.

– Tu prêches auprès d'un convaincu. Je n'ai jamais voulu qu'il fasse ce coup. Je veux en finir au plus vite. Le hic, c'est que l'on a toujours fait des doubles de nos preuves. Comme ça, si lui ou moi, on rencontre un problème, l'autre possède un filin de sécurité. Ludo a géré seul cette putain d'affaire avec Sophie… Il ne m'a pas donné de copie et ne m'a jamais indiqué où il cache les originales. Si on trouve ce qu'elle demande, on solutionne le problème.

– Et… tu as cherché partout ?

– Oui…

Assez silencieuse durant le monologue de son frère, Victoria cherche sur les possibilités de cette cachette. Ludovic a enchaîné les mensonges pendant leur vie commune… elle découvre un illustre inconnu. Une suggestion lui vient immédiatement.

– Tu connais la passion de Ludo pour les coffres-forts ? demande-t-elle.

– Que veux-tu dire ?

– Dans notre appartement à Melun, dans notre maison à Brie ou ici, Ludo a toujours eu un coffre-fort. On s'en sert pour ranger le liquide ou des papiers importants. À Melun, il se trouvait dans notre chambre, à Brie et ici, dans le bureau, derrière les cadres photos en noir et blanc.

— Tu es en train de me dire que les copies sont ici ?

— Évidemment que non ! Je vais souvent dans le coffre prendre de l'argent. S'il y avait eu des photos et des vidéos comme ça... je les aurais vues.

— Alors je ne sais pas.

— Et dans l'appartement du golf ?

— Non, il n'y a rien. J'ai tout fouillé.

— Tu as retiré les cadres ?

Guillaume se tait. Le frère et la sœur se toisent. Ils pensent la même chose. Ils doivent retourner à Massane.

Chapitre 33

Guillaume trépigne, il presse Victoria. Elle téléphone à Lislalia qui accepte de récupérer les filles à la sortie de l'école qui aura lieu dans une demi-heure. Elle s'excuse d'avance de ne pas pouvoir lui indiquer précisément l'heure à laquelle elle viendra les chercher. Son amie lui assure de ne pas s'en faire. Sereine, elle monte dans la voiture. Guillaume l'y attend déjà. Le moteur ronronne et rugit sous l'impatience du conducteur. Il rouspète après le portail qui s'ouvre trop lentement à son goût. Ils quittent le quartier résidentiel à une vitesse élevée.

Victoria ne prête pas attention à la conduite dangereuse. Les actes monstrueux de ses proches aimantent ses pensées : prostitution, escroquerie, vol, chantage, soudoiement, cabale… L'homme assis à côté d'elle n'existe plus. Elle voit en lui un étranger. Elle craint de ressentir ce même dégoût envers Ludovic.

— Tu penses vraiment que… que Ludo se cache quelque part ? demande Victoria.

— Comment ça ?

— Toute… toute cette histoire avec Sophie et Xavier, c'est bizarre.

— Oui.

— Tu ne crois pas qu'il lui soit arrivé quelque chose ?

— J'espère que non.

— Qu'est-ce qui ferait qu'il se cache ?

— Je n'en sais rien. Je n'espère qu'une chose, qu'il se soit mis au vert volontairement en attendant que les choses se tassent. Pour tout te dire, je suis très inquiet. Quand il a reçu la lettre de menace, il était… en panique. Je ne l'avais jamais vu comme ça.

– Elle disait quoi cette lettre ?

– Je n'ai pas eu l'occasion de la lire. Il a refusé de me la montrer.

– Vous vous êtes disputés et il est parti ?

– Oui.

– C'était quand ?

– Le mardi.

– Et après ? interroge Victoria.

– Tu m'as téléphoné mercredi pour me dire qu'il n'était pas rentré mardi soir.

– Donc, nous n'avons pas eu de nouvelle de lui tous les deux depuis le mardi.

– C'est ça. En sachant qu'il a bien pris le train depuis Marne-la-Vallée jusqu'à Montpellier puisque son badge a été activé dans le parking des deux gares.

– Grâce au bornage de Maxime, on sait qu'il est passé chez nous avant que son téléphone ne soit coupé. Entre son arrivée à Montpellier et le moment où il est venu à Montferrier, il a fait un crochet de quelques minutes dans la zone du golf. S'il a fait une escale de quelques minutes, c'est soit pour récupérer… ou déposer quelque chose.

– Je n'ai rien trouvé quand j'ai fouillé l'appartement hier. J'espère vraiment que tu as raison pour le coffre.

Victoria se retient de lui asséner : « même si je découvre que toi et mon mari, vous êtes des menteurs, j'ai vécu plus de dix ans avec lui, je ne vais pas inventer qu'il aime les coffres-forts ». La tension et l'épuisement sont proches de la faire craquer. Ses déductions lui procurent une pointe de fierté, cette petite satisfaction lui semble incongrue.

– Je voudrais te parler de Maxime, s'aventure-t-elle.

– Oui. Tu veux parler des vidéos, c'est ça ?

– Oui.

— De toute façon, tu sais à peu près tout et... tu mérites la vérité. Ludo a été fou de rage que tu entretiennes cette relation avec lui. Il avait toléré tes... précédents écarts parce que je l'avais raisonné mais surtout, parce que tu... ces hommes étaient... de courtes histoires. Avec Maxime, c'était différent. C'était sous son nez, il était au courant et il voyait vos regards, vos échanges quand vous étiez en groupe. Si vous vous en étiez tenus à cela, il aurait peut-être pu passer au-dessus. Sauf que vous avez entretenu ça durant des mois. Il craignait que tu partes et que tu prennes les filles avec toi. Il tenait absolument à vous séparer. Encore une fois, je l'ai convaincu de ne pas le faire, il avait sa... double-vie... il n'avait pas le droit de te priver de la tienne.

— Oui. Et reconnais que ça t'aurait arrangé que l'on se sépare...

— Oui et non. Il y a une part de moi qui le désirait plus que tout. Et une autre... tu es ma sœur. Malgré ce que tu dois penser, je tiens à toi. Je tiens aux filles aussi, ce sont mes nièces. Je ne souhaitais pas votre malheur. Il me répétait assez que Romie et Célie avaient besoin de leurs deux parents à la maison. Tu tenais à Maxime, ça se voyait et je ne voulais pas que Ludo te fasse souffrir par égoïsme. Il a plus ou moins accepté, il a quand même fait une vidéo de vous deux. C'était, disait-il, pour se prémunir.

— Quoi ? Il y a une vidéo de moi ?

— Oui.

— Elle est où ? Qui l'a ? Qui l'a vue ? Comment vous avez fait ?

— C'est Ludo qui a tout. J'en sais rien. J'étais contre. Je ne voulais pas entendre parler de cette horreur. Je n'ai que celle avec Justine.

— Pourquoi il a fait ça ? Qui l'a vue ?

— Il a fait ça au cas où... J'ai trouvé ça vraiment bizarre

qu'il le fasse mais... c'est le seul moyen que j'ai trouvé pour qu'il te laisse tranquille. Quant à savoir qui a l'a vue, je dirai seulement lui.

— Quand je t'ai dit vouloir te parler de Maxime, c'était pour qu'il récupère la copie originale de la vidéo.

— Ah merde...

— Oui, merde, tu aurais mieux fait de te taire. Quand on aura retrouvé Ludo, je veux que cette vidéo soit détruite, c'est bien clair ?

— Pour moi, elle n'aurait jamais dû exister. Et pour Maxime, vu les tournures que prennent cette histoire... oui, il récupérera sa vidéo que ça se passe bien ou pas. Je te donne ma parole de ne pas lui nuire davantage.

Un film de ses ébats avec Maxime existe, elle est choquée. Des souvenirs précis de leurs câlins lui apparaissent, Maxime au-dessus d'elle, leur reflet dans un miroir alors qu'il se trouve debout dans son dos. Elle digresse, Ludovic conserve peut-être des photos d'elle... son *nude*...

— C'est lui ? C'est toi ? C'est vous ? qui avez envoyé la photo à mes contacts Facebook ? l'agresse-t-elle.

— Quoi ! Non ! jamais de la vie je n'aurais fait une chose pareille.

— C'est forcément Ludo alors !

— Je ne crois pas. Ça ne lui viendrait même pas à l'esprit.

Victoria s'emporte très vite. Ses joues s'embrasent. Sa colère tonne. En abordant ce sujet avec Guillaume, elle se remémore qu'une autre personne possède ce cliché de sa nudité, Maxime. Ludovic n'est peut-être pas le coupable de la publication. Elle met le sujet de côté et en parlera avec Ludovic le moment venu.

— Avec tout ce que tu m'as raconté à la maison, j'ai plein de questions à te poser, reprend la sœur.

— Je tâcherai d'y répondre du mieux que je peux.

— Je voudrais revenir à la jeune fille que vous... avez

utilisée pour Xavier.

— Tu veux parler de Klara ?

— Oui. Comment Ludo a su qu'elle avait disparu ?

— C'étaient plusieurs semaines après votre emménagement dans le sud. Il l'a contactée. Elle n'a pas décroché. Son portable a été coupé. Ce silence l'a inquiété, il s'est rendu chez elle, elle n'y était pas. Il a découvert qu'elle n'allait plus en cours et qu'en plus, une copine à elle avait signalé sa disparition à la police. Il l'a cherchée longtemps, très longtemps. Il a même passé des week-ends à la chercher. Il n'a rien trouvé, pas la moindre piste. D'ailleurs, maintenant que tu demandes, je réalise qu'il y a eu du nouveau à ce sujet, grâce à toi et Maxime. Vous avez découvert la carte de Jean Flantier. Comme ce gars travaille pour les Bertin, la présence de sa carte signifie que Sophie ou Xavier en sait plus que ce qu'il laisse entendre. Si la carte se trouvait dans la chambre de Klara, cachée, donc méconnue de Ludo, c'est qu'elle y a été mise avant sa disparition, tu es d'accord ?

— A priori, oui.

— Si c'est le cas alors je pense que le détective était à la recherche de la vidéo de Xavier. Qui mieux placé que Klara était censée en avoir un exemplaire ? Soit, il la recherchait pour Sophie car Ludo ne voulait pas lui donner, soit pour Xavier. Je doute que ce soit pour Xavier… en réalité, je n'en sais rien. Putain ! il y a trop de trous dans cette histoire. Il faut impérativement qu'on retrouve la vidéo et le document que demande Sophie.

— Qu'est-ce que ça peut-être.

— Aucune idée. Hier, j'ai croisé Xavier pour la première fois et je dois avouer que j'ai vraiment peur. Je ne devrais pas te le dire pour ne pas t'affoler mais c'est plus fort que moi.

— Pourquoi tu as peur ?

— Son regard… J'avais réussi à l'éviter à la soirée. C'est vraiment con… ce gars me… me fait peur. Et quand je lui ai serré la main… quand on s'est regardés… je crois bien qu'il a compris qui j'étais. Par rapport à Ludo, en tant qu'associé, tu comprends ce que je veux dire ?

— C'est impossible, vous vous êtes juste croisés.

— C'est à cause de lui si je n'ai pas voulu me lancer dans ce coup. Il ne faut pas toucher au business de ce genre de gars. J'ai eu l'impression qu'il en savait déjà beaucoup.

— Non, je ne pense pas, ça serait trop gros.

— Toute cette histoire est hors du commun. Comment as-tu rencontré Xavier en vrai ?

Victoria raconte le dîner en compagnie de convives prestigieux et comment Xavier, à la fin de la soirée, lui a remis ses coordonnées. Ils se sont revus lors de déjeuners. Le baiser est évincé du récit. Elle s'enorgueillit de lui avoir résisté. Leur dernier tête-à-tête a eu lieu le jour du retour de Ludovic, le mardi. Sa disparition l'a poussée à mettre fin à son flirt. Elle ne divulgue pas la véritable raison de l'arrêt prématuré : Maxime. Leur retrouvaille a déterré des sentiments enfouis et, à la lumière des yeux de son amant, ses émotions se sont ravivées avec une vive intensité. L'éloquence de Xavier n'a rien pu faire face à la puissance de cet amour déchu. Aucun autre rendez-vous ne lui a été accordé.

— Sans vouloir t'offenser, ta rencontre avec Xavier et sa détermination à te séduire ne me semblent pas être un hasard. La coïncidence serait trop évidente. Sophie, sa femme, nous contacte pour le faire chanter car il parle de divorce. Je refuse. Ludo accepte. La vidéo est tournée. Des tensions naissent entre Sophie et Ludo. Klara disparaît. Et quelques semaines plus tard, Ludo disparaît à son tour. Xavier te rencontre alors qu'il est de Marseille. J'aime croire au destin mais là, c'est un peu gros.

— C'est possible. Je ne le laisserai pas revenir à la charge. Vous ne culpabilisez pas ? change de sujet Victoria.

— De ?

— Toi et Ludo. De faire ce que vous faites avec vos vidéos ?

— Si je te disais que oui, ça serait te mentir. J'ai eu des remords. Pas très longtemps. Les gars étaient des gagne-pains. Il n'y avait rien de personnel et aucun lien affectif. Si je devais faire une auto-critique, je crois que je fais partie de ses gens qui se moquent de savoir d'où vient l'argent tant qu'ils en ont à ne plus savoir quoi en faire. Je n'en tire aucune fierté. Ces... ces coups m'ont juste permis de vivre... de très bien vivre. Et tu sais de quoi je parle, Ludo vous a mis à l'abri du besoin.

— Et tu crois que je vais le remercier ? Tu ne penses pas que j'aurais préféré une vie normale ?

— Je ne t'attaquais pas en disant cela. J'ai juste répondu avec honnêteté à ta question. Nous arrivons au golf.

Victoria reconnaît la longère. Le parking est désert comparé à la forte affluence du week-end. Les portières s'ouvrent, le souffle de la climatisation avait éloigné la chaleur de son esprit. Une palpitation inconnue cogne dans ses tempes, mélange de stress, d'impatience et d'excitation. D'ici quelques minutes, elle saura si son instinct a vu juste, si son mari ne lui est pas totalement inconnu, si un coffre se cache dans cet appartement.

Chapitre 34

Guillaume, d'un pas pressé, à la limite du trottinement, mène le duo. Dans son sillon, Victoria s'imprègne du rythme, ses tongs inadaptées la ralentissent. Il a pris la position de tête parce que l'itinéraire lui est familier. Elle les maudit, lui et son mari. Son frère anticipe leur arrivée au numéro 17 du bâtiment B et tapote le dessus de sa poche avant d'en sortir le jeu de clés de la garçonnière. Ce geste anecdotique et lourd de vérités assène un coup de grâce à Victoria.

Sa colère étouffe un sanglot. Son imagination invente une de leur réunion secrète, Ludovic ou Guillaume, extirpant ce morceau de métal de son pantalon, heureux de retrouver sa moitié. Elle aurait préféré ne jamais rencontrer son mari à la piscine de Combs-la-Ville. Ses rêves de jeune fille sombrent dans un sommeil éternel. Le beau prince charmant s'enfuit, le majestueux château avec piscine, jardin et carrosse de sport s'effondre. Le « ils vécurent heureux » se meurt, le « ils eurent beaucoup d'enfants » résiste. Le fruit de sa chair représente l'unique raison de ne pas abandonner. Victoria n'aspire qu'à être un couple normal, avoir un mari normal, elle préférerait être quittée, abandonnée, bafouée dans la normalité. Si un choix lui était octroyé, elle opterait d'entendre de la bouche de Ludovic qu'il a rencontré une femme plus jeune, plus belle, plus désirable et qu'il veut divorcer. Cette alternative serait moins pénible que de suivre son frère en ce lieu mesquin.

Il s'engouffre dans le couloir de l'appartement. Victoria se précipite, distancée, elle entend qu'un cadre est retiré dans le salon. Les murs conservent le frais, la température est agréable. L'odeur de renfermé imprègne le lieu. Immobile, Guillaume fixe un coffre incrusté dans le mur. De forme carrée et de taille inférieure à ceux de Brie-Comte-Robert ou de Montferrier-sur-Lez, celui-ci mesure, à l'œil, quarante centimètres de côté. Sa façade est noire et un digicode numérique scintille au milieu sous le nom de la marque inscrite en lettres d'argent. Victoria se félicite par la pensée d'un petit « je l'avais bien dit ».

— Derrière ce mur, c'est l'emplacement du grand placard de la chambre, marmonne-t-il à lui-même. Comment j'ai fait pour ne pas le voir ? Il y a un code, c'est foutu, on ne le trouvera pas, peste-t-il dépité.

En cette période troublée, un regain de confiance en soi gonfle le torse de Victoria. Épater son frère à propos d'un secret intime de Ludovic l'enchante. Les lamentations de Guillaume se confrontent à un mur insensible, elle retourne le cadre posé sur le sol. Sur la photo en noir et blanc, une poignée de mains s'échappe de manches de costumes. Des initiales sont gravées sur un bouton de manchette : PT. Les possibilités sont multiples.

— Je sais comment trouver le code, abdique-t-elle face à sa mémoire défaillante.

— Quoi ? crache Guillaume perdu dans ses gémissements.

— Je sais comment trouver le code.

— Vas-y, lance-t-il l'œil pétillant.

— Ludo choisit comme code la date à laquelle a été prise la photo qui cache le coffre. Par exemple, à Brie, il m'avait photographiée pendant que je nageais à la piscine, le code était la date de notre rencontre. À Montferrier, il a choisi la photo de deux pigeons qu'il avait immortalisé le premier jour de notre voyage à Venise. Cette poignée de mains ne me parle pas.

Guillaume recule d'un pas, son champ de vision s'élargit, il contemple le cadre.

— C'est le jour de votre mariage, s'exclame-t-il au comble de l'euphorie.

— Ah bon ?

— Oui, c'est la poignée de mains de notre rencontre le jour de votre mariage. Les boutons de manchettes sont ceux de papi, c'est mamie qui me les avait donnés à son décès.

Ce fils de **** a caché son coffre de **** derrière le premier contact physique qu'il a eu avec mon frère et ce, le jour de notre mariage en plus, fulmine-t-elle silencieusement. Les insultes fusent, elles ont l'instabilité et la rage d'un champ de foudre. Les fourberies de son mari ravivent sa haine.

Guillaume tape la date sur le clavier numérique et s'arrête net après le mois.

— Il faut mettre l'année aussi ? s'inquiète-t-il

— À la maison, c'est nécessaire. Ici, je ne sais pas.

La deuxième tentative est la bonne. La porte s'ouvre. Des dossiers empilés se détachent d'une cavité sombre. Au niveau le plus haut, des disques durs et clés USB s'entassent. Guillaume sort les chemises cartonnées. Il les pose sur la table basse du salon. Le frère et la sœur s'assoient côte à côte sur le canapé. Sur le dessus de la pile les attendent les documents qu'ils sont venus chercher. Bertin est écrit en lettres capitales de l'épaisseur d'un marqueur noir. Il en écarte le rabat, le dossier contient principalement des photos. Sur les deux premières, on aperçoit Victoria et Xavier déjeuner ensemble et sur la suivante, Romie et Célie qui jouent dans le jardin. Sur une demi-feuille volante, ils lisent : Nous voulons récupérer la vidéo.

— Nous y voilà, annonce-t-il solennellement. Je pense que c'est le mot qu'il a reçu et qui a causé notre dispute de mardi.

Victoria retourne les deux photos, derrière celle de ses filles, une menace intime à Ludovic de remettre les copies originales au plus vite. Elle montre sa découverte à Guillaume, sans le regarder.

– À mon avis, dans l'intervalle de notre engueulade et sa disparition, il a reçu ses deux photos. C'est pour ça qu'il est rentré précipitamment le mardi. Il devait craindre pour vous.

– Maintenant que tu en parles, je t'ai dit que j'avais reçu un appel téléphonique de lui. Je n'avais pas décroché. J'étais...

– Oui ?

– J'étais avec Xavier, expie-t-elle. Nous déjeunions ensemble. Ludo m'a laissé un message vocal, son ton était... tendu, pas comme d'habitude. Il voulait un document à la maison. Maintenant que j'y pense, il ne laisse rien de professionnel chez nous si ce n'est le liquide dans le coffre.

– Tu crois qu'il appelait pour vérifier que vous étiez en sécurité ?

– Peut-être... je n'ai plus les heures en tête mais il est possible qu'il ait téléphoné peu de temps avant que son téléphone ne soit coupé.

– Pourquoi il aurait coupé son téléphone et plus donné signe de vie jusqu'à ce qu'il te renvoie un SMS, hier ?

Cette question reste sans réponse. Victoria réfléchit, les hypothèses qui lui viennent ne sont pas plausibles.

– Oublie ma question, je pensais à voix haute. Si la réponse était évidente, nous ne serions pas là à le chercher, reprend-il.

Investi d'une frénésie obsessionnelle, les papiers virevoltent, Guillaume semble possédé.

– Voilà ce qu'elle cherche la salope ! s'écrie-t-il.

Une série de clichés dévoile Sophie dans une chambre,

allongée sur un lit dans des positions langoureuses. Elle porte de la lingerie fine, sensuelle et aguicheuse. Les images s'enchaînent rapidement, Victoria a l'impression de visualiser un folioscope. Un homme s'approche de Sophie, il est d'abord de dos, il se penche sur la femme et l'attrape. À l'instant où il s'allonge, son visage est pris dans l'objectif. Ils le reconnaissent. Plus loin dans le paquet, d'autres preuves plus explicites les montrent en plein ébats. Sophie souhaitait piéger son mari à cause d'un divorce à venir. Ludovic l'espionnait et il l'a surprise dans les bras de son amant, Jean Flantier.

— C'est vraiment pathétique. Une femme de sa classe qui se tape le garde du corps. Si elle veut faire dans le lieu commun, c'est réussi ! se moque Guillaume. Je comprends mieux sa volonté de récupérer les affaires de Ludovic. Si Xavier avait eu vent de tout ça, ç'en était fini pour elle. T'imagines comme elle est couillue la salope ? Elle nous engage pour faire tomber son mari aux pratiques sexuelles douteuses et, de son côté, elle s'envoie en l'air avec leur larbin.

Sophie et Flantier qui se prennent pour Whitney Houston et Kevin Costner soulèvent l'indifférence de Victoria. Les cancans et les coucheries de ce petit monde politique lui importent peu. Son attention est centrée sur ses propres intérêts.

— Tu crois que c'est pour ça que Maxime a retrouvé la carte de Jean Flantier chez Klara ? demande-t-elle.

— Je ne m'avancerai pas à l'affirmer. Il bosse pour le couple, ça c'est sûr. À mon avis, il est plus sous la coupe de Xavier. Il est possible qu'il joue sur les deux tableaux. Vu ces photos, j'imagine qu'il est de mèche avec Sophie mais qu'il tient des comptes au mari. En tout cas, sa relation avec les Bertin l'implique dans l'affaire et explique aussi sa fausse identité pour suivre tes cours.

— Dans quoi vous vous êtes embarqués ? exprime-t-elle à voix haute.

— Dans quoi Ludo s'est embarqué. Je l'avais mis en garde.

Guillaume reprend sa fouille du dossier, plusieurs photographies de Xavier et Klara passent sous ses yeux.

— Où sont les vidéos ? demandent Victoria.

— Il y a des clés USB dans le coffre, tout est là. Enfin... j'espère... Je crains de ne rien trouver de plus dans tout ce merdier.

La providence le contredit, la dernière feuille est un contrat. Des notes manuscrites sont annotées dans l'angle droit. Victoria lit par-dessus l'épaule de son frère.

— C'est un contrat... *pour votre domicile... à Montferrier...* un contrat de vidéosurveillance. Ludo a fait installer des caméras chez vous, s'exclame-t-il.

— Quoi ? mais c'est impossible ! il m'en aurait parlé avant.

— Si. Si, c'est bien un contrat de vidéosurveillance, pas de doute. Regarde, lis, c'est écrit. Il les a fait installer il y a plusieurs mois. La date coïncide avec le moment où il a découvert la disparition de Klara. Il a dû avoir peur. Il s'est protégé. Il en a fait mettre quatre... une au portail... une sur la porte d'entrée... une à l'arrière de la maison et une dans le salon.

— C'est impossible. Je les aurais vues.

— Non. Il est écrit que ce sont des caméras dissimulées et vu le prix de la prestation, j'imagine qu'elles doivent être sacrément bien planquées, ironise-t-il en pointant la tarification en bas de page. Et là, en haut à droite, il a écrit ses identifiants et son mot de passe sur leur site. J'ai mon ordinateur dans la voiture. Je vais le chercher. On va pouvoir voir s'il est passé chez vous le jour où son téléphone a été coupé.

Guillaume déguerpit. Victoria n'a pas le temps d'ouvrir

la bouche. Une décharge d'adrénaline la pétrifie. Sa fréquence cardiaque bondit. Elle pressent qu'une nouvelle primordiale va les éclairer dans une minute. Elle réexamine les photos. Celles de Sophie sont écartées. Elle s'attarde sur Xavier et réalise n'avoir été qu'un pantin sur l'échiquier de la partie. Elle est soulagée de ne pas lui avoir donné son intimité. Il n'aura pas obtenu tout ce qu'il convoitait. L'envie du politique de l'avoir dans son lit, alors que Ludovic tentait de l'escroquer, lui donne le tournis. Elle observe son propre sourire niais lors de son premier déjeuner en compagnie de ce manipulateur. Cette image radieuse a servi à briser Ludovic. Victoria s'en veut. Plaire, plaire à tout prix, plaire à n'importe qui. Dorénavant, un homme devra montrer patte blanche s'il veut caresser le doux espoir de déposer un baiser sur ses lèvres. L'idée d'un amant la ramène à Maxime, à ses erreurs. Elle pose ce cliché et tombe sur celui de Romie et Célie. Ses filles, ses bébés… Si quelqu'un leur faisait du mal… Victoria se détourne de cette idée horrifique. Elle se lève du canapé. Elle jette un regard dans le coffre et attrape deux disques durs. Elle cherche Bertin et le met sur une étagère plus accessible.

Guillaume se rapproche, au pas de course, sa respiration saccadée résonne. En moins de cinq minutes, la chaleur a humidifié son front, une tache plus foncée est apparue sur son tee-shirt bleu marine. Il pose l'ordinateur sur la table basse et l'allume.

— Putain ce qu'il fait chaud, rouspète-t-il, l'essoufflement coupe son accent. Je me suis déjà connecté à la WIFI de l'hôtel, on va pouvoir vérifier maintenant. Hop, Internet. Putain, je tape à côté des touches… j'ai les doigts moites… putain d'adresse, s'énerve-t-il. C'est bon. Tu peux me dicter identifiant et mot de passe, s'il te plaît ?

Victoria épelle. Guillaume valide. Le site refuse l'accès. Une phrase en rouge leur indique que le mot de passe et/ou l'identifiant sont incorrects.

— Il me semble que tu n'as pas mis la majuscule sur la troisième lettre. Réessaie, propose Victoria, lèvres pincées.

Cette tentative est la bonne. La page s'ouvre sur l'interface du site de vidéosurveillance. Guillaume clique sur l'onglet « mes vidéos ». L'écran est partagé en quatre fenêtres, le portail, la porte d'entrée, la baie vitrée et le salon.

— C'est incroyable qu'il ait pu faire ça sans m'en parler, peste Victoria.

— Il devait avoir de bonnes raisons. Tu as vu le merdier dans lequel il s'est fourré.

— C'est son problème. Ce n'est pas rien d'installer des caméras dans la maison où l'on vit. C'était déjà le cas à Brie ?

— Pas à ma connaissance. Regarde l'encart en haut, on peut choisir la date et l'heure des enregistrements. Je mets mardi dernier. C'était à quelle heure ?

— Pour être certain, note 13h, c'est l'heure à laquelle il arrivait en gare de Montpellier.

— Ce n'est pas un peu tôt s'il est passé ici avant chez vous ?

— Mets 13h20 alors.

Les réglages validés, les quatre caméras montrent leur propriété déserte.

— Tiens, regarde, il y a un bouton « avance rapide ».

— Je mets quelle vitesse ?

— Commence par 4.

Dans l'angle gauche, une horloge les informe du moment de la journée, la vitesse d'accélération est lente. Guillaume déplace le curseur d'une jauge en bas, cela provoque un saut dans le temps de plusieurs minutes.

— Je n'avais pas vu ça ! on va pouvoir aller plus vite.

L'image suivante révèle Ludovic, il passe et repasse

devant la caméra du salon. Guillaume remet le paramètre de diffusion normale. Un frisson de réconfort court le long de l'échine de Victoria et hérisse le duvet de sa nuque. Il est en vie, tout va s'arranger, pense-t-elle. Sur la vidéo, il passe un coup de téléphone. Agité, il tourne autour du canapé, se frotte le menton, se gratte la tête. Cet appel doit être le message vocal laissé à Victoria quand elle était au restaurant avec Xavier. Il raccroche. L'instant après, il se poste devant la baie vitrée et observe le jardin. Dans son dos, un étranger se faufile. Victoria et Guillaume sont stupéfaits.

— Qui c'est ? s'inquiète-t-elle.

— J'en sais rien ! Il est de dos. On voit rien, répond Guillaume dont le ton révèle la panique. Qu'est-ce qu'il fait ?

Leur intuition perçoit un danger imminent. L'inconnu poursuit sa lente progression. Encore deux pas et il pourra toucher Ludovic. Leur respiration se coupe. Leurs regards sont suspendus au geste incertain à venir. La démarche féline de l'intrus ressemble à celle d'un tigre qui rampe silencieusement vers sa proie avant de bondir hors de sa cachette. Le frère et la sœur ont envie de hurler pour le prévenir de cette présence. Ludovic se retourne. La peur se lit dans ses yeux. Une bagarre s'engage.

— C'est quoi ce délire ! crie Guillaume.

Leur gabarit similaire ne donne pas d'avantage frappant aux combattants. L'agresseur maintient les poignets de Ludovic qui se débat. Une chorégraphie infernale désarticule les corps. Ils tournoient. La valse punitive s'éloigne de la fenêtre. Ils se déplacent vers la table. Le propriétaire des lieux se libère de l'emprise et balance un coup de poing au niveau de la tempe de son ennemi. L'attaque lui fait perdre l'équilibre. Il chancelle jusqu'au comptoir de la cuisine. Il s'y accroche, se redresse et repart à la charge. Ludovic essaie de placer un direct. La hargne tord sa bouche, il doit y mettre toute sa puissance. L'intrus l'esquive d'une rotation du bassin. Un pas-chassé l'écarte de Ludovic qui, emporté par sa frappe, bascule vers l'avant. Sur ses appuis, l'autre lève le bras et l'abat à l'arrière du crâne de son adversaire. La poussée projette Ludovic. Son cou s'écrase sur l'arête d'un meuble d'angle entre la cuisine et la buanderie.

Victoria et Guillaume glousse d'une douleur fictive. Ils entendent le bruit du craquement alors que le son n'est pas fourni.

L'inconnu se rue sur la victime au sol, l'attrape par le col, brandit le poing. Le torse décollé du carrelage, la tête de Ludovic pend dans le vide, inerte. L'assaillant tâte le pouls puis se redresse. Le bonhomme gesticule, furibond. Il sort un téléphone portable de sa poche et passe un appel. Il soupèse le corps et quitte la pièce. Il revient un peu après et le traîne jusqu'à sortir du champ de la caméra. La porte d'entrée s'ouvre. L'homme, à présent connu des deux personnes assises sur le canapé du numéro 17 de la résidence des jardins de Massane, le tire par les bras et l'installe difficilement dans le coffre de la Porsche Macan. Sur la case en bas à droite de l'écran, le portail automatique s'écarte, le véhicule le franchit. La rue les avale, ils quittent l'écran.

Le cœur de Victoria est prêt à exploser. Elle n'arrive pas à définir le plus traumatisant, être aux premières loges du meurtre de son mari ou le visage familier du bourreau.

Elle va devoir réagir vite… faire preuve de courage et de sang-froid… Romie et Célie sont en danger… ses filles jouent actuellement chez le tueur de leur père… Hans.

Chapitre 35

Victoria et Guillaume patientent, ils prient pour un retour imminent de Ludovic. Espoir vain, son corps ballote à l'arrière de sa propre voiture hors caméra. Ils pourraient attendre des heures, des jours qu'il ne réapparaîtrait plus à l'écran… il n'est plus au casting. Les chiffres tournent dans le coin de l'écran, l'horloge leur confirme leur pire crainte. Le fatalisme propulse Victoria hors du canapé.

— On doit aller récupérer les filles ! Dépêche-toi ! ordonne-t-elle.

Les yeux de Guillaume décrochent de l'ordinateur. Son regard se pose sur sa sœur. Il est décomposé, livide.

— Guillaume, lève-toi, il faut aller chercher les filles, répète-t-elle.

— Non, répond-il, le ton de sa voix résonne dans un vide absolu.

— Comment ça non ? on doit y aller. On ne peut pas les abandonner.

Victoria veut agir. Les secondes s'égrènent. Romie et Célie sont en danger.

— Donne-moi tes clés, je vais y aller toute seule, impose-t-elle paume tendue.

— Non, tranche-t-il.

Ce refus est de trop, les nerfs de Victoria craquent. Elle se jette sur Guillaume. Ses mains moulinent des gifles. Il se penche, la tête recroquevillée et pare l'attaque de son épaule. Parfois, les ongles le griffent. La pluie de coups s'arrête aussi subitement qu'elle a commencé. Victoria tente d'arracher les clés de la poche de son jeans. Son état de rage s'agrémente de cris. Il la somme de se calmer. Il parvient à se mettre sur le dos. Elle le chevauche. Il attrape ses bras et l'immobilise. Victoria se débat. Sa force est inférieure. Elle gigote pour se défaire de l'emprise, ses mouvements ressemblent à ceux d'un possédé en plein exorcisme. Guillaume la maintient difficilement. Dans une position de soumission, sa fermeté est prête à céder. La bagarre leur fait perdre l'équilibre, ils roulent du canapé. Le flanc de Victoria repousse la table basse. Les pieds du meuble raclent le carrelage. Au sol, Guillaume encercle sa sœur d'une prise de judo approximative. Elle se démène, use le restant de son énergie. Sa détermination n'abdique pas.

– Lâche-moi ! Lâche-moi ! vocifère-t-elle.

– Je vais te lâcher. D'abord calme-toi. Je veux récupérer les filles moi aussi. On ne doit pas le faire dans la précipitation. On doit réfléchir.

La vigueur du combat s'atténue. Victoria puise dans ses réserves. Le souffle lui manque. Le visionnage de l'agression a détruit l'optimisme d'un dénouement favorable. L'implication de Hans a vérolé sa santé mentale vacillante. La menace encourue par ses filles l'a terrorisée et l'apathie de Guillaume a eu raison de sa retenue. Elle lui reproche sa mollesse alors qu'il réagit à la lumière naturelle de son caractère, calme et froid. Au même titre qu'elle a refoulé sa nervosité durant des jours, entraînant la macération d'émotions néfastes ; les dernières révélations les ont libérées sous la forme d'une crise d'hystérie.

– Je te promets que l'on va récupérer les filles. On va réfléchir à la meilleure façon de procéder.

– D'accord, accepte Victoria. Il faut appeler la police. Les prévenir que Ludo est mort.

– Quoi ! s'exclame-t-il. Mort ! Pourquoi tu dis ça ?

– Tu as bien vu comme moi. Sa tête qui percute le

meuble. Hans qui prend son pouls.

— Il est juste inconscient. On n'a pas entendu ce que Hans a dit au téléphone. Il l'a simplement déplacé ailleurs.

— Tu crois ? interroge Victoria.

— Je l'espère. C'est même sûr, il t'a envoyé un SMS. Il a réussi à en envoyer un. Il a échappé à sa vigilance...

Guillaume retient les larmes qui embrument ses yeux.

— Il avait pourtant l'air...

— Non, non et non. Il est vivant. On va aller le sauver.

— On doit prévenir la police. Romie et Célie sont coincées là-bas.

— Non, pas la police. On ne peut pas, pas tout de suite.

— Depuis le début, je t'ai écouté, je ne les ai pas appelés pour te protéger. On ne peut plus rien faire, c'est trop dangereux. Tu as vu comme moi ce que Hans a fait.

— C'est différent, on a une monnaie d'échange à présent.

— Tu t'es cru dans un film ? je ne ferai prendre aucun risque à mes filles. J'appelle la police maintenant.

— Non, écoute-moi. Si les flics interviennent, on ne sait pas qu'elle sera leur réaction. Je te propose un deal. On y retourne, tu récupères les filles, l'air de rien. Une fois qu'elles sont en sécurité, je trouve le moyen de fouiller leur maison dès qu'ils en sortent. Si je ne trouve aucune trace de Ludo, je contacte Sophie ou même Xavier, on verra et je mets un terme à tout ça avec les preuves qu'on possède à présent.

Victoria réfléchit.

— Aujourd'hui, Hans ne t'a pas fait de mal, pas à toi, ni aux filles. Il n'y a pas de raison qu'il commence aujourd'hui, tente de la convaincre Guillaume.

— Et imagine que ça tourne mal ?

— On fera en sorte que ça n'arrive pas.

— Ne sois pas bête ! On ne joue pas là ! S'il nous arrive malheur à tous les deux que va-t-il se passer ?

— Si… si Ludo est encore en vie, c'est ma seule chance de le sortir de cette situation. Ça doit marcher. Ça va marcher.

— Je ne peux pas te suivre, pas cette fois. Il y a les filles.

— Elles vont bien. Ça va aller, tu passes d'abord les récupérer comme si de rien n'était. Si ça peut te rassurer, une fois qu'elles sont avec toi, vous partez loin de ce merdier plusieurs jours. Le temps que tout s'arrange. Je m'occupe du reste seul. J'ai vraiment besoin que l'on fasse ainsi, ne préviens pas la police s'il te plaît.

Victoria hésite, la folie et la peine de Guillaume peuvent avoir raison. Depuis que Hans a assommé Ludovic, il n'a pas changé de comportement vis-à-vis d'elle ou des filles. Elle pourrait très bien aller les chercher et ensuite, laisser son frère gérer sa négociation. L'intervention de la police serait rassurante. Une association d'idées l'amène à Maxime. Maxime serait de bon conseil. Un plan de secours lui vient.

— Je veux bien qu'on le fasse à ta méthode à une condition, reprend-elle.

— Laquelle ?

— On met Maxime au courant de tout ça ?

— Pourquoi ?

— D'abord parce qu'il sera au courant de tout et qu'on va lui envoyer une copie de ce qu'on a. Comme ça, si ça tourne mal, il aura en sa possession toutes les preuves pour… pour terminer tout ça.

— C'est compromettant, imagine que…

— Tu as rendu la situation compromettante en le faisant chanter, le coupe Victoria. Il a les moyens de nous protéger en cas de problème. Comment penses-tu que tout ton petit monde-là, les Sophie, Xavier et compagnie vont réagir une fois qu'ils auront les photos et vidéos originales qui sont ici ? Envoyer une copie à Maxime, c'est nous protéger. Et avant que tu ne me contredises, je tiens à te dire que c'est une proposition à prendre ou à laisser. Soit, tu acceptes, soit, je téléphone à la police sur le champ.

— Très bien, j'accepte.

— Récupère une clé USB vierge et copie tous les fichiers dessus, on la postera sur le chemin. Pendant ce temps, je préviens Maxime. Ensuite, on va récupérer Romie et Célie.

« Je sais que tu m'avais dit de ne plus te contacter. J'ai besoin de toi, c'est urgent. C'est même vital » envoie-t-elle à d'un SMS à Maxime. Deux minutes plus tard, son téléphone sonne, il la rappelle.

— C'est moi, démarre-t-il.

— Ça va ? tu as l'air essoufflé.

— Oui, je suis chez moi. J'ai pris mon après-midi. Quand Cécile a découvert nos échanges, elle a pété un plomb. J'étais obligé de rentrer. Quand j'ai reçu ton message, je me suis dépêché de sortir et de m'éloigner le plus loin possible de la maison.

— Désolé de te causer du souci.

— Ce n'est rien. Que se passe-t-il ?

— On a bien avancé avec mon frère et je vais avoir besoin de ton aide.

Victoria condense l'essentiel de ce qu'elle a appris. Son histoire débute par la collaboration de Guillaume et Ludovic, la vidéo de Maxime et Justine commanditée par le duo pour obtenir un soutien policier. Elle relate ses découvertes en marchant, elle ne tient pas en place. Sur le canapé, Guillaume copie les fichiers de son ordinateur vers une clé USB, il jette des coups d'œil à sa sœur, inquiet. Le récit continue, la rencontre avec Sophie, la proposition d'un contrat pour piéger Xavier, la disparition de Klara, tout y passe jusqu'à la bagarre entre Hans et Ludo qui est blessé ou mort.

— Putain mais c'est complètement dingue ! déclare Maxime.

— Je sais. Ce n'est pas le pire. Nous sommes actuellement au golf de Massane, Romie et Célie sont chez Hans.

— Qu'est-ce que vous comptez faire ?

— C'est justement pour ça que j'ai besoin de toi. Je vais aller récupérer les filles.

— Ça va pas ! Tu ne dois pas aller là-bas seule, il faut que tu préviennes la police.

— Hans n'a pas fait de mal aux filles, ni à moi depuis qu'il s'est battu avec Ludo. J'ai convenu avec mon frère d'y aller, de me comporter comme d'habitude et de repartir. Quand Romie et Célie seront avec moi, nous partirons toutes les trois et nous nous cacherons le temps que mon frère gère la fin de cette histoire.

— C'est ridicule, vous ne savez pas ce qu'ils savent ou non. C'est trop dangereux, vous devez prévenir la police et attendre leur intervention.

— Et si Hans réagit mal et prend les filles en otage ? ou leur fait du mal ?

— En donnant le contexte comme tu viens de le faire, ils enverront le GIPN ou le RAID. En y allant seule, tu leur fais prendre plus de risques que si tu laissais des professionnels s'en charger.

— Ma décision est prise. Je ne reviendrai pas dessus. Je t'ai demandé de m'appeler pour te raconter tout ce que je savais. Je voulais te prévenir que Guillaume fait en ce moment même une copie des vidéos et des photos sur une clé USB. Ce sont les preuves de tout ce que j'avance. Quand il aura fini, je te posterai la clé et j'irai chez mon voisin.

— Pourquoi ?

— Une précaution… on ne sait jamais.

— Tu t'entends parler ? Tu arrêtes. Sois raisonnable, appelle la police. Je pars tout de suite te rejoindre. Si je roule vite, je dois pouvoir être là en moins de cinq heures, attends-moi s'il te…

— *Tu peux rejoindre qui et où ?*

Cette voix éloignée du combiné de Maxime, Victoria la reconnaît instantanément ; c'est celle de Cécile !

— Tu es là depuis longtemps ? s'enquiert Maxime.

— *Assez pour te poser cette question ! C'est l'autre salope, c'est ça ?*

— Tu m'as suivi ?

— *Dès l'instant où tu as quitté la maison précipitamment, j'ai su que tu allais la contacter. S'il te plaît, dis-moi que tu n'es pas au téléphone avec elle après la discussion qu'on vient d'avoir.*

Être témoin de cette scène met Victoria mal à l'aise. La pudeur voudrait qu'elle raccroche. Étant la cause de cette dispute, elle reste pendue à son portable.

— *Donne-moi ce téléphone.*

— Non.

— *Si tu ne me donnes pas ce téléphone immédiatement, je te promets que je rentre faire mes valises et tu ne me reverras que pour signer les papiers du divorce.*

Victoria est en apnée pendant ce bref silence.

— Victoria ? demande Cécile.

— Oui ?

— J'en étais sûre. Je te téléphone ce matin pour que tu arrêtes de nous emmerder et tu n'as pas attendu une journée pour le rappeler.

— Cécile, ce n'est pas du tout ce que tu crois.

— Tais-toi ! tu n'es qu'une vulgaire salope. Je veux que tu nous laisses tranquille, ce n'est pourtant pas compliqué à comprendre. Tu ne peux pas te respecter un peu et avoir un comportement décent ? Et toi, s'adresse-t-elle à son mari, si tu réponds ne serait-ce qu'à un message de cette salope, je te promets que j'embarque les enfants et tu auras toute la peine du monde à les voir un week-end sur deux, c'est bien clair ?

La communication se coupe. Cécile a raccroché. Guillaume la perce de son incompréhension.

— Qu'est-ce qui s'est passé ?

— La copie est terminée ? demande-t-elle en ignorant la question.

— Oui, répond-il.

— On va poster la clé en chemin. Maxime ne nous aidera pas plus. Allons récupérer les filles.

Chapitre 36

Guillaume a copié les données sur une clé USB vierge stockée dans la sacoche de son ordinateur, objet publicitaire au nom de leur société. Ils n'ont pas trouvé d'enveloppe dans l'appartement. Le frère et la sœur ont reçu une éducation identique, quémander ne fait pas partie des valeurs inculquées par leurs parents. Victoria est la plus pressée de quitter la résidence, elle se dévoue et se rend à la réception de l'hôtel. Le visage amical de Julie dépasse du comptoir, le sourire jovial de l'hôtesse adoucit sa tension.

— Je tenais encore à vous remercier pour hier. Vous m'avez été d'une aide précieuse.

— De rien, c'est bien normal.

— Je suis désolée, j'ai encore un service à vous demander. Auriez-vous une enveloppe à me dépanner. Je dois faire partir un courrier urgent et je n'en ai pas sur moi.

— Oui, je vous ramène ça tout de suite.

Victoria repart, enveloppe sous le coude, une pensée bienveillante complimente Julie, comme si elle avait été son ange gardien durant sa chute. Guillaume attend dans la voiture, le moteur tourne déjà. Il a réglé le GPS, Victoria le prévient d'une escale à la Poste de la ville du Crès. Le véhicule bombarde à vive allure. Le code de la route est enfreint à plusieurs reprises. Le chauffard et la passagère ne se parlent pas. Toute la population de la ville et de ses alentours a décidé d'envoyer leur colis avant la fermeture du bureau à 17h30. Victoria rouspète et emprunte la file. Son tour vient, la clé USB part en Chronopost ultra-rapide. Maxime la recevra le lendemain avant 13h.

— C'est bon. C'est parti. Y'a plus qu'à.

— Très bien. Tu as eu une très bonne idée.

— Merci. J'ai eu le temps de réfléchir pendant que j'attendais à la Poste. On va d'abord passer à la maison. Je vais aller les chercher avec ma voiture. Ça fera plus naturel que si j'arrivais dans la tienne, propose-t-elle.

— On a très bien pu faire un truc ensemble cet aprem. Puis, on a déjà récupéré les filles ensemble vendredi. Mais tu as raison. Je vais me garer une ou deux maisons avant, et je me rapprocherai à pied comme ça en cas de problème...

— En cas de problème quoi ? Tu ne verras rien, je serai dans la maison.

— Oui. Il faudrait que je puisse voir ce que tu fais à l'intérieur. Ça me permettrait d'intervenir...

— Ne pensons pas à mal. J'ai peur mais ça va bien se passer. Je préviens Lislalia par SMS que je passe les chercher dans une bonne demi-heure. Tu crois que Lislalia est au courant ? qu'elle fait partie du truc ?

— Difficile à dire. Spontanément je dirai que oui. Tu imagines, ils sont venus s'installer ici pour se rapprocher de vous. Elle ne suivrait pas son mari aveuglément. Et même si elle le suivait comme un gentil toutou, il est difficile de croire qu'elle ne soit pas au courant que son mari surveille la famille qui habite à deux pâtés de maison, non ?

— Je ne sais pas.

— Il n'est pas agent secret non plus le garçon.

— Il serait quoi alors ?

— Aucune idée.

— J'ai du mal à croire qu'il ne soit pas cuisinier. Il fait de si bons plats, je l'ai vu recevoir du monde pour des réceptions.

— C'est peut-être une couverture.

— Je suis vraiment trop conne d'avoir été bernée par tout le monde.

— Ne dis pas ça, répond Guillaume après quelques

secondes de réflexion.

— Oh que si ! Je n'ai rien vu pour Ludo et toi, pour Jean Flantier, pour Xavier, pour Hans et Lislalia… Je suis la reine des connes.

— N'y pense pas pour l'instant… concentre-toi sur les filles…

— Dès qu'elles sont avec moi, on trace la route. Je ne retourne pas à la maison. Je dois nous mettre à l'abri.

— Tu veux aller où ?

— Le plus loin possible ! Je prendrai un hôtel à la volée.

— Excellent ! Tout va bien se passer.

Cette situation rocambolesque n'est pas sans lui rappeler les scènes intenses des films de Hitchcock. Grâce à son défunt père, elle apprécie ces vieux suspens en noir et blanc. Plus jeune, il la forçait à les regarder en sa compagnie, c'était d'un ennui mortel. Les commentaires paternels pendant la diffusion l'énervaient tout autant que d'être coincée à mater ces chefs-d'œuvre. Chaque hiver, pendant les fêtes de Noël, elle se dégage deux heures, qu'elle consacre au visionnage d'un Hitchcock. Aujourd'hui, son destin s'avance, la fin de cette histoire est proche. Elle le sent jusque dans ses tripes. Son état d'esprit se glisse dans la peau de Vera Miles, psychose comprise. Tout de suite, elle donnerait cher pour se blottir dans les bras rassurants de son papa, sentir son after-shave d'une autre époque, et l'écouter répéter inlassablement les mêmes anecdotes devant *Sueurs froides.*

La tension pulse dans ses tempes. Ses boyaux se nouent. Ses sensations ressemblent à ce qu'elle vivait lors de ses compétitions de natation pendant son adolescence. Son père conduisait. La radio diffusait du sport, Victoria se tortillait sur son siège. Les trajets lui paraissaient toujours très longs. Guillaume, concentré sur sa conduite sportive, a le profil de leur père. Elle se dit que la vie est faite de cycles et que ce soir, une boucle se fermera.

Une petite voix, probablement celle de la raison, l'alerte. Un filet de sécurité serait un bon allié dans la périlleuse mésaventure qui l'attend. Victoria cherche le moyen d'offrir des yeux à son frère quand elle franchira les murs de la maison des Allemands. Soudain, dans la pièce secrète où naissent les idées, s'allume une lumière. La réflexion la pousse dans sa direction, elle ne quitte pas la lueur, elle la suit dans les recoins de la cavité créative. Les rouages construisent un plan d'attaque.

— J'ai trouvé ! je sais comment tu vas pouvoir savoir ce qu'il se passe quand je vais aller récupérer les filles.

— Oui ! dis-moi !

— Attends, attends, attends… j'ai même mieux !

Victoria expose sa première réflexion et l'enrichit de la deuxième.

— C'est génial. S'il y a du grabuge, on est couvert. Bien joué ! l'encourage Guillaume.

La fierté la redresse et remonte ses épaules. Le danger n'a pas disparu, la peur s'amoindrit, même si elle risque de revenir en force dans un court instant. Le portail s'ouvre, Victoria file se saisir des clés de sa voiture et prendre de l'argent liquide dans le coffre. Elle coupe la climatisation. Son geste écologique lui semble futile. Guillaume n'est pas descendu de la sienne. Il baisse la vitre.

— Fais attention, dit-il.

— Oui. Tu ne seras pas loin. Ça va aller.

La portière claque. Le chant des cigales s'éteint. Les pulsations de son cœur tambourinent dans l'habitacle. Son corps en est secoué. Cette cadence rapide et anxiogène s'apparente à une mélodie jouée des années en arrière au bord d'une piscine, lors de ses compétitions. Assise sur un banc, Victoria patientait. Sa jambe tressaillait. Les différentes courses se succédaient. De l'autre côté du bassin, dans les gradins, son père l'observait, la mine renfrognée, éponge de ses émotions. Les concurrents plongeaient au coup de sifflet. Le public scandait des encouragements à leurs nageurs. L'eau jaillissait en trombes. La peur de l'échec lui tenait compagnie. La pression la maintenait dans une torpeur oppressante.

Son pied soubresaute. Sa cuisse tremble. Elle se calme pour pouvoir conduire convenablement et dissimuler son trouble à Hans. Guillaume bipe le portail. Elle ne démarre pas et se convainc d'assouvir son envie. Ses doigts déverrouillent son téléphone. Un SMS est envoyé à Maxime, elle le prévient de son idée. Sa réponse ne se fait pas attendre : *Ok. Quelle est l'adresse de tes voisins ?* Elle se renseigne sur les motifs de cette question. *Pour savoir où tu es s'il arrive quelque chose.* Victoria partage les coordonnées. Elle hésite un instant. Guillaume s'engage dans la rue. L'heure de vérité est critique. Il vaut mieux avoir des remords que des regrets, dit-elle à voix haute.

Je t'aime et je crois que je t'aimerai toujours, avoue-t-elle à son Maxime.

Je t'aime Victoria, fais attention surtout, reçoit-elle.

L'âme vaillante, le moteur ronronne, un sourire ne peut être réprimé malgré les circonstances sombres.

Dans son rétroviseur, Guillaume la suit de près, le visage fermé. Sa hâte de retrouver ses filles lutte contre sa crainte d'affronter Hans et Lislalia. Sa vitesse est en-dessous des limitations autorisées. Néanmoins, elle se retrouve garée devant leur maison en un battement de cils. Victoria descend. Son frère est stationné plus haut dans la rue. Une brise souffle un cantique millénaire dans les branches des oliviers et des pins. Les cigales célèbrent leur sérénade d'amour. Le soleil, encore haut, l'éblouit et darde sa peau d'une chaleur diffuse. Elle respire profondément et pousse le portillon. Elle met en place son filet de sécurité, clé de voûte de son plan.

— Préparez-vous… ceci n'a aucun but si ce n'est la vérité absolue, annonce-t-elle à voix haute.

Son téléphone à la main, elle grimpe les marches. Ses pensées s'engouffrent dans un tunnel, les bruits de la nature se taisent. Sa vision se rétrécit. Victoria remonte dans ses souvenirs de natation. Sur le plot, les vaguelettes ondulaient derrière ses lunettes fumées. Les lignes d'eau s'étiraient, le chemin de la victoire, tout donner, ne rien lâcher. Les spectateurs plongeaient dans le mutisme. Son père se crispait, serrait les poings. Pliée, elle se répétait le leitmotiv paternel : *tangue mais jamais ne sombre*. Sa concentration aiguisait ses sens, ne pas manquer le coup de sifflet.

Victoria appuie sur la sonnette. Son cœur bat à tout rompre. Son ventre produit un son de panique. La porte s'ouvre. Lislalia est en communication. Elle écarte le téléphone de son oreille.

— Désolé, coup de fil important, murmure-t-elle main sur le combiné. Hans prépare le dîner. Tu peux aller avec lui prendre un verre. Sinon, les filles jouent au deuxième sous-sol, dans la salle de jeux. J'en ai pour une minute.

Cette femme est la bonté incarnée, elle est forcément dans l'ignorance des agissements de son mari, pense-t-elle. Son amie s'éclipse dans le salon. Victoria choisit la deuxième proposition, éviter Hans. Si je me dépêche, je peux aller chercher les filles et repartir sans qu'il ne me voie. Son téléphone bien ancré dans sa paume, écran vers le haut, elle quitte le hall d'entrée et emprunte l'escalier en colimaçon. La lumière jaunâtre éclaire les vieilles pierres. La teinte est plus lugubre que sa perception habituelle maintenant qu'elle sait qu'un psychopathe-schizophrène de la pire espèce loge entre ces murs. L'absence de fenêtre et l'étroitesse du passage l'oppresse.

Victoria s'arrête au premier niveau devant la porte du laboratoire de Hans. Des mois qu'elle fréquente le couple et elle réalise ne jamais avoir mis les pieds dans cette cuisine. Soudain, la possibilité d'y trouver Ludovic attaché, bâillonné, emprisonné, lui traverse l'esprit. Il suffirait d'un geste pour être fixée. Elle s'y refuse. Ce serait gâcher du temps, se mettre en danger inutilement et prendre le risque de rater cette magnifique fenêtre de tir où l'exfiltration de ses enfants semblent propice. Elle reprend sa descente vers l'enfer ; d'après elle, Dieu a creusé ce trou dans le sol afin d'envoyer Lucifer dans son dernier royaume.

L'angoisse s'empare de sa lucidité, elle dévale les dernières marches deux à deux. La spirale lui donne l'impression de tourner sur elle-même. Sur le pas du deuxième palier, la porte est fermée. Le calme règne derrière. Ce qui ne lui laisse rien présager de bon. Ses filles, quand elles jouent, sonnent le glas de l'apocalypse avec leurs jouets. Victoria pénètre à la volée, son regard balaie la pièce vide. La porte du fond qui mène à une autre chambre est close. Renoncer serait un échec, elle ne peut remonter seule. La terreur la fige. Son courage, presqu'annihilé, réveille un ultime effort. La certitude de tomber sur Ludovic ne la quitte pas. Elle regrette de ne pas avoir visité l'intégralité du sous-sol par le passé. L'inconnu l'épouvante. Si ce n'est pas son mari qui se terre là-bas, c'est forcément le croque-mitaine, s'invente-t-elle. Sa main se pose sur la poignée en fer. La vieille planche en bois grince sur ses gonds. La salle est dans l'obscurité. Ses doigts tâtonnent les pierres fraîches et tombent sur un interrupteur.

La lumière éclaire l'endroit. Victoria se tient devant une salle plus petite en superficie que la précédente. Le plafond voûté et bas lui donne l'impression d'être enterrée vivante. Elle prend conscience d'être dans un cul-de-sac.

Les trois murs face à elle sont recouverts de bibliothèques en bois foncé et en verre. Elle ne saurait dire si les meubles sont présents depuis la création de la maison ou s'ils ont été fabriqués sur mesure récemment. Elle remarque qu'ils épousent à la perfection les angles. Une épaisse moquette rouge tapisse le sol. De larges fauteuils club inspirent la sérénité d'un moment de lecture. Des lanternes servent d'éclairage. Victoria, pressée, arrive quand même à être ébahie par l'atmosphère qui se dégage des livres et du savoir endormi.

Une douleur fulgurante embrase l'arrière de sa tête. Le coup porté est si violent qu'elle est projetée en avant et tombe. Elle relâche son téléphone qui atterrit sans bruit. Sonnée, sur le ventre, elle se redresse difficilement à quatre pattes. Son portable est un mètre plus loin. Elle tend le bras dans sa direction. Une deuxième frappe recogne son crâne. Elle s'écroule, à moitié inconsciente. Les poils du tapis en ligne d'horizon, Victoria a la sensation d'enfouir son visage dans le sable au bord d'une mer de sang ; cet effet est un mirage inventé par son imaginaire convulsé qui assimile la coulée de liquide chaud le long de sa nuque à un océan d'hémoglobine. La force l'abandonne. Quelqu'un l'agrippe au niveau des hanches et la retourne.

Sa vue secouée s'adapte lentement à son entourage. Debout, au-dessus d'elle, Lislalia se poste dans l'embrasure de la pièce. Elle tient une caisse enregistreuse en bois, jouet de Krysta, taché de rouge. Elle se tourne de profil et laisse entrer Hans qui se rue sur Victoria et l'examine. Il lui soulève la tête, elle reste amorphe. Il contemple ses doigts ensanglantés à cause de la blessure et s'adresse à sa femme.

— Putain Lis, combien de fois je t'ai dit de ne pas frapper la tête ? ça l'abîme !

— Je n'avais pas le choix, elle était de dos. Je voulais la surprendre.

— Peu importe, pour la énième fois, fais attention le prochain coup. Tu préviens Xavier ?

— Oui.

Lislalia sort son téléphone et le colle à son oreille. Hans s'assoit dans un fauteuil. Victoria ne le voit plus.

— Xavier ? C'est bon, on l'a récupérée. Elle est dans les vapes mais ça va. On va la faire parler. De toute façon, maintenant, on sait où sont les documents. Oui, je vous rappelle sans faute après.

Lislalia raccroche.

— Je crois qu'on va finir par terminer ce contrat ! expire Hans.

— Oh oui. Si Xavier n'avait pas voulu la rencontrer et se la taper, ça n'aurait pas pris autant de temps.

— Ne parle pas de ça devant elle, tranche-t-il en appuyant son ordre d'un hochement de tête en direction de Victoria.

L'attention de l'allemande se focalise sur la femme à ses pieds.

— On va éviter de se faire perdre du temps. Tu vas nous donner ce que l'on cherche et nous dire où est ton frère.

— Où sont mes filles ? s'inquiète la maman d'une voix d'outre-tombe.

— En sécurité. Pour l'instant. Et si tu veux que ça dure, fais-en sorte que l'on obtienne ce que l'on te demande au plus vite et tout ira bien.

Victoria bascule sur le dos et jauge Hans, confortablement installé, jambes croisées, impassible. Son téléphone est hors de portée. Il observe le geste désespéré, décroise ses cuisses et s'abaisse, sans décoller ses fesses du siège. Il s'empare de l'objet convoité.

— C'est ça que tu veux ? Oh ! s'exclame-t-il. Regarde Lis, elle voulait nous filmer.

Sa femme se rapproche et attrape l'écran. Ses lèvres se pincent et forment une exclamation.

— Non ! Putain ! C'est un live Instagram !

— Quoi ? s'écrit-il.

— Ferme. Ferme. Ferme.

Lislalia répète ces mots pendant que le bout de son index tapote l'écran à la cadence infernale d'un marteau-piqueur.

— Je n'arrive pas à couper la connexion. Si c'est bon. C'est arrêté.

— Un live Instagram, ça veut dire qu'on était en direct ? se renseigne Hans, énervé.

— Oui.

— Qui nous voyait ?

— C'était sur son compte. Elle a plus de trente mille personnes qui la suivent et…

— On a été vus par trente mille personnes ? la coupe-t-il.

— Non. Je n'ai pas eu le temps de voir combien de personnes suivaient ce direct ! Ça m'a complétement stressée. J'ai vu un 2 et un 0, ça peut être 20 personnes ou 200…

— Ou 2000, ou 20 000, surenchérit-il.

— Non, le plus probable c'est 200. Mais même si ce n'est que ça, c'est énorme. On est foutu. Comment on va faire ? s'informe-t-elle, son timbre trahit un état de panique et son accent natal emballe ses propos.

— Chaque chose en son temps. On doit d'abord s'occuper d'elle et on avise après. La vidéo n'est plus visible sur son site ?

— On est vraiment mal, insiste-t-elle. C'est notre priorité.

— Calme-toi ! Regarde-moi ! On se calme, ok ? Réponds à ma question. On peut encore voir la vidéo ?

— Je crois qu'on peut la retrouver.

— Vérifie et supprime-là. Je me chargerai du reste après.

Hans laisse sa femme pianoter sur le téléphone et scrute Victoria. Il se lève et la domine de sa grandeur. L'œil de son agresseur a changé depuis l'imprévu d'Instagram. Dans le fauteuil, la fermeté de ses émotions montrait sa maîtrise de la situation. L'astuce, définie en voiture avec Guillaume, de partager la situation dangereuse à ses followers a fissuré les certitudes de Hans. Son flegme coutumier a disparu. Ses sourcils se rapprochent. Ses dents serrées crispent sa mâchoire qui gagne en volume. Sa rage intimide Victoria. Allongée à terre, sa conscience s'ancre peu à peu dans le présent. L'effet des coups est moins assommant. Seulement, sa faiblesse ne la rend pas prompte à s'échapper. Il lui sauterait dessus avant qu'elle ne quitte la salle de jeux.

Hans avance d'un pas, sa semelle frôle son nez. Il se bloque. Son regard noir se détourne d'elle et se pose sur l'unique entrée. Son rictus déjà bien tendu se renfrogne. Ses traits se tordent. Sa tête s'enfonce dans ses épaules trapues. Son dos s'arrondit. Victoria assiste à la mutation d'une bête sauvage, une espèce de molosse d'attaque auquel il suffit d'un ordre murmuré pour le voir fondre sur sa proie.

— Reculez. Reculez tous les deux, ordonne un invité surprise.

Cette voix, elle l'entend depuis sa plus tendre enfance, c'est celle de son frère. Sa présence la soulage. Elle pivote sur le flanc. Guillaume bloque la sortie, un couteau de boucher gigantesque à la main, la mine menaçante. Hans ne moufte pas. Il juge la détermination du nouvel arrivant. Lislalia lève le front de son écran et se redresse.

— Reculez maintenant. Je ne le répéterai pas, ajoute-t-il. Son rythme monotone et la lame ne tremblent pas.

Les quatre personnes présentes ne prononcent un mot. Le silence rapetisse la pièce. La proximité des protagonistes promet une effusion de sang si la situation dégénère. La tension lie principalement Guillaume et Hans. Ce sont eux les maîtres de la partie. La première attaque donnera la tonalité du dénouement. Lislalia, en retrait, se rangera aux commandements de son mari. Pour offrir un combat équitable, Victoria doit se remettre sur ses deux pieds. Pour l'instant, les deux hommes ne prennent pas d'initiative. Yeux dans les yeux, ils ne rompent pas l'attache qui maintient le cessez-le-feu convenu par les circonstances anxiogènes. Les respirations rauques ralentissent le temps de paix.

Victoria pose les paumes à plat sur le tapis. Son mouvement ne déconcentre pas Guillaume et Hans, imperturbables. Elle parvient à se mettre à quatre pattes, une douleur lui fracasse les cervicales. Un grognement lui échappe. Elle peine à se relever.

— Ça va aller ? s'enquiert le frère.

Guillaume accompagne son aide d'un bref coup d'œil à sa sœur. Ce détournement lance les hostilités. Avec rapidité, Hans attrape un candélabre posé sur un petit meuble et le jette à la figure de son rival. Guillaume a le réflexe de se protéger avec ses avant-bras. L'objet le percute. Hans profite de la distraction et lui saute dessus en prenant soin de maintenir hors de portée le couteau. L'allemand écrabouille le poignet sur le chambranle de la porte. Guillaume perd son arme. Les deux hommes en plein corps à corps, se débattent. La salle de jeux les avale.

Le danger secoue Victoria d'une peur primaire. Une énergie insoupçonnée la galvanise. Elle se redresse. Au moment où ses membres sont presque entièrement déployés, la caisse enregistreuse en bois fait son grand retour. Le jouet éclate son menton. L'impact la fait basculer sur ses talons. Elle perd l'équilibre. La partie droite de son visage traverse la vitrine d'une bibliothèque. Le verre se fend. Sa joue et sa pommette sont lacérées. Sa rotation bute sur l'angle d'une étagère. Son arcade sourcilière explose. Abasourdie, elle chancelle et se retient au dossier d'un fauteuil. Ses repères spatiaux s'inversent, l'environnement tangue. Étourdie, elle n'aperçoit pas l'arc de cercle formé par le bras de Lislalia. La collision est inévitable, l'esquive chimérique.

Le jouet s'abat. Cette quatrième percussion atteint les morceaux de verre plantés dans sa chair. Les vestiges de la vitrine s'introduisent plus profondément. Le tiroir-caisse s'ouvre d'un cliquetis. Ses muscles se ramollissent. Victoria s'effondre.

C'est le noir. Le vide. Le néant. La fin. Le corps de Victoria gît inerte sur le tapis rouge du sous-sol.

Chapitre 37

Cette nuit de troubles n'a pas de fin. La ligne d'horizon se recule. L'est et l'ouest se rejoignent. Les rêves se confondent avec les cauchemars. Dans ses songes, alternent des êtres familiers, de parfaits inconnus, des lieux singuliers, des masques tordus d'effroi. Les éléments s'y déchaînent. L'incendie dévore le ciel. Les tempêtes aspirent l'espoir. La boue dévale dans les veines. Les animaux majestueux passent. L'univers infini de son inconscient devient sa réalité.

Victoria ouvre les yeux. Sa vision est embrouillée. Plusieurs signaux l'avertissent d'une situation anormale. Sa langue est pâteuse. La partie droite de son visage la brûle. Ses jambes sont endolories. Une perfusion brûle son avant-bras. Ses facultés d'analyse sont déréglées. Ses repères de temps, d'espace et de causalité se dissolvent. Les questions : où, quand et comment sombrent dans l'oubli. Les battements de son cœur résonnent sous son cuir chevelu tant le mal est à fleur de peau.

Ses sens s'éveillent. Sa vue s'habitue. Son ouïe perçoit un signal sonore régulier. Une odeur aseptisée flotte dans l'air. Par déduction, elle comprend être dans une chambre d'hôpital. Les draps blancs et la terne peinture écaillée sur les murs en attestent. Ses pieds répondent aux ordres cérébraux. Ses orteils gigotent et agitent les petits fantômes du bout du lit. Un gloussement aigu racle son palais.

À ce son léger, quelque chose bouge dans son angle mort. Des vêtements se frictionnent. La personne présente dans un coin, bâille longuement. Victoria se contorsionne, une douleur l'électrise, elle ne parviendrait pas à la pointer tant elle est diffuse dans tout son être. Le visage de Maxime se réveille. Il s'étire. Soulagée, elle se laisse retomber dans sa position initiale. Il se lève. Ses genoux craquent. Il change de place et s'assoit sur l'autre chaise de la chambre, à côté de l'alitée.

— Bonjour, dit-il d'un ton enjoué.

— Bon... bonjour, s'y reprend-elle à deux fois, un raclement de gorge était nécessaire. J'ai soif, peine-t-elle à sortir.

Maxime verse l'eau d'une carafe dans un verre qu'il porte à la bouche de Victoria, tout en lui soulevant la nuque de l'autre main. Elle en avale deux grandes goulées. La fraîcheur du liquide sur sa langue et contre les parois de son œsophage est une bénédiction, jamais une gorgée ne lui avait été si appréciable.

— Tu en veux encore ?

— Ça ira merci, sa voix lui semble lointaine. On est où ?

— Dans un hôpital à Montpellier. Ça fait six jours que tu es dans le coma. Je vais d'ailleurs chercher un médecin.

— Non, ne me laisse pas.

— D'accord, je vais les biper.

Maxime tend le bras et appuie sur un bouton. Dans la foulée, une infirmière passe la tête par la porte. Le policier lui explique la situation. Elle se retire prévenir un médecin, en attendant son retour, la patiente doit se ménager. L'infirmière les abandonne. Un flash surprend Victoria : la dernière scène avant qu'elle ne sombre.

— Romie et Célie ?

— Elles vont bien, la rassure Maxime. Elles vont même très bien. Elles sont pressées de te voir.

— Elles sont où ?

— Dans ta maison. C'est ta mère qui les garde. Elle est descendue exprès.

— Qu'est… qu'est-ce qui s'est passé ?

— Il s'est passé que tu ne m'as pas écouté. Tu as été courageuse. Tu as pris des risques. Ça aurait pu plus mal finir.

— Guillaume ?

Maxime expire, longuement.

— Guillaume ? répète-t-elle.

— Je ne sais pas si c'est le bon moment de parler de tout ça. Tu devrais d'abord te reposer. Attendre le médecin.

— J'ai besoin de savoir.

Maxime connaît Victoria, son état ne l'empêchera pas d'obtenir ce qu'elle désire.

— Ton frère est au service réanimation. Il est entre la vie et la mort.

— Pourquoi ?

— Il s'est battu avec Hans. Il s'est pris trois coups de couteaux dont un qui l'a grièvement blessé. Il reçoit tous les soins nécessaires.

Victoria ressent l'envie de pleurer. Son âme est dépourvue de larme, vidée de toute émotion. Cette annonce bouscule un tas de questions restées en suspens.

— Hans et Lislalia ? Ils sont partis ?

— Victoria, ce n'est pas le moment de parler de tout ça. Les réponses viendront bientôt. Repose-toi avant tout, tu as besoin de recouvrer tes forces.

— J'ai besoin de savoir où ils sont ?

— En détention provisoire. Leur garde-à-vue ne cesse d'être prolongée. Tu ne te rends pas compte de ce que tu as révélé au grand jour.

L'admiration que lui porte Maxime, Hans et Lislalia hors d'état de nuire et ses filles en sécurité la revigorent. Elle n'a pas la patience de reporter cette discussion. Elle veut tout savoir, tout de suite.

— Si Guillaume et moi, on est ici, comment Hans et…

– Se sont fait prendre ? Grâce à ton live sur Instagram. Quand je t'ai demandé l'adresse de tes voisins, c'était pour l'envoyer à un collègue qui a été muté il y a deux ans comme capitaine à Montpellier. Il était réticent à l'idée d'envoyer une patrouille sans preuve avérée. Je n'arrivais pas à le convaincre. En parallèle, je te regardais en direct. Je lui ai dit que j'enregistrais notre conversation et qu'au moment où je lui parlais, tu étais en danger de mort. S'il ne voulait pas avoir à gérer une bavure pour non-assistance à personne en danger, il ferait mieux d'intervenir dans les prochaines secondes. Les collègues sont arrivés sur place, ils avaient l'ordre de forcer la porte. Tes voisins n'ont opposé aucune résistance. Une équipe médicale a été envoyée dès qu'ils vous ont trouvés.

– Comment Hans a su que l'on savait pour lui ?

– Hans n'a pas voulu parler. Le bornage téléphonique l'a fait à sa place. Depuis le lundi matin, son téléphone et celui de Guillaume ont borné aux mêmes antennes avec quelques secondes de décalage. Hans n'a pas lâché Guillaume de la journée. Il vous a suivis jusqu'au golf. J'imagine qu'il a dû observer votre découverte.

– On a eu de la chance.

– Ce n'est pas de la chance. L'idée que tu as eue d'impliquer des témoins est juste géniale. Les médias n'arrêtent pas de parler de ce direct comme un coup de génie.

– Les médias ?

– Oui, l'affaire est très médiatisée.

– Pourquoi ?

– Xavier et Sophie Bertin sont mouillés. C'est un scandale politique sans précédent, tous les partis commentent l'actualité. Mais tu auras le loisir de lire la presse bientôt. Il ne manque que ta version des faits et celle de ton frère... ou presque. Tu seras vite interrogée...

dès que tu seras suffisamment en forme.

— Ils ont arrêté Xavier et Sophie ?

— On en parlera plus tard. Tu connais l'essentiel, repose-toi.

— Maxime, je dois savoir.

— Cette affaire est compliquée et confidentielle. Je ne travaille pas dessus. J'arrive à être tenu informé parce que j'ai aidé à apporter des preuves et que mon collègue est capitaine ici. C'est un vrai merdier que tu as soulevé là.

— Je veux tout savoir.

— Je te dirai tout ce que je sais. Pas tout de suite, tu dois d'abord te reposer, s'il te plaît. Le médecin ne devrait plus tarder.

— Commence maintenant.

Maxime ne peut résister à la requête imposée. Puis, il se dit qu'à sa place, il aimerait entendre la vérité aussi.

— Par quoi veux-tu que je commence ?

— Sophie et Xavier sont en prison ?

— Non. Sophie et Jean Flantier sont en détention provisoire. Xavier s'est carapaté. Quelqu'un l'a aidé à s'enfuir. A priori, il serait caché au Moyen-Orient.

La surprise illumine le visage de Victoria.

— Et ce n'est rien ! Cette affaire est digne d'un roman. Les gens en parlent partout, ajoute Maxime.

— Xavier est parti ?

— Oui. Tes voisins arrêtés... les preuves que tu m'as remises... tout est allé très vite. En interne, énormément de moyens sont utilisés pour discerner les mensonges des vérités. Ils se renvoient tous la balle, personne n'assume. Et tant que Guillaume sera dans le coma, il sera difficile de détruire la défense de Sophie. Xavier de son côté est déjà fichu, les preuves contre lui sont accablantes. Il y a cette vidéo tournée par ton mari sur laquelle on le voit violenter une jeune femme. Rien que pour ça, il va écoper d'une lourde peine. Le jour où ton voisin et ton mari ont eu l'altercation, sur la bande vidéo, on voit Hans téléphoner, il contactait Xavier, les relevés téléphoniques le confirment.

Victoria se souvient de son déjeuner avec lui le jour de la disparition de Ludovic. À la fin du repas, il avait reçu un bref coup de fil qui semblait l'avoir contrarié.

– Ce n'est que la partie émergée de l'iceberg. Il faudra des semaines pour élucider toute l'affaire. Hans se livre peu, Lislalia parle plus.

– Et qu'est-ce qu'elle dit ?

– Que c'est la faute de Xavier. Elle lui remet tout sur le dos. Tout n'est pas clair. Si tu veux mon avis, Xavier a dû faire foirer l'opération initiale. Au départ, son seul objectif était de retrouver ton mari et récupérer les vidéos. Ils ont d'abord mis la main sur Klara Roudenko mais la gamine n'avait jamais eu en sa possession les copies. Elle s'était contentée de se trouver là où elle devait être et… d'obéir aux ordres de ton mari. Je pense que par son biais, ils sont remontés jusqu'à Ludovic. C'est là que Xavier a dû embaucher Hans et Lislalia pour enquêter sur ton mari. Ils auraient pu vite passer à l'action et l'éliminer. D'après Lislalia, ils ne l'auraient pas fait pour deux raisons. Ils voulaient d'abord savoir où était cachées les copies et aussi, ils étaient persuadés que ton mari avait un complice. Ils ne pouvaient donc pas se débarrasser de lui en laissant un associé avec des preuves dans la nature. Ils se sont donc rapprochés de vous et ont mené leur investigation. Toujours d'après Lislalia, manifestement c'était trop long au goût de Xavier qui voyait les échéances électorales approcher. Il aurait demandé à entrer en contact avec toi. Cela aurait lieu lors d'un dîner. Quand il t'a rencontrée, il a voulu pousser plus loin sa vengeance. Xavier te voulait et désirait détruire votre famille. Mais c'était encore trop long à son goût. Il a secoué Ludovic en lui envoyant des lettres et des photos de menaces sur lesquelles on voyait tes enfants. Il aurait fait envoyer une lettre anonyme à l'inspection du travail. C'est lui aussi qui aurait posté ta photo sur Facebook depuis le téléphone de ton mari. Je dois avoir d'autres exemples mais il y a tellement d'informations… j'essaie de te restituer l'essentiel.

— Je ne comprends pas pourquoi il a choisi Hans et Lislalia alors qu'il avait déjà Jean Flantier.

— Tu as vu la photo de Flantier et de Sophie ?

— Oui.

— Je ne pense pas que Xavier était au courant de leur histoire. Il n'aurait pas laissé sa femme le tromper. Si ça c'était su, ça aurait pu entacher ses ambitions. Jean Flantier travaille comme garde du corps et détective. Il y a une zone d'ombre dans son passé. Les paris vont bon train entre collègues sur ses anciennes activités : espion, force spéciale… Tout un pan de son existence est tenu secret. Pour sa vie privée, il est divorcé depuis cinq ans et a un garçon. Je pense qu'il devait rendre compte à Xavier de ses avancées, sans toutefois dire toute la vérité qu'il réservait à Sophie puisqu'ils préparaient la chute de Xavier. Et, au-delà de ça, je ne pense pas qu'il soit le genre de type à exécuter des têtes. Même si son CV est trouble d'un point de vue militaire, il ne devait pas prendre trop de risques dans ses enquêtes. C'est pour ça que Xavier a fait appel à tes voisins, Hans et Lislalia. Eux, c'est une autre paire de manches. Les informations à leur sujet sont minces. Déjà, il n'est pas le grand consultant en cuisine qu'il prétendait être. Son site Internet, son blog, tout est bidon. Il a bien fait une grande école de cuisine et travaillé aux côtés de grands chefs. C'est le seul fait avéré. Il a fini par sortir des sentiers battus et plus aucune trace de lui ne circule dans le milieu de la gastronomie. Mon instinct me dicte que Hans et Lislalia seraient… une sorte de couple de tueurs à gage… de luxe…

pour sortir des riches de situation compromettante comme pouvait l'être Xavier à cause de la vidéo. Ce que je te dis là n'est pas certifié, j'imagine qu'il faudra des semaines pour confirmer un truc aussi dingue. Peut-être que j'me trompe et que je suis à côté de la plaque.

La concentration de Victoria faiblit. Alimenté par les propos ébouriffants de Maxime, son esprit carbure et lui pompe son regain d'énergie. Cette histoire lui semble invraisemblable. De nombreux mystères s'emmêlent dans ses pensées et malmènent son cerveau qui se mue en une bouillie grisâtre. Une migraine supplante ses autres douleurs. Elle n'entend plus la suite du récit. La bouche de son ancien amant articule des paroles qui lui sont inaudibles. Mon ancien amant ? pense-t-elle, Cécile lui avait ordonné de couper les ponts avec moi.

– Comment ça se fait que tu es là ? Ta femme ne voulait plus que tu me parles, l'interrompt-elle.

– Quand on a raccroché. Je me suis fait pourrir. On ne faisait rien de mal, j'avais tout l'intérêt du monde à t'aider dans ton enquête pour récupérer ma vidéo. Je ne lui ai évidemment pas parlé de ça. À la maison, elle n'arrêtait pas de crier et moi, je ne faisais que penser à toi et au danger qui te guettait. J'ai regardé Léana que Cécile sortait de sa poussette. Et je me suis demandé ce que ma fille penserait de moi quand elle sera en âge de comprendre que son père n'a pas porté secours à une personne en détresse et pire, à la femme qu'il aimait vraiment. J'ai regardé Cécile, je lui ai juste dit : je suis désolé, je dois partir. J'ai pris mes clés de voiture et j'ai roulé jusqu'ici, en sachant que je n'arriverai pas à temps mais que je pouvais t'envoyer les secours de mes collègues. Tu vas certainement me demander comment a réagi Cécile face à mon départ. Pour l'instant, je n'en sais rien. J'ai fait un aller-retour à Brie lors de ton deuxième jour de coma et elle refuse de m'adresser la parole. On verra ce qu'il en est quand l'orage sera passé.

L'anesthésie des calmants soulage ses maux, Victoria ne sent pas la larme qui coule sur sa joue. Maxime l'essuie de son pouce et la caresse d'un regard attendri. Elle voit en lui son âme sœur. Un avenir à deux est incertain. Il n'existera probablement pas. Ou peut-être que si ! Les oracles gardent confidentielle cette unique voie tracée dans l'infini des choix de l'existence. Son amour pour lui est une certitude. Elle n'aimera plus personne de cette intensité. Cette passion volée lui rappelle son mariage et la disparation de Ludovic.

— Et Ludo ?

La figure de Maxime s'assombrit. Il se renferme. Victoria ne présage rien de bon.

— Il lui est arrivé malheur ? insiste-t-elle.

— Je... je ne sais pas si c'est le moment d'en parler. Je ne sais même pas si c'est à moi de te le dire.

— J'ai besoin de savoir, Max.

Il expire lentement l'air de ses poumons. Ses épaules se détendent.

— A priori... la chute pendant la bagarre avec Hans lui a été fatale.

— Pourquoi a priori ?

— Victoria... je ne peux pas...

— Dis-moi s'il plaît.

Dans sa profession, Maxime a déjà eu à informer des proches de victimes d'une mauvaise nouvelle. La pire annonce qu'il a eu à faire dans sa carrière était le décès d'un garçon de vingt ans à un père. Ce qu'il s'apprête à dévoiler à Victoria, il ne le fera qu'une fois dans sa vie. Il n'a pas de doute là-dessus.

— Tu ne veux pas attendre, retrouver des forces ?

— Non, dis-moi.

— Chez Hans et Lislalia... au sous-sol... on a découvert

un laboratoire de cuistot, un truc haut de gamme avec beaucoup d'aménagements dont une chambre froide et des congélateurs. On y a retrouvé... la main de ton mari conservée pour déverrouiller son téléphone portable.

– Et il est où ? demande-t-elle après un silence.

– On n'a pas retrouvé grand-chose. Il y a quelques... On pense que Hans et Lislalia sont... sont des... cannibales... on a retrouvé des résidus de Ludovic et de Klara... dans le congélateur... dans des saucisses et des steaks...

– Tu es en train de me dire que Ludo a été... a été mang...

La porte de la chambre s'ouvre. Le médecin l'empêche de finir sa phrase. Il prie Maxime de quitter la pièce.

– Ça va aller ? s'inquiète Maxime face à la détresse de Victoria.

Elle ne répond pas, son œil est aussi vide qu'un poisson mort.

– Elle est sous le choc, intervient le docteur. Elle va avoir besoin de beaucoup de repos. Veuillez nous laisser s'il vous plaît.

Maxime obéit. Dans la chambre ne restent que la blessée et deux membres du personnel soignant. L'interne, comme c'est inscrit sur sa blouse, l'ausculte. Il lui pose des questions et l'examine. En parallèle, il lui explique que ses lésions faciales sont relativement profondes et que, par chance, aucun muscle, tendon ou nerf n'a été sectionné. Quand il vérifie sa motricité, Victoria reste inerte, hagarde. Elle n'écoute plus, ne répond pas aux questions. Les mots de Maxime la torturent. Voyant qu'il ne tirerait rien de plus de la patiente, le médecin lui indique repasser plus tard, le temps qu'elle récupère de l'examen. À son retour, il changera les bandages et observera ses points de suture.

Seule, Victoria ne bouge pas. Des réminiscences culinaires la hantent : le goulasch, le mole pablano, le sandwich et le barbecue lors de la grande soirée organisée par Hans et Lislalia. Elle ne veut pas y croire, ils n'ont pas pu faire ça... Un haut-le-cœur contracte son diaphragme. Son estomac se tord. La bile la brûle. Un goût de fer se répand dans sa bouche. Elle parvient à se mettre sur son séant. Pose les pieds nus sur le sol froid. Son tonus musculaire est faible. Elle manque de tomber, un fauteuil lui évite la chute. Appuyée ainsi, à l'écart de son lit, l'intraveineuse et la sonde urinaire l'empêchent d'aller plus loin. Pliée en deux, elle observe son reflet dans un plateau métallique laissé là. Plusieurs tours de bandes blanches masquent son visage. Ses yeux et ses cheveux n'en sont pas couverts. Elle veut constater d'elle-même l'étendue des dégâts. Le bout du bandage est compliqué à extirper. Le pansement se déroule en formant des cercles au-dessus de sa tête.

La fine écharpe s'étale sur le sol telle une mue de serpent. Sur la plaque en métal, l'image brouillée témoigne de la violence des coups. Des vives lacérations rougeoyantes, de différentes tailles, strient son profil droit. Bien recousue, le résultat la dégoûte. Les cicatrices odieuses ne partiront jamais. Victoria ne réalise pas que les semaines à venir seront plus sombres que les jours passés. Son portrait lui est méconnaissable. Elle refuse de voir ce monstre chaque fois qu'elle croisera un miroir.

Maxime entre. Il s'attarde sur les blessures. Son expression ne diffère pas. Il s'approche.

— Je suis défigurée... geint-elle en baissant le front.

L'homme lui soulève le menton. Son regard se plante dans le sien. Elle y lit l'amour qui les a unis durant des mois. L'éclat de sa pupille pénètre son cœur.

— Je te trouve magnifique... comme le premier jour où je t'ai aperçue.

Pas une once de compassion ou de pitié ne s'insinue dans la déclaration. Maxime se faufile derrière elle et l'enlace de ses bras. Son Maxime la protège.

Cette fois, les pleurs se libèrent. Les perles d'acide s'écrasent sur le miroitement en acier. La goutte produit le son d'un robinet qui fuit dans un évier. Ses larmes déforment son reflet d'argent, Victoria se noie dans ce visage défiguré. Elle fait ses adieux à son incandescence éteinte. Ses plaies profondes l'obligeront à se souvenir jusqu'à son dernier souffle de cette période funeste.

La vie lui enseigne à ses dépens que la beauté promise un matin de bise printanière ne dure que le temps d'un été.

Hommages

J'aimerais rendre hommage à deux femmes extraordinaires qui, à mon grand regret, n'auront pas pu lire ce roman.

À ma grand-mère, Raymonde Muller. *Chaque semaine, pendant nos parties de Rami aux allures de championnat du monde, tu me demandais si mon roman avançait. J'aurais tant aimé que tu puisses apprécier ce livre. C'est grâce à toi que j'ai pu explorer une partie de l'Hérault et je t'en suis reconnaissant ; ce privilège m'aura fortement inspiré. Ta présence me manque tous les jours.*

À Lislalia Maier, *en cachette, pour vous soutenir, votre mari Thierry m'avait demandé de glisser votre joli prénom dans cette histoire. Vous n'avez pas pu découvrir sa surprise. Je suis désolé de ne pas avoir été assez rapide. Reposez en paix.*

Remerciements

L'écriture est un travail solitaire. Derrière l'auteur se cachent des personnes bienveillantes et exceptionnelles sans lesquelles un roman ne verrait jamais le jour.

Je remercie tout d'abord Christine Meurou, présente livre après livre, qui passe courageusement après mes relectures. Merci pour ton aide précieuse. J'ai hâte d'être à notre prochaine discussion.

Sandrine Gaci, je sais que ce n'est pas toujours évident pour toi mais je te remercie de trouver du temps pour réaliser mes "couches de livres". Ta créativité m'aura encore une fois enchanté, bravo pour cette somptueuse couverture.

Émilie et Romain, les pieds dans l'eau d'une petite rivière du sud, vous avez su me donner confiance, me tourner vers le positif et surtout, vous m'avez conseillé lors de mes égarements. Merci !

Avant d'écrire cette histoire, mes connaissances en yoga et en Pilates étaient très limitées. Je remercie donc *melanie.bartoli*, *flo_fitncoach* et *mozeinas* de m'avoir partagé leur passion et leur métier. Vous pouvez retrouver leur univers sur leur page Instagram.

Je remercie Jonathan, un champion, qui a enrichi cette histoire de ses connaissances professionnelles.

Ils ont été patients quand je restais enfermé des heures dans le bureau. Ils ont su m'obliger à prendre l'air quand c'était nécessaire. Jennifer, Thalie et Néot, je vous aime.

À tous mes proches, je vous remercie pour votre bienveillance et votre soutien à toute épreuve.

Aux libraires résistants, je vous suis reconnaissant de conseiller mes ouvrages depuis toutes ces années.

Et enfin, vous, lecteurs, je suis touché au quotidien lorsque je vois votre impatience à lire ma prochaine histoire. Je vous remercie mille fois de continuer à faire vivre mon rêve d'enfant. Je vous dis à très vite pour une nouvelle aventure.

Dépôt légal janvier 2022

Librinova
www.librinova.com

Imprimé en France
FRHW010152070322
30140FR00001B/4

9 791026 297734